独角兽书系

ВИКТОР ПЕЛЕВИН

维克多·佩列文
作品系列
V帝国

[俄] 维克多·佩列文/著
朱李灵/译

重庆出版集团 重庆出版社

Empire V
Russian text copyright © 2006 by Victor Pelevin
Simplified Chinese publishing rights are acquired via FTM Agency, Ltd., Russia, 2022
Through BIG APPLE AGENCY, INC., LABUAN, MALAYSIA
Simplified Chinese edition copyright © 2024 by Chongqing Publishing House Co., Ltd.
All rights reserved.

版贸核渝字(2022)第128号

图书在版编目(CIP)数据

V帝国 /(俄罗斯)维克多·佩列文著;朱李灵译. —重庆:重庆出版社,2024.1
书名原文:Empire V
ISBN 978-7-229-17719-5

Ⅰ.①V… Ⅱ.①维… ②朱… Ⅲ.①长篇小说—俄罗斯—现代 Ⅳ.①I512.45

中国国家版本馆CIP数据核字(2023)第121099号

V帝国
V DIGUO

[俄]维克多·佩列文 著
朱李灵 译

责任编辑:邹 禾 魏映雪 陈 垦
装帧设计:谢颖设计工作室
责任校对:郑 葱
版式设计:池胜祥

重庆出版集团 出版
重庆出版社

重庆市南岸区南滨路162号1幢 邮政编码:400061 http://www.cqph.com
重庆出版社艺术设计有限公司 制版
重庆市鹏程印务有限公司 印刷
重庆出版集团图书发行有限公司 发行
E-MAIL:fxchu@cqph.com 邮购电话:023-61520646
全国新华书店经销

开本:890mm×1230mm 1/32 印张:15.5 字数:300千
2024年1月第1版 2024年1月第1次印刷
ISBN 978-7-229-17719-5
定价:82.00元

如有印装质量问题,请向本集团图书发行有限公司调换:023-61520678

版权所有 侵权必究

这个世界由吸血鬼统治着。不是那种永远青春浪漫的姑娘小伙,一个个睁着彻夜不眠的眼睛、抿着沾染鲜血的嘴唇。而是相当普通的男男女女,脸上带着生活嘲讽的痕迹。"魅力"和"话语"的秘密只向他们公开。他们——就是真正的世界精英,轻轻咬一口就能把路人招入自己的行列。

每个人都有可能被选中……

火车头的构造非常巧妙,但它自己并不知道。
又为什么要造火车头呢,如果里面没有司机的话?

神父 米特罗凡·斯列布里扬斯基

目录 / Contents

001	梵天
013	阳光之城
027	密特拉
043	恩利尔
063	巴德尔
089	耶和华
109	斗橱
127	第一口
145	洛基
163	爱的五项原则
173	大堕落日
191	Б型思维
217	赫拉
237	迦勒底人
261	经济指标 $\mathcal{M}5$

279	生命之树
307	阿喀琉斯的反击
323	帝国军人
345	酒醉的餐厅
373	奥西里斯
391	巴布洛斯
425	神秘别墅
449	世界之主
475	帝国学说

梵天[1]

---

[1] 译者注:婆罗贺摩,梵天(即创造之神,婆罗门教三主神之一)。下文若无特别说明,均为译注。

我醒来的时候，发现自己在一个陈设古老的大房间里。那些家具大概都算是古董了——雕满星星的镜柜，新奇别致的带活动写字板和文件格的写字台，两幅裸体油画，还有一张拿破仑在战火中骑着马的小画。墙边放着高至天花板的卡累利阿桦木①制成的斗橱，非常精致。斗橱的小抽屉上还钉着小牌子，牌子上有各种颜色的铭文和标记，旁边还竖着一架梯子。

我意识到我并没有像一个刚恢复意识的人那样平躺着，而是站着。我没有倒下是因为我的双手双脚都被紧紧地绑在肋木架上②。我之所以猜这是肋木架，是因为我用手指摸索到了一根木制横梁。还有一些横梁在背后支撑着我。

对面墙边的红色小沙发上坐着一个穿着红色长袍，戴着黑色面具的人。面具的形状就像一顶低低地耷拉到肩膀上的礼帽，又像是用纸板做成的类似于电影《亚历山大·涅夫斯基》③里的犬骑士头盔。在鼻子的区域有一个尖尖的凸起，而在眼睛的地方则是两个椭圆形的洞，在嘴巴的位置——是一个用黑布覆盖着的矩形切口。大概就和描绘欧洲瘟疫的版画里面的中世纪医生一个样子。

我甚至没有感到害怕。

"下午好。"戴面具的人说。

---

① 一种花纹极美的名贵桦木。
② 一种常见的健身器材。
③ 上映于1938年的苏联电影，讲述了俄罗斯大公和德意志条顿骑士团在冰湖上的战役。原文中作者把电影名写作《冰战》(«Ледовое побоище»)。

梵天

"您好。"我吃力地张开嘴,回答道。

"你叫什么名字?"

"罗曼。"我说。

"你多大?"

"19。"

"为什么不在军队里?"

我没有回答这个问题,认为他这是在捉弄我。

"我为这种戏剧性的情况道歉。"戴面具的人继续说道,"如果你头疼的话,马上就没事儿了,我用了一种特殊的气体让你睡过去了。"

"什么气体?"

"用来对付恐怖分子的。没什么可怕的,都过去了。我警告你——别喊。大喊大叫没有意义,完全无济于事。只会导致一个结果——我会偏头痛,我们的谈话也就毁了。"

陌生人的声音坚定而低沉。面具上覆盖着嘴的布在他说话时微微颤动。

"您是什么人?"

"他们都叫我梵天。"

"那您为什么要戴着面具?"

"原因很多。"梵天说,"但这是为了你好。如果我们之间的关系没有确立下来,我可以让你安全地离开,因为你不知道我长什么样子。"

听到他说要放我走,我放松了很多。但这些话也有可能是个圈套。

"您想要做什么?"我问。

"我想要我身体的——同时也是我灵魂的——一个非常重要的部分,对你产生存活的兴趣。但是,你看,只有当你出身贵族时,这样的情况才有可能会发生……"

真是个疯子,我想,最重要的是不要紧张……用谈话分散他的注意力……

"为什么一定要出身贵族?"

"你静脉中的红色液体的质量起着重要的作用。这种可能性不大。"

"那存活的兴趣是什么意思?"我问,"是指我存活的时候吗?"

"你真好笑。"梵天说,"我可能无法用语言来解释,需要做个演示。"

他从沙发里站起身,向我走来,撩开覆盖着嘴巴的黑布,弯腰靠近我的右耳。感觉到别人的呼吸打在自己的脸上,我不由蜷缩起来——接下来大概会发生一些令人恶心的事。

都是我自找的,我想,我到底为什么要过来啊?啊?

但什么都没有发生——梵天在我耳边呼了口气,就转身回沙发那儿去了。

"我本来可以咬你胳膊的,"他说,"但很可惜,你的胳膊被绑着,已经麻木了,所以效果不会很好。"

"是您绑了我的胳膊。"

"是啊。"梵天叹了口气,"我大概需要为自己的行为道歉——看上去,你的胳膊应该挺难受的。但马上你就什么都明白了。"

他坐在沙发上,盯着我,好像我是电视上的一张照片,研究了几秒钟,时不时地咂嘴。

"别紧张。"他说,"我不是色情狂。对于这一点你可以放心。"

"那您到底是什么人?"

"我是吸血鬼。吸血鬼也不是性变态。他们有时候会把自己伪装成性变态。但他们的兴趣和目标完全不同。"

对,他不是性变态,我想,他是疯了的性变态。我得不断地说话来转移他的注意……

"吸血鬼?您喝血吗?"

"不会喝很多,"梵天说,"也不会以此来建立我的身份认同感……但有的时候也会。"

"那您为什么要喝它呢?"

"这是了解一个人最好的方法。"

"怎么会?"

面具上椭圆形洞里的眼睛眨了几下,然后黑布后的嘴巴说道:"从前,在墙上长着两棵树,柠檬树和橘子树,它们不仅仅是两棵树，还是通往秘密的神奇世界的大门。然后发生了一些事情。大门消失了，只剩下两块长方形的布，挂在墙上。消失的不止是大门，大门通向的那个世界也消失了。甚至守卫着这个世界入口的恐怖飞天犬，也变成了一个热带疗养区产的编织蒲扇。"

如果我说"我很惊讶"，那就相当于是在说废话——根本不能体现出他的话在我心中引起的震撼。我完全惊呆了。他说的这些对于任何一个正常人来说都是彻头彻尾的胡言乱语，但却是我童年的密语。最不可思议的是，能够以这种方式组建这样的密语的人全世界只有一个——那就是我自己。我沉默了很久，终于忍不住开口了。

"我不明白。"我说，"就算我在昏迷的时候跟您说过什么，但我无论如何也不可能跟您说起大门后的神奇世界，因为我从来也没有那样称呼过它。虽然您说的和我想的是一样的，是的。是这样……

"那你知道为什么会这样吗？"梵天问道。

"为什么？"

"你以前生活的那个神奇世界是一只躲在草丛里的螽斯想象出来的。然后有一只青蛙过来把它吃了。于是你就没有地方住了，尽管你房间里的一切都还和以前一样，没有任何变化。"

"对。"我完全慌了神，"这也是对的……您说得很准确。"

"再回忆一下别的东西，"梵天说，"那些只有你一个人知道的东西。什么都行。然后你向我提问，问题的答案当然也只有你自己知道。"

"好，"说完之后我就开始思考，"嗯，比如说……我家墙上挂着一个扇子——就是您刚刚说的那个扇子。它是怎么固定在墙上的？"

透过面具的狭缝可以看到梵天微微阖上了眼睛。

"是用胶水粘在墙上的。而胶水涂成了字母'X'的样子。而且这不是简单的十字形交叉，就是字母'X'，它指的是妈妈应该去的方向，是她把扇子挂在床上面的。"

"您怎么……"

梵天抬起手。

"稍等一下。你之所以把它粘在墙上，是因为你觉得它是一只吸血鬼狗，会在夜里咬你。当然，这完全是胡说八道。对于真正的吸血鬼来说，这甚至是一种侮辱。"

"您怎么知道的？"

梵天从沙发上起身向我走来。用手撩开黑布，张开嘴。他有一口被烟熏黑的牙——又结实又大。我没有发现什么不同寻常的东西，只不过他的虎牙好像比其他牙齿都要白一点。梵天抬起头，以便我能看到他的上颚，那里有一层奇怪的波浪状的橙色薄膜——像是粘在牙龈上的牙桥[①]碎片。

"这是什么？"我问。

[①] 牙齿缺失之后，在缺失牙两侧安装的一种类似桥梁的东西。

"那是语言①。"梵天着重强调了这个词。

"语言?"我重复了一遍。

"这不是人类的语言。这是吸血鬼的灵魂和本质。"

"您是通过它才知道的一切?"

"是的。"

"那它是怎么知道的呢?"

"再怎么解释也没有用。如果你想要了解的话,你需要自己成为一个吸血鬼。"

"我也不确定我想不想成为吸血鬼。"

梵天坐回了自己的沙发上。

"你看,罗马②,"他说,"命运统治着我们所有人。你是自己找来的。而我也快没有时间了。"

"您打算教我吗?"

"不是我教你。作为个体的吸血鬼并不是老师,吸血鬼的天性才是老师。教学的内容就是吸血鬼咬学生。但这并不意味着任何被吸血鬼咬伤的人都会变成吸血鬼,就像那些烂片里讲的那样,嘿嘿,那种事情也只会发生在烂片里……"

他被自己的笑话逗笑了。我也想试着笑一笑,但却笑得很难听。

"有一种特殊的咬法,"他继续说,"吸血鬼一生只能做一次,

---

① 语言一词在俄语中也表示"舌头"。
② 罗曼的小名。

只有当语言自己想要这么做的时候才可以。根据传统,一般是在夏至这天。你是个合适的人选,我的语言会转移到你身上。"

"怎么……转移?"

"就是字面意思,物理意义上的。我想先提醒你一下,会很疼。一开始会很疼,后来也会很疼。你会感觉很不舒服。就好像被毒蛇咬了一口。但一切都会慢慢过去。"

"那您就找不到别的学生了吗?"

他没有理会我的话。

"你可能会有一段时间失去知觉,身体僵硬,还可能会产生幻觉。不过,也可能不会。但有一件事是必然会发生的。"

"什么事?"

"你会回顾你的一生。语言会了解你的过去——它必须知道你的一切。大家都说,这种感觉就像溺水。但你还很年轻,你不会在水里待太久的。"

"那这段时间你会做些什么呢?"

梵天古怪地一笑。

"你就别操心我了。我已经给自己精心制订了行动计划。"

说着,他朝我走了过来,用手抓住我的头发,把我的头压到了他的肩膀上。我以为他会咬我,但他却咬了他自己——咬在手指上。他的整只手当即就沾满了鲜血。

"别动,"他说,"你会感觉好些的。"

他的鲜血使我感到害怕,于是我就乖乖听话了。他举起一根血淋淋的手指放到我的额头上，在上面写了一些东西。然后，在没有任何预警的情况下，他把牙齿刺进了我的脖子。

我开始尖叫，或者更确切地说，开始哼叫——他紧紧地抱着我的头，以至于我根本张不开嘴。脖子上的痛让我无法忍受——就好像有一个疯狂的牙医把自己的电钻扎在了我的下巴底下。有那么一瞬间，我感觉死神已经来了，我甚至已经妥协了，接受了自己的死亡。然后所有的一切突然结束了——他放开了我，跳到了一边。我感觉自己的脸上和脖子上都是血；他的面具和挡着嘴巴的布上也都抹上了血。

我意识到这并不是我的血，而是他自己的——血从他的嘴里流下来，流到他的脖子上、胸前、他的红色长袍上，然后一滴一滴地落到地上。他有些不对劲——就好像被咬的不是我，而是他。他摇摇晃晃地回到自己的红沙发那儿，在上面坐了下来，然后双脚快速地在镶木地板上来回蹬动。

这让我想到塔科夫斯基的电影《安德烈·卢布廖夫》[①]，里面展示了一种古老的刑法——往僧人的嘴里倒进熔化的金属。行刑前僧人一直在凶狠地咒骂刽子手，但在他们把金属灌进他的喉咙后，他就没有再说一句话了，只能看到他的身体在剧烈地抽搐。他的沉默正是最可怕的。来自交谈对象的沉默对我来说似乎同样可怕。

[①]《安德烈·卢布廖夫》是由安德烈·塔科夫斯基执导,安纳托里·索洛尼岑主演的传记电影,于1966年12月上映。

他不停地蹬动着，把手伸进长袍的口袋里，拿出一把镀镍的小手枪，快速地朝自己的头开了一枪——在罩着他脸部的圆筒形面具的侧面。他的头从一边摆到另一边，拿枪的手垂落在沙发上，然后就不动了。

这时，我感觉到在我的脖子上，在下巴的下方，正在进行着某种微弱的运动。我并不觉得疼痛——就好像被注射了麻醉剂一样——但这种感觉却十分可怕。我渐渐失去了意识，越来越感觉不到正在发生的事情，无法抗拒地陷入了沉睡。

梵天说得对，我梦到了过去的事——在我的脑海中似乎出现了一个舒适的小型电影院，里面正在放映我的童年纪录片。好奇怪啊，我想，我可是从小就害怕吸血鬼的啊……

阳光之城

一出生，我就和母亲两个人一起生活在莫斯科，我们住在隼鸟站①旁边的剧作家工会委员会的房子里。这所房子具有鲜明的苏联特色——是一幢由驼色砖头盖成的多层建筑，隐约有点儿西方风格。住在这种房子里的都是中央委员会的干部和苏联上等精英阶层——周围总是有很多闪烁着灯光的黑色伏尔加牌小汽车，楼梯间里满地都是最好的美国香烟的烟头。母亲和我住的公寓不大，有两个房间，类似于西方国家说的那种"一居室"。

我就是在这个一居室里长大的。我的房间，按照设计师原本的设想，就是一间卧室——是个小小的长方形，配有一个非常小的窗户，窗外是汽车停车场。我没有办法按自己的品味来布置房间：母亲选定印花壁布②的配色，决定哪里放床、哪里放桌子，甚至连墙上挂什么都是由母亲说了算。因此还起了场小风波——有一天我叫她"苏联小政权"，然后我们一整个星期都没有说话。

没有比这更能侮辱她的话了。我的母亲，就像我们的一个剧作家邻居向片警描述的那样，"是一个瘦高的女人，有一张衰老干枯的脸"，曾经和各种持不同政见者的圈子都有联系。为了纪念这一点，她还经常给客人播放一盘磁带，里面是一位著名的反体制斗士在用男中音朗读揭露性诗歌，她的声音在背景中说出了尖锐的尾白③。

男中音朗诵道：

---
① 地铁站名。
② 裱糊墙面的织物，俄罗斯常用的室内装饰。
③ 人物说完一段话后，另一人物接上去说的对白、答话。

> 你在地铁站投了五分钱,
>
> 两个穿便服的就跟在后面。
>
> 你站在食品店买伏特加,
>
> 两个穿便服的就守在角落……

"那就读读大眉毛的混蛋和索尔仁尼琴!"响起了母亲年轻的声音。

这是我第一次听到淫秽的词,通常来说,改革时期幸福的孩子们应该会从幼儿园里咯咯笑的邻床小伙伴那里学到这种词。每次我听到的时候,母亲总是解释说,在这种语境中,骂娘是具有合理的艺术必要性的。"语境"这个词对我来说比"混蛋"这个词更神秘——在这一切的背后,我隐约察觉到了成年人神秘而残酷的世界,在电视吹来的变革之风的影响下,我开始偏航,漂向了这个世界。

这盘捍卫人权的磁带是在我出生前很多年录下的,这句话的意思是,母亲因为嫁人而放弃了积极的斗争,而她的婚姻又以我的出生而告终。母亲与革命民主的亲密关系似乎从未被已经陷入衰败的苏联政权注意到,但却以惶惶不安的火焰照亮了我的童年。

在我的床右边的墙上挂着两幅小画。两幅画的规格一模一样(宽40厘米,高50厘米——这是我用"一年级新生礼包"中的尺子量的头一样东西)。其中一幅画描绘的是木桶里的小柠檬树,另一幅画上则是类似的橙子树。只是果实的颜色和形状不同:一种是细长的，黄色的；另一种是圆形的，橙色的。

在床的正上方挂着一个心形的编织蒲扇。这个扇子太大了，根本扇不动。心形的两个凸起之间的凹陷处有一个圆形的手柄，这使得扇子看起来像一只头很小的巨型蝙蝠。扇子中间的地方则被涂上了红漆。

我觉得那把扇子看上去像一只飞在空中的吸血鬼狗（我曾经在《环球》杂志上读到过这种生物），每天夜里它就会活过来，白天则在墙上休息。就像蚊子一样，透过它的皮肤，可以看到它吸进去的血，所以扇子中间才会有一块红色的斑点。

我猜，它吸的血，应该是我的。

我明白，这些恐惧其实都是我在夏令营里听到的那些故事的回声（这些夏令营恐怖故事通常会在孩子们中间原封不动地流传）。但即使如此，我依然噩梦缠身，常常一身冷汗地惊醒。到最后我甚至开始害怕黑暗——可以清楚地感觉到墙上的吸血鬼狗的存在，所以不得不打开灯，来迫使它变回棕榈叶制成的蒲扇。跟母亲抱怨根本没用。于是我只好偷偷用"时刻"牌胶水把扇子牢牢地粘在壁布上。然后我就不怕了。

我脑海中形成的第一张宇宙示意图也来自那些夏令营。有一次我见到了一幅惊人的壁画：大地就像一个扁平的圆盘，躺在三只鲸鱼的身上，而鲸鱼则在淡蓝色的海洋里。大地上长出了树林，竖起了电线杆，在一堆一模一样的白色房子中间还跑起了欢快的红色电车。在代表大地的圆盘前端写着"CCCP"①字样。我知道我就出生在这个CCCP,但后来苏联解体了。这令人难以理解。为什么房子、树林和电车都还留在原地,它们所在的那片大地却消失了……但我当时还小,我的智力只能向这个悖论妥协,就像向其他数百个悖论妥协一样。此外我已经开始明白造成苏联惨祸的经济内情:一个国家,如果能把两名便衣警察派去监视在正常社会中需要领失业救济金的人,那就只有解体这一条路了。

但这都只是童年的模糊幻影了。

我真正开始记事,是在童年结束的那一刻。那个时候我正在电视上看老动画片:屏幕上有一队苏联连环画里的小矮人在快乐地向前行进。他们快活地挥舞着手,唱道:

> 然后来了一只青蛙,
>
> 肚子大大绿绿的,
>
> 肚子大大绿绿的,
>
> 吃掉了一只螽斯,
>
> 它没想过也没猜到,
>
> 无论如何没料到,
>
> 无论如何没料到,
>
> 就这样算结束了……

我突然就明白螽斯说的是什么了:是曾在宣传画上、撕下来

---

① 俄语中"苏联"的缩写。

的日历和邮票上挥舞着巨锤的,强壮魁梧的,新世界的建设者。快乐的小矮人们在自己的阳光之城里向苏联发出了最后的敬礼,而通往这个阳光之城的路,没有人能找得到。

看着小矮人的队伍,我突然哭了起来。但并不是因为怀念那个我并不记得的苏联。小矮人们在比他们高半个身子的巨型风铃草当中行进。这些风铃草突然让我想起了一些非常简单但又极其重要的事情——一些我早已忘记了的事情。

在美好的童年时光里,所有东西看上去都像那些花一样巨大,而那些幸福的洒满阳光的小路也像动画片里的一样,永远留在过去了。童年消散在蠡斯的草丛里,我明白,以后就得对付青蛙了——这一点随着时间的推进,也变得越来越清晰……

青蛙确实肚子大大绿绿的,但背是黑的,每一个角落里都可以见到它们专用的小小大使馆,也被叫做交接所。成年人只信任青蛙,但我猜,有一天青蛙也会骗人——然而蠡斯已经再也回不来了……

除了动画片里的小矮人,再没有人和我出生的那个荒唐的国家好好地告个别。甚至那三条承载这个国家的鲸鱼,也装出一副与此无关的样子,开了个家具店(他们的广告在电视上滚动播放——"有三只鲸,三只鲸——其余的一切都是白操心……")。

至于自己家庭的历史,我则是一问三不知。但我周围的一些东西上附着了某种阴沉且神秘的痕迹。

首先,是一幅古老的黑白版画,画的是狮身女人像,她慵懒地向后仰起头,胸脯裸露着,爪子强劲有力。版画挂在走廊上,在一盏米尼翁微型白炽灯①下。灯光微弱,在半明半暗中这幅画显得既神秘又可怕。

我认为,这种生物很有可能在"坟墓大门"后等着人们。"坟墓大门"是母亲经常用的一种说法,远在我能够理解它的意思之前,我就已经会说了(类似于"终止存在"这种复杂而抽象的概念,我根本无法想象:在我看来,死亡——不过是挪到狮身人面像两爪之间罢了)。

另一个来自过去的信息是带有纹章的银质刀叉,纹章由弓箭和三只飞鹤组成。我是在一个总是被母亲锁上的餐具橱柜里发现它们的。

因为自己的好奇心,我被母亲训斥了,她告诉我,这是波罗的海沿岸的男爵冯·斯托克温克尔的家族徽章,我父亲就是出自这个家族。我的姓氏是什托金,没那么有贵族气。母亲解释说,为了掩饰出身背景,改姓在战时共产主义时期是很常见的操作。

我出生后父亲立刻就离家出走了,无论我怎么努力,我都得不到任何关于他的其他信息。只要我一谈起这个话题,母亲就会面色苍白,点上一支香烟,然后开始说她每次都一模一样的独白——一开始很平静,然后逐渐暴躁,开始大喊大叫:"滚!你听见了吗?让你滚,混蛋!滚出去,你这个无赖!"

我猜想,这八成和某件不可告人的风流秘事有关。但当我升

---

① 指一种微型白炽灯,底座比一般的白炽灯更小。体积小,成本低,点亮快。

入八年级的时候，母亲开始重新办理住房手续，这也让我对父亲的了解更深入了一点。

他在一家著名的杂志社做记者，我甚至在网上找到了他的专栏。在一栏文字上方有一张小照片，照片里，一个戴着骑行眼镜的秃头男子亲切和蔼地看着读者。而文章讲的是，如果人民和政府学不会尊重他人的财产所有权，那俄罗斯永远也不会成为一个正常的国家。

这个想法很正确，但由于某种原因，它并没有激起我的热情。可能是因为父亲经常使用那些我还不理解的表达方式——"平民""有刑事责任能力的精英"。他脸上的微笑引起了我妒忌的懊恼：他显然不是对我笑的，而是对那些有刑事责任能力的精英笑的，而我则需要学会尊重那些精英的财产所有权。

中学毕业以后，我开始考虑择业的问题。从锃亮的杂志和广告来看，生活的目标指向是显而易见的，但成功的方法却是顶级机密。

"如果单位时间内通过管道的液体总量保持不变或按照线性增长，"物理老师经常在课堂上重复，"那么就可以推出，需要很长时间才能有新的人通过这条管道。"

这条定理听上去很有说服力，我想尽可能远离这个管道——而不是和所有人一起冲向它。我决定进入亚非国家研究所，学习一种具有异国情调的语言，然后去热带地区工作。

培训费用昂贵，母亲断然拒绝支付家教费。我明白，这不是

阳光之城　021

她吝啬，而是家里实在拿不出这个钱，我没有抱怨。我试图提起父亲，但和往常一样，我们的谈话以争吵告终。母亲说，一个真正的男人应该从一开始就靠自己去闯出一条路来。

我很乐意去闯——但问题是往哪闯？怎么闯？周围的迷雾并没有产生什么阻力——但要在这团迷雾中找到通往金钱和光明的道路，还是希望渺茫。

第一门考试我就没有通过，考的是作文，但不知道为什么，是在莫大①的物理系考的。作文题目是《我心目中的祖国》。我写了动画片里小矮人们唱的关于蠡斯的歌，写了形似"苏联"②的被锯断的螺丝下面的垫片，还有搅成一团的几条鲸鱼……我当然猜到了，要进入这样一所名牌大学，是不应该说真话的，但我没有办法。断送了我自己前途的，据说，是我文章里的这句话："总而言之，我是一个爱国者——我爱我们残酷而不公平的社会它苦苦存活在永久冻土带恶劣的环境中。"在社会这个词后面应该有个逗号。

在最后一次去找招生委员会的时候，我看到门上挂着一张快乐蜗牛的照片（它和网上照片中的父亲一样，显然是在对别人微笑）。下面是一位古代日本诗人的诗：

哦，蜗牛！爬上富士山顶，

---

① 莫大，指莫斯科罗蒙诺索夫国立大学，是俄罗斯联邦规模最大、历史最悠久的综合性研究型高等院校。

② 苏联在俄语里写作CCCP，锯断的螺丝下面的垫片看上去像C。

你可以慢慢来……①

我拿出笔,写道:

富士山顶原本就有很多蜗牛。

这是我人生中的第一次重大失利。作为对命运的回答,我在家附近的超市找到了一份装卸工人的工作。

一开始我感觉自己沉到了人生的最低点,甚至都够不上社会达尔文法则的底线。但很快我明白了,没有什么社会达尔文法则触及不到的低谷和贫民窟,因为社会这个有机体的每一个小细胞,乃至于整个社会,都是按这样的准则生活的。我甚至还记得,我是在什么情况下才认识到这个事实的(我当时就处在洞察真理的边缘——这一点以后再说)。

我看了英国电影《沙丘》②,其中星际旅行是由所谓的领航员提供的,这种生物通过不断服用一种特殊的麻醉剂,变成了半人半龙的样子。领航员张开翼膜③,折叠空间,宇宙飞船的舰队就从太空的一个地方到了另一个地方……在我看来,在莫斯科的某个地方,同样令人毛骨悚然的有蹼生物正在向全世界张开翅膀。人们什么都不会发现,仍然像蚂蚁一样为工作忙碌着,但他们其实已经没有工作要忙了。他们还不知道,周围已经是另一个宇宙了,而统治着他们的也已经是新的法则了。

在装卸工人的世界里也是如此:偷窃(要恰到好处)是理所

---

① 指的是日本江户时代著名俳句诗人小林一茶的诗作。
② 其实是美国的电影,应是作者笔误。
③ 翼膜,翼龙的飞行结构。

应当的；拿着赃款也是理所应当的；为了争一块离看不见的太阳更近一点的地方而大打出手，也是理所应当的，而且打得还不能太随随便便，必须要用上被奉为传统的招式。总的来说，这里也有自己的富士山，虽然又矮，又令人作呕。

不用说，我在攀登的时候再次落在了后边。他们开始连续安排我上夜班，并且把我挪到了上司的眼皮子底下。成为装卸工中的失败者对我来说难以忍受，所以中学毕业后的第二年，一入夏，我就辞掉了工作。

只要我还有一些在超市里赚来的钱（而且偷来的钱也不少），那我就可以和母亲保持在相对独立的状态，尽量不和她沟通。事实上，我们之间的沟通也就是一个固定的仪式——有时母亲会在走廊里拦住我说："我说，正眼儿瞧瞧我！"

她坚信我服用药物，还觉得自己可以分辨出我是不是刚服过，还处于亢奋状态。我从来没有服用过任何药物，但母亲就是固执地认为我几乎每天都吸，有时甚至同时吸好几种。母亲判断我有没有服用过药物，靠的不是观察瞳孔的大小，或者蛋白质有没有变红，而是她的一些独门指标，这样我就学不会要怎么伪装自己——因此，原则上我是不可能对母亲的鉴定提出异议的。我没有和她争论，因为我知道这只会更加印证了她的猜想（"你服完药变得真暴躁，可怕！"）。

此外，母亲还很会催眠——比如说，她只要一说："你说话东一句，西一句！"我就真的开始说话找不到重点了，虽然在此之前我甚至都不明白这个说法是什么意思。所以，如果母亲太烦人了，我就会沉默地收拾好东西，离开房子几个小时。

夏天的某一天，我们之间又掀起了例行的毒品风波。这一次争吵来得极其猛烈，我没办法继续留在房子里了。我走出门去，忍不住说道："到此为止了。我再也不会住在这里了。"

"真是个好消息。"母亲从厨房回道。

当然了，我和她，其实想说的都不是这个意思。

市中心很好——安静，人还少。我在特维尔大街和花园环路之间的小巷里游荡，心里模模糊糊地有一些想法，但不能完全落实在文字上：夏天的莫斯科很好，但不是因为那些房子和街道，而是因为一种暗示——暗示着一些神秘的、不可思议的而你又可以借之逃避的地方。这种暗示无处不在——微风中，轻云中，杨花中（那年夏天杨树的花开得很早）。

突然，人行道上的一个箭头引起了我的注意。箭头是用绿色粉笔画的，旁边写着同样颜色的字：

跻身精英阶层

6.22 18:40—18:55

机不可失，时不再来

我看了看表，当时是六点四十五分。而且刚好就是六月二十二号，夏至。箭头被人用鞋底结结实实地擦过了。很显然，这应该是某个人的恶作剧。但我还是忍不住想要加入这个发起人不明的游戏。

我向四周张望了一下。少有的几个路人都在忙自己的事，根本没有注意我。旁边的窗户里也没有什么动静。

箭头指向大门口。我走进拱门，在沥青上看到了另一个绿色箭头——指向院子的深处。旁边没有写任何字。我又走了几步，看到了一个阴沉的小院子：两辆老旧的汽车，一个垃圾箱，还有刷过油漆的砖墙上的一扇后门。门前的沥青上又多了一个绿色箭头。

楼梯上也有箭头。

最后一个箭头出现在五楼——指向一套大公寓的铠装后门。门是虚掩着的。我屏住呼吸，透过裂缝往里看了看，立刻吓得慌忙躲开了。

门后的阴影里站了一个男人。他手里拿着一个看起来像是喷灯的东西。但我什么都没来得及看清楚。他动了一下，我眼前就一片黑暗了。

回忆到了这里，过去和现在离得这样近，以至于我想起了自己此刻正在什么地方——并且醒了过来。

密特拉①

---

① 指古波斯和吠陀教中的太阳神。又译作"金冠",指东正教主教的金冠。

我还站在那个肋木架旁边。非常想去一趟厕所。此外，我的嘴里好像有点不太对劲。用舌头检查后，我意识到我上排的虎牙已经从牙龈中掉了出来——现在它们的位置上有两个洞。显然，我在昏睡中把牙齿吐了出来——嘴里没有牙齿。

似乎房间里又出现了一个活人——但我的眼神没有办法聚焦，只能看到我面前有一个模糊的斑点。这个斑点正试图用一些轻微的声响和单调的动作来吸引我的注意力。突然我的视线聚焦上了，我看到面前有一个身穿黑衣的陌生男子。他把手移到我面前，检查我是否对光线有反应。见我醒过来，陌生人向我点头致意，说："密特拉。"

我猜，这是个名字。

密特拉是一个身材瘦削的年轻人，个子很高，眼神锐利，留着西班牙式的山羊胡，但上唇的胡子几乎看不出来。他身上有种默菲斯托菲里斯[①]式的感觉，但又是进阶版的：他看起来像一个更高级的魔鬼，不再是献身于恶的老派恶魔，反而走上了实用主义的道路，如果善可以帮他更快地达成目标，他也并不会拒绝。

"罗曼。"我声音嘶哑地说，然后把眼神转向了墙边的沙发。

上面的尸体已经不见了。地板上的血也没有了。

"去哪了……"

"被带走了。"密特拉说，"唉，这样的惨剧让我们措手不及。"

[①] 又译为"梅菲斯特"，是引诱人类堕落的恶魔。

"他为什么要戴面具?"

"死者曾因意外毁容。"

"所以他才开枪自杀?"

密特拉耸了耸肩。

"没有人知道。死者留下了一张纸条,从纸条上看,他的继任者是你……"

他全神贯注地打量着我。

"好像是真的。"

"我不要。"我小声说道。

"你——不——要?"密特拉拖长了声音问道。

我摇了摇头。

"我不明白。"他说,"我还以为你会很高兴呢。要知道,你是个先进的人。否则,梵天不会选择你。而在这个国家,一个先进的人唯一的前途就是——给同性恋当小丑。"

"我觉得,"我答道,"还有别的选择。"

"有啊。不想给同性恋当小丑的,就去给小丑当同性恋。一样,都不贵。"

我没有反对。感觉密特拉好像并不是道听途说。

"但你现在是吸血鬼了,"他继续说,"你只是还没有意识到你到底有多幸运。别再犹豫了。况且你是无论如何都没有退路的……你还是跟我说说吧,自我感觉怎么样?"

"感觉很不好,"我说,"头疼得厉害。还想上厕所。"

"还有吗?"

"牙掉了。上排的虎牙。"

"我们现在来检查一下,"密特拉说,"稍等。"

他拿出了一个带有黑色塞子的短玻璃管。里面装了半管透明的液体。

"这个容器里装的是一个人静脉中红色液体的水溶液。浓度是百分之一……"

"这是个什么人?"

"你自己看吧。"

我不明白密特拉的话是什么意思。

"张嘴。"他说。

"这不危险吗?"

"不危险。吸血鬼对任何红色液体传播的疾病都免疫。"

我听从了他的话,密特拉小心翼翼地在我舌头上滴了几滴试管里的液体。这种液体和普通的水没有什么不同——如果里面有什么别的东西,从味道上是尝不出来的。

"现在把你的舌头在上牙床上擦一擦。你会看到一些东西。我们把这个叫作个性路线……"

我用舌尖在上颚擦了擦。现在上颚上有些异物感。但不疼——只能感觉到轻微的刺痛,就像是微弱的电流打过。我用舌头在牙床上擦了几下,突然……

如果我不是被绑在肋木架上,我可能都保持不了平衡。突然之间，我体验到了一种清晰而强烈的刺激，这和我以前所知道的任何东西都不一样。我看到了——或者更确切地说，感觉到了——另一个人。我从他的体内看到了他，好像我自己变成了他，就像偶尔在梦中会发生的那样。

我从这个人身上感受到了一朵像北极光一样的云团，在这团云里可以清楚地感受到两个区域——类似于排斥和吸引、黑暗和光明、寒冷和温暖。他们以斑驳的墨点和群岛的形式彼此交融，就好像是温暖的岛屿分散在冰冷的大海里，又像是冰凉的湖泊分布在炎热的陆地上。排斥区里填满了难过和痛苦的事情——也就是这个人不喜欢的东西。吸引区则恰恰相反，包含了那些他为之而生的东西。

我看到了密特拉所说的"个性路线"。这两个区域中真的有一条难以描述的看不见的路线，就像是车辙一样，我的注意力沿着这条车辙不受控制地自动往下滑。这是意识习惯的轨迹，是重复的思想磨出的沟痕——注意力沿着这条模糊的轨迹日复一日地运动。跟着这条个性路线，几秒钟内就可以知道所有关于这个人最重要的信息。密特拉不用再多做解释，我就明白了这一点——似乎很久以前，我自己就已经知道了一切。

这个人在莫斯科一家银行做电脑工程师。他有很多不足为外人道的秘密，其中有些甚至称得上可耻。但他最大的问题、耻辱以及顶级机密则是他用不好 Windows 系统。他痛恨这个操作系统就像犯人痛恨监狱。于是事情变得有些可笑——比如说，就因为有WindowsVista的存在，所以当他在电影院里听到西班牙语"hastalavista"①的时候，都会非常扫兴。所有和工作相关的东西都在排斥区，而在排斥区的正中心则高高飘扬着Windows的旗帜。

一开始我觉得在吸引区中心的会是性，但细看之下我才发现，他生命里最主要的乐趣还是啤酒。简而言之，这个人活着就是为了在性交后立刻喝到高质量的德国啤酒，也就是为了这个，他才会忍受所有工作上的痛苦。可能他自己并不太了解什么对他来说是最重要的，但这对于我来说却是显而易见的。

其实我也不能说，别人的生活完完全全向我敞开了大门。我仿佛站在一个漆黑的房间外，透过半掩着的门缝，借着手电筒小小的光斑去看一面满是涂鸦的墙。我认真去看的每一幅画，都汇聚成一幅更大的画，又分散成许多更小的画，如此往复，不断变化。我可以看到所有的记忆——但这些记忆多得过头了。接着图画都开始变暗，好像手电筒电量耗尽了，然后一切都消失了。

"看见了吗？"密特拉问。

我点点头。

"看见什么了？"

"电脑专家。"

"描述一下。"

"就像天平一样，"我说道，"一边是啤酒，另一边是Win-

---

① 即再见。

dows。"

密特拉并没有对我的奇言怪语表现出惊奇的样子。他往嘴里滴了一滴液体，嘴唇微动。

"是。"他表示同意，"Windows x-p-p-p[①]。"

听到这个，我也并不惊奇：电脑专家用XP的俄语发音来表达自己对其中一个版本的憎恶——听起来像是猪在轻轻哼哼。

"我看到的是什么？"我问，"发生的这些是什么？"

"你的首次品尝。超低浓度的。如果用的是纯净的制剂，你可能就记不起来你自己是谁了。持续的时间也会更长。你可能会因为不适应而产生心理创伤。不过只有刚开始的时候才会感觉如此强烈。你后面就会习惯了……那就，恭喜你。现在你是我们的一员了。差不多是我们的一员了。"

"不好意思，"我说，"但您是谁啊？"

密特拉笑了起来。

"我建议你直接改用'你'来称呼我。"

"好吧。你是什么人，密特拉？"

"我是你的老同志。不过，我不比你老多少。和你一样的生物。我希望我们能成为朋友。"

"既然我们要成为朋友，"我说，"那我可以提前请我的朋友帮个忙吗？"

密特拉笑了。

[①] x-p-p-p 发音类似于"嗬咯咯咯咯"。

"那是自然。"

"可以把我从架子上放下来吗?我得去厕所了。"

"当然。"密特拉说,"请原谅,但我必须确保一切正常。"

当绳索落到地板上时,我尝试着往前迈了一步,如果密特拉没抓住我的话,我肯定会摔倒的。

"当心,"他说,"前庭器官可能有点问题。语言完全成活应该需要几个星期……你能走路吗?还是我来帮你?"

"能走,"我说,"在哪?"

"走廊左手边。厨房旁边。"

卫生间和公寓是同样的装修风格,像是哥特式的卫生设施博物馆。我在一个中间有洞的黑色诺斯替①王座上坐下,试图整理一下自己的思绪。但我做不到——千头万绪,根本整理不到一起去。对于即将发生的事,我既感受不到恐惧,也感受不到紧张和担忧。

从厕所出来,我发现并没有人在监视我。走廊里什么人都没有。厨房里也没有。公寓的门就在离厨房几步远的地方。但我并没有想着要逃跑——这是最奇怪的。我知道我现在要回房间里去,继续和密特拉的谈话。

我为什么不想跑呢?我想。

我应该是从某个地方知道了我不应该这么做。我试图想明

---

① 诺斯替教是基督教异端派别。诺斯替教派(Gnosticism)亦译"灵智派""神知派"。罗马帝国时期在地中海东部沿岸各地流行的许多神秘主义教派的统称。

白，是从哪个地方——然后我注意到了一件极其古怪的事。我的头脑中似乎出现了一个重心，那是一个黑色的球体，它是那样地稳定而不可动摇，以至于没有任何东西可以让我失去镇定，心绪不宁。也就是在那里，正在进行着对我所有行动方案的评估——接受或是拒绝。逃跑的想法经过深思熟虑，被判定为过于简单。

球体想要我回去。因为球体是这么想的，所以我也就这么想了。球体并不会通知我，它想要什么。更确切地说，它只是往想要的答案那边滚动——而我也会和它一起往那边滚动。所以密特拉才会放我离开房间，我明白了，他知道我不会逃跑。我也猜到密特拉是怎么知道的了。他的内心里也有一个这样的球体。

"这是怎么回事？"回到房间后，我问道。

"你指的是什么？"

"现在我的内心里有一个核。我所有的思考都要经过它。我好像……失去了灵魂。"

"失去了灵魂？"密特拉反问道，"你要那玩意儿干什么？"

显然，我的脸上出现了困惑的表情——密特拉笑了。

"灵魂——是你，或者，不是你？"他问。

"什么意思？"

"字面意思。你管灵魂叫什么——自己或者是什么别的东西？"

"好像是自己……还是不对，更确切地说，还是什么别的东西……"

"让我们从逻辑上来讨论一下。如果灵魂不是你,而是别的东西,你为什么要操心它呢?如果是你,那你自己就是你的灵魂,你又怎么会失去它呢?"

"是啊,"我说,"你很会引导人,我明白了。"

"这个我们也会教你的。我知道你为什么这么苦恼。"

"为什么?"

"文化休克。在人类的神话中,人们认为成为吸血鬼的人会失去灵魂。这是无稽之谈。按这种逻辑,也可以说,当船装上发动机,船也失去了灵魂。你什么也没有失去。你只是得到了一些东西。只不过得到的东西太多,以至于你以前所知道的一切,相比而言,都小到完全微不足道的程度了。所以你才会有丧失感。"

我坐在沙发上,不久前就在这个沙发上还躺着戴面具人的尸体。坐在这个地方,我一定会害怕,但我心中那个沉重的黑球并不在乎。

"我没有丧失感,"我说,"我已经感觉不到我是我了。"

"这就对了,"密特拉回答,"你现在不一样了。你感觉像是核的那个东西就是语言。它以前生活在梵天体内,现在在你的体内。"

"我明白了,"我说,"梵天说过,他的语言会转移到我身上……"

"请你别再继续认为这是梵天的语言了,恰恰相反,梵天只是语言的身体。"

"那这是谁的语言呢？"

"不能说语言是谁的。语言是它自己的。吸血鬼的个性分为头脑和语言。头脑是吸血鬼人类的一面。是一个附带着所有知识和垃圾的社会型人格。语言是个性的第二中心，也是个性的主要中心。也就是它使你成为一个吸血鬼的。"

"那语言，到底是什么东西呢？"

"是另外一种生物。具有更高的性质。语言是不朽的，从一个吸血鬼身上转移到另一个吸血鬼身上——或者更确切地说，它从一个人身上移植到另一个人身上，就像一个骑手。但它只能和人体共生。你看！"

密特拉指了指那幅马背上的拿破仑。拿破仑看起来像一只企鹅，如果你愿意的话，你可以在图片中看到一场马戏表演：一只企鹅在烟花下骑着马……

"我能感觉到语言不是身体，"我说，"而是某种别的东西。"

"你是对的。重点在于，语言的意识与它寄居之人的意识是融合在一起的。我把吸血鬼比作骑士，但其实比作半人马会更准确。有人说语言主宰着人类的思想。但更正确的说法是：语言将人的思想提升到和自己一样的高度。"

"高度？"我问，"正相反，我感觉我陷入了某种深坑。如果是高度，我为什么感觉这么……这么黑暗？"

密特拉轻笑。

"地下会有黑暗，极高的天上也会有黑暗。我知道你现在的状态。这个时期对你来说很难，对语言来说也很难。可以认为是重生再造——对你来说是比喻义，而对语言来说则是字面义。对它来说这是一次新的化身①，因为吸血鬼所积累的所有人类记忆和经历在语言转移的时候都消失了。你是一张白纸，是新生的吸血鬼，需要学习，学习，再学习。"

"学什么？"

"你必须在短时间内变得学识渊博，斯文优雅。在智力和体力上都要远远优于大多数人。"

"我怎么才能在短时间内做到这一点呢？"

"我们有特殊的教学方法，快速有效。但最重要的事情还是要由语言来教会你。你不会再感觉它是异己的东西。你们会合并成一个整体。"

"语言会吃掉我脑子里的什么东西吗？"

"不会，"密特拉说，"它取代扁桃腺并与前额叶皮质接触。事实上，只是额外添加到大脑的一个部分。"

"那我还是我自己吗？"

"什么意思？"

"万一我不再是我了呢？"

"无论如何，今天的你都不会是明天的你。后天更是如此了。如果某件事注定要发生，那就好好地利用这个机会。难道不

---

① 在各宗教中,通常指神或精灵等超自然力量,通过某种方式,以人类或动物的形态,实体化出现在人类世界之中。

是吗?"

我从沙发上站起来,在房间里走了几步。每一步走起来都很费劲,干扰了我的思考。我觉得密特拉在谈话中有点强词夺理,又或是单纯地在嘲笑我。但以我现在的状态,是没有办法和他争辩的。

"我现在要做什么?"我问,"回家吗?"

密特拉摇摇头。

"绝对不行,你现在要住在这间公寓里。死者的个人物品已经被带走了。其余的都是留给你的遗产。开始学习吧!"

"学什么?"

"会有几个老师来找你的。你得习惯你的新身份,还有你的新名字了。"

"什么新名字?"

密特拉拉着我的肩膀,把我转过去面朝镜柜。我看起来糟透了。密特拉用手指着我的额头。我看到自己额头上干裂的棕色文字,想起来梵天在去世前,曾经在我的额头上用血写了一些东西。

"阿——玛——特,"我逐字念出来,"不是,是阿——玛——奇……"

"罗摩[①],"密特拉纠正道,"吸血鬼以神的名字命名,这是

[①] 古印度史诗《罗摩衍那》和《摩诃波罗多》中的主人公,一位贤明的国王,被神化为印度教主神毗湿奴的化身。

一种古老的传统。但都是不一样的神。想想你名字的含义。这是一盏灯,将照亮你的路。"

他停下来——显然是在等我提问。但我没有问题。

"据说,关于灯,"密特拉解释说,"也是一种传统。但说实话,没有灯你也不会迷路。因为吸血鬼只有一条路。无论你有没有灯,都只能往一个方向走。"

他笑了。

"我现在得走了,"他说,"大堕落日再见吧。"

我觉得他一定是在开玩笑。

"那是什么?"

"有点像是吸血鬼资格考试。"

"我不太会考试,"我说,"我总是考砸。"

"可以怪体制的,就不要怪自己。你的作文写得很好,真诚又新颖。甚至体现了你的写作天赋。只不过富士山顶等待的是别的蜗牛。"

"你咬我了?"

他点点头,把手伸进口袋里,拿出一个狭长的香烟大小的玻璃管,管子两头用塑料塞子堵着,里面有几滴血。

"这是你的个人资料。其他人,也就是我们的老家伙们,也要了解一下的。"

他意味深长地抬头看了看。

"现在该谈谈生活问题了。写字台里有钱,你应该用得到。

食物会由楼下的饭店送上来。保姆每周会来打扫两次。如果需要什么东西,你就自己买。"

"我这副样子还能去哪儿?"我问道,朝镜中自己的影子点了下头。

"很快就好了。我去给你准备要用的东西,衣服和鞋子。"

"我告诉你尺码?"

"不用了,"他回答道,并用舌头发出类似于"嚃"的响声,"我知道。"

恩利尔①

---

① 在苏美尔-阿卡德神话中,恩利尔是风、空气、大地和风暴之神;苏美尔万神殿的三主神之一。

童年时我常常渴望着奇遇。大概，我不会拒绝成为像米拉雷帕[①]一样的飞天藏地瑜伽士，或者是像卡洛斯·卡斯塔尼达[②]和哈利·波特这样的巫师学徒。我可能也会接受更平凡的命运：成为一个宇宙英雄，发现一个新的星球，或者写出一本伟大的震撼人心的长篇小说，让评论家们把牙咬得咯吱响，再从他们的臭坑深处发射他们粪土做成的炮弹。

但变成吸血鬼……吸血……

夜里我噩梦缠身。我梦见了我的朋友们——他们为我的不幸痛哭，为帮不了我而抱歉。凌晨的时候我梦见了母亲，哀伤的，温柔的，她的这副样子我早就想不起来了。她一边用带有男爵冯·斯托克温克尔家族徽章的手帕擦着眼泪，一边低声说："罗莫奇卡[③]，我的灵魂在你的小床上守护着你的梦。但是你用'时刻'牌胶水把我粘在墙上，我没有办法帮你！"

我不知道该怎么回答，但和我一起关注着这些梦的语言来帮忙了（对它而言，似乎并没有梦境和现实之分）："不好意思，但您并不是他的母亲。"他用我的声音说道，"他母亲可能会说，他就是因为这种胶水闻多了，才会这样的。"

然后我就醒了。

我躺在一张巨大的床上，头上是绣花的棕金色幔帐。窗帘也

[①] 米拉雷帕是西藏著名的瑜伽士。
[②] 卡洛斯·卡斯塔尼达，美国学者，被老印第安人唐望收为门徒，不信巫术，但以理性的态度巨细无遗地记录下了唐望教授巫术的过程，并写成《巫士之谜》一书。
[③] 也是罗曼的小名。

是同样的棕金色，紧紧地遮住了窗户；装修风格是所谓的哥特式的。床头柜上是一个黑色胶木电话机，上世纪五十年代的风格。

我从床上起来，脚步蹒跚地往浴室走。

一看到镜子里的自己，我赶忙闪开。我眼睛周围的半张脸上，全是青紫色的瘀斑，就像一般脑震荡的时候才会出现的那种斑。昨天还没有。看上去十分骇人。但其他地方还没那么糟。我晚上就洗掉了血迹；脖子上颌骨下面只留下了一个黑黑的干涸的小孔，就像钉子穿过皮肤留下的痕迹。小孔没有出血，也不疼——我甚至感到很奇怪，就这么一个小小的伤口居然会给我带来那么可怕的痛苦。

我的嘴巴看上去和以前一样，只是在微微发肿的上颚出现了一层厚厚的橙色物质。橙色物质出现的那片地方有点轻微的麻木。虎牙脱落留下的洞痒得厉害，在黑色的伤口里可以看见像糖一样白的新生的牙尖——它们的生长速度快得令人难以置信。

我内心的核虽然并没有消失，但是也已经不会再干扰我了，我几乎一夜之间就习惯了。我感到一种冷漠的超脱，好像一切都不是发生在我的身上，而是发生在我从四维空间观察到的其他人的身上。这一点让我愉快地意识到，我并不是一定要为正在发生的这些事负责，这似乎向我保证了一种前所未有的自由——但我还太虚弱，无法更深入地自我分析。

洗完澡，我开始认真地察看这间公寓。公寓大得惊人，它那种阴沉沉的奢华也令人惊讶。除了卧室还有那个有大斗橱的房间外,还有一间电影放映厅,放映厅的墙上收藏着各式各样的面具(威尼斯式的、非洲式的、中国式的,还有一些我也没办法归类的),以及一个看上去像是客厅的房间,里面安装了壁炉,摆着几把圈椅,而在最尊贵的地方①则立着一台红木机壳的古董收音机。

还有一个房间,我想不明白到底是用来做什么的——甚至都不能算是一个房间,而是一个储藏室,地板上铺着厚厚的软垫。几面墙都用带恒星、行星和太阳图案的黑色天鹅绒遮着(所有的天体都长着人脸,神秘而阴郁)。储物室中间的东西像是一个巨大的银马镫:固定在弧形金属杆上的横梁被从天花板上垂下来的链子悬挂在空中。墙上凸出来一个金属开关,扭转开关就可以控制金属杆在软垫上方起落。我实在想象不出来,为什么会需要这样一个装置。难道说是为了在储藏室养一只喜欢独处的大鹦鹉吗……房间的墙上还有一些白色的小匣子,像是信号传感器。

那个有大斗橱的房间,也就是梵天开枪自尽的那个房间,对我来说还是很熟悉的。我已经在那里待过很久了,所以我认为自己有权对它展开进一步探索。

这里显然是上一任主人工作的书房——虽然他的工作是什么还很难说。我随便打开了斗橱上的几个抽屉,发现里面有很多塑料试管架,架子上摆放着整组的试管,试管都被黑色的胶皮塞子

---

① 指俄罗斯的红角(红色的角落),俄罗斯人通常在这里摆放圣像画。

封着。每个试管里都装着2c.c.-3c.c.①的透明液体。

我猜到这是什么了。密特拉之前让我尝的就是一个装在这种试管里的制剂 Windows x-p-p。这俨然就是某种吸血鬼图书馆。试管上标着数字和字母，斗橱的每个抽屉上也标着编码——几个字母和数字的组合。显然，应该还有一份图书馆的目录。

墙上挂着两幅裸体画。在第一幅画里画着一个坐在圈椅里的十二岁左右的裸体女孩，但却长着一颗中年谢顶的纳博科夫的头；颈部的接缝被资产阶级波尔卡圆点蝴蝶领结藏了起来。这幅画叫作《洛丽塔》②。

第二幅画里似乎也是这个女孩，只不过她的皮肤非常苍白，胸部没有丝毫隆起。这幅画里纳博科夫的脸完全衰老松弛了，用来遮挡接缝的蝴蝶领结也大得荒唐，而且异常花哨，上面点缀着像是彗星、公鸡、地理符号的花样。这幅画叫作《阿达》③。

在两幅画里，孩子的一些身体特征有所不同，但观赏体验很不愉快，甚至有些可怕——因为两个纳博科夫的眼睛都仔细且嫌恶地审视着观众——一位不知名的艺术家非常巧妙地营造出了这样的效果。

我突然感觉到脖子上有一阵微不可察的风吹过。

"弗拉基米尔·弗拉基米罗维奇·纳博科夫就像意志和概念。"我身后响起了铿锵有力的男低音。

---

① 1c.c.＝1毫升。
②《洛丽塔》，是纳博科夫在中年时期创作的小说。
③《阿达》，是纳博科夫在老年时期创作的小说。

我吓了一跳,转过身去,只见离我一米远的地方站着一个不高的胖胖的男人,他穿着黑色的短大衣,里面是一件深色的紧身高领套头毛衣,眼睛藏在墨镜后面,看上去有五六十岁,眉毛很浓密,鹰钩鼻,额头高高秃秃的。

"你明白画家想表达什么吗?"他问。

我摇摇头,表示不知道。

"纳博科夫的长篇小说《洛丽塔》和《阿达》——是'弗拉基米尔与我们同在'的三人床变体。是这个意思。"

我看看洛丽塔,又看看阿达,这才发现她乳白色的皮肤上满是苍蝇屎。

"洛丽塔?"我又问道,"她的名字是从'LOL'衍生出来的吗[①]?"

"我不明白你说的是什么意思。"陌生人说道。

"大声笑出来[②],"我解释说,"网络语言。用俄语说是'大笑'或者'笑得在地上打滚'[③]。这样看来,洛丽塔是个很快乐的女孩。"

"是啊。"陌生人叹了口气,说,"时代不同,文化也不同。有时候感觉自己就像是一个博物馆的陈列品……你读过纳博科夫吗?"

"读过。"我撒谎了。

[①] 洛丽塔的俄语写法中,前三个字母对应的英文字母是LOL。
[②] 这里作者写的是英语(Laughed out loud)。
[③] 这是两个俄语中的网络俚语。

"那你觉得怎么样?"

"胡扯①。"我自信地说。

这样的评论我屡试不爽。

"噢,真是满分的回答。"陌生人笑着说,"噩梦用英语来说是 night mare②,也就是'夜里的马'。弗拉基米尔·弗拉基米罗维奇好像提到过这一点。但为什么是灰的呢?啊——啊——啊!明白了,明白了……最可怕的噩梦就是失眠了……*失眠,你的眼神可怕、阴沉……Insomnia, your stare is dull and ashen……*③忧伤的、灰白的、灰的……"

我想起过道上的门一直没关。显然是有个疯子走错门进来了。

"整个俄罗斯的历史,"陌生人继续说,"都掉进了这个噩梦的洞里了……最重要的是,从荒诞到真实的转换就在那么一瞬间。灰马-栗马……一开始是噩梦,灰马的溜达——然后就在克里米亚的山坡上醒了。有马鞭,还有牛蒡头……"

他凝视着某个遥远的地方。

也有可能,他不是疯子,我想。

"我有点不太明白,"我礼貌地问,"为什么作家纳博科夫的小说是三人床?"

---

① 直译为灰马的溜达。
② 英文单词 mare 的意思是母马、母驴。
③ 在这里陌生人引用了纳博科夫诗歌《俄罗斯诗歌之夜》中的诗句,并分别背诵出了俄英两种版本。

"因为在他书里的恋人中间老是躺着他自己。还老是发表一些微妙的见解,引人注意。这对读者来说很不礼貌,除非他是个恋老症患者……你知道我最喜欢的色情文学是什么吗?"

陌生人给我一种强烈的压迫感。

"不知道。"我说。

"《月亮上的纳斯那卡》①,里面没有一个字是关于色情的,也正因为如此,《月亮上的纳斯那卡》才是二十世纪最色情的文本。一边读,一边想象,小矮人们在飞往月球的漫长航行中都在自己的火箭里做了什么……"

不对,我想,他肯定不是疯子。反而是一个很有智慧的人。

"是啊,"我说,"我小时候也想过这一点。您究竟是什么人啊?"

"我是恩利尔·马拉托维奇。"

"您吓到我了。"

他递给我一张餐巾纸。

"你脖子上湿了。擦擦吧。"

我什么都没感觉到——但还是照他说的做了。餐巾纸上有两个一分钱硬币大小的血点。我立刻明白了为什么他会讨论起小矮人。

"您也是……是吗?"

"其他人也不会来这儿。"

---

① «НезнайканаЛуне»,俄罗斯1997年上映的动画电影。

"您是什么人？"

"在人类世界里我应该算是个领导，"恩利尔·马拉托维奇回答道，"但吸血鬼们都只叫我调配员。"

"明白了，"我说，"我还以为您疯了呢。失眠、月亮上的纳博科夫……您是用这种方式转移对方的注意力的吗？用这种方式让对方察觉不到自己被咬了。"

恩利尔·马拉托维奇咧嘴笑了一下。

"你感觉怎么样？"

"还行吧。"

"坦白地说，你看上去不大好。但也是常有的事。我给你带了药膏，晚上的时候涂在瘀斑上，早上就好了。我还带了些钙片——每天吃15片，对牙好。"

"谢谢。"

"我知道，"恩利尔·马拉托维奇说，"你对发生在你身上的事并不是很高兴。不用说谎，没这个必要。我理解。这很正常，反而是件好事，这说明你是一个好人。"

"难道吸血鬼还得是个好人吗？"

恩利尔·马拉托维奇的眉毛一下子挑得老高。

"那当然了！"他说，"不然呢？"

"但是要知道……"我开口说道，但话说到一半停住了。

我想说，要吸别人的血不需要非得是个好人，反过来说才更贴切呢——但我觉得，这么说听上去很不礼貌。

"罗摩，"恩利尔·马拉托维奇说，"你还不明白我们究竟是什么人。你所知道的关于吸血鬼的一切都不是真的。现在我要告诉你一些事情。跟我来。"

我跟着他走进了那个有壁炉和圈椅的房间。恩利尔·马拉托维奇走近壁炉，指了指挂在上方的蝙蝠的黑白照片。拍摄距离很近，可以看到蝙蝠黑色的眼珠、竖起来的狗一样的耳朵和皱皱巴巴的像猪拱嘴一样的鼻子。看上去就像是猪和狗的混合物。

"这是什么？"我问。

"这是圆形叶口蝠①，吸血鬼蝙蝠。发现于美国赤道两侧地区，以大型动物体内的红色液体为食，以群居的方式住在古老的洞穴里。"

"您为什么要给我看这个？"

恩利尔·马拉托维奇在椅子上坐下，并且抬手示意我坐在他对面。

"如果你听过在中美洲流传的关于这个小东西的故事，"他说，"那你就会觉得，世上似乎没有比它更可怕的生物了。人们会告诉你，这种蝙蝠就是鬼蜮，它可以化作人形，把猎物引诱到密林里，一群这样的蝙蝠可以咬死在丛林里迷路的人，还有很多类似的谣传。一找到这种吸血蝙蝠的巢穴，人们就会用烟把它们熏出来，或者干脆把一切都炸掉……"

他看着我，似乎我必须要说出点什么来回答他。但我不知道

---

① 原文这里说的是英文。

要说什么。

"人出于某种莫名其妙的原因,认为自己是善良和光明的代表,"他继续说,"而吸血鬼则被认为是阴暗的邪恶的产物。但如果我们着眼于事实……试试看,你能不能给我哪怕一个理由,说明人比吸血蝙蝠好。"

"也许,"我说,"人比吸血蝙蝠好,是因为人会互相帮助?"

"人们互相帮助也太少见了,可吸血蝙蝠一直都是互相帮助,它们还会分享自己带回家的食物。还有吗?"

我再也想不到其他的理由了。

"人,"恩利尔·马拉托维奇说,"就是这个地球上最残忍最没有意义的杀手。他们没有对周围的生命做出任何好事,至于坏事……还需要列举吗?"

我摇摇头。

"而这个小东西,被人们用来象征自己隐秘的恐惧,它可没杀害任何人,它甚至都不会造成什么严重的损害。它小心翼翼地划破自己面前的皮肤,喝下足以满足自己的2c.c.血液,一点不多,一点不少。这对于,比如说,一头公牛或者一匹马来说,有什么大不了的呢?就算是对一个人来说,又有什么呢?从血管里放出少量的红色液体,从医学角度来看还是有益的。再比如,有记载说,一只吸血蝙蝠救了一个因为寒热症而奄奄一息的天主教修士,但是!"他激动地举起一根手指,"可没有任何记载说,天主教修士救了一只因为寒热症而奄奄一息的吸血蝙蝠……"

他的话很难反驳。

"你记住，罗摩，人们对吸血鬼的所有看法都是假的，我们根本不是他们所描述的那种凶狠的怪物……"

我看了一眼蝙蝠的照片。它毛茸茸的小脸蛋儿看起来的确不像是有危险的样子，相反，它看上去很聪明，紧张，还有点害怕。

"那我们是什么呢？"我问。

"你知道什么是食物链吗？或者，有时候也叫作营养链？"

"麦当劳那样的？"

"不完全是，麦当劳是快餐连锁店。食物链，或者说'营养链'，是被'食物-食用者'关系联系起来的动植物。就像兔子和蟒蛇，蠡斯和青蛙……"

他笑着向我眨眨眼。

"……或者青蛙和法国人。又或者法国人和坟墓里的蛆。人被看作是金字塔的顶端，因为他们想吃什么就吃什么，想什么时候吃就什么时候吃，想用什么方式吃就用什么方式吃，想吃多少就吃多少。人类的自高自大也就是建立在这个基础之上的。但大多数人都不知道的是，事实上食物链还有更高的层次。也就是我们，吸血鬼。我们是地球上最高的一环，倒数第二环。"

"那最后一环是什么？"我问。

"是神。"恩利尔·马拉托维奇答道。

我什么也没说，只是把自己缩进了椅子里。

"吸血鬼不止是食物链最高的一环，"恩利尔·马拉托维奇继续道，"他们还是最仁慈的一环，道德高尚的一环。"

"但我觉得，"我说，"当个寄生虫，吸别人的血还是不太好。"

"难道为了吃肉去剥夺动物的生命就更好吗？"

我又一次哑口无言。

"哪种更仁慈？"恩利尔·马拉托维奇继续说，"挤牛奶喝牛奶，还是把牛杀了做成肉饼？"

"挤牛奶更仁慈。"

"那是自然。就算是对吸血鬼有很大影响的列夫·尼古拉耶维奇·托尔斯泰伯爵也会同意这一点的。罗摩，吸血鬼就是这么做的。我们无论如何都不会为了食物而杀死任何人。吸血鬼的行为更像是奶牛养殖。"

我感觉他有点强词夺理——就像密特拉一样。

"不能这么比喻，"我说，"人们是专门养殖奶牛来挤奶的，而且奶牛是人工培育出来的，野外可是没有奶牛的。但吸血鬼没有养殖人类啊，难道不是吗？"

"你怎么知道的？"

"您想说，人是吸血鬼培育出来的？"

"是啊，"恩利尔·马拉托维奇回答，"我想说的就是这个。"

我想了想，觉得他是在说笑。但他的表情却十分严肃。

"那吸血鬼是怎么做的？"

"在你没学魅力和话语之前,你是什么都不会明白的。"

"没学什么?"

恩利尔·马拉托维奇笑了。

"魅力和话语,"他又重复了一遍,"吸血鬼的两门主要学科。你看,你甚至不知道它是什么,就想讨论这些复杂的难题了。等你接受了应有的教育,我会亲自告诉你创世的故事,也会告诉你吸血鬼是如何利用人类资源的。我们现在说什么都只是在浪费时间。"

"那我什么时候可以学魅力和话语?"

"从明天开始。会有两个我们最优秀的专家来给你上课,巴德尔①和耶和华②。他们会在早上过来,所以你晚上早点睡。还有问题吗?"

我想了想。

"您说是吸血鬼培育了人类,那为什么人类又会觉得吸血鬼是凶狠的怪物呢?"

"这样就隐藏了事情的真相。而且,更有趣。"

"但是灵长类动物在地球上已经存在了数百万年,人类也有数十万年了。吸血鬼怎么能把人类培育出来?"

"吸血鬼在地球上生活的时间已经久到无法计量了。人类也绝对不是我们的第一种食物。但我要再次申明,现在说这个还太

---

① 日耳曼-斯堪的纳维亚神话中的光明之神,也是春天与喜悦之神。
② 上帝的名字之一。

早，你还有其他的问题吗？"

"有啊，"我说，"但我不知道，您会不会又说'现在说这个还太早'。"

"说来听听。"

"请您告诉我，吸血鬼吸血的时候是怎么读心的？"

恩利尔·马拉托维奇皱起了眉头。

"'吸血的时候'，"他重复道，"哎呀，你记住，罗摩，我们从来不说这种话。这样说不仅粗俗，而且对一些吸血鬼来说就是侮辱。你跟我这么说就算了，我会自己把它换成个好词儿，但是你如果这么跟别人说，"他把头转向一边，"他们不会原谅你的。"

"那吸血鬼一般都是怎么说的？"

"吸血鬼说'在品尝的时候'。"

"好，那吸血鬼品尝的时候是怎么读心的？"

"你是对实际操作方法感兴趣？"

"操作方法我已经知道了。"我说，"我想要一个科学的解释。"

恩利尔·马拉托维奇叹了口气。

"你看，罗摩，任何解释都是现有概念的因变现象，如果一个解释是科学的，那它一定是基于科学中已有的概念。比如说，在中世纪的时候，人们认为瘟疫是通过身体的毛孔传播的。所以为了预防感染，禁止人们去浴室，以免在洗澡的时候张开毛孔。

但现在的科学认为，瘟疫是通过跳蚤传播的，所以为了预防感染，建议人们尽可能频繁地洗澡。概念改变，论断也会改变。你明白了吗？"

我点点头。

"所以，"他继续说，"在现代科学里没有这样的概念来支撑你要的科学的解释。我只能用你熟悉的其他领域的例子来解释……你挺懂电脑的？"

"懂一点。"我谦虚地说。

"你懂，而且懂得很多，我看到了。还记得为什么微软会那么不遗余力地把网景互联网浏览器从市场上排挤出去吗？"

我很高兴可以显摆一下自己的博学。

"当时没有人知道电脑接下来会如何发展，"我说，"曾经有过两种发展观念。一种观念认为，用户的所有个人信息都应该储存在硬盘里。而另一种观念认为，电脑应该变成一个简单的和网络进行交互的设备，用户的信息则存储在网络里。用户接通线路，输入密码，就可以获得许可，进入自己的存储单元。如果这种观念胜出了，那市场的垄断者就会是网景，而不是微软了。"

"对！"恩利尔·马拉托维奇说，"就是这样。我自己肯定说不了这么简明扼要。现在你想象一下，人的大脑就是一台电脑，没有人知道关于这台电脑的具体情况。现在科学家们认为这台电脑就像是一个硬盘，里面存储了这个人知道的一切。但也有可能人的大脑只是一台调制解调器，用来和网络进行交互，而所有信息则都存储在网络里。可以想象吗？"

"总的来说，可以的，"我说，"完全可以。"

"那接下来就简单了。当用户要接入自己的存储单元时，需要输入密码。如果你知道了密码，那你就可以像用自己的单元一样，用别人的单元了。"

"唔，明白了。您是说，密码就是一种包含在血液里的信息代码？"

"但麻烦你还是不要用这个词，"恩利尔·马拉托维奇眉毛拧紧，"一开始就要戒掉。在书写的时候，你想写多少以声母 x 开头的那个词都可以，这很合理。但在口语表达的时候，这个词对吸血鬼来说很不体面，难以忍受。"

"那说话的时候用什么词来代替那个以声母 x 开头的词呢？"

"红色液体①。"恩利尔·马拉托维奇说。

"红色液体？"我又重复了一遍。

这个表达方式我已经听过几次了。

"美式英语词，"恩利尔·马拉托维奇解释说，"盎格鲁撒克逊吸血鬼说 red liquid，我们挪用了过来。总的来说，这是一段漫长的历史。15世纪的时候大家都说'流质'，后来这个词也被认为有伤风化。电学流行的时候，开始叫它'电解质'，或者就只叫它'电'。再后来这个词也变成粗俗的了，就开始说'制剂'。九十年代的时候说'溶液'，现在是'红色液体'……总之是一

---

① 在俄语中，"吸血鬼"这个词不包含表示"血"的词根，所以不用避讳。

代不如一代了，但逆历史潮流总是行不通的。"

他看了看表。

"还有问题吗？"

"有架子的储藏室是做什么的？"我问。

"那不是储藏室，"恩利尔·马拉托维奇答道，"那是哈姆雷特。"

"哈姆雷特？莎士比亚的那个哈姆雷特？"

"不是，"恩利尔·马拉托维奇说，"是没有教堂的英国小村庄哈姆雷特，可以说，是个贫瘠的避难所。哈姆雷特是我们的一切，它关系到我们生活中一个有点可耻但非常非常迷人的方面。你以后会知道的。"

他从椅子上起身站了起来。

"现在我真的得走了。"

我送他到门口。

他在门口转过身来，郑重其事地鞠了一躬，看着我的眼睛说："我们很高兴，您再一次和我们在一起了。"

"再见。"我含糊地说。

门在他身后关上了。

我知道他最后一句话不是对我说的，是对语言说的。

巴德尔

恩利尔·马拉托维奇留给我的药膏效果惊人——第二天早上我眼下的瘀青就消失了，就好像我把脸上的妆卸掉了一样。如果不考虑缺的那两颗牙，我现在看上去已经和以前一模一样了，一时间我心情大好。牙也在往外长，牙根痒痒的，我老是想挠挠。而且我嗓子也不哑了。吃了钙片以后，我决定给母亲打个电话。

她问我消失去哪里了。这是她最喜欢的笑话，这意味着她正在不紧不慢地喝着白兰地，心情很好——问完这一句，她总会接着说"你知道你早晚真的会消失吗"。

让她把这句话说出来以后，我谎称之前遇到了几个同学，我们待的乡村小别墅里没有电话，然后又说，我以后会在外面租房住，马上就会回去取东西。母亲干巴巴地警告我，服用药品的人活不过三十岁，就把电话挂了。家里的问题摆平了。

然后就接到了密特拉的电话。

"还在睡吗？"他问。

"没有，"我答道，"已经起床了。"

"恩利尔·马拉托维奇很喜欢你，"他通知我说，"所以，第一门考试算你通过了。"

"他说今天会有老师过来。"

"是的。好好学习吧，什么都别想。只有当你掌握了不停思考的人类创造出来的一切精华，你才能成为一个真正的吸血鬼……"

我刚放下听筒，门铃就响了。透过猫眼，我看见了两个黑衣人，手上拿着黑色的大工具包。

"谁在那儿？"我问。

"巴德尔。"一个又粗又低的声音说道。

"耶和华。"另一个细一点、高一点的声音补充道。

我把门打开了。

他们站在门口，让我想起了来自某个地方的情报局的退役老军官——体格健壮，脸颊绯红，开着体面的外国汽车，住着居民区里的好公寓，有时还会在莫斯科近郊的别墅里喝酒打牌。不过，在他们的眼神里闪烁着一些东西，让我意识到，眼前朴实憨厚的样子只不过是伪装。

我立刻就察觉到这两个人有点奇怪，但又说不清究竟是哪里奇怪。一直到后来巴德尔和耶和华开始单独过来的时候，我才发现。他们两个很像，同时又不像。他们两个在一起的时候，看上去一点也不像。但是我单独看见他们的时候，又总是把他们弄混，虽然他们身高不一样，脸长得也不太像。

巴德尔是魅力老师，耶和华是话语老师。这两门课一共要上三个星期，就学习内容的体量来看，相当于大学本科加上后面的硕士和博士阶段的总和。

我必须承认，当时我是一个机智活泼，但却不学无术的年轻人，误解了许多词的含义。我常常能听到"魅力"和"话语"这两个术语，但我对它们的认识却很模糊：我认为"话语"是一种深奥难懂的东西，而"魅力"则是雅致且昂贵的；我还认为，这两个词有点像监狱纸牌游戏的名字。事实证明，后者非常接近真相。

我们彼此认识了之后，巴德尔说："魅力和话语，这是吸血鬼需要不断学习的两门最主要的艺术。它们的本质在于伪装和控制，最终目的是为了统治。你会伪装和控制吗？你会统治吗？"

我摇摇头表示不会。

"我们会教你。"

巴德尔和耶和华在书房角落里的椅子上坐下，我则被安排坐在红沙发上，也就是那个梵天开枪自尽的沙发，这样的开场让我感觉有些可怕。

"今天我们会同时给你上课，"耶和华开始说，"你知道为什么吗？"

"因为魅力和话语实际上是一码事。"巴德尔接着说。

"是的，"耶和华表示赞同，"这是现代文明的两大支柱，在我们的头顶合拢，形成一道高耸的拱门。"

他们不说话了，在等我的反应。

"我不是很明白你们在说什么，"我很诚实地说，"既然是两个词，那为什么又是一码事？"

"它们只是乍一看不一样罢了。"耶和华说，"'魅力（Glamour）'起源于苏格兰词语，指的是巫术。而巫术又起源于'语法（grammar）'，'语法'又源于'语法学（grammatica）'，这些词在中世纪的时候指的是同一门学问的不同表现形式，包括与识文断字结合起来的通灵术。这基本上就等同于'话语'了。"

我一听来了兴趣。

"那'话语'的起源是什么?"

"中世纪的拉丁语里有一个词是 discursus,意思是'到处跑''来回跑'。如果我们深入探究这个词的起源,那就会发现它来自动词 discurrere,currere 的意思是'跑',dis 是一个表示否定的前缀。所以'话语'的意思就是禁止逃跑。"

"从哪里逃跑?"

"你想知道的话,"巴德尔说,"那我们就按顺序来吧。"

他弯腰从自己的工具包中取出了一本光泽亮丽的杂志,从中间打开,然后把里页朝向我。

"你在图片里看到的一切都是魅力,图片之间用字母写成的一栏一栏都是话语。明白吗?"

我点点头。

"换句话说,"巴德尔说,"人们说出来的一切,都是话语……"

"而他说话时的样子,是魅力。"耶和华补充道。

"但这种解释只能作为你理解的出发点……"巴德尔说。

"……因为这些概念的意义实际上要宽泛得多。"耶和华接着把话说完。

我感觉自己似乎坐在一个立体声音响前面,这套音响没有扬声器,有的只是两个雄赳赳的黑衣吸血鬼。我听的绝对是些来自六十年代的令人迷幻的东西——当时的摇滚先驱们喜欢把声音一分为二，这样一来，听众就可以充分感受到立体声的效果。

"魅力是一种通过金钱表达出来的性，"左边的扬声器说，"或者，如果你喜欢的话，也可以说是通过性表达出来的金钱。"

"而话语，"右边的扬声器应声答道，"则是魅力的升华。你知道什么是升华吗？"

我摇摇头。

"那这样说吧，"左边的扬声器继续说道，"话语是一种不充分的性，通过金钱来表达，但这金钱又是不存在的。"

"在极端情况下，性也可以从魅力的公式里消掉，"右边的扬声器说，"通过性表达的金钱，也可以看作是通过由金钱表达的性来表达的金钱，也就是说，通过金钱来表达的金钱。话语也是一样的，只不过要调整一下这个式子的虚数。"

"话语是闪烁的游戏，玩弄着在恶毒的嫉妒之火中煎熬着的魅力所生出的空泛的概念。"左边的扬声器说。

"而魅力，"右边说，"则是流淌的游戏，玩弄着在兴奋的情欲之火中蒸干的话语所生出的空洞的形象。"

"魅力和话语就像阴和阳。"左边说。

"话语围绕着魅力，就像是它精致的外壳。"右边解释说。

"而魅力则给予话语生命力，不使其干涸。"左边接着说。

"你可以认为，"右边说，"魅力，是身体的话语……"

"而话语，"左边应声说道，"是精神的魅力。"

"在这两个概念的交界处诞生了整个现代文明……"右边说。

"现代文明也就是话语的魅力和魅力的话语的辩证统一。"左边接着说完了这句话。

巴德尔和耶和华把"魅力"和"话语"的重音放在了词的末尾,就像从前老练的加油员也喜欢把"燃油"的重音放在词尾一样。这一发现让我对他们一下子肃然起敬。但我还是很快就睡了过去。

他们没有叫醒我。后来他们跟我解释说,在梦里掌握知识的速度比清醒的时候快四倍,因为消除了不相关的心理过程的影响。几个小时后我才醒过来。耶和华和巴德尔看上去很累,但很满意。我却完全不记得这段时间里发生了什么。

然而,后面的课程完全不同。

我们基本上不说话——老师们只是偶尔口述一些需要我记录下来的东西。每次开始上课时,他们都会在桌子上摆放相同的塑料试管架,看起来像是DNA检测实验室里的设备。试管架上放着许多带橡胶塞的短管,管子里都有一点点透明的液体,在黑色长塞子上还贴着一张写着文字或数字的纸片。

这些都是制剂。

我学习的方法很简单。我会在嘴巴里滴两三滴试管里的液体,用一种叫做"固着剂"的微苦的透明液体送服,然后我的记忆中就会炸开大量的我以前并不知道的信息——就像是理解知识时产生的北极光,又或是知识礼炮迸发时产生的火焰。这和我第一次品尝时的感觉很像,只不过知识会一直留在我的记忆中,哪怕制剂的效果已经过去。这一点就要归功于固着剂了——一种能在大脑化学层面产生影响的复杂物质,如果长期使用,会危害健康,所以要尽可能地压缩学习时长。

我品尝的制剂都是大杂烩,是很多人红色液体的混合物,他们的灵魂在我的认知层面堆叠,形成一个幽灵合唱团,根据给出的主题歌唱。除了他们的知识,我还知道了他们人生的细节,通常这些细节都是不愉快的,无聊乏味的。对于透露给我的这些秘密,我丝毫不感兴趣。

不能说我从制剂里获取知识,就像普通的大学生从教材或者课堂上获取知识。我学习的源头就像是一档无休无止的电视节目,在这档节目里,教学材料与风俗连续剧、家庭相册、乏味的业余色情片掺杂在一起。另一方面,如果抛开现象看本质的话,任何一个大学生的学习大概也都有着同样的配菜——所以我的学习过程,与他们的相比而言,也是毫无二致的。

我吸收的信息本身并没有使我变得更聪明。但是当我开始思考的时候,新的知识就会毫无预兆地从记忆中浮出水面,同时我的思维方式也变了,这一切把我带到了一种我之前完全想象不到的境界。我小时候听过一首苏联歌曲,最能表现这种体验了(妈妈开玩笑说这首歌写的是勃列日涅夫的回忆录《小地》):

今早天不亮我就起床,

穿过一片广阔的田野,——

巴德尔　071

> 我的记忆已经发生某种变化,
> 我记得所有与我无关的事情……

起初,发生的事情令我感到害怕。从小熟知的概念焕然一新,生出一些我过去不知道的也从没想过的全新的含义。它发生得很突然,就像意识层面的连锁反应,一个偶然的印象唤起一个被遗忘的梦,然后周遭的一切立刻就被赋予了一种特殊的意义。我知道,精神分裂的症状大概也是这样的。但这个世界一天天地变得越来越有趣,我很快也就不再害怕了。然后我开始享受正在发生的事情。

例如,当我坐着出租车走在华沙高速公路上时,我抬头看到房子的墙上有两只熊,还题写着"统一俄罗斯"①。我突然想起俄语里熊这个单词,即медведь,不是这个动物真正的名字,而是一个替代品,意思是"吃蜂蜜(мед)的那位"。古斯拉夫人这么称呼熊,是因为他们害怕在说出它真正的名字时,会不小心邀请熊回家做客。那真正的名字是什么呢?我问我自己,并且立刻想起了"берлога(熊窝)"这个词,这是……对了,是"бер②"住的地方。不那么迷信的英国人和德国人基本上也是这么说的——"bear""bär"。我的记忆瞬间就把名词和对应的动词联系了起来:бер——берет(夺取东西)的人……一切都发生得如此之快,以至于当真相之光透过获胜的官僚集团的标志耀眼闪

---

① 统一俄罗斯党(简称统俄党),是俄罗斯境内最大的政党,也是俄罗斯杜马第一大党,其标志是熊。

② 发音和bear很像。

烁的那一刻，出租车还正在朝那面有熊的墙靠近。我忍不住笑了；司机以为我是被收音机里播放的歌曲逗乐了，于是伸手把音量调大了……

一开始出现的主要问题是单词之间指向性的丧失。只要我没有把记忆的重点放在词序上，我就有可能会以最可笑的方式来理解它们的含义。我会把天气预报员理解为概要编写人，把排外者理解为克谢尼娅·索布查克①的仇人，把族长理解为爱国寡头，歌剧女主角变成了沾染上"普力马"香烟味道的贵族太太，a enfant terrible 变成了一个喜欢拉扯生殖器的孩子②。但我最富有洞察力的见解是这个：我没有把 Петро- 看作表示彼得一世的前缀，而是看作表示与石油工业相关的前缀，由"石油（petrol）"延伸而来。根据这个解释，"彼得宫城"就像是随便一间豪华的石油事务所，而一战期间有名的诗句"在那个永志不忘的时刻，我们的彼得堡变成了彼得格勒"③也成了诗人对于彼得堡 G8 峰会影响的完美预言④。

这种语义混淆甚至在我看外语词的时候也会发生。例如，我认为 Gore Vidal 不是这个美国作家的真名，而是用拉丁文写成的

---

① 俄罗斯记者、电视和广播主持人、演员、编剧、电影和电视制作人。
② 这些词的词根相似，意义完全不同。
③ 出自马雅科夫斯基的诗《非军人的榴霰弹·地雷阵上的诗人》。
④ 把前缀理解成"石油"之后，这句诗变成了"在那个永志不忘的时刻,我们的石油堡变成了石油城"。

高尔基或别兹多姆内①式的笔名,也就是"见证苦难"②"吃掉洋葱"……类似的情况还有"同性恋骄傲(gay pride)",我记得 pride 这个词可以用来指狮子的某种社会单元,在我把注意力放在这个词的基本含义——骄傲——上面之前,我的脑海中浮现出一小群(pride)非洲大草原上的同性恋者(显然,是来自欧洲恐同地区的难民):一棵干枯的树旁有两个垂着胡须的雄性,他们躺在被烧毁的草地上,环顾周围辽阔的草原,卖弄着隆起的肌肉;另一个年轻一点的雄性在猴面包树的树荫下摆动着三头肌,几只还非常年幼的小崽子围着他打转——挡着他的去路,跑来跑去,吵吵闹闹,时不时会有一个大人低吼着把他们吓跑……

总的来说,过犹不及,信息过剩和无知所造成的问题非常相似。但即使是非常明显的错误有时也会引起有趣的推测。请看我刚开始学习时的一条笔记:

"западло③"这个词是从"Запад④"加上构形后缀"ло"得来的,构形后缀"ло"还可以构成一些名词,例如:"бухло⑤""фуфло⑥"。我们要求一个适用于这种构词法的民族站在民主和进步的大旗下,是不是有点为时过早?

---

① 高尔基来源于俄语单词"痛苦的",音译作笔名,别兹多姆内是《大师与玛格丽特》中的人物,来源于单词"无家汉",音译作人名。
② Gore Vidal 可以看作是俄语"ГореВидал"的拉丁文写法,即"见证苦难"。
③ 不体面,不成体统。
④ 西方。
⑤ 酒(暗语、行话)。
⑥ 拙劣无用的事物,无稽之谈,赤裸裸的谎言,或青紫伤痕。

我进步飞快,毫不费力,但与此同时,我失去了我内心的空间。耶和华警告我说,这些课程会让我变老,因为一个人的真实年龄是他所有经历的总和。偷别人的经历,代价就是失去自己"未经历"的那种状态,也就是青春。但那段时间发生的事情并没有使我感到遗憾,因为如果把这种"未经历"的状态看作一种货币的话,那么它的储备对我来说似乎是无限的,扔掉它,就像是扔掉热气球里的沙囊,然后这个看不见的热气球会把我送上天空。

按巴德尔和耶和华的保证,话语学习会向我揭示现代社会思想的神秘本质。教学大纲里的主要内容涉及了与人类道德、善恶观念有关的问题。但我们的研究并不是外在的,即人们的语言和文字,而是内在的,也就是对他们的想法和感受进行深入了解。自然,这极大地动摇了我对人性的信心。

通过观察不同人的思想,我发现了一个有趣的共同点。每个人心中都有一种道德权威,每当人们不得不做出什么不光彩的决定时,都会诚恳地向这种权威寻求帮助。这种道德权威经常发生故障——我知道是因为什么。关于这一点我曾写过:

"长久以来,人们一直相信,在这个世上获得胜利的是恶,而善只有在死后才能得到回报。这种信念曾一度提供了联结人间和天堂的等式。现如今这个等式已经变成了不等式。现在看来天堂的奖赏根本就是显而易见的谬论。但恶在这个世上的霸权却没有人能废止。因此,任何一个积极上进的正常人都会自然而然地加入恶的阵营：这就和加入唯一的执政党一样合乎逻辑。当一个人加入了恶的阵营，恶就只会存在于他的头脑中，而不存在于其他地方。但是，如果所有人都暗自加入了恶的阵营，而恶也都只存在于他们的头脑中，而不存在于其他地方，那么恶难道还需要在其他地方取得胜利吗？"

善恶观念建立在宗教的基础上。而我在宗教课（按耶和华的说法是"地方性崇拜"）上学到的东西着实让我大吃一惊。正如我从标有"灵知+"的试管架上的制剂中所看到的那样，当基督教刚刚出现的时候，旧约的神被认为是新教义中的魔鬼。随后，在公元后的前几个世纪里，为了加强罗马霸权、彰显政治正确性，上帝和魔鬼被结合为同一个崇拜对象，衰落帝国的东正教爱国者被迫向其顶礼膜拜。原始的经典经过挑选、改写和精心编纂，变成了新神的经典，而其他未入选的文本，则都按照惯例被烧掉了。

我在笔记本上是这么写的：

"每个民族（甚至每个人）都必须自己发展出自己的宗教，而不是把沾染了别人的虱子的破衣烂衫捡来穿，并且一直穿到不能再穿为止——所有疾病的根源都是这些破烂上的虱子……现如今崛起的民族——印度、中国等等——进口的只有技术和资本，他们的宗教都是本土生产的。纵然他们自己的神有诸多缺陷，但这些社会的任何一个成员都可以肯定，他是在向自己的神祈祷，而不是在向那些后来引入的、抄写错误的、翻译不准的舶来品祈祷。而我们却……把整个国家的世界观都建立在一套三无文本之上（不知作者、不知地点、不知时间）——这和在战略计算机上安装土耳其语的盗版 Windows 95 系统没什么两样——有数不清的安全漏洞、故障和病毒，还根本没有办法升级；而且自带了不知道是被哪个天才篡改了的 .dll 格式的动态链接库，以至于系统每两分钟都要挂起一次。人们需要一个开放的精神架构，开放源代码①。但犹太基督徒非常狡猾，他们把任何为人们提供这种架构的人都看作敌基督者②。在遥远的未来，还能用历史遗留的假屁股拉屎，这也许是犹太基督教最令人印象深刻的神迹了。"

当然，对于一个新手吸血鬼来说，这些格言中的一些部分听上去似乎过于自信。对此，我只能为自己辩护道，这样的概念和想法对我来说一直都没什么意义。

我学话语学得又轻松又快，尽管它让我开始厌世。但在魅力方面，我一开始就遇到了许多困难。直到巴德尔说出下面这番话的那一刻，我才恍然大悟：

"一些专家断定现代社会没有意识形态，因为并没有明文规定。但这其实是一种误解，魅力就是一种匿名的独裁的意识形态。"

我猛然间感受到一种僵死的凝滞。

"那匿名的独裁的魅力是什么？"

"罗摩，"巴德尔有些不满地说，"我们第一节课一开始讲的

---

① 原文中此处写的是英文。
② 〈宗〉按基督教的说法,基督的主要敌人将在世界末日出现,即敌基督。

就是这个。匿名的独裁的魅力就是它的话语。"

　　巴德尔和耶和华讲话都简单流畅，但我很难理解，在硅胶大胸上戴着钻石的半裸阿姨的照片是怎么变成制度意识形态的。

　　所幸我找到了一个有效的方法来搞清楚这类问题。如果我对巴德尔所讲的有什么不明白的话，我会在下一节课的时候向耶和华提问，并得到另一种解释。如果耶和华的解释中有什么不清楚的地方，我就去问巴德尔。于是，我像一个登山者一样，双脚交替地踩在有裂缝的山壁上，一点一点向上攀登。

　　"为什么巴德尔说魅力是一种意识形态？"我问耶和华。

　　"意识形态描述的是一种靠有形的手段来捍卫的无形的目标。"他说，"魅力可以被看作是一种意识形态，是因为它回答了'这一切因何而存在'这个问题。"

　　"'这一切'指的是什么？"

　　"拿出你的历史书，再看一遍目录。"

　　这个时候，我已经求知若渴地学习了足够多的概念和术语，以便把对话保持在较高的水平上。

　　"那么魅力的核心观念是怎么形成的？"

　　"非常简单，"耶和华说，"就是变装。"

　　"变装？"

　　"只不过要从广义上来理解。变装包括从莫斯科南边的卡希拉到莫斯科西边的卢布廖夫卡，再从卢布廖夫卡到英国的伦敦，还包括从臀部到脸部的皮肤移植，变性等等。一切现代话语也都可以算作变装,或者说是少数几个允许公众讨论的话题的新包装。所以我们认为话语是魅力的变体,而魅力是话语的变体①。明白了吗?"

"有点不太浪漫。"我说。

"你在期待什么?"

"我还以为魅力就预示着会有奇迹。您可是说过,这个词一开始是'巫术'的意思。难道人们看重它,不是因为这个吗?"

"对,魅力预示着会有奇迹,"耶和华说,"但它对奇迹的预示是被生活中奇迹的完全缺席所掩饰的。变装和掩饰并不仅仅是一种操作方式,还是魅力唯一现实的内容,也是话语唯一现实的内容。"

"那就是说,任何情况下魅力都不能带来奇迹?"

耶和华沉思片刻。

"总的来说,是可以的。"

"什么情况下可以?"

"比如说,在文学作品里。"

我觉得很奇怪——文学是我能想到的离魅力最远的一个领域。况且,据我所知,文学里也已经很多年都没有发生过奇迹了。

"现在的作家,"耶和华解释说,"写完一部长篇小说之后,会花上几天的时间去浏览光泽亮丽的杂志合订本,然后往自己的

---

① 同前,"话语"和"魅力"的重音在词尾。

文本里加上一些昂贵的汽车、领带、餐厅的名字，在自己的作品里营造出一种价值不菲的气息。"

我把这次的对话转述给了巴德尔，并问他："耶和华说，这就是魅力的奇迹。这算什么奇迹啊？这只不过就是一种平平常常的掩饰罢了。"

"你不明白，"巴德尔说，"奇迹并不是发生在文本身上，而是发生在作者身上。人类灵魂的工程师变成了一个无偿的广告代理人。"

通过双向提问的方式，我差不多可以搞清楚所有问题。不过说实在的，有的时候这种方式会把情况变得更加混乱。有一次，我请耶和华解释"专家评论"这个词的含义，在我浏览那种"专家社区"的时候，每天都会在互联网上见到这个词。

"专家评论就是一种为匿名独裁服务的神经语言学编程。"耶和华一字一顿地说。

"嗯嗯，"我向巴德尔咨询意见的时候，他喃喃道，"说得好。只是在现实生活中，很难说到底是谁为谁服务——是专家评论为独裁专政服务，还是独裁专政为专家评论服务。"

"这怎么说？"

"独裁专政，即使是匿名的，也要支付具体的货币。而神经语言学编程所给出的唯一现实的结果，就是神经语言学编程主管的工资。"

第二天，我万分后悔我问了这个关于"专家评论"的问题：

耶和华带来了一整个试管架的制剂，上面标注着"专家，信息，№1-18"。我只能一口气品尝所有的制剂。下面是我在品尝的间隙写下的：

"任何一个在市场上兜售自己的'专家评论'的当代知识分子都在做两件事：发送信号和贩卖意义。这实际上只是同一个意志行为的不同侧面，除此之外，现代哲学家、文化学家和鉴定专家的活动中别无他物：发送的信号是在通知大家他已经准备好贩卖意义了；而贩卖意义也就是发送这些信号的一种方式。新一代的知识分子往往连自己未来的买家是谁都不知道，就像生长在控制板上的一朵花，它的根以未知的汁液为食，它的花粉则飘散在显示器的范围之外。不同之处在于花什么都不会考虑，而新一代的知识分子则认为他得到的汁液是用来交换花粉的，并且开展了一系列复杂的精神分裂式的估算，以确定一种合算的相互冲账的方式。这些估算是话语的真正根源——毛茸茸的，灰色的，潮湿的，躺在恶臭和黑暗中。"

没过几天，我就知道了"文化学家"这个词。说实话，这个词我也理解错了——我原以为这个词指的是研究人体泌尿生殖系统的泌尿科专家，他研究得很深入，以至于备受推崇，并且获得了在宗教问题上发言的权力[1]。我并不觉得很奇怪——要知道氢

---

[1] 文化学家这个词用俄语写作"культуролог"，可以看作是由词根"культ"（祭祀；崇拜）和"уролог"（泌尿科专家）构成的，也可以看作是由词根"культур"（文化）和"лог"（从事……科学的人）构成的。根据前文主人公的自述，他经常把单词的词根拆分错，由此造成许多误解，这里也是类似的情况。

弹发明者萨哈罗夫院士也已经是人道主义问题上公认的权威了。

总之,我脑子里的东西已经乱成一锅粥了。但我并没有把它看作是一场悲剧——毕竟,我脑子里以前可是什么都没有的。

很快,我在魅力这门课上就心有余而力不足了(我在中学里学习有机化学的时候也是这样)。我有时觉得自己就是个十足的笨蛋。比如说,我花了很长时间才搞明白什么是"вампосексуал[①]"——要知道,这个词可是这门课的关键概念。巴德尔建议我通过类比"метросексуал[②]"来理解这个词,当我得知这个词说的不是喜欢在地铁上做爱的人时,我有些震惊。

巴德尔是这么解释"метросексуал"的:

"这种人从穿着上看像一个同性恋,但实际上又不是一个同性恋。也就是说,他可能是一个同性恋,但又不一定……"

我听得有点稀里糊涂的,就去请教耶和华。

"这只不过是一种'conspicuous consumption[③]'的例行包装。"

"什么?"我问道,话一出口我就想到了这几天从制剂中得到的信息,"啊,我知道了。表演性消费,是上世纪初由托尔斯坦·凡勃伦[④]提出的术语……"

[①] 这是作者根据 метросексуал 造出来的词,由词根"吸血鬼"和"性"组成,可以理解为具有强烈性吸引力的吸血鬼、吸血鬼型男。

[②] 来源于英文单词 metrosexual(都市美男)。包含了俄语中的两个词根——"地铁"和"性",所以罗摩才会有下面的猜想。

[③] 此处原文就是英文,指夸耀性消费。

[④] 美国经济学家。

等到了魅力课上,我把耶和华的话转告给了巴德尔。

"耶和华为什么要这样搅和你?"巴德尔生气地嘟囔道,"'Conspicuous consumption'。西方人才说康斯皮克尤斯康桑普申①。我们就得用俄语来说。而且我已经告诉过你什么是'метросексуал'了。"

"我记得,"我说,"可是为什么'метросексуал'穿得像同性恋呢?"

"什么为什么?为了告诉周围的人,来了一个有钱的花孔雀。"

"那什么是'вампосексуал'呢?"

"就是你要成为的那种人,"巴德尔回答道,"这个词没有明确的定义,一切都靠感觉。"

"我为什么要成为这种人?"

"为了抓住时代的脉搏。"

"那万一事实证明,时代的脉搏实际上不是这样的呢?"

"时代的脉搏实际上是什么样的,"巴德尔说,"没有人会知道这个问题的答案。因为时代没有脉搏。有的只是关于时代脉搏的专栏文章。但如果有一些专栏说时代的脉搏是这样的,或者是那样的,那么为了跟上时代的脚步,所有人都会开始这么说,虽然时代也没有脚。"

"难道正常人会相信专栏文章里写的东西吗?"

---

① 原文这里是英文 conspicuous consumption 的俄语音译。

"你在哪看见过正常人？国内可能还有那么百十号正常人吧，还都在联邦安全局的监视下。这一切没那么简单。一方面，时代既没有脉搏，也没有脚，但另一方面，所有人都想要抓住时代的脉搏，跟上时代的脚步，因此世界的企业模式一直在定期更新。结果就是，人们留起了时髦的胡子，戴上丝绸领带，以避免被赶出办公室，而吸血鬼也不得不参与这个过程，才能和环境融合。"

"我还是不明白вампосексуал是什么意思。"我坦白地说。

巴德尔从桌子上拿起话语课上留下来的试管（塞子上贴着一张纸条"德国古典哲学专业，哲学系，莫大"），将残留在里面的透明水滴抖落在嘴里。他咂咂嘴，皱着眉头问道：

"你还记得《关于费尔巴哈的提纲》的第十一条吗？"

"谁写的？"我问。

"什么谁写的。卡尔·马克思。"

我开始吃力地回忆。

"稍等……'以往的哲学家们只是解释世界，而问题在于改变世界。'"

"就是这句。你的任务不是理解什么是вампосексуал，罗摩，你的任务是成为вампосексуал。"

巴德尔当然是对的——理论在这方面没什么意义。但魅力这门课的重点并不在于理论。我还得到了"调迁补助金[①]"——厚厚一沓用塑料封装的面额一千卢布的钞票和一张Visa卡，这张卡

[①] 在俄罗斯调动工作或大专学生毕业分配时由国家发放的旅费。

的信用额度居然高达疯狂的十万美元，还不需要开支报告。

"去实践实践吧。"巴德尔说，"用完了就跟我说。"

我想就是在这以后，我才开始相信成为吸血鬼是一项严肃而可靠的事业。

吸血鬼一般会都在这两个地方定做衣服，以及购买必要的生活用品——起义广场上的"LovemarX①"商店和波扎尔斯基大街上的"Archetypique boutique②"综合商店。

顺便说一句，我早就注意到了我们这个时代最鄙俗的特征：用外国名字来命名商店、餐馆甚至用俄语写的小说，好像在说——我们不一样，我们很先进，我们来自国外，我们有欧洲情调。一直以来，它们就只会让我恶心。但我实在是看到"LovemarX"和"Archetypique boutique"这两个招牌太多次了，于是渐渐不再恼火，并开始分析它们的意思。

通过理论课的学习，我知道了在魅力学中"lovemarks"这个词指的是人们全心全意地把自己的命运和它紧密相连，并且不会只把它当作与自己无关的身外之物，而是会把它当作标榜自己个性的骨架。最后的"X"则显然是对青少年网络拼写法的迁就——抑或是对共青团源头的致敬（在交易大厅的一个很显眼的位置上摆着马克思的大理石半身像）。

"埃尔海蒂匹克·布吉克③"是一家精品服饰综合商店，很

---

① Lovemarks的创意写法，把-ks写成了-X。
② 法语词，意为原型商店。
③ 原文这里是Archetypique boutique的俄语音译。

巴德尔　085

容易在里面迷路。和"洛夫马克思①"相比,这里的选择更多,但我不喜欢这个地方。有传言说古拉格②的检查机构曾一度安置在这里——不知道是土地测量局,还是人事服务局。我知道以后才明白,为什么巴德尔和密特拉把这里叫做"魅力群岛",或干脆简称为"群岛"③。

"埃尔海蒂匹克·布吉克"的墙上挂着很多昂贵跑车的照片,照片上还标着傻里傻气的编号,比如"独轮手推车51号""独轮手推车89号"等等。取货单上只会出现一个这样的号码,如果顾客能够正确说出汽车对应的品牌,就能拿到百分之十的折扣。

我知道这只是一种常见的营销手段——顾客在*群岛*上游荡着寻找*独轮车*,在这段时间里很有可能会被其他商品吸引,并且最终把它们都放在独轮车上。但尽管如此,这些广告词的吸引力还是让我毛骨悚然。

还有一个买小物件的购物点,我们可以在这里买到奢侈的手表和烟斗之类的东西。它的名字是"Height Reason④",是专为思想精英们服务的精品店(这就是他们写在宣传册上的自我定位)。这个店名用俄语写出来很奇怪——"ХайТризон⑤"——把两个

---

① 原文这里是lovemarks的俄语音译。
② 是苏联政府的一个机构,负责管理全国的劳改营。其俄语全称为"Главное Управление Исправительно—Трудовых Лагерей и колоний",简称"ГУЛаг",意思为"劳改营管理总局"。
③ 化用自索尔仁尼琴的长篇小说《古拉格群岛》。
④ 英语词,意为"高度原因"。
⑤ 是Height Reason的俄语音译。

词压缩成了一个词,还把英文里对应的 t 大写,R 小写了。

我不是烟民,所以并不需要烟斗。至于那些昂贵的手表,我也不敢买——我老是被那本小册子里"百达翡丽"的广告吓跑。广告上说:没有人能真正拥有百达翡丽,你只不过是为下一代保管①。

我记得塔伦蒂诺的《低俗小说》②里是怎么把价值连城的计时器传给下一代的:被困在日本集中营里的主角的父亲把表藏在直肠里,才没有被搜刮了去。商人霍多尔科夫斯基③的故事让这个情节变得非常具有现实意义。顺便说说,他在铁栅栏后的照片在我看来就好像是"百达翡丽"的广告——他抓着铁栏杆的光秃秃的手腕让人一看就懂了。我是觉得"百达翡丽"的计时器太大了点,表盘本身还有可能塞进去,但金属表带就……

总的来说,我终究没能成功加入我国的"思想精英"阶层。当然了,我就像所有 loser④一样,安慰自己说——是我自己本来就不想加入。

---

① 原文此处是英语。
② 由昆汀·塔伦蒂诺导演,于 1994 年上映。
③ 俄罗斯商人,石油和银行业寡头,2003 年因窃取国家财产、欺诈、恶意违背法院裁决及偷逃税款等四项罪名被捕入狱,获刑 8 年。
④ 原文这里是 loser 的俄语音译,已经固定为一个俄语中的英语外来词。

耶和华

如果说巴德尔喜欢把问题条分缕析，彻底讲清楚，讲到你想不明白都难；那么耶和华的优点就在于他能只用几个词就言简意赅地勾勒出整个语义场的轮廓，或者在错综复杂的概念迷宫里找出正确的方向，他还经常会使用一些出人意料的比喻。

"如果你想知道，什么是人类文明，"有一天他突然对我说，"就想想波利尼西亚群岛的人吧。那里有一些部落非常崇拜白人的科技，尤其崇拜那些能飞上天的，并且能带来各种美食和各式各样漂亮物件的飞机。这种信仰也叫做'货物崇拜[①]'。当地土著还修建了机场用于举行自己的崇拜仪式，就是说，他们等待着来自天堂的可口可乐……"

我的记忆开始运转，我已经习惯了"我记得所有与我无关的事情"这种状态，并且习惯了运用别人的知识。

"不对啊，"我说，"这都是胡说的。当地土著跟美国人类学家这么说，就是为了尽快摆脱他们。人类学家们无论如何都不肯相信土著会有别的愿望。货物崇拜的实质隐蔽得很深，它起源于美拉尼西亚，那里的居民震惊于二战时期空战的惨烈，于是在当地修建机场，方便亡魂转生。"

"这我没听说过，"耶和华说，"挺有意思的。不过这并不会改变任何事。土著不止建造了假的飞机跑道，他们还用泥土、沙

[①] 货物崇拜（又译作货物运动）是一种宗教形式，尤其出现于一些与世隔绝的落后土著之中。当货物崇拜者看见外来的先进科技物品，便会将之当作神祇般崇拜。

子和稻草堆做了假飞机——大概是想让那些鬼魂有地方住吧。这些假飞机往往都很大，平均有10个用旧木桶做成的假引擎。从艺术的角度来看，它们可以算是珍品了，但终归是地上的飞机不会飞。人类话语也是一样的，吸血鬼什么时候都不应该把它当回事。"

我把这次的对话告诉了巴德尔。

"所以说，"我问道，"我也在学习如何用沙子和稻草造假飞机吗？"

巴德尔用火一样的眼神打量了我一圈。

"不止呢。"他答道，"你还在学习怎么在造假飞机的时候打扮成同性恋，让别人都以为来了个有钱的花孔雀，然后更加厌恶你。你忘了你是谁了吗，罗摩？你是个吸血鬼啊！"

我那几天一直在想耶和华的话，我在网上读了些国内文章的选段，其中也包括爸爸那篇关于"平民"和"有责任能力的精英"的作品。最后我明白了，那些文章里基本上什么零件都有，甚至还有对其他文本的引用、含沙射影，以及文化典故；那些文章写得也很好：中肯风趣、精致巧妙。但还是耶和华说得对，这些飞机就不是造来飞的。我在这些文章里也读到了一些有道理的话，但它们听起来既死板，又粗俗，就像用迷路的欧洲人留下来的硬币做成的食人族的项链。

我在自己的笔记本上写道：

莫斯科的货物话语和波利尼西亚的货物崇拜的差异在于，波利尼西亚是在摆弄别人的航天技术的残片，而莫斯科则是在摆弄借用的外来行话的残片。"专家"文章里高深莫测的术语伪装和非洲赏金猎人身上穿的从坠落的"波音"飞机上拿来的明黄色救生衣的作用一模一样：这不仅是一种伪装，也是一种军用迷彩花纹。货物话语的美学映像是货物魅力，在这种货物魅力的影响下，并不富裕的年轻小白领会为了购买一套昂贵的商务制服而节食。

我十分骄傲地把笔记给耶和华看，但他揉着太阳穴跟我说："罗摩，你还是没有明白重点。似乎在你看来，问题的关键在于莫斯科的货物话语比纽约或巴黎的要低一级。但完全不是这样的。任何一种人类文明都是货物崇拜，一个部落的假飞机不会比另一个部落的假飞机好到哪里去。"

"为什么？"

"因为地上的飞机没有可比性。他们不会飞，也没有任何可以比较的技术性能上的差异。它们只有一个功能——就是变魔术，而这种功能并不取决于它翅膀底下有几个桶、桶是什么颜色的。"

"但如果我们身边只有假飞机，那人们是以什么为参考的？"我问，"毕竟货物崇拜也需要有一架真飞机飞过啊。"

"这架飞机并不是在空中飞过，"耶和华回答，"而是在人的头脑中飞过。它就是巨蝠。"

"巨蝠？您是说吸血鬼？"

"是的，"耶和华说，"但现在讨论这个问题没有意义。你还没有足够的知识储备。"

"我就再提一个问题，"我说，"您说，整个人类文明就是一种货物崇拜，那这里的假飞机指的是什么？"

"城市。"

"城市？"

"对，"耶和华答道，"还有其他的一切。"

我试着跟巴德尔讨论这个问题，但他也拒绝回答。

"太早了，"他说，"别着急。学习要循序渐进。我们今天学习的内容，应该为明天的学习打好基础。就好比说盖房子，你总不能一上来就盖阁楼吧。"

我只好妥协。

另一个我需要掌握的社交技能叫做"вамподуховность[①]"（有时候耶和华说的是"методуховность[②]"，所以我猜想这两个词说的大概是一个东西）。耶和华是这样定义的：精神领域的高品质的表演性消费。在实践层面，它指的是炫耀自己有能力接触到古代精神文明传统中最为隐秘的部分：包括与西藏喇嘛合影、

---

① 指吸血鬼精神性。
② 指都市精神性。

与伊斯兰苏非派①的谢赫②或拉丁美洲萨满③相识的文件证明、夜间乘坐直升机到访阿索斯山④等等。

"难道这里也一样吗?"我问了一个痛苦的问题,而且语义含混。

"这里是这样,到处都是这样,"耶和华说,"永远都是这样。要仔细研究人类社会中发生的事。一个人为什么会开口?"

我耸耸肩。

"一个人想要向别人传达的关键信息是他的消费等级比人们一开始以为的要高得多。同时他还想向周围人阐明,他们的想法过于天真,实际上,他们的消费等级比他们一开始以为的要低得多。所有的社交手段都是为这一目的服务的。况且,也就只有这些话题才能持续不断地刺激人们的情感。"

"事实上,我也见过不这样的人。"我略带讽刺地说。

耶和华温和地看着我。

"罗摩,"他说,"你现在就在努力向我证明,你的消费比我高级,而我的消费,就像我们刚刚说的那样,低俗浅薄。只不过你说的是交际方面。但这方面的精神活动也不例外,不论你怎么找,你都找不到其他类型的人。人是不会变的,变化的只不过是

---

① 伊斯兰教神秘主义派别。
② 又译作夏依赫,是伊斯兰教对教长、神职人员的尊称。
③ 萨满教的巫师。
④ 阿索斯山全称阿索斯山自治修道院州,希腊北部马其顿的一座半岛山,被东正教认为是圣山。

他们谈论的具体消费类型，这可以是物品的消费、感受的消费、文化主体的消费、书的消费、观念的消费、思想状态的消费，等等。"

"真恶心。"我真诚地说。

耶和华举起来一根手指。

"但是绝不能因此鄙视人类，"他说，"你要好好地记着，这对吸血鬼来说是可耻的。就好比一个人，如果因为奶牛的腿间晃悠着丑陋的堆满脂肪的乳房，就嘲笑它，那对这个人来说也是可耻的。是我们培育出了人类，罗摩。所以我们应该爱他们，怜悯他们，接受他们本来的样子。除了我们，没有谁会可怜他们了。"

"好吧。"我说，"那如果有个人拿出了他和喇嘛的合影，我该怎么办？"

"作为回应，你应该拿出你站在基督、佛，或者是其他某位旁边的照片。不过照片上最好还是不要出现某个人。只需要画一个指向照片边缘的箭头，再在箭头旁边写上'他在那儿'……"

我们经常说"精神性"这个词，我终于还是对它的具体意思产生了兴趣。我是通过多次偶然的品尝来研究这个题目的，我把自己的成果总结如下：

俄罗斯生活的"精神性"指的是在俄罗斯生产和消费的主要

产品不是物质财富，而是炫耀。而"精神空虚"则是指不会用恰当的方式炫耀。炫耀的能力是经验和金钱带来的，所以没有比年轻的经理精神更空虚（更不会炫耀）的人了。

魅力课上要学的东西很多，但我几乎没有有意识地去记住什么。课上要进行很多次品尝——我必须要尝遍各种各样的制剂，这些制剂数量惊人，千奇百怪，每一种都会往我身后装着生活经历的背囊里添加新的砝码，于是我的背囊也渐渐在我背后鼓起。我至今也不明白，我怎么会将这些东西也狼吞虎咽地吸收进去：

"小杀千刀的$%"

"吹阿玉玉"

"卡瓦利3号"

"哦份！①"

"浴场 玛莎 水泥混凝土"

"奇奇基"

但是，我对其他人灵魂中雾蒙蒙的黑暗地带所进行的突击检查并不是徒劳无功的。我对周遭的感知越来越敏锐了。偶然读到关于阿尔汉格尔斯克州巡回音乐会的报道，或是关于第二届莫斯科近郊蛇雾湖帆艇节的文章时，我已经不会再为自己的平庸而胆怯了。我知道这是政治宣传手段罢了。

话语也是一样的。我开始猜测，知识分子的舌战也是安排的

---

① 英文often的俄语音译。

表演：一个扮演体制圈养的狗，一个则是无畏的斗士，从各种可能的角度发起攻击——但这并不是意识形态战争，而是口琴和手风琴的二重奏。在这样的背景下，真正想要宣传的意识形态在毒雾中闪烁着更加耀眼的光芒。

"如果说魅力是政权的意识形态，"耶和华说，"那对我们来说最重要的艺术就是PR[①]、GR[②]、BR和FR。简单地说，就是广告。"

"GR"好像是"政府关系"的意思，但"BR"和"FR"我就不知道了，不过也懒得问了。

广告这个专题我学了两节课。我们并没有研究人类在这方面的理论（耶和华说这些理论都是招摇撞骗），我们研究的只是同时适用于贸易、政治和信息方面的核心技术。耶和华是这么定义的：在不直接说谎的情况下，利用真相的碎片构建一幅和现实相关联的能够提高销量的图片。乍一听，似乎很简单，但其中暗含了一个至关重要的细节：如果这幅图片和现实的关联不能提高销量（通常都不能），那就得和别的什么关联起来了。正是得益于这样的手法，整个骆驼队都能从针眼儿里钻过去了[③]。

在印证了这一理念的实例中，有一个是语言–几何结构的：

[①] 公共关系，全称是 Public Relations。
[②] 政府关系，全称是 Government Relations。
[③] 俄语中用"让一只骆驼穿过针眼儿"，比喻企图做成完全不可能实现的事。这里作者用"整个骆驼队"，极言做成的事不可思议。

既没有人会提起，

也没有人会忘记。

这，就是万物之源。

我们所有人都来自这个源头，包括你，

也包括那些你现在认为的"他者"。

它不在喜马拉雅山脉，而在你的深处。

现实的，实在的。

可信的，严肃的。

这就是真相。

"那为什么是十字架？"我问耶和华。

耶和华拿起试管，把一滴透明液体抖落到手指上，舔掉，久久地注视着远方。

"你没有看完，"他说，"'为什么是十字架？'这是他们竞选的口号。"

核心技术在政治生意上也有应用，例如，忠诚青年运动"真正的一群纳杰日达①"（服务类别"Surkoff_Fedayeen/built305"）。这场运动旨在激发公众对英语大众传媒的积极兴趣，来源于已故纳博科夫翻译的奥库扎瓦早期的一句话：

"纳杰日达，我会回来的，

---

① 纳杰日达，是俄语Надежда的音译，有"希望"之意，也是一个女人名。

当真正的一群人战胜了暴乱……"①

我并没有想要问"为什么是号角?"这个问题。短暂的广告课结束之后,我们又继续学起了魅力学的一般理论。

我当时突然悟出了一个道理,觉得非常重要,还工工整整地记在了笔记本上,现在想想都觉得有点可笑:

当人们不再相信共产主义的可行性时,对科学共产主义的需求就会出现;当自然的性吸引力消失时,对魅力的需求就会出现。

然而,在我认识了一些"T台皮肉05-07"和"终极恶鬼殉教者"(一些厌恶女性的吸血鬼用这种方式称呼女性模特)之后,我的想法有了重大改进:

事情没有那么简单。究竟什么是自然的性吸引力?当你近距离地观察一个公认的美女时,你会看到她皮肤上的毛孔、汗毛、裂口。从本质上来讲,这个美女也不过就是一只愚蠢的涂着法国香膏的动物。只有当观察对象离你很远的时候,她的面部线条简化成某种漫画模板一样的简笔画,你才会感知到她的美丑。目前还不清楚这些漫画模板是从何而来的,但有人猜测,现今的模板已经和基因引导的生殖本能没有太大的关系了,而是直接由魅力产业操控。在自动化领域,这种强制控制被称作"超控"。这样

---

① 原本是俄罗斯小说家、游吟诗人奥库扎瓦《感伤进行曲》中的一句歌词:纳杰日达,我会回来的,当号手吹响号角的时候。1996年纳博科夫把这句词的后半句改写后,引用在自己的小说《阿达》中,英文"真正的一群"和俄文"号角"发音相似。这里作者引用的是纳博科夫的英文原文。

一来，魅力就和话语一样，取之不尽，用之不竭了。

在我的学习中也有一些趣事。有一个样品以不同的编号在我的学习过程中出现了两次，它的标签是这样的："艺术策展人Rh4"。

这份制剂里的红色液体属于一位看起来特别像殉教者的中年女性。巴德尔和耶和华都把她列入了自己的教学清单。按他们的说法，策展人所从事的工作就恰恰处于魅力和话语的交界处，他们就是无比珍贵的信息来源。我并不这么觉得。我们品尝的主题是研究当代艺术家的内心世界，但这位策展人甚至都还没有掌握专业术语——要去网上搜索。然而，有一个动人的细节：她一生中只经历过一次性高潮，当时她醉酒的情人称她为"买办资产阶级的阴虱"。

我向耶和华表达了我的困惑，并听到他说，这一经历就是本次课程的目标，因为它充分揭示了主题。我不信。于是他又让我试了试三个艺术家和一个画廊老板的样品。结束以后，我在笔记本上写下了下面这段话：

当代艺术家就是接客的妓女，屁股是画出来的，嘴巴是缝起来的。而画廊老板则是艺术家的精神皮条客，想出巧妙的方法来达成交易，根本不在乎整个过程中有没有一丁点儿精神层面的东西。

作家（我们在魅力课上也研究过）要稍微好一点——在了解了他们中的一些人之后，我在笔记本上写道：

对于作家来说什么是重中之重？那就是拥有一个凶恶的、忧郁的、嫉妒心重而且贪婪吝啬的自我。如果拥有了这样的自我，那么其他一切都会随之而来。

各种各样的批评家、专家、网络上和报纸上的文化学家（我这个时候终于搞明白"文化学家"是什么意思了）也被引进了话语教学计划中。在他们的宇宙中神游了半个小时之后，我得出了这样的结论：

阴虱的实时高度等于它在上面排便的物体的高度加上0.2毫米。

我在魅力-话语课上写下的最后一条笔记是这样的：

现阶段，提升魅力最有效的方法是"反魅力"。"解构魅力"会使魅力渗透到那些暗无天日的角落，到那些魅力本身无论如何也到达不了的地方。

并非所有的品尝都有明确的目的。有时候，巴德尔让我窥视别人的世界，只是为了让我探知对方西班牙鳄鱼皮鞋子或是科隆男士香水的牌子。一位文雅的英国经济学家以红酒专家的身份被列入了魅力的教学清单，他在克拉列特酒[①]的品类方面有很高的造诣；随后我又了解了一位日本时装设计师的人生，他能制作出世界上最好的丝绸领带（后来发现，他是一个绞刑犯的儿子）。不消说，在我看来，这就是在浪费精力罢了。

但很快我就开始意识到，他们让我在别人思想中游历，不止

[①] 波尔多红酒的英文俗称。

是为了让我吸收信息,更是为了重塑我的思维模式。

问题的关键在于,吸血鬼和人类的思维过程存在着重大的差异。在思考的时候,吸血鬼和人类会采用同样的思维结构,但他们从一个想法跳到另一个想法的路径和人类不同,人类思维跳跃的路径是可预测的,而吸血鬼的则不可预测。就好比蝙蝠会高贵地划破黄昏,而城市的鸽子只能盘旋在污水池上。

"最优秀的人类几乎可以做到像吸血鬼一样思考。"巴德尔说,"他们把这样的人叫做天才。"

耶和华的评论更保守一点。

"关于天才这个问题,我不确定。"他说,"天才无视分析或解释。但我们的情况和天才还不太一样,一切都简单明了:当品尝的次数超过了一定的界限,产生了新的联想关系,思维就变成吸血鬼式的了。"

在技术层面上,我的大脑已经准备好按新的方式工作了。但人类的本性是有惯性的。很多东西对我的导师来说,是显而易见的,但我却领会不到。同一件东西,对他们来说可能是联结逻辑链条的桥梁,但对我来说却是思维上不可逾越的深渊。

"魅力有两个主要方面,"耶和华在一节课上说,"首先,这是由贫穷的生活和丑陋的身体引起的一种灼痛的、让人受尽折磨的屈辱;其次,这是因为看到别人未能成功掩藏的贫穷和平庸而激起的恶毒的喜悦……"

"为什么会这样?"我感到惊奇,"魅力不是通过金钱表达的性吗?那任何情况下,总该有招人喜欢的部分。您说的这两个方面里,招人喜欢的东西在哪?"

"你还是在像人一样思考。"耶和华说,"那你自己来想想,招人喜欢的东西在哪?"

我开始思索,但脑袋里空空如也。

"我不知道。"我说。

"事物本身并没有贫富、美丑之分。要分辨出贫富、美丑,就需要一个可供比较的点。要想让一个女孩明白自己是一个贫穷的丑女,就需要她打开一本歌颂魅力的杂志。当她看到杂志里富有的美人时,她就会把自己和她们进行比较。"

"为什么女孩需要明白这个?"

"对啊,你说为什么呢。"耶和华说。

我又开始思考。

"为了……"一瞬间,我领会到了正确的吸血鬼逻辑,"歌颂魅力的杂志将一些人变成了贫穷的丑八怪,还要让这些人用自己微薄的财产接着投资魅力产业!"

"答对了,很不错。但这并不是最主要的。你提到了投资魅力产业,那目的何在呢?"

"魅力推动经济向前发展,因为它的牺牲品开始偷钱?"我随口猜道。

"太像人类的逻辑了。你又不是经济学家,罗摩,你是个吸血鬼。专心点。"

我不说话了——头脑中什么都没有浮现。等了一分钟左右，耶和华说："魅力的目的是为了让人类生活在羞耻和自轻自贱的阴霾中。这也被叫做'原罪'——消费美貌、成功和智慧的图像的直接结果。魅力和话语把自己的消费者淹没在贫困、痴呆和平庸的泥沼中。当然，这些贫困、痴呆和平庸都是相对的。但他们带来的痛苦却是真实的。主宰着人类生活的，正是这种耻辱感和贫困感。"

"那又为什么需要有原罪？"

"为了禁锢人类的思想，掩饰他们在人类和吸血鬼的交响曲中所处的真实地位。"

我猜到了，"交响曲"在这里指的应该是某种类似于共生的关系。但还是不自觉地想象出一个大型的交响乐队，在乐队指挥的谱架后面站着的是耶和华，他穿着黑色礼服，嘴边还沾着鲜血……想到这些，我说："好吧。我知道为什么魅力是一种伪装了。但为什么话语也是伪装？"

耶和华闭上眼睛，看上去有一点像绝地的尤达大师[①]。

"中世纪的时候没有人想到过美洲。"他说，"美洲不需要伪装，只是因为没有人想到要去找它。而这反而是最好的伪装。如果我们想要向人类隐瞒什么东西，只需要让任何人都想不到它就可以了。这就需要把人类的思想置于我们的监管之下，也就是

[①] 尤达大师（Master Yoda），《星球大战》（*Star Wars*）系列作品中的重要人物，绝地委员会大师，曾担任过绝地武士团最高大师。

说，要管控话语。而话语的管控权则归属于划定话语边界的人。一旦话语的边界确定了，在界限之外的空间里，就可以藏起整个世界。你现在所处的位置就在界限之外。你就同意吧，吸血鬼的世界被隐藏得很好。"

我点点头。

"此外，"耶和华继续说，"话语不仅是一种伪装，还是一种神奇的伪装。举个例子吧。世上存在着许多的恶。这一点是毋庸置疑的，对吗？"

"对。"

"但说到恶的起源，报纸上每天都在就这个论题争辩不休。而人们仅凭本能，不靠任何解释就能够理解恶的本质，这种现象可太令人惊奇了。把这种现象变得令人难以理解，就是一种严肃的魔法行为了。"

"是的，"我悲伤地同意，"这似乎和事实非常接近。"

"话语就好像带刺的通了电的铁丝网，只不过针对的不是人类的身体，而是人类的思想。它隔开了两个区域：一个禁止进入，一个禁止离开。"

"禁止离开的区域是什么？"

"什么'是什么'？就是魅力啊！你随便打开一本光鲜的杂志看看。全部都处在魅力的中心、话语的界限以内。或者反过来说也行，在话语的中心、魅力的界限以内。魅力永远被话语或是空白所包围着，人类无处可逃：在空白处，他们无事可做，而穿越话语，他们又做不到。他们只有一个选项，就是留在魅力之中。"

"为什么一定要这样？"

"魅力还有一个功能，这一点我们还没有讨论过。"耶和华答道，"这个功能对吸血鬼来说也是最为重要的。但现在说这个还太早。大堕落日之后你就会知道了。"

"大堕落日，什么时候？"

耶和华沉默以对。

就这样，我一次品尝接着一次品尝，一步接着一步，一点点地变成了一个学识渊博的先进的都市美男，做好了潜入黑暗中心的准备。

斗橱

从我所写的内容来看，我似乎没有过任何心理斗争，就变成了一个吸血鬼。事实并非如此。

最初的日子里，我感觉自己好像经历了一场重大的脑部手术。每到夜里，总是噩梦不断：我陷入了漆黑沼泽的无底深渊，周围是全是巨石，或者在一个砖头怪的嘴里被火烧着，不知道为什么它嘴里会有一个炉子。但比所有噩梦更令人痛苦的是，我在醒来的那一刻，会感知到自己的人格新中心，那是一个钢铁一般的核，它与我无关，但同时它又是我的本体。语言的意识就这样和我的意识共生着。

当我掉落的虎牙重新长出来（它们看上去和以前的一样，只不过要更白一点）时，我就不再做噩梦了。或者更准确地说，我不再把它们看作是噩梦了，我还接受了梦中看到的这些场景：有点像我小时候刚开始上学，迫于无奈，只能转变自己的想法。我的灵魂苏醒了，就像一个被占领的城市恢复了活力，又像是一双麻木的手开始慢慢活动自己的手指。但我有一种感觉，一个隐形的电子摄像头在日夜监视着我。它就安装在我体内，我的一部分正在通过它注视着另一部分。

有一天我回家拿东西。那个承载了我整个童年的房间看起来又小又暗。走廊上的狮身人面像看上去就是一幅庸俗的漫画。看到我，母亲不知怎的有些不知所措，耸了耸肩，走回了自己的房间。尽管我在这个地方住过那么多年，但我却感觉不到和它之间的任何联系了，这里的一切都那么陌生。我迅速地收拾好需要的东西，把笔记本电脑扔进包里，就回我的新公寓了。

上完巴德尔和耶和华的课之后，我还有一些空闲时间，于是我就开始一点点探索我的新住处。梵天书房的液体图书馆从一开始就引起了我的好奇心。我猜测，一定还有一个对应的目录。很快，我就在写字台的抽屉里找到了这份目录——册子的封面是用某种类似于蛇皮的奇怪材料制成的，内容是手写的；关于斗橱的每个抽屉，在册子里都有几页对应的描述，描述的内容包括与试管编号相对应的注释和短评。

目录被分成了几个门类，以一种有趣的方式让人联想到录像片放映厅的节目单。最大的一个门类是色情类，又按时代、国别、体裁进一步细分。演员名单令人印象深刻：法国阵营中有吉尔斯·德·莱斯[1]、蒙特斯潘夫人[2]、波旁国王亨利四世[3]和让·马莱[4]（我无法想象是怎么保存下这些人的红色液体的，即使只是微量的，也同样不可思议）。

军事类包括拿破仑、一个德川王朝晚期的幕府将军、朱可夫元帅和第二次世界大战期间的各种名人，其中包括王牌飞行员波

---

[1] 英法百年战争时期的法国元帅，连环杀童案凶手。
[2] 一般指弗朗索瓦丝-阿泰纳伊斯·德·罗什舒阿尔，法国国王路易十四最著名的一个王室情妇。她与路易十四有7个私生子女，其影响力在法国宫廷无处不在,有时候被称为"法国真正的王后"。
[3] 本名亨利·德·波旁或亨利·德·纳瓦尔，即位前通常被称为纳瓦拉的亨利。法兰西王国波旁王朝的创建者。
[4] 法国演员,曾获法国凯撒荣誉奖。

克雷什金①、阿道夫·加兰德②和汉斯·乌尔里希·鲁德尔③。他们中的一些也被列入了色情类,但我认定他们只是同名同姓罢了,或者干脆只是某种约定俗成的代号,因为我看到了这个:"奥赫敦克·波克雷什金。二十世纪四十年代俄罗斯同性恋线上社区"。

军事类和色情类的内容引起了我强烈的兴趣,然而,不出所料,随之而来的是同样强烈的失望。军事类和色情类对应的抽屉是空的,不知道里面原有的东西去了哪里。斗橱里只剩下"假面大师""产前经历"和"文学"这三个门类的制剂。

我对已故梵天收集的那些面具制造者的信息没有任何兴趣(他的收藏品还在墙上挂着)。至于"文学"类,我也不感兴趣,这部分包含了许多我在学校学过的人名,我仍然记得他们在课堂上让我厌烦的感觉。"产前经历"倒让我很是好奇。

在我看来,这一部分记录的应该是人类胎儿在子宫中的经历。我甚至无法想象那会是什么样子。也许会有一些闪光、来自外界隐隐约约的嘈杂、母亲肠道的隆隆声,以及身体上感受到的压力——总而言之,应该是一种难以形容的东西,就像坐在美式过山车上,在失重环境中翱翔。

---

① 亚历山大·伊万诺维奇·波克雷什金,苏联军人,空军元帅,苏维埃空战战术之父,二战时期苏军著名飞行员。只要他的飞机一起飞,德国人就开始在无线通话机中互相大声提醒:"注意!波克雷什金在空中!"
② 二战德国空军中将,德军的空中战神。
③ 二战德国空军上校,在第二次世界大战期间担任纳粹德国空军著名的斯图卡式俯冲轰炸机飞行员。

斗橱

下定决心后，我用吸管从一支名为"意大利-（"的试管中吸取了几滴制剂，滴入口中，然后坐到了沙发上。

这次的经历前后不连贯，又不合逻辑，就像一场梦。我似乎是从意大利回来的，我没能在那里完成我应该做完的工作——与石雕有关。我很难过，因为那里还有很多我心爱的东西。我看到了他们的影子——葡萄藤间的几座亭子，几辆小小的马车（这些都是儿童玩具，关于这些玩具的记忆都格外清楚地留存了下来），花园里的几架秋千在缓缓摆动……

但我已然到了另一个地方，很像是莫斯科火车站——我好像刚刚下了火车，钻进了一扇不显眼的门，进了一个像科学研究所一样的建筑。这里刚好在重新装修——挪动家具、移除老旧的镶木地板。我决定上街走走，于是就沿着一条长长的走廊去了某个地方。起初走廊蜿蜒着向一个方向延伸过去，然后穿过了一个圆形的房间，又向另一个方向延伸……

我在走廊里徘徊了很久，然后看到一面墙上有一扇窗户，但当我从窗户往外看时，我才意识到我根本就不在出口附近，我甚至比一开始的时候离出口更远，现在我离地面有几层楼的高度。我决定还是问问别人出去的路在哪。但倒霉的是，周围一个人都看不到。我不想沿着蜿蜒的走廊往回走，于是开始依次打开所有的门，试图找到一个人。

其中一扇门后是一间电影放映厅。厅里正在擦洗地板。我问工作人员们，怎样才能到街上。

"那儿。"一个穿着蓝色长袍的女人告诉我,"直接顺着排水沟下去就行。我们就是这样走的。"

她指了指地板上的一个洞——顺着洞有一个绿色的塑料升降道,一直通向下面,就像水上公园里的滑梯一样。我觉得这种交通系统还是很现代化,很先进的。我唯一担心的是,夹克可能会卡在管道里:通道有些过于狭窄了。不过话说回来,建议我走这条路的女人可是相当胖的。

"您自己也是这样滑下去的吗?"我问。

"要不然呢?"女人说着,俯下身子,顺着管道往下倒了一盆脏水,水里还有一些羽毛。对此我也毫不惊讶,只是想,现在我得等管道干了再走了……

这次的经历到这里就停了。

到这天为止,我已经吸收了足够多的话语来识别梦的象征意义。我甚至猜到了试管上的标签可能意味着什么。显然,如果"意大利-("中的经历莫名其妙就结束了,那么旁边的"法国-)"中的经历应该就会以抒情主人公跳入管道而告终。但我没有去验证这个猜测:根据我自己的情绪波谱来看,产前经历是不太愉快的,就像是流感引起的幻象。

这次的事情之后,我想起了一个著名的比喻:置身于母亲的子宫内,就像是准备好去远行的灵魂坐进汽车里。只是灵魂是什么时候溜进去的——汽车是什么时候开始制造的?或者汽车是什么时候造好的?这个问题的提出,使得堕胎的支持者和反对者分为两个不可调和的阵营，事实证明，这是没有必要的。关于这个问题，在我吸收的那些话语中还有一些更有趣的观点。比如说：灵魂并没有溜进什么地方，而一具肉体的生命其实相当于一场无人机之旅，这架无人机还是用无线电操控的。还有一种更为激进的态度：这甚至算不上是无人机之旅，而只是一场记录了这种旅程的三维电影，这场电影以某种未知的方式在一面固定的镜子里被导演出来，这面镜子也就是灵魂……尽管听上去很奇怪，但这种观点在我看来是最合理的——大概是因为这个时候我的镜子里正在放映着很多其他人的电影，而我的镜子本身又没有离开原地——也就是说，的的确确是固定不动的。但镜子到底是什么呢？它又在哪儿呢？然后我发觉自己又在想灵魂的事了，心情瞬间糟糕透了。

几天后，我在斗橱的一个抽屉里找到了一个遗落的试管，里面的液体比其他试管里的都要少。它的标识符和抽屉的索引不一致，我在目录里面找到了这支制剂对应的条目，它被称为"鲁德尔动物园"。根据记录，这支制剂里的内容是关于德国飞行员汉斯·乌尔里希·鲁德尔的，不属于军事类，而属于色情类。这是这个门类里唯一保存下来的试管。

我迫不及待地品尝了一下。

我没有看到任何与军事行动有关的内容——除了斯大林格勒上空的一次圣诞期间的飞行经历。我也没有看到什么举世闻名的恶棍。制剂里的内容纯粹是汉斯·乌尔里希·鲁德尔的私人生活

（他在自己最后一次去柏林的时候被捕）。在动物园地铁站旁边，他穿着黑色的皮大衣，脖子上戴着一枚令人难以置信的勋章，体贴地和一个幸福到脸色苍白的女高中生，大胆地在光天化日之下交合，毫不遮掩。除了色情部分以外，制剂里的记忆还包含一座高大的混凝土齐古拉特祭祀塔，塔上还带有为高射炮兵准备的平台。这样的建筑看上去太不真实了，以至于我开始怀疑我看到的东西究竟是不是真的。除此之外，一切都像是一部颇具风格的色情电影。

必须承认，这段记忆我看了不止一两次。鲁德尔的长相像一个聪明的钳工，而那个女学生则会让人联想到人造黄油的广告。据我所知，在柏林沦陷前不久，陌生人在动物园车站附近的亲密会面已经成了一种传统。在雅利安人最后的交配中几乎没有欢乐——因为缺乏维生素。我感到震惊的是，在飞行作战的间隙，鲁德尔居然就像一个希腊运动员一样，在机场上扔飞盘。这和我想象的完全不同。

几天之后，我还在研究文学类的制剂。已故的梵天是纳博科夫的狂热鉴赏家——墙上的肖像就可以证实这一点。他的图书馆里至少有三十种制剂与纳博科夫有着这样或那样的联系。其中有些试管很奇怪，例如，"帕斯捷尔纳克+1/2 纳博科夫[①]"。我也不知道这是什么意思。要么讲的是两位泰斗个人生活中不为人知的

[①] 帕斯捷尔纳克，苏联作家、诗人、翻译家。这里的"帕斯捷尔纳克"用的是俄语写法，"纳博科夫"用的是英语写法。

章节，要么是想以一定的比例将他们的才能混合在炼金术士的蒸馏甑中。

我很想试试这种制剂，但等待我的只有失望：品尝之后我没有看到任何幻象。起初我以为试管里装的只是普通的水。但过了几分钟后，我指间的皮肤开始发痒，再然后，写诗的欲望突然涌了上来，于是我就抓起了本子和笔。但遗憾的是，这种创作欲并不意味着我发掘出了自己写诗的天赋：诗行争先恐后地落在纸上，但却并不想要组成什么完整而统一的作品。

划掉了半个笔记本之后，我得出了下面的内容：

　　为了你的英莲，

　　　为了你带反冲的螺套，

　　为了你的蓝雪，

　　为了你圆顶的闪光灯……

然后，迸发的灵感遇到了一个不可逾越的障碍。序言部分暗含着某种"为了你的……，我要给你……"的呼应关系。考虑到这一点，就很难继续往下写。我试图从旁观者的角度来思考，说实在的，为了你带反冲的螺套，我能给你什么呢？如果用俄语的话，我确实想到了一些还不错的答案，但它们在这首诗中显得格格不入。

我决定就这样结束这场诗歌创作实验，于是从沙发上站起身来。突然，我感到有种幸福的波涛在我的胸腔里酝酿，即将爆发出来，带着闪闪发光的泡沫向全人类奔腾而来。我深吸一口气，

让海浪溢散出来,我的手用英文写道:

  我的妹妹,你还记得吗

  蓝色的哈珊①和哈勒欣②?

  诗歌到这里就结束了。最后,我脑海中一下子弹出了像"哈啦,哈拉明达,哈卡迈达"③这样胡言乱语的三段式的惊呼,缪斯的灯随即熄灭了。

  也许这次写诗的不完美体验应该归咎于我自己,我的灵魂中缺乏作为建筑材料的情感。毕竟,最伟大的建筑师也需要砖块。至于和纳博科夫相关的那部分,就涉及问题的另一个方面了:我不仅缺乏建筑材料,还缺乏足够的英语词汇量。

  但也不能说这次的实验是徒劳无益的,因为我由此意识到,存在着一种方法,可以控制制剂中所包含的信息量,因为这次的制剂中没有关于诗人个人生活的任何信息。

  我决定去问问密特拉。

  "怎么回事,你偷翻图书馆了吗?"他有点不满地问。

  "嗯,对。"

  "你什么都别碰。你课上学的东西还不够多吗?我可以请耶和华给你加课……"

  "好的,"我说,"我不会再碰了。但是请你告诉我,究竟是怎么做到的,为什么在一样制剂里能够只留下某一种性能?比如

---

① 山名。

② 河流名。

③ 这里是三个以"哈"音开头的词,连起来没有具体意义。

说，就剩下和写诗有关的东西，而没有任何图像？"

"蒸馏。有一种特殊的技术。负责提纯的吸血鬼所佩戴的头盔里有一段圆柱形螺旋，红色液体通过这段螺旋，进入某种特殊的变压器，浓缩提炼需要保存的经历。与此同时，由于提纯所使用的化学物质，所有其他经历都被消除了。这么做是为了分离出需要的信息并清理掉其他内容。人类的经历是有害的，并且有一定的破坏性。而大剂量的人类经历简直是致命的。你以为人类为什么会像苍蝇一样死去？就是因为他们的生活经历。"

"那为什么我要在课堂上喝那么多他们的人生经历？"

"这不一样，"密特拉说，"专门给你用这些未提纯的制剂，可以说，是为了让你积累一些沙囊。"

"沙囊有什么用？"

"如果一艘船没有沙囊来压舱，它就会被吹翻，然后沉入海底。但如果你放进来一些水，使得船上的水面和船舷外的水面齐平，反而会增加稳定性。你必须为任何可能遇到的事情做好准备，就像接种疫苗一样。当然了，这个过程很不愉快，但没有办法，每个吸血鬼都要接受这样的训练计划。"

即使没有禁令，我也不会再用斗橱里的制剂做实验了。密特拉是对的——我白天的课上就要吞下大量的制剂，在课余时间还做同样的事情就有点病态了。

但有一个问题一直让我很感兴趣。

从与恩利尔·马拉托维奇的谈话中，我得知吸血鬼认为人类像奶牛一样，是被专门饲养来做食物的。我很难相信这件事，不仅是因为人类在其中的角色太过可怜。

主要是，我没有在任何地方看到过所谓的挤奶机构。吸血鬼咬人，是为了熟悉别人的内心世界，显然不足以作为一种进食方式，只是血液分析罢了。所以肯定有别的方法。

我试图想象这个过程是什么样子的。我想，也许吸血鬼吞食的红色液体，是打着医疗的名义收集起来的？或者在第三世界的某个地方有专门繁殖人类的种植园？

这样的主题在大众文化①中经常出现。我记得在电影《逃出克隆岛》②中讲述了一群天真的孩子，他们在地下深处被培育出来，生来就注定要被加工成备用零件——穿着白色运动服走在无菌走廊里，希望自己有一天会有好运……在电影《刀锋战士Ⅲ》③中有一个工厂，昏迷的人被密封在真空袋中，在没有意识的时候产出红色液体来喂养吸血鬼。

真的是这样吗？

还有一件事我也猜不透。吸血鬼也吃普通的人类食物。下课后，我和巴德尔、耶和华一起吃过几次午餐——这个过程中不包含任何哥特式的元素。我们去了花园环路上的一家普通餐厅吃寿

---

① 20世纪中叶的一种西方文化类型,利用大众交际手段进行传播。
②《逃出克隆岛》是上映于2005年的美国科幻电影,由美国导演迈克尔·贝执导,伊万·麦克戈雷格和斯嘉丽·约翰逊等联袂出演。
③《刀锋战士3：三位一体》是上映于2004年的美国动作电影,改编自漫威动画,由大卫·S.高耶执导,韦斯利·斯奈普斯、瑞安·雷诺兹和杰西卡·贝尔等人主演。

司。一切都很正常，和人类没有任何区别。的确，耶和华曾经点过一杯鲜榨番茄汁，在他喝的时候，他的巨大的喉结上下滑动，我感到一阵强烈的反感，我开始认真地怀疑自己是否有能力成为吸血鬼。但除了这一次以外，巴德尔和耶和华再也没有在我面前做过任何像是喝血的举动了，哪怕是暗示喝血的举动也没有过。

也许红色液体是在特定的日子里，在特殊的仪式上服用的？

我尝试着询问巴德尔和耶和华，但每次我得到的答案都和恩利尔·马拉托维奇给我的一样：现在说这个还为时过早，万物都有定时，等到了大堕落日再说。

我想，显然，有一个特殊的成年仪式正在等待着我，仪式过后吸血鬼们才会承认我是他们中的一员，并向我揭示他们幽暗的秘密。然后，我握紧拳头，不禁想到，我会开始和他们一起……我甚至可能会渴望……真是恶心……

不过，我小时候觉得肉饼也很恶心。但最后还是习惯了吃肉饼。

我曾经希望，我可以在斗橱的某个地方找到困扰着我的问题的答案。再次翻阅目录，我果真发现了一些有趣的东西。

册子的倒数第二页上有一个奇怪的条目，根据这条记录，在一个单独的抽屉里有一种制剂被命名为：

"历史：支持咬人+巨蝠的命令"

那个抽屉就在天花板下面。我打开它时，并没有看到一般抽屉里都会有的试管架，里面只有一个红色的小盒子，看起来像一个昂贵的钢笔盒。盒子里面是一个试管——和所有其他试管一样,但塞子是红色的。我一下子来了兴趣。

等到了晚上,我终于下定决心品尝一下。

我没有找到我最主要的问题的答案,但我从另一个领域学到了很多有趣的东西。

我终于明白为什么我察觉不到梵天和恩利尔·马拉托维奇咬我了。我以前认为这是因为他们在咬我的同时,往伤口里注入了某种麻醉剂,就像大型的热带吸血动物一样。但是我错了。

其实,咬人者和被咬者之间产生了一种短暂的精神接触,类似于"刽子手—受害者"的施虐受虐的串联机制,受害者实际上根本意识不到这个过程。身体感知到了自己被咬伤,并感知到了正在发生的一切——但这种感知并不是发生在个体人类意识的层面上,而是在一个更低的层面上,即发生在动物的大脑联络区和效价①中。信号来不及向上传递,因为在被咬伤的同时,受害者相当于挨了一记最响亮的耳光,这使他陷入了短暂的昏迷,并阻断了所有正常的反应。

耳光的角色是由语言所发出的特殊精神命令来完成的。吸血鬼称之为"巨蝠的叫声"。其具体性质还不清楚,但它并不是某种真实存在的声音。这种命令已经有数百万年的历史了,它拥有着无比强大的力量,甚至可以顷刻间制伏一只大型恐龙。

这种命令并不是在强行压制他人的意志。它更像是一种经过

---

① 心理学术语。

了数百万年的研究才制定出来的生物契约：驯服的动物分享自己的血液，以此换取活命的机会。巨蝠的叫声产生于一个离我们非常遥远的时代，但我们大脑中最古老的区域里，仍然保留着曾经对它充满恐惧的记忆。

很遗憾，红色盒子里的制剂经过了精心的提纯，没有办法从中得知古时候有谁使用过这一命令。但是，我弄清楚了一些科学细节。比如说，我了解到，这条命令甚至从未到达过更高级别的神经中枢，因为整个过程只需要350毫秒，低于人类或其他大型动物可以察觉的阈值。被吸血鬼咬过的人的记忆中不会留下任何东西，即使留下了，大脑也会立即激活防御反应来消除它。

被咬的时候，人是什么感觉？人们的反应略有不同。有可能产生一种非理性的渴望、不好的预感、突如其来的虚弱。也可能会出现令人难过的念头——想起死去的亲戚、逾期的贷款和错过的足球报道。总之，受害者自己的大脑会尽己所能地掩盖正在发生的事情。这大概是人类进化出来的所有防御机制中最不寻常的一种了。

与此同时，我也发现了自己新虎牙的秘密。就像我之前说过的那样，它们的尺寸和形状都很普通，基本上和我原来的虎牙没什么区别，只是更白一点。据我所知，牙齿本身不会刺穿受害者的皮肤，刺穿皮肤的是牙齿放出的电，就像点烟器中的晶体产生的电火花。电腺位于吸血鬼的上颚，在第二个大脑的边缘——也就是扁桃体曾经的位置。放电后，在被咬者皮肤上的小伤口上方会出现一个微小的真空区域，被咬者的几滴血会被吸入其中。在咬人的同时，吸血鬼急促地稍稍抬一下头，在空中接住血滴，将舌头压在上颚上，随后就开始品尝，整个过程难以察觉。理想状态下，被咬者的皮肤上不会留下任何痕迹，最坏的情况下，也只会有一两滴红色液体落在伤口附近，从来都不会发生红色液体大量流出的意外。总之，被吸血鬼咬一下是完全无害的。

除了这些信息之外，这支制剂还讲了关于"在咬人期间应该如何表现"的内容，都是些战术性的建议。

根据建议，吸血鬼最好装作要对受害者悄悄说些什么。必须要注意的是，不要让旁观者以为吸血鬼要向受害者的耳朵吐痰，或是要低声说什么猥亵的话，又或是要偷闻别人的香水，等等。毕竟，有多少个公德卫士，就会有多少种理解方式。

这些我以后都有可能会用到。

艺术家德内卡[1]有一幅画作，名为《未来飞行员》，画的是海边的一群年轻人，他们满怀憧憬地仰望着天空，在远方的天空上模糊地画着一架飞机的轮廓。如果要我画一幅《未来吸血鬼》，它会是这样的：黑洞洞的壁炉旁边有一个巨大的圈椅，一个苍白的年轻人正坐在上面，痴迷地盯着一张蝙蝠的照片。

---

[1] 即亚历山大·亚历山德罗维奇·德内卡，苏联画家。

第一口

密特拉打电话来问我的情况如何。

"挺好的（挺符合标准的）①，"我有点郁闷地说，"只不过这个标准我不是很喜欢。"

"说得很形象啊，"密特拉笑道，"语言会使我们成为有趣的聊天对象。我们不是还有一句谚语嘛，'有嘴走遍天下②'……"

"吸血鬼还有什么谚语吗？"我问。

"比如说，这个。'为了一个红字儿，母亲和父亲都可以不管不顾③'。不用解释这句话的意思了吧。"

"不用了。"

"真不明白，你怎么会这么忧郁。你现在已经完全脱胎换骨了，受教育程度比以前高得多，整个人也更完美了，智力水平也更优越了，你明白吗？"

"这个脱胎换骨的人有很多疑问，但没有人回答他。"

"再等等，你很快就会知道了。而且你马上要知道的东西，会比你想知道的还要多。万物都有定时。比如说，现在就有一件事，也是时候提醒你了，不然你碰上的时候可能会非常震惊的。"

"什么？"我焦急地问。

密特拉笑笑。

---

① 俄语中 Нормально 在回答别人的问候时，表示"过得还不错"。这个词本身还有"合乎常规、符合标准"的意思。文中主人公是在玩文字游戏。

② 直译是"语言可以把你带到基辅"。

③ 指演讲者为了使自己的演讲更加动人，可以不惜任何代价，也不在乎会冒犯到谁。

"你好像已经很震惊了。很快就是你第一次咬人的日子了。我也不知道具体是哪天。总之,不会让你等太久。"

"我恐怕做不到。"我说。

"别紧张,"密特拉答道,"你可爱的小提琴会自己演奏。"

"算了吧,又是比喻。"

"这个比喻可正合适呢。记得吗,古米廖夫写过:但我看到你在笑,目光炯炯如两道光。来,接过这神奇的小提琴,看向那恶魔的双眼,以光荣的死亡……①"

密特拉饶有兴致地在这里停了下来。

"拉姆恰-特里洽,恰恰恰②。"我接着说道。

看来,"帕斯捷尔纳克+1/2纳博科夫"这支制剂还没有完全失效。

"你只是害怕新事物,"密特拉说,"但其实你没必要害怕。即将发生的是一件大喜事。第一次……我形容不出来,但我能肯定,它会给你留下一段快乐的回忆。"

"我该怎么做?"

"我跟你说过了,不要紧的。你就等着吧。时候到了,你自己就知道了。"

他的祝词并没有使我振作起来。我想起了日本的一种习俗——在得到一把新剑后,日本武士就必须在夜里去到城郊,砍

---

① 选自尼古拉·斯捷潘诺维奇·古米廖夫的诗作《神奇的小提琴》,在密特拉的停顿之后,原文是"以可怖的死亡,完成小提琴手的牺牲"。

② 流行歌曲的衬词。

掉他遇到的第一个人的头。我感到非常苦恼,因为我要做的事似乎与日本武士没什么不同。但语言保持着一种冷漠的平静,这种来自我灵魂中心的坚实重量让我也渐渐平静了下来,就像是冰敷在额头上……我知道,"来自我灵魂中心"这个说法听上去很奇怪,要知道,灵魂怎么可能会有什么中心呢。但只有"符合标准"的灵魂才没有什么中心,我的灵魂——有中心。

事情的进展和我所预料的完全不同。第一次做吸血鬼的体验与塔纳托斯①没什么关系,但却与他的长期合作伙伴厄洛斯②密切相关。但没什么区别,横竖都一样,这次的经历终归是不能说有多愉快的。

一天下午,上完巴德尔的课以后,我立刻就睡着了,几个小时之后才醒来,我突然产生了一种想要出去散步的冲动。

我穿上牛仔裤和一件印着辛普森一家的黑色T恤(我以前去超市工作的时候就这么穿),然后离开了公寓。

这座城市淹没在傍晚的暮光中。我走在街上,被一种模糊的渴望折磨着——我要么是想抽烟,但我从来都没有练习过抽烟,要么是想喝啤酒,但我也从来都没有喜欢过喝啤酒。我觉得我需要做点什么,但又不明白究竟要做什么,也不知道该怎么去做。然后,一切突然明朗起来。

我无法解释我是如何选择目标的。我只知道,就在那一瞬

---

① 古希腊神话中的死神。
② 古希腊神话中的爱神。

间，种种迹象都在向我说明，她就是那个人。事情是这样的：我看见人群中有一个姑娘朝我走过来，她穿着一件浅色的格子连衣裙，拎着一个白色的手提包。她的头发扎成马尾，绑着一条带有两个红色浆果坠子的橡皮筋。她从我身边经过的时候，看了我一眼。然后我随即转过身，毫不犹豫地跟着她走了。

我知道马上会发生什么。我感觉自己的行动已经不受控制了——是语言在操控着我的意志。我真切地感到自己就像一匹马，正驮着一位经验丰富的老骑兵上战场，这匹受惊的马只想掉头逃跑，但马刺紧紧地夹在它的身侧，让它别无选择——于是，我也只能照做。

我走到那个姑娘身后，向她低下头，看起来像是要叫住她。本能使我微微张开嘴，仿佛是要吸一口气。她的耳朵离我非常近，几乎就在我的嘴边，然后神奇的事情发生了。我听到了一声很微弱的"咔哒"声，然后我的头不由自主地抽动了一下——我知道，事情到这里已经做完了。

旁观者应该会看到这样的一幕：一个年轻人走到一个姑娘身边，想问她一个问题。他张开嘴，低头对着她的耳朵，正准备说什么，但突然打了个喷嚏，于是他尴尬地放慢了脚步。

她没有转身，只是紧张地抖了抖肩膀。她的脖子上出现了一个小小的红点。这一口咬得很巧妙——皮肤上一滴血都没有留下。我很想直接坐在人行道上，懒洋洋地闭上眼睛，但我克制住了这股冲动，继续跟着她。

当时我还不知道，第一次咬一个异性和第一次与异性接吻一样，都是一种非常奇妙的体验。《圣经》里有这样一种说法——"认识一个女人"（我认为，喜剧演员哈扎诺夫①的著名滑稽短剧《唔，你是这样的啊》暗示了这种说法的性意味）。但这个说法对人来说并不恰当。一个男人最多也就只能跟女朋友上床，只有吸血鬼才能"认识一个女人"，看到她惊人的秘密。虽然任何一个普通人都知道这个秘密的一半，但他们却永远无法像吸血鬼一样完全了解它。

事实上，两性共存是一件非同寻常的、可笑且荒诞的事，但人类自己对此却并不知情。人们对异性内心生活的了解都来源于各种无稽之谈——比如，挂历上写的"她内心的秘密"，或者，《女性与成功》系列杂志上宣传的"如何操纵男性'超我'"，后者明显更加骇人听闻。这种内心生活通常都是用另一种性别能够理解的术语来书写的。于是，男人被描述成一个粗鲁蛮横，粗糙笨拙的蓄着胡子的女人；而女人则被描述成一个对开车一窍不通的愚蠢的假男人。

事实上，男人和女人的差距远比他们想象的要大得多。几乎无法用语言来描述，他们的差异究竟有多大。当然，这里说的主要是他们红色液体的激素成分。

可以说，我们的世界上有两种类型的瘾君子，他们分别服用

---

① 根纳季·维克托罗维奇·哈扎诺夫，是俄罗斯单口喜剧节目主持人，兼职演员，莫斯科综艺剧院院长。他因对苏联政治家以及俄罗斯亚文化群体进行戏弄与模仿而闻名，擅长隐晦地讽刺社会陋习。

两种精神药物，两种药物的效果都是极强的，而且差别显著。他们看到的幻象截然相反，但却必须生活在一起。于是，长久以来，他们不仅学会了如何在一起享受他们服药后各自不同的快感，还制定出了一整套礼仪，使他们能够表现出彼此理解的样子，虽然他们一直都在鸡同鸭讲。

可能会有人表示反对，觉得任何一个变性人，只要经历了变性手术，并接受了一整个疗程的激素注射，那这个人就能了解男女两性的秘密。事实上，并不一定是这样的。变性人会逐渐改变自己的内心状态——就像跨海航行一样，在漫长的航行途中，旅行者会忘记自己的身份和来处。而吸血鬼却能够在弹指间完成内心状态的切换……

我咬的那个姑娘记得我——我突然意识到，她是喜欢我的（就像在一面被赋予了情感的镜子中看到自己的倒影一样）。起初我很惊讶，后来又觉得有点不好意思。再然后，我就发现自己的思想被推向了一个既不能说完全正确，又不能说完全受我控制的方向。

我们拐到了大布朗纳亚街上。我走在她身后，无耻地翻看着她记忆的重要节点，并且很快就想好了要怎么利用我看到的东西。在我们快走到普希金广场的时候，计划就成形了。

我快步从她身边走过，大概超过她十米的时候停下，转过身，带着灿烂的笑容朝她迎面走去。她面露惊奇地看了看我，就从我旁边走了。等了几秒钟后，我又故技重施——超过她，转身，笑着朝她走去。这一次，她也冲我笑了一下，然后就又离开了。当我第三次重复这套动作时，她停下来，对我说："你想干什么？"

"你不认识我吗？"我问。

"不认识，"她说，"你是谁？"

"罗马啊。"

我用了自己的名字，因为我知道，她不记得那个将要被我冒名顶替的人叫什么名字了。

"罗马？哪个罗马？"

然后，我把我偷来的王牌摆上了牌桌：

"膳宿旅馆，'安静的亚速尔'。新年。摆着枞树的那个房间。那天没开灯。其他人都出去放烟火了。你真的不记得了吗？"

"噢！"她甚至有点脸红了，"那是你吗？"

我点点头。她垂下了脑袋，我们继续往前走。

"我从来没喝那么多过，"她说，"真是惭愧。我过了好久才清醒过来。"

"但对我来说，"我厚颜无耻地撒谎，"那是我一生中最幸福的一段回忆了。听起来有点夸张，但这是真的。后来我还给你打过电话。打过很多次。"

"你打的是哪个号码？"

我报出了她的手机号码，只不过把原本的尾号"5"说成了"7"。如果她不想给别人自己的真实号码，又拒绝不了的话，她都会把5说成7，如果被发现了，还可以说是对方听错了。

"你居然背下来了?"她很惊讶，"你记错了，尾号是5。"

"真见鬼，"我说，"怎么总是……嘿，我说，或许我们应该庆祝一下这次的重逢。"

剩下的事情就很简单了。

我们先去了特维尔大街上的一家咖啡馆，然后又去了另外一家。为了确定吃饭的时候应该聊什么话题，我只好再咬她一口（这次，她脖子上留下了一小滴血）。我只讲她感兴趣的话题，也只说她想听的话。这对我来说并不是难事。

我感觉自己就是一个卡萨诺瓦①。我甚至都没有想过，自己是不是做错了事——我和普通男性行为的区别只在于：人类男性在说谎的时候通常只是靠运气瞎蒙乱猜，而我知道答案，我知道应该说什么、怎么说。这就好像是在玩纸牌游戏，而我已经知道了对手的牌面。的确，这是在作弊。但在这个游戏中，人们的目标通常都不是取胜，而是尽快地输给对方，同时还要注意遵守礼貌秩序。

之后，我们又去散步，期间我一直在和她聊天。我们散步的路线似乎不经意间把我们带去了她的住处——起义广场上的一栋斯大林式高楼。我知道她家里没人。然后，自然而然地，我们要回她家里"喝一杯茶"。一直以来我都觉得，求爱过程中最复杂

---

① 贾科莫·卡萨诺瓦，意大利冒险家、作家、"追寻女色的风流才子"、18世纪享誉欧洲的大情圣。

的问题就是如何从聊天过渡到办正事,我总是在这一步出糗,但这次却连这一关都顺利通过了。

然而,问题出现在我意想不到的地方。如果不是因为话语课的熏陶,我肯定我永远无法清楚地说明当时发生了什么。

这种爱抚沉闷而平常,并不是因为相互吸引,而是因为习惯(大家都是这么做的)。这常常让我想到我们的选举。胡言乱语一通,再把唯一一个真正的候选人安插到一个谁都能干的岗位上,然后自欺欺人地迫使自己相信,就是这样一个毫无意义的选举结果,让整个自由世界的人都为之疯狂……但我知道,当这种尝试顺利实现的那一刻(我不是在说选举),某件本质上完全不同的事情就会发生。这个时候,两个人会结合在一起,变成一个双头连体的生物(就拿纹章来举个例子吧,古老的拜占庭纹章上就画着这样的画面:一只小小的亚洲公鸡被迫和一只从后面悄悄靠近的雄伟强大的鹰结合在一起)。

我们很幸运,这个时刻已经到来了(我不是在说纹章)。与此同时,她也了解了我的一切。我不知道她究竟感受到了什么,但毫无疑问,我的谎言被揭穿了。

"你……你……"

她把我推开,坐在床沿上。她眼中充满了赤裸裸的恐惧,把我也吓了一跳。

"你是谁?"她问,"这是怎么回事?"

逃避是没用的,我又不能告诉她真相(她无论如何都不会相信的），也想不出任何令人满意的谎言，更不想再咬她一口来获取脱困的方法。我默默地下床，穿上我的黑色辛普森T恤。

一分钟后，我跑下楼梯，一边跑，还要一边系扣子，发出的声响就像一架被击落的轰炸机。只不过，这架轰炸机坠落得相当安静，因为我不想引起周围人的注意。

我并不后悔。我只是觉得有些尴尬，居然陷入了如此愚蠢的境地。虽然我咬了她两次，但我并不认为自己应该为此受到谴责。毕竟不能因为蚊子是蚊子，就去谴责它。我知道自己并没有成为一个怪物——至少现在还没有。但可怕的是，任何一个女人都会把我看作一个怪物。

第二天晚上密特拉给我打了一通电话。

"怎么样？"他问。

我跟他说了自己第一次咬人的感受，以及之后的曲折冒险，我唯一没有提到的是那天的结局。

"干得漂亮，"密特拉说，"祝贺你。你现在基本上算是我们的一员了。"

"基本上算是？"我问道，"难道这还不是大堕落？"

密特拉笑了起来。

"瞧你说的。你只不过是长出了牙。怎么能算是大堕落呢？还有一件事就要发生了，一件极其重要的事……"

"什么时候？"我问。

"等着吧。"

"要等多久?"

"不要急于求成。再最后当几天人类吧。"

这句话让我清醒过来。

"你说实话,"密特拉继续说道,"你跟那个姑娘……没有发生什么意想不到的事吗?"

"确实有,"我承认了,"最后的时候,她发现我有点不对劲了,吓坏了,好像看见了鬼一样。"

密特拉叹了口气。

"现在你知道了。有可能,一切都以这种方式发生,也是件好事。你应该记住,你和其他人不一样。你和一个人类之间永远都不会有真正的亲密关系。永远不要忘记这一点。也不要期待会发生什么奇迹。"

"人类怎么会发现我的身份的?"

"他们永远都不会发现的,"密特拉答道,"除了在你经历过的那种情况下。"

"那以后每次……都会这样吗?"

"也不是,"密特拉说,"伪装的方法很简单。洛基①会教你的。"

"洛基?"

"你接下来的课程将由他来教授。只不过你要注意一下,这个话题是吸血鬼的禁忌,我们永远都不会公开谈论,即使是和你

---

① 洛基,是北欧神话中的谎言与诡计之神,也是火神。

的导师也不行。对性伪装的需求是用一种完全不同的方式来解释的。"

"什么接下来的课程?"我吃惊地问道,"我还以为,我已经准备好进入社会了。"

"洛基的课程是最后一门了,"密特拉说,"我以自己的红色液体起誓。至于进入社会……你还是先检查一下你的邮箱吧,有你的一封信。"

他挂断电话以后,我就下楼去检查自己的邮箱。他说的没错,确实有一个黄色的信封,没写地址,也没贴邮票。我很疑惑,密特拉是怎么知道这里有封信的。我想,一定是他自己投进去的。

我返回公寓后,坐到书桌后面,拿起骨质裁纸刀,剖开信封,把东西都倒在了桌子上。掉出来一张大大的彩色照片和一张纸,上面的字迹很大、很整齐。

照片上是一个和我年龄相仿的女孩,她的头发非常别致——挑染了一绺绺红棕色、白色、红色和棕褐色的头发,还抹了发胶,做了造型,像是被炮弹击中的草堆,看上去很漂亮,但在乘坐公共交通工具时可能不太实用。

我甚至不知道该怎样去描述她的脸。很美。但不是常见的那种美——美得显而易见,符合大众品味;至于它所引起的反应,与其说是强烈的主观感情,倒不如说是商业性的消费冲动。这张脸的美是不一样的。看着这样的脸,你会以为只有你自己才能充分地认识到它的魅力,而其他人什么都不懂,也发现不了它的美——于是,你就会立刻把它划为自己的私人所有物。然后,当你发现这种单方面的契约没有任何效力,而且其他人也都能清楚地感受到这种美的那一刻,你会有一种被背叛的感觉……而且我还觉得,我在生活杂志①上看到过这张脸,应该是某个用户发布的照片。

我拿起那张写了字的纸,读了起来:

你好,罗摩。

你大概已经猜到我是谁了。

我现在的名字叫赫拉②。我几乎是跟你在同一时间成为吸血鬼的,可能比你晚一个星期吧。我刚开始学习魅力和话语。带着我学习的是巴德尔和耶和华(他们讲了很多关于你的趣事)。总的来说,到目前为止发生的事情我都很喜欢。老实说,我是一个非常普通的小女孩,但他们告诉我,学完话语课之后,我会迅速地变聪明。说真的,当他们往你脑袋上安那么大一个仓库的时候,感觉很奇怪,不是吗?

他们说,大堕落日的时候,我们就会见面了。他们还说,你非常害怕它。我也有点害怕,但你得承认,害怕一个你不知道的东西是很愚蠢的。

我非常想看看你长什么样子。不知道为什么,我觉得我们会

---

① 俄罗斯社交平台。

② 赫拉,是古希腊神话中的第三代天后,同时也是婚姻与生育女神,是奥林匹斯十二主神之一。

成为好朋友。请给我寄一张你的照片。你可以请人代为转交，也可以通过电子邮件发过来。

期待和你相见。赫拉。

她在后面附上了她的电子邮箱地址，还有一个以.mp3为扩展名的网址。她给我发了一段音乐。

尤其令我心动的是，她居然是用工整的斜体字，手写出了那么一串长长的网址。不知怎的，这一点让我有些感动。不过，这些细节之所以这么让我着迷，也有可能只是因为我在看信之前，就已经看过了她的照片。

我把歌下载了下来，是"旅行威尔伯里"乐队的《不再孤单》，这个乐队的成员包括甲壳虫乐队的乔治·哈里森，电光乐队的杰夫·林恩，鲍勃·迪伦等音乐大拿。我喜欢这首歌，尤其喜欢它的结尾，歌词"你不再孤单"以极具抒情色彩的力量被重复吟唱了三遍，以至于我几乎都信以为真了。

我觉得，赫拉刚刚开始学习魅力和话语，所以，我相对而言更有经验，也更内行。我应该在照片里表现出这一点。我决定在斗橱前面给自己拍一张照片——它经过抛光的面板在我看来是一个很好的背景。

我穿上自己最好的外套，坐在从另一个房间搬来的圈椅上，先试拍了几张。感觉整个画面的构图上缺点什么，于是我就把一瓶昂贵的威士忌和一个大肚水晶杯放在桌子上，然后又拍了几张照片。还是觉得缺点东西，就又戴上了一枚在写字台里找到的镶着黑宝石的白金戒指,然后用戴了戒指的手撑着下巴,这样一来,戒指就更加显眼了。在拍了大量的照片之后,我选择了我看起来最像一个无聊的恶魔的那一张(为了达到这个效果,我不得不在我的屁股下面垫了两卷医学百科全书)。

做完这一切之后,我就打开电脑给她回信:

Ифин,

很开心能够收到你的来信。你真可爱。我很高兴,现在我不再孤单了。我们俩现在可以做个伴了,对吗?好好学习话语和魅力吧,这些课程会大大拓宽你的视野。我会很高兴见到你的。

么么,罗摩。

PS:在附件里有几段严肃音乐。

我故意营造出一个枯燥无味、说话简洁还蓄意嘲讽他人的形象,因为我觉得,这会给女性留下强烈的印象。"Ифин"是英文里"Baby(宝贝)"的意思,不切换输入法,在俄语键盘上打"Baby",出来的就是"Ифин"。这个词有一种很强烈的精神分析的意味,因为很明显可以拆分成"иф"和"ин"两个部分,在读音上等同于英文单词"if(如果)"和"in(里面)"。这是我根据PS-ЗЫ[①]这组对应关系自创的表达方式。

我发给她的"严肃音乐"是一份10MB的道观晚课的录音:在充满异国情调的打击乐器伴奏下,道士们拖着单调犀利的长

[①] 英文里写信的时候,经常用PS(再者,又及)在信的末尾附加没说完的内容。ЗЫ是PS的俄语化形式(俄语字母З、Ы与英语字母P、S在键盘上的位置相同)。

腔，用中文诵经。它在我的硬盘上闲置了好久，现在终于找到了用途。希望她的信箱能装得下。我用挑剔的眼光再一次审视了一下自己的照片，感觉挺好的，就把邮件发了过去。

洛基

年轻的吸血鬼最后的课程也是成对的——"格斗与爱情技巧"。

上课的是洛基,一个留着长长的黄头发的高高瘦瘦的老人,长得有点像诗人丘特切夫①,只不过少了点贵族派头。他总是戴着一副骑行眼镜,穿一件长长的黑色西装外套,上面有五个扣子,就像克里米亚战争时期的旧式常礼服。

没有第二位老师了——两门课都是由洛基来上。先学格斗技巧,然后紧接着就开始学爱情技巧。

洛基比巴德尔和耶和华都年长。一开始,我觉得很奇怪,教格斗术的居然是这么一个衰弱的老人。但后来我想起了香港电影里的白胡子大师,就决定还是不要妄下断言了。

洛基有自己独特的教学方式。上课的时候,他不是在说话,而是在听写——他要求我把他说的话逐字逐句地写下来。而且,我还必须用一支装满紫色墨水的钢笔手写。纸笔和墨水都是他在第一次上课的时候装在黑色的旅行包里自己带过来的,他的旅行包跟巴德尔和耶和华的一样。我问他为什么非要这么做的时候,他说:"传统。"

第一节课开始时,洛基走到墙边,用粉笔在黑板上写下:

最长寿的人的长寿秘诀,只有一点——还没有人能杀掉他。

洛基九世

---

① 十九世纪俄罗斯著名抒情诗人,象征派的先驱,出身于一个古老的贵族家庭。

我知道,他引用的就是他自己的话。

"下课之前,都不要擦掉。"他说,"我希望这条原则能牢牢地印在你心里。"

他让我坐在桌后,打开笔记本,然后自己一边背着手在房间里前后踱步,一边不慌不忙地向我口授:"吸血鬼的格斗术……实际上和人类的格斗术没有差别……就肉搏技巧本身而言……吸血鬼使用的击打、投掷和招式……与经典单人格斗中所用的相同……记下了吗?不同的只是吸血鬼运用这些技巧的方式……吸血鬼的格斗术完全否认道德原则,所以也更有效……其实质是,吸血鬼会立刻使用所有能用得上的最卑鄙无耻的招式……"

听到这里,我从笔记本上抬起了头。

"那怎么才能确定,什么招式是'最卑鄙无耻的'?"

洛基举起一根手指。

"说得好!"他说,"很好。一语中的。吸血鬼在决斗中被击败,通常就是因为在这个问题上浪费了太多时间。所以,在格斗过程中不能思考,要靠自己的本能。而想要靠本能来引导自己,就需要暂时忘掉何谓卑鄙。这样一来,你自然而然地就会采取最卑鄙的格斗策略。这就是悖论。记下了吗?"

"记下了,"我说,"但是,普通人在打架时也相信自己的直觉。而且他们也会用卑鄙的招式。那我们与他们还有什么不一样的?"

洛基冷哼一声。

"那你站起来,"他说,"我会给你解释的。"

我就站了起来。

更确切地说,我尝试着站起来。我还没来得及站直,太阳穴上就挨了一拳。

他不是很强壮,但却真不是一般的卑鄙——洛基选了一个最好的进攻时机,在我站得最不稳定的时候打了我一拳。我一下子失去了平衡,连人带椅子一起摔倒在地上,手肘在地板上磕得特别疼。

"明白了吗?"洛基若无其事地问我。

我一跃而起,他立即伸出双手,摆出安抚的姿态说:"好了好了,不打了!"

我不生气了,正想告诉洛基我对他的看法,他突然就用靴子狠狠地踢了一下我的小腿。这简直太卑鄙了——刚刚可是他自己说了要休战的。我疼得蹲了下去。

洛基走到窗前,从口袋里拿出一颗包着红纸的糖果,剥开扔进嘴里。

"要是我现在揍您一顿呢?"我问他。

"你怎么敢这么说话?"他皱着眉头,"我是你的老师。你有问题,我就得回答,还得回答得让你能听明白。懂了吗?"

"懂了。"我郁闷地嘟囔着,揉了揉身上的瘀伤,接着说,"但您别再做这种事了。否则,我可不会为自己的行为负责。"

"我保证。"洛基说着,把身子转了过去。

我以为，他是在为自己的粗野而惭愧，于是转身朝桌子走回去。就在这时，他从后面猛地朝我跳过来，往我的小腿内侧踢了一脚。我的腿不由自主地弯了下去，跪倒在地。他紧接着又给了我一耳光。于是我跳了起来，一句话也没说，就举起拳头向他扑过去。

有必要提一句，我在十年级的时候学过一段时间的空手道。当然，并没有把自己练成成龙，不过我也能一脚踢碎学校厕所墙上的瓷砖，或是一拳打断一块有裂痕的木板——好像，我也就只能做到这些了。但是学了空手道之后，我倒是更能欣赏成龙在银幕上做出的动作了。

但我所看到的更让我惊奇。

洛基跳到墙上，向上走了几步（动的只有他的腿），当重力使他的身体与地面平行时，他在空中翻了个跟头，就轻巧地落在了我的身后。他并没有使用任何超自然的力量——一切都符合物理定律，只不过需要极大的灵活性和勇气。

下一秒，他的腿带着呼啸声扫到了我的面前，迫使着我向后退，然后抓住了我的一只手，向后掰我的手腕——他握力惊人，我立即放弃了抵抗的想法。

"我投降，我投降！"我叫道。

洛基放开了我的手。出于震惊，我一下子忘记了自己对他的怨恨。

"您是怎么做到的？"

"坐下，记下来。"他说。

我在桌前坐下来。

"为了使自己在战斗中处于不败之地，吸血鬼研制了死亡糖果……记下了吗？"

"啊哈！"我猜到了，"您刚才吃的就是吗？红色包装的？"

"正是。"洛基说。

他把手伸进衣服里，又拿出了一颗糖——个头不大，圆圆的，包在反着光的红色包装纸里，就像是飞机上发的那种免费硬糖。

"我能尝尝吗？"

洛基想了想。

"今天不行，"他说，"你……太激动了。"

"您是怕，我会……嗯……揍您？"

洛基轻蔑地笑了。

"我亲爱的孩子……你以为重点是糖吗？"

"不然呢？"

"没有武魂，糖一点用都没有。你知道，什么是武魂吗？"

我没找到答案。

"既然如此，"洛基说，"就接着写。"

我低头趴在笔记本上。

"在中国湖北省，"洛基口授道，"有一座风景如画的武当山……意思是'武挡'，也就是'用武力抵挡'。那里自古以来，就住着一群练武的道士……其中最著名的是张三丰，他拥有着飞行的能力……"

洛基停了下来，显然，他想等我问他，张三丰是不是真的会飞。但我不会问他的。

"现在，武当山上还有很多武术学院，一些容易上当受骗的游客会在那里拿着剑和棍棒，学习一些华而不实的舞蹈。"

洛基在描述这种舞蹈的时候，做了几个滑稽的动作，确实很好笑。

"真正练武的道士早在二战前就归隐深山，远离道路、酒店和，呵呵，按摩中心了。真正的大师已经所剩无几，但确实还有。为了在远离人群的地方生活下去，道士们需要获取生存资料。这些生存资料非常重要……记下了吗？吸血鬼给他们提供生存资料。作为交换，最厉害的道士每年会向吸血鬼提供一次自己的红色液体样本……然后吸血鬼会用这些制剂做出几种死亡糖果。不过，没有武魂的话，只有糖是没用的……记下了吗？今天的课就上到这里。"

我在床上翻来覆去一整晚，一直在想，究竟什么是"武魂"。

我有几种不同的假设。第一种假设，这就是某种需要与其建立联系的灵魂。第二种，这是一种需要长期培养的英雄主义的意识状态，不靠任何的吸血鬼技巧（这个设想在我看来是最让人失望的）。第三种，这可能和某种能改变身体物理性质的特殊手段有关——否则将很难解释，为什么洛基已经不再年轻，而且明显也没有运动的习惯,却能像一个吃了安非他命①的杂技演员一样,一下子就把腿扫到我的脸上来。

我的三种猜想都是错的。

"武魂"原来是由五种长短交替的特殊呼吸所组成的呼吸序列,也就是使糖果生效的密码。这种呼吸方式和道教的修炼有关:用这种方式可以调整呼吸中枢。洛基没有继续深入讲解具体的发生机制,我怀疑,他自己对此也是一知半解。反正只要记住这种呼吸序列就已经足够了。

之后,洛基让我吃了一小块死亡糖果。他预先提醒过我,我不会看到什么特别的东西,因为糖里不包含任何关于道士生活的信息,里面有的只是他们的格斗能力。于是,我就开始体验糖果的神奇之处了。

死亡糖果的味道有点像甘草水果糖。按照要求调整好呼吸,我感到一阵眩晕,与此同时又觉得周身轻快。但也仅此而已了,我看不到任何幻象,就像在品尝"帕斯捷尔纳克+1/2纳博科夫"的时候一样。捐赠者的部分记忆被消除了。

唯一的变化就是,我现在可以精湛地控制自己的身体了。但这一点也很令人震撼了。我尝试着去做自己中学时在空手道课上一次也没有成功过的动作——劈叉。令我惊讶的是,我现在居然可以完成得毫不费力了——我先劈了个横叉,然后又劈了个竖叉。

---

① 中枢神经刺激剂,已被列为毒品。

随后，我随随便便地就重复了一遍洛基之前击败我的招式——沿着墙向上跑几步，再翻个跟头落在地上。洛基允许我攻击他，不到一秒钟，我就向他发起了我以前只在电影中看到过的一连串打击（尽管没有一次击中目标）。但糖果失效之后，我就不能再重复这些壮举了。

洛基解释说，要获得这种像古塔波胶①一样的可塑性，关键不在于肌肉的弹性，而在于肌肉瞬间放松的能力。也就是因为这个原因，我才能劈叉、高抬腿侧踢。

"如果从生理学的角度来讲，"他说，"这一切都是因为大脑发送到肌肉细胞的神经冲动。长时间的锻炼对肌肉、韧带和骨骼的物理性质的影响无足轻重，影响的只是控制人体的神经信号序列。死亡糖果影响的就是这串代码。当然，任何一个普通人都会比训练有素的战士弱得多，但尽管如此，他的体格也已经足够发达了，能够支撑他完成和战士同样的动作。但事实上他却无法完成这些动作，不过是因为他的神经系统还不够健全。普通人的攻击力量不足也是这个原因。这不仅与肌肉纤维的特性有关，还与集中精力的能力有关。借助制剂，吸血鬼可以暂时获得所有这些技能。然而，这项技术自然也有其局限性。即使你吸取了举重世界冠军的所有红色液体，你依然举不起200公斤的重量。"

"也就是说，"我说，"体操运动员长期训练，与其说是在升级硬件，不如说是在升级软件？"

---

① 古塔波胶(古塔胶)是硬质橡胶的一种,可塑性强。

"我听不懂你说的这些瘾君子的黑话。"洛基答道。

现在我明白为什么吸血鬼要使用所有能得用上的最卑鄙无耻的招式了。这与其说是一个道德选择（就像我一开始所想的那样），不如说是一种现实需要。死亡糖果给人一种强烈的自信心；让人不由自主地想要去逗弄自己的对手，就像想要去逗弄一只小猫一样。但是，一旦它失效了，吸血鬼就会失去防御能力。因此，正如洛基所说，在任何情况下都不应该浪费*死亡的时间*。

按规矩，吸血鬼应该随身携带死亡糖果。洛基给了我一个小盒子，并向我展示了如何从里面取出糖果：一按下弹簧，就会有一颗糖果掉进手中。为了速度起见，糖果可以包着包装纸直接扔进嘴里——糖纸是特制的。小盒子平时挂在腰带上，只有在危及生命的情况下才可以使用。

"请您告诉我，"我问洛基，"吸血鬼之间会打架吗？我的意思是，如果打架的双方都吃一块糖果会怎么样？"

"'打架'是什么意思？"洛基说，"吸血鬼又不是孩子，如果两个吸血鬼之间出现了什么严重的问题，他们会通过决斗来解决的。"

"决斗？"我问道，"现在还有人会决斗吗？"

"在我们的世界里是有的。不过很少罢了。"

"这种决斗是什么样子的？"

"下次再告诉你。"洛基回答道。

下一次上课的时候，他带来了一根长长的黑色管子，就像是被用来装卷成筒的图纸的那种管子。

"那么,"他开口道,"关于决斗这个问题,你应该知道些什么呢……吸血鬼存在于这个世界上这么多年,我们之间其实经常会产生一些私人争端。通常来说,吸血鬼都是从上流社会招募来的,而上流社会的人都喜欢通过决斗来解决问题。所以,决斗的传统也就传入了吸血鬼群体中,然而,在发生过一些致死事件之后,就被禁止了。主要问题在于,决斗中受到威胁的不仅是吸血鬼自己的生命,还有语言的生命。而语言,你想想也知道,完全没有任何理由参与决斗。这就好像是两匹马在互相踢斗,而马上的骑士……"

"我明白了。"我打断了他的话,"不用继续说了。"

"另一方面,忽视吸血鬼的人道主义需求,或将其功能简单归结为运输工具,也是无法容忍的。而且,吸血鬼抑郁沮丧的心理状态对语言也有负面影响。因此,大家制定出了一个折中的方案,允许吸血鬼在不危及语言生命的情况下解决问题——也不危及吸血鬼本人的生命。"

"但这样一来,"我说,"决斗就变成了一场闹剧。"

"噢,不是的。"洛基微笑着说,"在你看来,决斗的意义是什么?"

我耸耸肩。我觉得这是显而易见的。

"人们互相投掷尖锐的话语,"洛基说,"但话语本身并没有分量,人们口中可以吐出很多这样的话语。决斗的目的,是为了给话语增加额外的分量——可能是子弹、刀刃或毒药。吸血鬼的解决方案很简单：把决斗分为两部分。首先，他们约定好给话语增加何种分量。然后再揭晓结果——附加了分量的话语最终落在谁的身上。吸血鬼的决斗类似于抓阄。你明白了吗？"

"还不是很明白。"我说。

"首先，决斗的参与者们都要写一张所谓的决斗令，详细地描述自己为对方准备的惩罚。什么都可以：截肢、失明、失聪、在马厩里被鞭笞，等等。只取决于决斗者的愤怒程度。双方的证人必须要确保这些惩罚措施不会威胁到语言的实际存在，才能批准双方的决斗令。做完这些以后，决斗才正式开始。"

"决斗的人知道他们将面临着什么吗？"我问。

"不知道。"洛基回答，"这是规则所禁止的。而破坏规则的结果都极为悲惨。比如说，最近的一场决斗就是这样。"

"这场决斗的结果是什么？"

"失败者的鼻子和耳朵都被割了下来。然后他就一直戴着面具，直到去世。虽然，他也没活多久……"

我感到一阵惶恐。

"等等，"我说，"这个失败者是谁？他叫什么名字？有没有可能是……"

"是的，"洛基说，"就是梵天。他的鼻子和耳朵是被莫斯科最好的整形外科医生割下的，没有经历任何痛苦。但在这件事情之后，他陷入了沮丧，语言不想继续留在他的身体里了。"

"梵天是和谁决斗的？"

"我本不应该告诉你这些，"洛基说，"但既然你问我的话——他是和密特拉决斗的。"

"和密特拉？"

"对。也就是因为这个，密特拉才会来迎接你。这是一种传统，如果一场决斗导致其中一个参与者死亡，那么他身上的语言会移植到新人的体内，而胜利者就要充当新人的监护人。只不过，请你无论如何都不要和密特拉谈论起这个话题——这种行为是很没有分寸的。你明白了吗？"

我点点头，被这个消息震惊了。

"那就是说，"我说，"我在这里是因为密特拉……"

"不，"洛基说，"你不应该这么想。密特拉对这个结果没有任何影响，说实在的，就连梵天本人也没有起到太大的作用。这一切都是由语言来决定的。"

"那为什么他们要决斗？"我问。

"和梵天的斗橱有关，"洛基答道，"梵天是一个狂热的收藏家。密特拉找他借了一些藏品，应该是一些情色类的珍品，具体的我不太清楚。他就是借去消遣的，但却谎称是为了一件很重要的事。然后，借走的藏品出问题了。要么是密特拉自己把东西都喝了，要么是弄丢了，再不然就是给别人了，具体的我也不知道。总之，那些藏品找不到了。梵天勃然大怒，提出要和他决斗，并且预先宣布，要把他的手指都剁下来。密特拉听说以后，也决定要和他较劲……其他的你都知道了。"

"所以说，密特拉在决斗上很有经验？"

"经验在决斗场上不重要，"洛基说，"万般皆是命。"

"那决斗的过程是什么样的？要用到死亡糖果吗？"

"是的。用的是专为决斗特制的死亡糖果，以最好的剑客或枪手的红色液体为原料。"

"武器呢？"

"花剑或手枪，"洛基说，"但吸血鬼使用的武器都是特殊的。"

他从桌上拿起那个管子并打开，抽出一柄钢制的花剑。

"就是这个，"他说，"看看吧。"

剑的末端有一个圆形的铜球，直径大概一厘米半到两厘米，从里面伸出一根短钢针。

"是镇静剂，"洛基说，"在用枪决斗的时候，手枪会发射出一支特殊的注射器，注射器里也有这种镇静剂。被刺伤的人会瞬间瘫痪，但仍然保留着清醒的意识，可以呼吸，但不能说话或移动。镇静剂的效果大约能持续40个小时。在这段时间里，双方的证人要完成决斗令上的所有条件。这对他们来说，往往是沉重的负担。但事情总要有始有终，即使最后有可能会把人性毁灭……"

知道密特拉在我生命中所扮演的角色之后，他在我眼中就变成了某种邪恶的化身。但从另一方面来看，又很难指控他是蓄意造成这一切的。显然,洛基明白我的想法。

"你可千万别去问密特拉。"他再次警告我,"那样不仅愚蠢,而且完全让人不能接受。"

"我保证不问。"我说。

我非常想知道那些神秘道士的事,哪怕就告诉我一点点别的信息也行。于是我决定问问洛基,他对我的问题感到很惊讶。

"你为什么想知道这些?"他问。

"就是觉得很有趣。有什么办法可以看一眼他们的生活吗?"

洛基耸耸肩。

"死亡糖果也有残次品,"他说,"提纯得不彻底。但你就算吃了次品,也看不到多少东西。这些道士毕竟都不是常人。"

"您能给我一颗吗?"

他什么话也没说,我还以为,他是觉得我的请求太过荒唐。但是下一次上课的时候,他就给了我一颗切成两半的糖。

"这一批糖做得很差,"他说,"能看到点东西……你真是个奇怪的人,罗摩。"

晚上,天黑以后,我躺到了床上,把两半糖都放进了嘴里。

洛基说的是对的,我确实没有看到多少东西。但这段经历却让我终生难忘。

作为制糖原料的红色液体来自一位名为许北善的道士(我甚至连这些字的意思都知道——大意是"北方善意的许可")。他已经两百多岁了,感觉到衰老开始向他逼近。按照普通人的标准来看，他的身体状况非常好，但他却觉得自己就像是一堆破旧无用的断壁残垣。

我随着他的脚步在武当山上漫步。

许北善挤过一群群游客，才来到了圣地——他装作一个修路工人，用扁担挑着两块大石头。

我看到道观的红色屋舍，屋顶上砌着绿色的琉璃瓦。我还看到一只巨大的玄武岩石龟，在破旧的砖亭里静静地立着。我们沿着山脊狭窄的小路往前走，远处的山上还有一个湖泊，闪烁着粼粼的波光。

终于，道士来到了此行的目的地。这个地方被称为"高耸入云的峭壁之地"，的确名副其实，峭壁高悬于深渊之上。而在最高点则有一个小广场，平平整整，还铺上了石头。这个地方象征着崇高的力量和无上的圣洁。许北善来这里是为了寻求神灵的指引。

等所有的游客都下山去了，他就放下挑着石头的扁担，拾级而上，来到祭坛前，祭拜神灵之后，就开始等待。

神灵的指引有点奇怪。

从远处的某个地方飞来了一只蝴蝶，像鸟一样大，深蓝色丝绒质感的翅膀上有着黑色和棕色的斑点。它绕着道士飞了一圈之后，停在祭坛的边缘。

道士带着欣赏的目光看了一会儿蝴蝶。但随后就发现，蝴蝶翅膀的边缘已经磨损，几乎失去了明显的轮廓。道士刚注意到这一点，蝴蝶就飞走了，消失在悬崖边上树林之中的绿色迷宫里。

靠我自己根本领悟不了神灵的指引。但道士明白了，借助他的记忆，我也就明白了。只要蝴蝶还能飞，翅膀磨损了多少根本不重要；但如果它不能再飞了，蝴蝶也就消失了，仅此而已。

道士冲着祭坛再次俯身下拜，然后走下楼梯离开了。我还记得楼梯旁的石栏杆，上面雕刻着美丽的花瓶。有些台阶也是用同样的雕花石板铺成的，历经沧桑，在千万次的踩踏中磨损了精细的花纹。

我回过神以后，久久地沉浸在忧郁之中，又厌恶起自己现在的样子，我已经是一个吸血鬼了。

爱的五项原则

洛基说我们要开始学习吸血鬼的爱情实践了，听到这句话，我脑海中浮现的是某种类似于魅力课程的东西，只不过用到的制剂是"鲁德尔动物园"那种。在我的设想中，会有一排排试管摆在我面前，每支试管里都是一部三维立体声的色情电影。于是，我怀着热切的期望想，这些东西我都得好好看，好好学习……

当我知道这个专题只有一节课的时候，大失所望。可是，我又想，这唯一的一节课肯定会非常精彩，令人难忘。

事实也的确如此。

这一天，洛基很仔细地刮了胡子，甚至还喷了点香草味的古龙水。他的手提包比平常大了一倍。我很想知道里面有什么，但我没有问。

"我必须警告你，"洛基说，"爱情技巧课有两种形式，究竟采取哪一种，取决于学生的性别。两种课程没有任何共同点。另外，你所听到的一切都只适用于人类女性，在任何情况下，你都不能把它用在吸血鬼女性身上。"

"如果我爱上一个吸血鬼女性会怎么样？"我问。

洛基耸了耸肩。

"我们不考虑这种可能性。我们在课上学习的一切都只和人有关系。你可以按照自己的意愿和其他吸血鬼建立关系，并且自己承担所有的责任。在这方面并没有给新人准备的课程。好了，拿支笔，打开本子，开始记……"

洛基开始口述：

"吸血鬼对女人的态度与人类冷酷的玩世不恭完全相反。它结合了务实的理性主义和高度的骑士精神……你记下了吗？理性主义表现在吸血鬼抛弃了被称作'求爱'的那种虚假且带有侮辱性的程序，并直接指向问题的本质。而骑士精神则表现在吸血鬼将女人从模拟性高潮的无耻要求中解放出来，并使她们能从中获取金钱……"

"我跟不上了。"我说。

洛基停下来，等我把他的话记完。

"有五项原则，"他继续说，"吸血鬼在私生活中必须严格遵守。第一项，吸血鬼要尽力在和女人相识之后立刻开展爱的行为。第二项，爱的行为完成后，吸血鬼通常会终止与女人的关系。第三项，吸血鬼要为女人的服务付钱。第四项，吸血鬼一般不咬与他发生关系的女人。第五项，也是最重要的一项，吸血鬼从不允许女人模拟性高潮。"

"我不太明白，"我说着，从笔记本上抬起头，"吸血鬼是要侠义地把女人从模拟性高潮的义务中解放出来，还是要阻止她这样做？"

"这是一回事。"

"为什么这样说？"

洛基深深地看了我一眼。

"罗摩，"他认真地说，"让我们来进行一次男人之间的谈话吧。"

"好。"我同意了。

"接下来我们用事物原本的名称来称呼它们吧。一个男人和一个女人在性行为中协调且同步的生殖器高潮就是一个美好但无法实现的理想,就像乌托邦社会一样。吸血鬼必须始终牢记,女性做爱的行为是受经济动机和社会动机所驱动的。它已经被锻造了太久太久,几十年的平等不足以改变任何事情。"

"您一直都在谈理论,"我说,"能告诉我,这一切在实际操作中意味着什么吗?"

"可以。如果一个女人在第三次摩擦后,就开始呼吸急促,转动眼睛,并且不自然地喊叫,这就说明她的行为不诚实,并且正在进行一项社会性的工作,而与此同时,她的伴侣则在进行一项生物性的工作。如果躺在身边的人开始悄悄地进行她的社会性工作,吸血鬼就该保持警惕了。"

"女人模拟性高潮有什么好处?"我问,"我真的不明白。"

"你不明白,是因为你在按人类的思考方式想问题。"

他的指责说到了我的痛处,我愧疚地低下了头。

"我来给你解释,"洛基用教训的口吻说,"我们爱的根本不是为我们付出的人,我们爱的是我们为之付出的人。我们为他们付出得越多,就越想要继续为他们付出。这是一种心理规律。女人靠这条规律,已经寄生了千万年了。她让吸血鬼相信她经历了连续多次的高潮,让吸血鬼相信自己带给了她快乐——并开始想要让她变得更快乐。还不明白吗?这是一个投资问题。她呼吸得越重,呻吟得越大声,她希望得到的回报就越大。而吸血鬼必须要将其扼杀在萌芽状态。"

我想起来了,密特拉曾警告过我要注意吸血鬼性伪装外面的虚伪面纱。但我还是决定要提出反对意见,单纯是想要耍无赖。

"我觉得……"

但洛基已经厌倦了我的固执。

"对于特别愚蠢的人,"他打断了我,提高声音说,"要说最直白的话。不要让女人模拟性高潮,因为这是她拿你钱的第一步!现在明白了吗?"

我吓了一跳,点点头。

"如果从一开始就制止了女人,"洛基继续说,"就有可能建立起一种基于人性的关系。而作为一种仁慈的生物,吸血鬼的目的就在于此……记下了吗?"

"记下了。"我答道,"那为什么吸血鬼一定要为女人的服务付钱?"

"因为只有捕鼠器上才有免费的奶酪。"洛基说,"顺便把这一点也记下来。"

我把他的话都记了下来,然后在笔记本上画了一个加粗的句号。

"很好。"洛基说,"理论部分到此结束。"

他打开手提包,拿出一卷肉色的东西和一个蓝色的气罐。气罐上接了一条短橡胶软管。他把软管卡在那卷东西上,转动了气罐上的黑色短柄。我听到了巨大的嘶嘶声，几秒钟后，那卷东西就迅速地展开，并且膨胀了起来，变成了一个破旧的充气娃娃，头上还长着乱蓬蓬的头发。

她有一双大大的蓝色眼睛、浓密的睫毛、一张做好一切准备的猩红色嘴巴，中间还有一个圆圆的洞。洛基给她把气充得满满的，所以她看起来很胖。显然，她曾被用来指导了不止一代吸血鬼，因为她身上布满了好几层水渍和一些像脚印一样的黑色污点，她身上还有许多涂鸦，就像中学生们在课桌上胡乱涂抹的作品一样。

"让我们来学习一下实践方法。"他说。

"呃……什么意思？"

"字面意思。"

洛基跪到橡胶娃娃面前，向我转过身来。他手里拿着一块死亡糖果，打开包装后就丢进了嘴里。

"针对我所说的这个问题，"他说，"吸血鬼不需要重新发明自行车①，利用的是自己的格斗技巧。也就是因为这个原因，才会把格斗技巧和爱情技巧合并为一门课程。吸血鬼固有的人道主义精神，就体现在他们在阻止伴侣模拟性高潮的时候，使用的方式都不会损害伴侣的健康……"

洛基靠在橡胶娃娃的身上，手肘支在地板上，由于他体内红色液体的涌动，他的脸色暗沉了下来（我突然想到，如果情欲突

---

① 俄语成语，比喻自作聪明，发明早已存在的东西。

然爆发,应该也有可能会产生类似的效果)。

突然,他灵巧地微微抬起身子,用右膝在娃娃的侧面重重一击。然后他用左膝重复这一动作。接下来,他又用手肘捅她肚子。

然后,他用手指戳她的脖子。接着,又用手掌拍她的耳朵。

这幅场景既怪异又可怕:一个瘦高个儿的黑衣男子,趴在一个充气娃娃身上,快速地,但又不是特别用力地,手脚并用地殴打她……洛基的招式具有超强的专业性,甚至可以说,他的动作极具艺术性——他这套节目大概都能放在一部超现实主义的戏剧里了。然而,我还是觉得,他在其中投入了过多的情感,远远超出了教学过程的需要。

"您能告诉我,"我自己都觉得意外,我怎么会问出这个问题,"您曾经爱过谁吗?"

他愣住了。

"什么?"他把通红的脸转向我,疑惑地问道。

"没什么,"我说,"就是随便说说。"

洛基站起来,从他的黑色礼服上拂去一点看不见的灰尘。

他说:"现在轮到你了。"

我看着那位充气的女士,出于某种原因,我不由自主地想要尽可能地拖延时间。

"我还有一个问题,"我说,"关于第四项。为什么吸血鬼不咬和他做爱的女人?因为骑士精神吗?"

"是的,但不只是这个原因。"洛基回答,"主要是因为,咬过几次之后,就会完全丧失对这个女人的兴趣,再也不想把她看作欲望的对象了。这一点是经过验证的。我还从来没有遇到过任何例外……"

他双手环抱在胸前,注视着远方,似乎想起了什么早已忘记的事。

"与此同时,"他说,"如果对一个女人的渴望变得难以忍受,吸血鬼就会多次咬她,深入研究她的灵魂,以此来缓解自己对她的渴望。这个方法百试不爽。但如果吸血鬼有其他的计划,他就不会这么做……"

洛基看着地板上的橡胶娃娃,我知道他不会再开口了。

"好吧,那就开始吧。我们要打她。我们……"

我在洛基刚刚开始的位置上跪好。橡胶女士用她的蓝色眼睛冷漠地越过我,看着天花板——如果说她能感觉到什么的话,那她隐瞒得很成功。

"把手肘撑起来,"洛基说,"把重心移到膝盖上……再高点儿……现在用你的膝盖从侧面踢她一脚。就是这样,非常好!不过左边不要打得太重,要不然可能会伤到她的肝脏。右边打一下。就这样。做得漂亮!现在来练习肘击……"

这节课的主题当然很实用,但眼前正在发生的事情激发了我的想象力。我每打一下,娃娃的头就会上下颤动一下,好像她在无声地嘲笑着我——也有可能,她是在模拟高潮,以便激怒整个

爱的五项原则　　**171**

世界。

  我决定不去看她的脸,把自己的目光移开。我开始想象自己正躺在一张充气床垫上,和其他人一起争先恐后地越过大海,拼命地划向幸福的彼岸,划向那遥远的地平线,划得最快的人会得到奖励——阳光、幸福、金钱和爱。

大堕落日

人間的日

第二天的天气很好，但隐约有种令人恐惧的气息萦绕不散。刮着强风，空气中还有一种令人振奋的寒意，这可能是秋天的预兆。太阳时而从云朵之间探出头来，时而又隐在云后。我把客厅的窗户打开，固定到镶在墙上的挂钩上，然后不知为什么，虽然房间里本来就是亮堂堂的，我还是点燃了几支蜡烛。吹进房间的微风迫使烛火跟着颤抖，我看着心里十分喜欢。

傍晚时分，密特拉打电话来询问我的近况。我和他讲了洛基昨天给我上的课。密特拉就来了兴致。

"我不是跟你说过嘛，对老一辈人来说，这个话题就是禁忌。这就和他们说'红色液体'一样。洛基教的那些杀伤性的方式，你听听就得了。绅士从来不会在性交的时候踢女人。"

"那绅士怎么做？"我问。

"这就要看个人喜好了。比如说，我就会在床头柜上放把手枪或者放个刮脸刀。"

我不确定他是不是在开玩笑。但密特拉接下来的话一出，我就把这些都忘到了脑后。

"我打电话是想跟你说，"他说，"今天就是我们的大堕落日……"

一阵寒潮在我体内席卷而过。这种不寒而栗的感觉从太阳神经丛传到每一条神经的末端，似乎有个人在我体内打开了冰水淋浴的阀门。

"怎么会？已经来了吗？"

密特拉笑了起来。

"你真让人搞不懂,要不就是等不及,要不就是嫌太早……你就别担心了。这没什么可怕的。"

"我需要做些什么?"

"什么都不需要做。你就等着吧,马上会有一个通信员来找你,他会交给你一个包裹,包裹里面有指令。"

"我能再给你打电话吗?"我问,"如果有问题的话。"

"不会有问题的,"密特拉说,"如果你不去绞尽脑汁地想问题的话。也不用给我打电话了,我会去见你的。"

"去哪儿见?"

"你会知道的。"密特拉说完就挂断了。

我放下听筒,坐在沙发上。

我非常明确地知道,我不想要什么大堕落日。我只想要静静地坐着冷静一下。我希望我的脑海中能冒出来一个想法,巧妙地把我从目前的处境中拯救出来。一定存在着这样一个想法,我只需要集中注意力去思考几分钟,就能找到它。于是,我闭上了眼睛。

就在这时,门铃响了。

我站起来,摇摇晃晃地走到门边,认命地打开门。

但门外一个人也没有——只有一个小小的黑匣子摆在地板上。我把它带回客厅,放到桌子上,然后去冲了个澡——不知道为什么,我就是想再洗一次澡。

我仔细地洗完澡，梳理好头发，还抹了发胶。然后去卧室换上了我最好的一套衣服——西装上衣、衬衫加上西装裤，这套衣服是从LovemarX大厅里的模特身上取下来的。

实在不能再拖延了，是时候揭晓真相了。我回到客厅，把小匣子打开了。

里面是一个小小的容器，由深色玻璃制成，安放在红色天鹅绒衬布上，它的形状是一双收拢起来的蝙蝠翅膀，这只蝙蝠没有头，在头的位置是一个头骨形状的塞子。

旁边有一张字条。

罗摩：

请你花上几分钟的时间，牢牢记住这句问候语，按照传统，年轻的吸血鬼都要这么说。问候语很简单：罗摩二世向心脏地带[1]报到！希望你能做到。

你可能会问，为什么是罗摩二世？根据传统，在特殊场合，吸血鬼的名字后会加上一个数字，充作姓氏。比如说，我就是恩利尔七世。当然，这并不意味着在我之前有过六个恩利尔，而在你之前有过一个罗摩。事实上我们之前的同名者要比这多得多。但为了简洁起见，我们只用顺序数词的最后一位数字。恩利尔十一世会成为又一个恩利尔一世。

不要激动，也不要烦恼。一切都会好起来的。

祝成功，恩利尔。

---

[1] 这里用的是heartland的俄语写法。

我看了看那个小瓶子。很明显，下一步的指令就在瓶中的制剂里。可能会有一辆黑色的汽车开到我面前，然后把我带去某个地方……

我记得，心脏地带[1]是一种半神话的东西，一种地缘政治崇拜，每当民族解放报要向赞助人汇报工作的时候，编辑部的圆桌会议上就会唾沫横飞地提起这个词。我不知道这个术语是什么意思，那些参加圆桌会议的人多半也不知道。

那在这里指的是什么呢？有可能，是一个秘密的地方？heart——心脏？这大概是个比喻吧……我想，事实上比喻的本体可以有很多。有可能会把我和一群无家可归的流浪汉关进同一个房间，然后说："你想成为吸血鬼的话，就吃掉它的心脏……"如果这就是心脏地带，那我要怎么办？

"马上就知道了。"不知是谁在房间里用尖锐而果断的声音说道。

我意识到，这是我自己说的。与此同时，我又注意到另一件怪事。我感觉自己内心充满了困惑和恐惧，但我的手在这个时候却积极地拔出了水晶头骨，打开了那个小瓶子……我的一部分在恳求着不要着急推进这个环节，但语言已经掌握了我身体的控制权。

小瓶子里正好有一滴液体，我把它倒进嘴里，小心地涂在上

---

[1] 地理学术语，由英国地理学家哈尔福德·麦金德爵士提出。在这一理论中，他把欧、亚、非三大洲合起来看做茫茫世界海洋中的一个岛，称之为"世界岛"，把欧亚大陆的中部看作是世界岛的心脏地带。

牙龈上，让液体渗进去。

什么事情都没有发生。

我断定，制剂不会立刻起效，就坐到了沙发上。想起恩利尔·马拉托维奇让我背的问候语，就开始默默地重复起来：罗摩二世向心脏地带报到！罗摩二世向心脏地带报到！

过了一会儿，我确信自己在任何时候，在任何情况下，都不会忘记这句话了，就不再喃喃自语了。然后我就听到了音乐。

在某个地方正在演奏威尔第的安魂曲（我现在经常能辨认出听到的是哪段古典音乐，每一次都会为自己在这个领域的博学而震惊）。我感觉音乐是从楼上传来的……但也有可能，是从隔壁传来的——很难确定声音的源头。我又有一种感觉，似乎让窗帘飘动的是音乐，而不是风。

我放松下来，开始聆听这段音乐。

要么是因为雄伟的音乐，要么是因为飘扬的窗帘后闪烁着的落日余晖，我觉得这个世界正在发生奇怪的变化。

不知怎么的，它变得很像梦之国。这有点让人费解——我从来也没有见过梦之国，只在童话书里读到过，也不知道它看起来应该是什么样子的。但我觉得，古董家具的几何结构、镶木地板的菱形图案和壁炉的衬里都非常适合出现在随便哪个人的梦里……我猜，我之所以想到梦之国，是因为我自己正在陷入梦中。

我不能在自己人生中最重要的时刻睡过去。于是我站起来，开始在房间里走来走去。随即我就想到，我可能已经睡着了，只不过是梦见自己在房间里走来走去。

然后，可怕的事情开始了。

我意识到，小瓶子里的东西可能是毒药。我可能不是要睡着了，而是要死了，我所经历的一切——只不过是大脑电回路中最后一次放电产生的越来越微弱的电光。这个想法可怕得令人难以接受。我想，如果我真的是睡着了，那我一定会被吓醒的。但我立刻又觉得，我的恐惧实际上并不强烈，而这一点也恰恰可以证明，我是睡着了。

或者已经死了。

因为我理解的死亡，就是一场梦，每一秒都陷得越来越深的一场梦，从这场梦中醒来时，你已经不在原先的地方了，而是去到了另一个维度。又有谁会知道，自己会睡多久呢？

也许，我的整个吸血鬼生涯只不过是一场我尽力瞒着自己的死亡。而我一直在等待的"重大事件"，就是我不得不向自己承认这一点的那个时刻？

我试图摆脱这种令人毛骨悚然的假设，但是却做不到。我反而找到了更多的证据来支撑我那可怕的猜想。

我想起吸血鬼在任何时代都被视为活死人：白天，他们躺在坟墓里，浑身发青，冷冰冰的；一到晚上，他们就爬起来，喝一杯热血暖暖身子……也许，要完全成为一个吸血鬼，就必须得死？而水晶头骨下的那一滴透明液体，就是通往新世界的最后通行证?

我意识到,如果我真的死了,这种恐惧就会无限地生长,还会永远持续下去——因为时间毕竟是主观的。意识活动最后的火花可以尽情地向外张望——没有东西能够阻止它延绵数百万年。万一一切真的就这么结束了呢?红黄色交替闪烁的落日余晖、风、壁炉、镶木地板,还有永恒的死亡……人们对于这种恐惧一无所知,是因为没有人回去告诉他们。

"Liberame, Domine, demorteaeterna..."①一个遥远的声音唱道。

楼上真的在演奏威尔第的音乐吗?还是说,这是我垂死的大脑把我对自己命运的理解转化成了音乐?

我想,如果我不加把劲醒过来,可能就会永远陷在这口黑洞洞的井里。现在,我是不是睡着了这个问题已经不重要了。因为现在暴露在我面前的恐惧,远比梦境与现实要可怕,比我所知道的一切都要可怕。最令人惊奇的是,陷阱的入口几乎就在眼前——顺着最简单的想法走,就能陷进去。让人想不明白的是,为什么人们会无一例外地绕开这个思维的死胡同。

"那么,这就是永恒的死亡了吗?"我想,"这就是他们唱的……不,不可能。我要离开这儿,无论要付出什么代价!"

我一定得摆脱这种麻木的状态。我试着用手把裹在身上的噩梦撕下来,就像撕去某种实质性的薄膜一样。

---

① 威尔第安魂曲中的歌词,意为:上帝啊,把我从永恒的死亡中解脱出来!

就在这时,我突然发现,那已经不再是手了。

我只能看到零零散散的几块黑色皮肤,上面覆盖着像鼹鼠一样的短而亮的皮毛。我的手指紧紧地攥成拳头,拳头是黑色的,还长满老茧,角质化的指关节大得出奇,就像狂热的空手道迷才会有的那种。我努力张开手指,但却张不开——有什么东西阻止了我,手指好像被绷带捆住了。我加倍使劲,然后我的手突然张开了,但是和一般人伸开五指后的手掌不一样,它们看上去就像是两把黑伞。我看着自己的手指,意识到我也没有手指了。

在手指的位置上,是由厚厚的皮肤膜连接起来的长长的骨头。只有大拇指保留了下来,从侧边突出来,就像飞机上的炮筒一样。大拇指末端是弯曲而锋利的指甲,像一把精良的刺刀。我转向镜子,已经猜到我将会看到什么了。

我的脸变成了一张布满皱纹的兽脸——就像是以一种难以想象的方式,把猪和斗牛犬的脸组合在了一起,下嘴唇裂成了两半,鼻子像是把手风琴。耳朵则是一对巨大的圆锥体,里面有许多复杂的隔膜,前额很低,长着黑毛。我的头上耸立着一只长长的犄角,凌厉地向后弯曲。我的个子很矮,毛烘烘的躯干像桶一样,两条短腿还弯曲着。但最可怕的还是那双眼睛——又小又狡猾、冷漠无情、闪烁着厚颜无耻的精明——仿佛属于莫斯科市场上的一名警察。

我在吸血蝙蝠的照片上见过这张脸,只不过蝙蝠没有犄角罢了。我自己也变成了一只蝙蝠,只不过是一只非常大的蝙蝠罢了。

老实说，我非常像个魔鬼。当我产生这个想法的时候，我想我还没有变成一个彻头彻尾的魔鬼，因为我并不喜欢正在发生的事情。然后我又想到，这也没有什么意义——或许，魔鬼也不喜欢做魔鬼。

张开的翅膀钩住了家具，我就把翅膀收起来了。为了收起翅膀，必须非常用力地攥紧手指，然后翅膀就收拢成两个黑色的圆筒，圆筒的末端是像蹄子一样坚硬的拳头。

我试图往前走一步，但却走不动。需要用一种特殊的方式才能走动：要把拳头放在地板上，再把两只后爪移动到一个新的支撑点上。好像大猩猩就是这么走的。

我发现我已经停止思考了。头脑中也不再产生毫无关联的想法——这些想法之前一直在我的内心世界翻腾着，但现在我的内心世界就好像被人用吸尘器打扫了一遍，空空荡荡的，只剩下对周遭变动的敏锐而准确的认知。但除了这种强烈的存在感之外，还出现了某种完全陌生的东西。

我不止存在于当下。在现实之上似乎交叠着许多未来的情景，这些情景闪着光，随着我的每一次呼吸，都在不断地更新。我可以在不同的选项中选择接下来会发生的事。我也不知道要怎么打比方——大概有点像液晶瞄准器，歼击机驾驶员可以通过它看到这个世界，同时读取自己所需要的信息。这个液晶瞄准器就是我的意识。

我能感觉到人们的存在。楼上的公寓里有两个人,我这一层有三个,楼下还有两个。我随便跳几下、抖一抖翅膀,就可以到任何一个人面前,但这并没有意义。我渴望新鲜的空气。我可以离开这间公寓,只要我穿过窗户、门……

我不敢相信,我真的能做到这些事,但本能说服了我。

我的头脑似乎为我画出了一条绿色的虚线,虚线钻进壁炉里,然后往上,消失在未来——然后,我的头脑又允许我自己跟着这条虚线走下去。我眼前闪过壁炉的栅栏,然后是砖块,再然后是煤烟子和某种金属拉手,最后我看到了屋顶的铁条和夜晚的天空。

我当然知道,这只是一场梦——只有在梦里我才能移动得这么轻松。我知道,我应该往西边飞,有人会在那里迎接我。事实证明,飞行其实很简单,只要让空气托着自己,就能找到方向。

我能感觉到在空中盘旋的昆虫和鸟类。我每挥动一次翅膀,就会有一口气自然而然地从我的肺部呼出,这些昆虫和鸟类会在我呼啸着吐出一口气之后出现。每一次呼气,我的世界图景都会刷新,就像雨刷扫过被雨蒙住的挡风玻璃一样。我看到了下面的房屋、汽车、人群。但没有一个人发现我,这一点我很确定。我已经不再惧怕死亡了,现在看来,我对死亡的恐惧十分可笑。从另一方面来看,在现实生活中人是不可能从烟囱里出来的。由此可见,我是睡着了。

但在世上至少还有一个人,和我做着同一个梦。我是听见了远方的一声尖叫才知道的,这叫声和我的一模一样——顷刻间,整个世界都变得更加清晰明亮了,就像被第二个太阳照耀着一样。一个长得很像我的人正在朝我靠近。我也迎面飞向他,很快我们就飞在了一起。

飞行中的吸血鬼特别像一只浑身长满黑毛的猪,还有一双蹼状翅膀。吸血鬼和教堂里描绘的魔鬼和天使都不一样,他们的翅膀不是从背上长出来的,而是绷在前爪和后爪之间。翅膀和身体相连的地方还覆盖着一层短短的黑色绒毛。前爪很长,手指展开就成了一把巨大无比的扇子,指头被黑色皮肤膜连接起来,占了翅膀的一大部分。

"欢迎到来。"那个人说。

"晚上好。"我回应道。

"认出来了吗?"那人问道,"我是密特拉。"

我们可以说话,但不是用声音,而是通过另一种方式。但又不是心灵感应,因为我并不知道密特拉在想什么。我们彼此交换的是由单词组成的句子,但并没有发出任何声音。这更像是直接浮现在脑海中的字幕。

"一路飞过来还好吗?"密特拉问,他像油橄榄一样的眼睛透过浓密的毛发,从眼窝里斜斜地看了我一眼。

"还好。人们能从窗户看到我们吗?"

"不能。"

"为什么?"

"当心!"

密特拉向右拐了个弯,避开了俄罗斯天然气工业股份公司大楼的房角。我勉强跟上了他的动作。我确定前面没有障碍了,就又问了一遍:"为什么看不见我们?"

"去问恩利尔,"密特拉回答,"他会给你解释的。"

我这才意识到,我们要去的是什么地方。

天已经暗了下去。城市快速地向后退去,我们下方闪过一块块黑暗的森林,之后我们降低了高度,周围的雾气也越来越浓。很快,我就看不到身边的任何东西了,甚至就连在我前面几米处飞行的密特拉也看不见了。但我在定位方面却没有感到丝毫的困难。

我们绕过了汽车走的那条路。之后很长的一段时间里,我们身下都只有树,主要是松树。然后是各种各样的围墙和房屋。不过,确切地说,我也说不出它们究竟是什么样的,因为我不是用眼睛看到的,而是用触觉感受到的——用我的叫声去触碰。飞在我旁边的密特拉也在发出同样的叫声,这样一来,我对周围的感知就更加立体可靠了。我能感觉到每一块瓦片、每一根松针和地上的每一颗石头。但我不知道它们是什么颜色,也不知道它们用肉眼看上去是什么样子,也不知道为什么我会觉得世界就像某种灰色的电脑模型——这个世界自身的三维模拟图。

"我们这是在哪?"我问密特拉。

"在卢布廖夫卡①附近。"他回答道。

"那就是了,"我说,"还会在哪儿呢……我们周围为什么会有这种大雾?我从来没见过这么浓的雾。"

密特拉没有回答。突然,又一阵强烈的恐惧感向我袭来。

我察觉到前方的地面上有个洞,就位于我们的飞行路线上。

如果我使用普通的人类双眼来看世界,那我多半是发现不了什么的:那个洞的四周长满了树,还有人用栅栏从四面八方把它围了起来,顶上覆盖着一张伪装网,网上还粘着厚厚的塑料叶子(我觉得这些叶子都是人工制造的,因为它们的形状大小都一模一样)。即使我看到了网下的斜坡,我也会把它当作一条地沟,丝毫不会觉得这有什么可奇怪的——莫斯科郊外盖着伪装网的地沟还少吗?

但我不是用眼睛看的,我用的是自己的定位器。所以在我看来,这个洞就是通往宇宙的孔道,因为我的叫声传进洞里就消失了,再也没有返回来。底部的裂缝似乎还在扩张,不过我也不能肯定,毕竟它实在是太深了。深得让我有些不舒服。也许问题并不在于深度,而是在于其他方面……总之,我非常不情愿靠近那个洞,但密特拉要去的地方正是那里。

这个洞完全被网罩住了,它的形状就像一颗被压扁的人类心脏——漫画里画的那种。或者说——我绝望地意识到——它的形状也很像童年时我床上方的那把棕榈叶扇子……洞的四周被高高

---

① 位于莫斯科西郊的庄园和别墅区,即所谓的俄罗斯莫斯科富人区。

的栅栏密不透风地包围着，我远远地就看到了。但我现在才意识到，这是几个相邻地区之间的围墙。栅栏的高度不同，制作的材料也不同，但它们紧紧地贴在一起，没有一丝缝隙。

从地面上是无法靠近那个洞的。

"注意了，"密特拉指挥着我，"跟着我做！"

他把双翅弓起来，降落到网的边缘，几乎完全停了下来，优雅地重新调整姿势，然后顺着边缘潜到网下。我跟在他后面——紧贴着长满杂草的峭壁飞过去，扑通一声掉进深谷。

那里很冷，岩壁上有些地方还长着杂草和灌木丛，空气中弥漫着杜松木燃烧产生的烟味，也有可能是其他与此类似的味道。我感觉到石头上有许多孔洞和裂缝，但却看不见它们，能看见的只有下面峭壁上孤零零的一点火光。

"看见那盏灯了吗？"密特拉问，"朝那儿去吧。"

"我自己一个人去吗？"

"要在这里迷路是很难的，而且，你现在也不是自己一个人了……"

我想问问他说的究竟是什么意思，但他已经飞上去了。这时，我发现在洞穴里又出现了一个吸血鬼。他和密特拉在深谷边缘处错开了身子，正在向下飞。

我想，我得尽快往下降落了，因为两个人一起飞在这么狭窄的空间里会非常难受，毕竟一个人就已经很不舒服了。我就像游泳池里的运动员，落到深谷一边的峭壁上之后，翻了个身，再落到另一边，一点一点地往下落。

我很快就落到了光源处。那盏灯被一扇半圆的拱门遮着，它前面有一个小平台，平台下就是万丈深渊，有一束黄色的光落在小平台上。这似乎就是我应该降落的地方。

我在深谷两边的峭壁上飞了几个来回，盘算着怎样才能落到平台上。第二个吸血鬼的翅膀在我头上只有几米远的地方簌簌作响，我真的有点害怕我们会撞上了。必须要抓紧时间了，我决定信任自己的本能。

当我飞到小平台正上方的时候，我在空中彻底停了下来，然后握紧拳头，收拢翅膀，落地时用角质化的指关节撑住地面。我的动作非常灵巧，但落地的姿势看上去多少有点悲情——就好像我正跪在祭坛前祈祷一样。第二个吸血鬼几乎立刻就带着簌簌声降落在我旁边。我转过头，但只看见了他模糊的轮廓。

周围是黑漆漆的一片，寂静无声，还很潮湿。前面是那扇在石壁上凿开的拱门，拱门后，电灯的灯光透过黄色的玻璃灯罩微弱地亮着，灯罩的形状像是一个用十字花刀切开的橙子。与其说，这盏灯驱散了黑暗，倒不如说，它凝聚了黑暗。灯下有一扇门，它与岩石融为一体，直到它开始慢慢向内转动时，我才注意到它。

门打开了，但漆黑的门口一个人也没有。我犹豫了几秒钟，不知道该怎么做——是等待邀请呢，还是走进去。

随后，我想起了那句我必须要说的问候语。现在似乎正是时候。以防出错,我先默念了一遍,然后才大声说:"罗摩二世向心脏地带报到!"

我发现,我是用正常的人类声音说出这句话的。我看向自己的双手,看到的是普通人类的两个拳头,正撑在地上。我时髦的上衣袖子被撑裂了,手肘的地方沾上了煤烟子。我左手的手腕上还新增了一道擦伤。我站了起来。

"赫拉八世向心脏地带报到!"

我转过头。身边站着的就是那位照片上的女孩。她比我想的要高,很瘦,穿着黑色的裤子和同色的圆领衫。然后是她乱蓬蓬的爆炸头,这个我已经见过了。

"好了,朋友们,"恩利尔·马拉托维奇的声音在黑暗中响起,"既然已经来了,那就欢迎你们来到我简陋的哈姆雷特。"

接着,前面的房间里亮起了光。

Б型思维①

---

① Б是俄语字母表的第二个字母。第一个字母是A。

恩利尔·马拉托维奇的哈姆雷特里一件家具也没有，只有一把软梯。陈设极具禁欲色彩：地板上有几个垫子，颜色是那种枯燥的灰色；墙上是一幅同样沉闷的圆形壁画，描绘了一位不知名骑士的葬礼——一群穿着蕾丝领子的尊贵绅士护送着他走在最后的道路上，死者本人则穿着一身黑色的盔甲，胸甲被纵向切成了两半，上面盘旋着一只发着光的蓝色蚊子，大概有一只乌鸦那么大。

与我肩膀齐平的位置有一个宽大的铜环，被三根柱子固定在天花板上，几乎占据了整个房间。不知为何，我第一眼看到这个圆环，就知道它是个非常古老的物件。

恩利尔·马拉托维奇头朝下挂着，用双腿钩住圆环，两手交叉在胸前。他穿着一身厚厚的黑色针织训练服：夹克衫上垂下来的兜帽像立起来的大门，形状滑稽古怪——像是莫斯科电影制片厂塑造出来的那种吸血鬼。

"您这样子简直就是一个手机吸血鬼。"赫拉说。

"什么？"恩利尔·马拉托维奇惊讶地问。

"电视上放过一条广告。说的是吸血鬼都在夜里打电话，这是为了省白天的话费，毕竟白天的费率比夜里高。白天的话，吸血鬼就像蝙蝠一样，头朝下睡大觉。"

恩利尔·马拉托维奇冷笑一声。

"就我所知，"他说，"吸血鬼是不会在话费上节省的。吸血鬼只会在广告上节省。"

"请允许我不认同您的意见，恩利尔·马拉托维奇。"赫拉说，"我想……也就是说，不是我想，而是我相信，旨在为吸血鬼恢复名誉的公关活动已经持续了很多年了。就拿这些手机吸血鬼来说吧。傻子也知道，这是吸血鬼的广告，而不是费率的广告……更不用说好莱坞的那些活动了。"

我一听就明白了，她是对的。我的脑海中涌现出大量的例子，都可以支撑她的观点。出于某种奇怪的原因，人们倾向于把吸血鬼理想化。我们被描绘成敏锐的修辞家、忧郁的浪漫主义者、沉思的幻想家——总是带着明显的同情。扮演吸血鬼的都是很有魅力的演员，流行歌手也都很乐意在音乐短片里扮演吸血鬼。东西方的名流们也都不觉得吸血鬼身上有什么不体面的东西。这的确非常奇怪——猥亵未成年的人和亵渎坟墓的人比我们离普通人更近，但人类的艺术对他们没有任何同情，反而把善意的理解和爱像喷泉一样倾注在吸血鬼身上……直到现在我才明白这是怎么回事。太奇怪了，我自己怎么就没想到呢。

"的确如此。"恩利尔·马拉托维奇说，"全世界的吸血鬼会定期集资拍一部关于吸血鬼的电影，就是为了不让任何人类去思考，究竟是谁在吸取他们的红色液体，以及是怎么吸取红色液体的。当然，这也不是长久之计。总会有一天，吸血鬼和人类的交响曲将不再是秘密。在这一天到来之前，必须预先做好舆论准备。"

我认为，是时候提出那个使我困惑已久的问题了。

"请您告诉我,恩利尔·马拉托维奇,我们刚刚的飞行……就是大堕落吗?"

"不是。"

这个回答倒是出乎我的意料。恩利尔·马拉托维奇笑了。

"我接下来要告诉你们的东西意义非凡,在你们得知它的那一刻,就是大堕落了。希望你们的脑袋都运行良好,那就准备就绪吧……"

然后他指了指圆环。

铜环上裹着一层用透明塑料做成的软垫,简直和健身房里的单杠一模一样。赫拉放开软梯之后(我原想帮她的,但她动作非常麻利),我费力地爬了上去,头朝下挂在圆环上。血液冲到我的头部,但我发现这样还挺惬意的,让人感到心平气和。

赫拉闭着眼睛,挂在我正对面。一束黄色的灯光落在她身上。她的T恤耷拉下来,露出了肚脐。

"喜欢吗?"恩利尔·马拉托维奇问。

他转向我。我迅速地移开视线。

"您指的是什么?"

"喜欢这样吊着吗?"

"喜欢,"我说,"我都没想到。这是因为血……红色液体冲向语言了吗?"

"正是。吸血鬼需要快速恢复力量并集中精力的时候,这就是最好的方法。"

他是对的——每过去一秒钟,我都感觉自己的状态更好了。我在飞行中消耗的力量又回来了。倒挂着就像坐在壁炉旁的圈椅上一样舒服。

大家沉默着,度过了几分钟。

"你们今天要知道一个秘密。"恩利尔·马拉托维奇说,"但我想,你们心中攒了不少问题吧。也许,我们应该先从这些问题入手。"

"请您说说,我们的飞行算什么?"我问道。

"就是飞行啊。"

"我是说,这一切都是在做梦吗?这是一种特殊的恍惚状态?还是说,这一切都是真实发生的?从旁观者的角度来看会看到什么?"

"这类旅行的一个重要条件就是这个,"恩利尔·马拉托维奇答道,"不能有旁观者看着。"

"这我就不明白了,"我说,"我们一直都在房屋之间穿梭,我还差点撞进其中一所房子。但密特拉说没人能看见我们。怎么会这样?"

"你知道'隐形'技术吗?这是一种类似的东西。只不过吸血鬼吸收的不是无线电波,而是投向他们的注意力。"

"那这个时候可以在雷达上看到我们吗?"

"谁?"

"随便谁。"

"这个问题没有意义。即使在雷达上可以看到我们,也没有人能看得到这个雷达。"

"我提议换个话题。"赫拉说。

"同意。"恩利尔·马拉托维奇答道。

"我有一个猜想,"赫拉继续说,"我想我知道语言在寄居于人体之前住在哪。"

"那你说在哪?"

"在我刚刚变成的那只大蝙蝠体内。"

恩利尔·马拉托维奇赞许地笑了一声。

"我们把它称为巨蝠,"他说,"用英语来说是'Mighty Bat'[①]。在和美国朋友交流的时候,注意不要说成'Mighty Mouse'[②]。我们有时候会说错,他们会觉得自己被冒犯到了[③]。文化冲突,我们也没办法。"

"我猜对了吗?"赫拉问。

"猜对了,也没猜对。"

"怎么会这样——又对了,又没对?"

"不能说语言住在巨蝠体内。语言就是巨蝠。很久很久以前,大概几千万年前,恐龙在地球上四处游荡,巨蝠以它们的红色液体为食……'巨蝠的叫声'这个词就是由此而来……设想一下,

---

[①] 原文中此处是英文,汉语直译是"大蝙蝠"。

[②] 原文中此处是英文,汉语直译是"大老鼠"。同时,美国代号为"巨鼠"的空—空火箭也是这个写法。

[③] 老鼠和蝙蝠在俄语里可以用同一个词来表示,但在英语里是不同的词。

多么令人震惊啊！你咬人的时候，发出的也是同样的命令，而这样的命令曾经面对的可是一副像山一样巨大的肉体，并且剥夺过它的意志。我简直不敢相信，不由得就想跪下来祈祷……"

我很想问问恩利尔·马拉托维奇，他想向谁祈祷，但我犹豫了。

我改口问了这个问题："那这些巨蝠现在都在化石层吗？它们的骨骼保留下来了吗？"

"没有。"

"为什么？"

"因为它们都是有智慧的蝙蝠。它们会把死者火化。就像现在人类的做法一样。此外，它们处在食物链顶端，数量本就不多。"

"它们是什么时候站上食物链顶端的？"我问。

"吸血鬼一直以来都在顶端。这是地球上第一个有智慧的文明。这个文明没有创造物质文化——建筑、工业。但这并不意味着它发育不良，恰恰相反，从今天的角度来看，它就是一种生态文明[1]。"

"它遭遇了什么？"

"它被一场全球性灾难摧毁了。六千五百万年前，地球被小行星撞击。撞击的落点就在现在的墨西哥湾。巨大的海啸席卷了整个陆地，冲走了所有生物。但巨蝠飞上了空中，在海啸中幸存

---

[1] 生态文明，是人类文明发展的一个新的阶段，即工业文明之后的文明形态。

了下来。《圣经》里还可以听到关于那段时间的回响——'地还没有定形、混混沌沌,黑暗在深渊上面;上帝的灵覆煦在水面上……'①"

"酷。"我说道。我觉得自己至少要说点什么。

"尘埃把天空都变得漆黑一片。黑暗和寒冷降临了。在短短几年内,几乎整个食物链都消失了。恐龙灭绝了,以它们的红色液体为食的巨蝠也处在灭亡的边缘了。但吸血鬼成功地从自己体内分离出了自己的本质——也就是我们所说的'语言'。这就像是一种具有个性的移动记忆卡,大脑的核心就是一种蠕虫,90%都是由神经细胞组成的。这种储存个性的记忆卡开始转移到其他生物的颅骨中,更好地适应了新的生活环境,并与它们建立了共生关系。其中的细节我就不用再解释了吧?"

"确实不用了,"我说,"那转移到什么生物身上了?"

"我们有很长一段时间都生活在大型猛兽体内。例如,剑齿虎,或其他大型猫科动物。我们那时候的文化,我想说,嗯……是够可怕的。可以说是英雄主义的暴力文化。我们曾经是危险的、美丽的、残酷的。但我们不能既美丽又残酷。所以大约在50万年前,吸血鬼世界掀起了一场精神革命……"

"精神革命"这个词在不同语境中的意思也不一样,可以用来指任何东西。在使用了这个词的诸多语境之中,我选择了一个最近才记下来的:"就像基辅独立广场上发生的那种吗?"

---

① 引自吕振中版《圣经·创世纪》。

恩利尔·马拉托维奇轻哼一声。

"不完全一样。这是一次宗教皈依。就像我之前说过的那样，吸血鬼提出了要从畜牧业向奶牛养殖业转变的任务，他们决定要为自己创造一种奶牛，于是人类出现了。"

"那吸血鬼是怎么创造出人类的？"

"更准确地说，不是'创造'，而是'培育'。大概就跟人类培育狗和蔬菜是一样的。"

"人工选择？"

"是的。但一开始先进行了一系列的基因改写。而且培育人类也不是吸血鬼做的第一个类似的实验。恒温动物的出现就是由巨蝠一手促成的。这些恒温动物的存在主要就是为了把红色液体加热到理想的温度。但人类是完全不同的另一种生物。"

"人类是从什么动物培育出来的？"赫拉问道，"猿类吗？"

"是的。"

"在哪里？什么时候？"

"花了很长时间。最后一次基因改造发生在18万年前的非洲。现代人类也就是从这里起源的。"

"那人工选择是通过什么方法进行的呢？"赫拉问。

"'通过什么方法'是什么意思？"

"在培育奶牛的时候，人们会选出产奶量多的。"赫拉说，"所以，就会出现一头产奶量最多的牛。那么在培育人类的时候，是按照什么标准来选择的呢？"

"吸血鬼培育的是具有特殊思维的生物。"

"思维有哪些类型呢?"

"这是个严肃的问题。"恩利尔·马拉托维奇说,"你们不会觉得无聊吗?"

赫拉看着我,说:"不会。"

"我们不会无聊的。"我肯定道。

"很好。"恩利尔·马拉托维奇说,"不过事情要从很久以前说起了……"

他打了个哈欠,合上了眼睛。

然后沉默了将近一分钟——显然,恩利尔·马拉托维奇不仅要从很久以前说起,还要从很久很久很久以前说起,久到一时间什么都想不起来了。我觉得他是睡着了,于是带着疑惑的目光看向赫拉。赫拉耸耸肩膀。

突然恩利尔·马拉托维奇睁开了眼睛,开始说:"在神话或通灵类的书籍中经常出现一个古老的观念:人们只是感觉自己行走在地球的表面,并且看到了无尽的空间,但实际上他们生活在一个空心的球体内部,他们看到的宇宙也不过是视错觉。"

"我知道,"我说,"这是纳粹的神秘天体演化学[①],他们甚至还准备建造火箭,垂直发射,穿过中央冰区,击中美国。"

我的博学并没有引起恩利尔·马拉托维奇的注意。

"实际上,"他继续说,"这是一个极其古老的隐喻,早在亚

[①] 指世界冰原论。

特兰蒂斯时代就已经流传于世了。它包含了当时人们无法用隐喻之外的方式去表达的远见卓识：我们不是处在物体之中，而是处在自身感官所产生的感觉之中。那些被我们当作星星、栅栏、牛蒡的东西，只是神经刺激的堆砌。我们被牢牢地锁在身体里，我们认为的现实，只是对传入大脑的电信号的创造性发挥。我们从感官中得到外部世界的照片，而我们自己则坐在一个空心球里面，墙上贴满了这些照片。这个空心球就是我们的世界，无论我们是怎么想的，都无处可逃。所有的照片加在一起，就构成了一幅我们相信的外部世界的图景。明白了吗？"

"明白了。"我说。

"原始思维就像是这个空心球内部的一面镜子。它可以反映世界，并做出决定。如果对世界的反映是暗的，就该睡觉了；如果是亮的，就该寻找食物了；如果是热的，就该挪到一边，直到反映变成凉爽的，反之亦然。所有的行动都是由反射和本能控制的。我们称这种思维为Ａ型思维。它只跟世界的反映有关。听懂了吗？"

"当然。"

"现在，请你们试着想象一个拥有两种思维的生物。除了Ａ型思维，这种生物还有Б型思维，Б型思维与球体内部墙壁上的照片毫无联系，它可以从自身产生出幻象。从它的深处产生出一种……一种由抽象概念构成的北极光。能想象吗？"

"能。"

"现在就是最重要的一部分了。想象一下，Б型思维就是А型思维的一个客体，而它产生的那些幻象则被А型思维一并看作是外部世界的照片。Б型思维在自己隐秘的深处加工出来的那些东西，对于А型思维来说，也属于对外部世界的反映。"

"我不明白。"我说。

"这只是一种感觉。这样的感觉你们两个每天都会产生很多次。"

"可以举个例子吗？"赫拉问道。

"可以。想象一下，比如说……你正站在新阿尔巴特街上，看着停在赌场旁边的两辆汽车。从模样上看，它们几乎一模一样——黑色的，车身很长。啊，可能有一辆的底盘更低一点，车身更长一点。有画面了吗？"

"有了。"赫拉说。

"如果你注意到它们不同的车身和车灯形状、不同的轮胎花纹以及发动机发出的不同声音，这就是А型思维在发挥作用。但如果你发现，两台梅赛德斯中的一台非常迷人，因为它是去年新出的昂贵车型，而另一台是一堆垃圾——别列佐夫斯基当年就是开着它去澡堂见列别德将军的[1]，但现在你拿着十张绿票子[2]就能买到——这就是Б型思维在发挥作用，而你想的这些内容，也就是Б型思维所产生的北极光。但对你而言，这道北极光是固定

---

[1] 别列佐夫斯基是俄罗斯金融寡头，在1996年的选举中意图通过支持列别德将军，控制克里姆林宫。

[2] 指美元。

在这两辆并排停着的黑车上的,而且你会觉得,Б型思维的产物就是某种外界真实存在的东西的反映。"

"您解释得很明白。"我说,"但是,难道它实际上并非存在于外界吗?"

"不是。这一点很容易证明。A型思维发现的不同之处都可以借助物理仪器来测量。即使再过一百年,它们也依然保持原样。而Б型思维加诸于外部世界的差异则无法被客观评估,也无法被测量出来。一百年后就没有人会知道它们究竟是什么了。"

"那为什么不同的人看到这两辆车,会产生同样的想法呢?我是说,为什么都会觉得一辆非常迷人,而另一辆是一堆垃圾?"赫拉问道。

"因为这些人的Б型思维在同一个波段,就使得他们能够看到同样的幻象。"

"那这种幻象是谁制造的?"我问。

"是Б型思维制造的。再确切一点,是大量相互支撑的Б型思维制造的,人和动物的区别就在于此。猿类和人类都拥有A型思维,但只有人类才拥有Б型思维。这就是古代吸血鬼育种的成果。"

"那为什么用来产奶的动物要有Б型思维呢?"

"你还不明白吗?"

"不明白。"我说。

恩利尔·马拉托维奇看向赫拉。

"我也不明白。"她说,"反而更困惑了。"

"原因只有一个。你们直到现在都在用人类的方法思考。"

再次听到这个判决,我条件反射地把头缩进肩膀。赫拉嘟囔了一句:"您教教我们怎么用新的方式思考吧。"

恩利尔·马拉托维奇笑了起来。

"亲爱的姑娘,"他说,"五百个市场专家在你脑子里排了十年大便,你却想要我在五分钟内清理干净……不过你们不要觉得委屈。我并没有在责怪你们。我以前也和你们一样。你们以为,我不知道你们晚上都在想些什么吗?我很清楚。你们想不明白,吸血鬼是在什么地方,以什么方式拿到人类的红色液体的。你们想到了献血中心、被折磨致死的婴儿、地下实验室,还有其他的一些无稽之谈。难道不是吗?"

"大概是的。"我表示认同。

"四十年里能有一次例外也好啊。" 恩利尔·马拉托维奇说,"如果你们想知道的话,这就是我这辈子见过的最令人震惊的事了——普遍性失明。如果你们了解了其中的原委,你们也会觉得震惊的。"

"了解什么?"赫拉问。

"让我们从逻辑上讨论一下吧。如果人类是一种用来产奶的动物,那他们的主要活动应该是为吸血鬼生产食物。对吧?"

"对。"

"现在,告诉我,人类最主要的活动是什么?"

"生育子女?"赫拉提出了自己的推测。

"这件事在文明世界中已经发生得越来越少了。这肯定不是人类的主要活动。对一个人来说,什么东西是最重要的?"

"钱?"我问。

"啊,终于答对了。那钱是什么?"

"您不知道吗?"我耸耸肩。

当我头朝下倒挂着的时候,这个动作看起来非常奇怪。

"我嘛,应该是知道的。那你们知道吗?"

"大约有5种……不,有7种科学定义。"我说。

"我知道你说的是什么。但你说的所有定义都有一个重大漏洞。它们都是为了赚钱而制定出来的。这就好像是在用尺子去测量尺子本身的长度……"

"您是想说,这些定义都是错的?"

"不完全是错的。如果仔细分析,它们讲的都是一件事:钱,就是钱。也就是说,并没有说出什么别的东西。但与此同时,"恩利尔·马拉托维奇举起一根手指,更准确地说,他是把一根手指垂向了地面,"与此同时,人们在潜意识里知道了真相。还记得社会底层的人们是怎么称呼自己的老板的吗?"

"剥削者?"

"吸血虫?"赫拉说。

我以为，恩利尔·马拉托维奇会冷落她①，但他反而满意地拍手赞同。

"就是这个！我聪明的姑娘。吸食红色液体的人。虽然他们当中并没有人直接按字面意思吸食红色液体。明白吗？"

"您是想说……"赫拉开了个头，但恩利尔·马拉托维奇并没有让她说完。

"是的。就是这样。吸血鬼早就不用生物的红色液体了，我们用的是一种更先进的人类生命能量媒介。就是钱。"

"您是认真的吗？"

"再认真不过了。你自己想想。人类文明究竟是什么？不过就是一场大型的金钱生产活动。人类的城市，也不过是金钱工厂，也就是因为这个原因，城里才会住着那么多人。"

"但那里生产的不只有钱啊。"我说，"那里……"

"那里时时刻刻都在飞快增长，"恩利尔·马拉托维奇打断了我，"尽管没能彻底弄明白，究竟是什么东西在增长，而这种增长又要往何处发展。但是，这种令人费解的东西一直在增长，而且所有人都在为它的增长速度而担忧：它增长得是比别的城市快？还是比别的城市慢？然后它的发展突然恶化，于是开始举国哀悼。再然后它又开始增长。与此同时，没有任何人——基本上没有任何一个住在城市里的人——见过这种令人费解的

---

① 俄语中"吸血虫"这个词里包含了表示"血液"的词根。而吸血鬼认为说出"血液"这个词，是很不体面的行为。所以罗摩才会有这种想法。

Б型思维　207

东西……"

他在自己面前挥了一下手,似乎在指着墙后面的一座看不见的城市。

"人们在生产一种他们并不了解的产品。"他继续说,"虽说他们每天都在想着它。不论他们的职业是什么,都只是金钱矿场的一部分。人们要在这个金钱矿场上工作一辈子。他们管这个叫'事业',嘿嘿……你们不要觉得我是在幸灾乐祸。主要是现在人们都在办公室工作——小隔间①——看起来就像牛棚里的牛栏。只不过在办公室无产者的面前放的不是饲料槽,而是显示器,他们的饲料会以数字形式显示在屏幕上。牛栏里生产的是什么东西?答案太明显了,甚至大多数语言中都有类似的词语:人要赚钱、他要赚钱②。"

我想要反驳。

"钱不是生产出来的产品。"我说道,"它只是一种使生活更便利的发明,是人类超越动物的进化结果之一……"

恩利尔·马拉托维奇嘲弄地盯着我。

"你真的觉得,人类已经进化得超越动物了吗?"

"当然,"我回道,"难道不是吗?"

"不是。"他说,"人类退化得更低等了。如今,只有退休的百万富翁才能像动物一样生活——在最理想的气候条件下,生活

---

① 原文中,这里用的是英文。

② 前面一句是用俄语书写的,后面一句是用英语书写的。但两句话中的"赚钱"直译过来都是"制作钱"。

在大自然的怀抱中，经常运动，吃纯净的生态食品，而且完全不用担心任何事情。想想看，没有一只动物还需要工作的。"

"那松鼠呢？"赫拉问，"它们可是得收集松果的。"

"亲爱的，这不是工作。如果这些松鼠一天到晚互相兜售发酸的熊粪，这才算是在工作。收集松果就是免费的购物。只有人类按照自己的样子培育出来的家畜，还有人类自己，才会工作。如果你说的是对的，钱的功能就是使生活更便利，那为什么人类要挣一辈子钱，直到最后变成一堆年迈的垃圾？你们真的觉得，人类做的这一切都是为了自己？我求你们想想，人类甚至都不知道钱究竟是什么东西。"

他的目光扫过我和赫拉。

"但同时，"他继续说道，"要明白钱是什么，一点都不难。只需要提出一个最简单的问题——钱是从哪来的？"

我感觉这个问题是在问我。

"一句两句说不清楚，"我说，"经济学家们直到今天还在争论这个问题……"

"让他们继续争论吧。而对于任何一个为事业而工作的人来说，答案都是一样的。钱是从他们的时间和精力中来的。是他们从空气、阳光、食物和其他生活体验中获得的生命能量转化成了钱。"

"您是在打比方吗？"

"就是字面上的意思。人们以为是在为自己赚钱。但事实上，他们是在从自己身上开采金钱。生活就是这样运行的，只有在他为别人生产出足够多的钱之后，他才能得到一点钱供自己使用。他为自己赚的每一分钱，都会以一种奇怪的方式从他的指间溜走……你注意到了吧，在你当超市装卸工的时候？"

赫拉好奇地看向我，我真想当场就把恩利尔·马拉托维奇给杀了。

"注意到了。"我含糊不清地嘟哝了一句。

"人类不理解金钱的本质，其原因非常简单。"恩利尔·马拉托维奇继续说道，"人类只被允许在货物崇拜的话语框架内讨论它们。而且他们讨论的，也不是人类的生活被加工成了令人费解的东西，而是哪一种货币更有前景——欧元还是人民币。以及在这一方面能不能相信日元？正经的人们对于其他事情向来都是不屑一顾的。"

"自然如此，"我说，"人们忙着赚钱，不然就会饿死。生活就是这样。"

"这话说得对。"恩利尔·马拉托维奇认同了我的话，"但我要是稍微改变一下语序，意思可就不一样了。"

"要怎么改？"

"生活就是这样，如果人们开始忙着追求某种钱以外的东西，他就会饿死。我恰恰就是在解释，是谁出于何种原因让生活变成这样的。"

"可能是这样吧，"赫拉说，"但人们是怎么生产钱的呢？奶牛有乳房，但人没有类似的东西啊。"

恩利尔·马拉托维奇笑了。

"谁跟你说的？"

我感觉赫拉有点难为情。

"您是想说，人也有和奶牛一样的乳房？"她问。

"正是。"

"在哪？"赫拉小声地问。

我没忍住，看了一眼她的胸部。我的目光没有瞒过恩利尔·马拉托维奇。

"在脑袋里。"他说着，看向我，意味深长地用手指轻拍着自己的头骨。

"脑袋里的什么地方？"我问。

"我刚刚已经讲过了。"恩利尔·马拉托维奇回道，"Б型思维就是这种生产钱的器官。它是一种货币腺体，所有的动物当中只有人类身上才有……"

"请等一下。"我打断了他的话，"我们刚刚说的是，Б型思维造成了两辆梅赛德斯之间的差异，这和钱有什么关系？"

"这两辆梅赛德斯之间的差异，纯粹就是钱。而由这种差异构成的文化环境，就是开采金钱的矿场。这个矿场，就像你理解的那样，不在外面的什么地方，就在人的脑袋里面。所以我才会说，人们是从自己身上开采金钱的。"

"如果这个矿场在人们的脑袋里面，那他们是怎么在这个矿场上工作的?"

"很简单。Б型思维中有一个抽象的想法在持续运转着,这个想法会凝结成金钱的浓缩物。就像在葡萄桶里发酵一样。"

"金钱的浓缩物是什么?"

"两辆梅赛德斯之间的差异就是金钱的浓缩物。它和金钱的关系就像是古柯叶之于可卡因。可以说,金钱是Б型思维经过净化和精炼的产物。"

"请您告诉我,这种浓缩物是不是跟魅力是一回事?"赫拉问。

"你的想法是对的。"恩利尔·马拉托维奇回答说,"但金钱的浓缩物并不仅仅是魅力。几乎所有存在于现代城市中的观念都可以转化成金钱。只不过有几种观念的金钱转化率很高。其中,魅力在这一方面更是无可匹敌的。正因如此,人们身边才总是环绕着那么多闪闪发光的杂志和广告,就像是为奶牛准备的三叶草。"

"难道魅力无处不在吗?"我问。

"当然了。只不过每个地方的魅力也不尽相同。在纽约,魅力就是一台法拉利和一套唐娜·卡兰[①]的衣服。而在亚洲的村子里,就是一部大屏幕手机和一件印着'米老鼠美国驰名商标'印花的汗衫。但本质是一样的。"

赫拉看着我的脚。我这才发现我的裤脚掉了下来,露出了我

[①] 纽约知名时装品牌。

的袜子,袜子的松紧带上就装饰着英国国旗式样的商标。

"那话语在其中有什么作用?"我表现出一副很关心的样子。

"牧场必须要有栅栏,"恩利尔·马拉托维奇回答道,"这样畜群才不会走散。"

"那是谁站在栅栏外面?"

"还有谁。我们。"

我记得耶和华对我说过同样的话,几乎一字不差。赫拉叹了口气。恩利尔·马拉托维奇笑了。

"你还在期待着什么吗?"他对赫拉说,"别期待了。"

"那些拒绝了浓缩物,不愿意生产金钱的人会怎么样?"赫拉问。

"我是个善良的牧人,"恩利尔·马拉托维奇答道,"我是不会斥责他们的。但你自己想想,奶牛怎么才能拒绝产奶呢?它只能绝食了。"

"但是要知道,人类肯定也可以生产金钱以外的其他东西。比如说,在苏联的时候。"

恩利尔·马拉托维奇眉毛一扬。

"这是个好问题……简单来说,是这样的:畜牧业可以产肉,也可以产奶。如果不产奶的话,就可以产肉;不产肉的话,就可以产奶。在过渡时期,一般是产肉和产奶相结合的。目前还没有发现其他的可能性。"

"产肉的畜牧业是什么意思?"我问。

"意思就是，"恩利尔·马拉托维奇说，"可以喝奶，也可以吃肉。人类活着的时候可以生产一种资源，他们死了以后也能生产另一种资源……令人高兴的是，这些可怕的工艺早就已经被谴责，被埋葬在过去了，所以我们也不需要再关注它们了。"

"战争？"赫拉问道。

"不止。"恩利尔·马拉托维奇回答，"不过战争也是其中一种，它们有着不同的性质。有时不同国家的吸血鬼会像孩子一样一起玩耍。只不过他们手中的不是塑料兵，而是人类。甚至有的时候，同一个氏族的吸血鬼也会在自己的领地上一起玩塑料兵。的确，我们通常都会努力通过和平的方式共享资源，但结果并不总能皆大欢喜。"

"或许人类该教训一下这些畜牧专家？"赫拉问。

"把栅栏拆掉？"我随声附和，"返回大自然？"

"朋友们，你们别忘了，你们自己现在就是畜牧专家。"恩利尔·马拉托维奇说，"要不然你们也不会挂在这儿。我很欣赏你们此刻的激愤，我自己本身也是一个富有同情心的善人。但你们这次要永远记住——坚决不能放任牛、猪和人按自己的意志生活。退一步讲，就算可以想出某种特殊的方法，使牛和猪可以按自己的意志去生活，原则上也绝对不能放任人类按自己的意志去生活。因为他们从本质上看，只不过是我们延伸到外面的一部分消化道。这些生物的特点就在于，他们没有自然的栖居地。他们有的只是非自然的栖居地，因为他们本身就是高度非自然的产物。一旦放任他们按自己的意志去生活,他们将无事可做。他们生来就是要活在栅栏里的。但不必为此伤心流泪——这对人类来说并不是什么坏事。他们虽然没有自己的意志,但他们有自由。这是一件非常了不起的事情。我们告诉他——你想去哪儿就去哪儿!你越自由,你生产的钱就越多。难道不好吗?"

随后恩利尔·马拉托维奇满意地笑了。

"有一件最重要的事我还是不明白。"我说,"整个资金流从开始到结束都是由人类控制的。那么吸血鬼是如何收集和使用这些钱的?"

"这就是另一个话题了。" 恩利尔·马拉托维奇回答,"这一部分我们以后再讲。现在让我们安静一会儿……"

寂静便笼罩了这个房间。

我闭上眼睛,发现自己很喜就这么头朝下倒挂着,什么也不想。很快,我陷入了休眠状态,就像一个梦——但那又不是梦,更像是某种清澈的虚空。伊基·波普[①]在歌里唱的大概就是类似于这样的状态吧:鱼从不思考,因为鱼全都知道……或许,在这种状态下,我也全都知道,但要验证却很难,因为如果要验证的话,就必须开始思考,而思考就意味着我要脱离这种状态。不知过了多久,我突然被尖锐的拍手声叫醒了,睁开了眼睛。

"起来。"恩利尔·马拉托维奇精神饱满地说。

他双手抓住铜环,用相对于他笨重的身体而言显得过分灵巧

---

① 美国歌手,朋克音乐教父。

的动作落到了地面。我知道，他对我们的接见结束了。我和赫拉也爬了下来。

"说到底，"我说，"我还是很好奇吸血鬼是怎么用钱的。您能给我哪怕一点暗示吗？"

恩利尔·马拉托维奇微微一笑，从运动裤口袋里掏出一个钱包，取出一张一美元的钞票，撕成两半，然后把其中一半递给了我。

"答案就在这里。"他说，"现在，赶快离开这里吧。"

"去哪？"赫拉问。

"这里有电梯，"恩利尔·马拉托维奇答道，"可以把你们带去我家的车库。"

赫拉

汽车从地下车库中驶出，经过警卫室，穿过大门，随即窗户外就涌上来大片的松树林。我都没看见恩利尔·马拉托维奇的房子，除了一道3米高的栅栏以外，根本什么都看不到。已经是正午了——看来我们在哈姆雷特里挂了整整一个晚上加一个上午。我实在想不通时间都去了哪里。

坐在旁边的赫拉把头靠在了我的肩膀上。

我一下子就不知所措了。结果发现她只是睡着了。我闭上眼睛，也做出一副正在睡觉的样子，把手放到了她掌心里。我们这样坐了差不多一刻钟的时间，然后她醒了，就把手抽走了。

我睁开眼睛，看向窗外打了个哈欠，假装刚刚睡醒。我们正在往莫斯科的方向走。

"现在去哪？"我问赫拉。

"回家。"

"我们去一趟市中心吧。散散步。"

赫拉看了看表。

"好吧。但是不能太久。"

"请把我们送到普希金广场。"我对司机说道。

他点了点头。

剩下的路程里我们都很沉默——我不想当着司机的面讲话，他时不时地就会在后视镜里瞥我们一眼。他就像一部中等预算的灾难电影中的美国临时总统——一丝不苟的深色西装，纯色的红领带，还有一张刚毅疲惫的脸。这么一个有风度的人帮我们开车，我感到很荣幸。

我们在香格里拉赌场附近下了车。

"我们去哪？"赫拉问。

"沿着特维尔大街走吧。"我说。

我们经过喷泉，绕开了汽油烟雾中陶醉着的普希金，走进了地下通道。

我回想起了我第一次咬人的情景。作案地点就在不远处——据说，犯人总是不由自主地想回到犯罪现场。或许这就是我让司机把我们送到这里的原因吗？

但咬赫拉是不值当的，更确切地说，我只要一有动作，这次的散步可能就会立刻结束。这是一场不能夹带小抄的考试，就像所有人一样——这就是惩罚吧……我被一种强烈的不自信压制住了，还伴随着身体上的虚弱，我决定立刻发表一些能给人留下深刻印象的真知灼见，来证明我敏锐的观察力和机智的头脑。

"真有趣。"我说，"我小时候这条地下通道里只有几个独立的小摊，慢慢地摊位变得越来越多，现在都连成一排了……"

我冲着商场的玻璃墙点点头。

"是啊。"赫拉冷漠地回复道，"这里的浓缩物真多。"

我们上到了街道的另一边，到达了特维尔大街。当我们经过楼梯边的石碗时，我想说里面总是有些垃圾和空瓶子——但最后决定，还是不要再彰显自己敏锐的观察力和机智的头脑了。然而，还是得说些什么：沉默已经变得有些尴尬了。

"你在想什么?"我问。

"在想恩利尔的事。"赫拉说,"更确切地说,在想他是怎么生活的。深谷上的哈姆雷特。当然了,是有些自命不凡,但还是别有一番趣味的。很少有人能这么做。"

"确实。"我说,"而且你不是挂在杆子上,而是挂在圆环上。其中还有点哲学意味……"

幸运的是,赫拉没有问我其中有什么哲学意味——在我寻找答案的时候,可能会遇到相当大的困难。她笑了——很显然,她觉得我是在开玩笑。

我记得赫拉的照片曾经让我觉得很像生活杂志的用户发布的一张照片。或许,我在生活杂志上看到过她,她在那里也有自己的账号?我也有一个,甚至还有大约50个好友(我当然没有和他们分享我生活的全部细节)。这是个不错的聊天话题。

"告诉我,赫拉,我会不会在生活杂志的用户照片里见过你。"

"不会。"她说,"我可没有屁股的嗡嗡①。"

这个词我从来没听说过。

"怎么这么严厉?"

"这不是严厉,"她说,"这是清醒。耶和华应该跟你讲过吧,为什么人们会喜欢写博客。"

---

① "生活杂志"是一个社交软件,俄语缩写是ЖЖ,而"屁股的嗡嗡"的俄语缩写也是ЖЖ,是对"生活杂志"的蔑称。

"我不记得了。"我回答说,"那为什么呢?"

"现在,人类的思维受到三个主要因素的影响。也就是魅力、话语,以及所谓的新闻。当一个人长期浸淫在广告、专家评价和每日新闻中时,他自己内心就会生出想要成为一个品牌、专家和新闻的愿望。就是出于这个原因,才会有精神厕所,即互联网博客。博客是一个被魅力和话语不断撕裂的残废心灵所采取的防御反射。我们不能嘲笑他们。但对吸血鬼来说,在这条下水道里爬行是很可耻的行为。"

"这就是你对我在信的末尾写'么么'的评价吗?"我问,"你可真爱记仇……"

"不是的,"她说,"我不是在说你。我很喜欢你的信。尤其是那个'ифин'。我也喜欢发现一些这样的东西。比如说,如果在俄语键盘上敲'self(自己)',就会得到'ыуда(尤达,姓氏)'。"

然后她又笑了起来。我不知道她是随便举了个例子,还是在暗示我那似乎过于庞大的自我。

她笑的方式很有意思:声音很大,但很短促,好像她内心的快乐只向外迸发了一秒钟,然后阀门就立刻关闭了——可以说,她是笑着打了个喷嚏。她微笑的时候,脸上会出现两个长长的酒窝。甚至都不止是酒窝了,而是两条凹槽。

"事实上,"我告诉她,"我的生活杂志里基本什么都没写。只不过我不看报纸,也不看电视。我上网只是想看看新闻。在生活杂志上,我总是能搞清楚专家们都在想什么——现在每个专家都有自己的博客。"

"不看报纸,而去看专家的博客,"赫拉答道,"这就和不吃肉,而去吃屠夫的粪便没什么两样。"

我咳嗽了两声,清清嗓子。

"真有意思。你从哪学来的这种说法?"

"我不是学来的。我自己就是这么想的。"

"在生活杂志上,"我说,"你这句话后面最好放一个表情符号。"

"而表情符号就是一种视觉除臭剂。当用户觉得自己很难闻的时候,他就会放个笑脸,想让自己尽可能地好闻一点。"

我突然想要走到一边去,检查一下自己身上有没有汗味。接下来,我们在沉默中走完了特维尔大街。

在这段时间里,我已经有点生气了,但又想不出合适的话来反驳她。当我看到季米里亚泽夫[①]的雕像时,突然有了灵感。

"是啊。"我说,"你的话语确实很不错。但魅力的话……或许是我落伍了?现下的潮流难道是——穿成汤姆·索亚?"

"穿成汤姆·索亚是什么意思?"

我看了看她那件褪了色的黑色T恤,又看了看她那条深色的裤子——想来,这条裤子曾经也是黑色的,然后又看了看她的运动鞋。

[①] 特维尔大街上有许多名人雕像。

"就是这样。就好像你正准备去粉刷篱笆一样。"

当然,这么说有点犯规了——不应该对女孩子这么说。无论如何,我真诚地希望,这犯规的反击能够奏效。

"你觉得我穿得很差劲?"她问。

"为什么会差劲?工作服——很正常啊。甚至很适合你。只不过在现代城市风格中……"

"你先等一下。"她说,"你真的认为穿工作服的是我,而不是你?"

我的上衣被扯破了,有些地方还被煤烟弄脏了,但就算是这个样子,我也确信我的着装无可非议。所有的单品——上衣、裤子、衬衫和鞋子——都是我在LovemarX买的。我从大厅里的模特身上把整套服装都借鉴来了——只有袜子是我另买的。我照抄模特的穿搭,以此来掩饰我魅力方面的不足。这种方法奏效了:巴德尔很认同这套衣服,他还说我穿得像个发情期的格陵兰同性恋。

"我们就这么说吧。"我说,"如果要在菜园里工作,我可能会穿其他衣服。衣服,归根结底是一种礼节,而礼节是需要尊重的。衣服也是社会地位的彰显。每个人都应该按照自己的社会地位穿戴合适的衣物。这是一种社会准则。我认为吸血鬼的地位是很高的。不只是很高的,而且是最高的。我们的衣服必须和地位相称。"

"衣服是怎么反映社会地位的?"

是时候让她知道我也懂话语了。

"事实上,所有时代都奉行着同一条朴素的原则。"我说,"它被称为'工业豁免①'。人们用衣服表明自己已经摆脱了繁重的体力劳动。例如,长长的袖子一直垂到手指以下。就像《绿袖姑娘》②那样。你知道那首歌吗?"

她点点头。

"很明显,"我继续说,"穿这种衣服的女士不会去刷锅,也不会去喂猪。类似的服饰还包括手腕周围的蕾丝花边、最为精致的高跟鞋或翘头鞋、服装上的各种非功能性细节——宽大的女士衬裤、男裤前面的褶子以及各种各样的装饰。但现在就只是,呃……有品位的昂贵的衣服。那种一看就不是要穿去粉刷篱笆的衣服。"

"从理论上讲,你说的对。"赫拉说,"但从实践的角度来看是错误的。你的办公室制服完全无法表明你已经从粉刷篱笆的屈辱劳作中解脱出来了。恰恰相反,它告诉周围的人你必须在早上10点到事务所,然后开始想象一桶油漆,并在你的脑海里粉刷一道想象出来的篱笆,一直到晚上七点才能结束。而且午餐的休息时间很短。你的经理应该对你的工作进度感到十分满意,他可以从你脸上洋溢着的乐观情绪和脸颊上的红晕来判断……"

"为什么一定……"我开口反驳。

---

① 原文这里用的是英文。
② 原文这里用的是英文,是美国老牌民谣组合"四兄弟"乐队的作品。

"太可怕了!"她打断了我的话,"这是吸血鬼会说的话吗?罗摩,你穿得就像一个等待雇主面试的秘书。看你的样子,好像你的内袋里有一份叠成四折的简历,你都不敢拿在手里再查看一遍,因为你在大事面前正紧张得出手汗,你害怕会把字迹弄模糊。而当我为了纪念这个庄重的时刻,特意穿上我们的民族服装的时候,你居然还来批评我?"

"什么民族服装?"我慌张地问。

"吸血鬼的民族服装——黑色的。21世纪的'工业豁免'[①]风格——当你被绑在桨上的时候,你也不会在乎大桡战船的船长会怎么看待你的上衣。其他的所有衣服,都是工作服。就算你手上戴着一块劳力士,你穿的也是工作服。顺便说一句,尤其是你戴着劳力士的时候。"

我手上的确戴着一块劳力士——不太显眼,但是真的。突然间,我感觉它沉重得难以忍受,于是我把手腕缩回了袖子里。我好像被装在桶里,扔下了尼亚加拉瀑布。

我们穿过了新阿尔巴特街。赫拉在一扇橱窗前停了下来,仔细地打量着自己,然后从口袋里掏出一支鲜红色的口红,抹在嘴唇上。这一系列操作之后,她看上去就像一个漫画里的吸血鬼女孩。

"很漂亮。"我奉承道。

"谢谢。"

[①] 同前,也是英文。

她把口红放进口袋里。

"你跟我说说,你相信是吸血鬼培育出了人类吗?"

她耸耸肩。

"为什么不是呢?要知道人可是培育出了猪。还有奶牛。"

"但这是两码事。"我说,"毕竟人不只是家畜。他们创造了非凡的文化和文明。我很难相信,所有这一切的出现都只是为了保障吸血鬼的饮食。你看看周围……"

赫拉按字面意思对我的话做出了反应。她停了下来,样子十分滑稽,认真地看着周围的一切东西:一小段新阿尔巴特街、艺术电影院、国防部,还有像草原上的蒙古陵墓一样的阿尔巴特地铁站。

"你自己看看吧。"她指着前面的广告牌说道。牌子上是一条抽水马桶的广告——用巨大的数字写着"9999卢布",还有一条标语:"黄金国①——低价之邦"。

"我可能会建议他们写这条广告语:'弗洛伊德的黄金'。"我说道,"不,'弗洛伊德的黄金'还是拍成一部动作片更好……"

抽水马桶突然动了,瓦解成了许多垂直的竖条条。我明白了,这个广告牌是用三角形的板条制成的。板条转动的时候,出现了新的广告——是关于电话费率的,标语是用欢快的黄色和蓝色字体写成的:"10美元谁都不嫌多!报名参加,领取10美元!"又过了几秒钟,板条又转动了,牌子上出现了最后一幅图像——

---

① 俄罗斯线上购物平台。

工工整整的黑字写在白色的背景板上：我是神，你的上帝，除我之外，你没有其他的神。

"非凡的文化和文明。"赫拉重复了一遍我的话。

"那又怎样？"我说，"你想想看。一些新教徒租用了这个广告牌，并用它来宣传他们的货物登记簿，我是说他们的圣经。我们周围确实有不少可笑的事，这一点毋庸置疑。但即使如此，我也不能相信人类的语言和宗教——只是罗列出来，就要占满一整套百科全书——仅仅是吸血鬼食品供应计划的副产品。"

"你有什么不明白的？"

"目标和过程不成比例。就好像是为了生产……我也不知道……回形针吧，建了一个大型的钢铁公司。"

"如果是吸血鬼自己发明了所有这些文化和宗教，那的确是太麻烦了。"她答道，"只不过这些可都是人类发明的。就像你自己所说的，这些都是副产品。"

"但如果人类唯一的任务就是喂养吸血鬼的话，那人类文明的效率就太低了。"

"为什么效率一定要很高呢？这对我们来说有什么区别吗？怎么，我们难道要向什么人汇报工作吗？"

"你说得对，但是……我还是不相信。大自然中没有什么东西是多余的。但在这里，几乎所有东西都是多余的。"

赫拉皱起了眉头。看上去似乎生气了。但我已经发现了，当她聚精会神思考什么东西的时候，她脸上就会出现这样的表情。

"你知道白蚁吗?"她问。

"知道。没有视力的白色蚂蚁。它们从内部开始蛀蚀木制品。还有人写过白蚁呢,那个作家,马尔克斯。"

"马尔克斯?"赫拉又问了一遍,似乎没听清楚。

"可能吧。我没读过,我是在话语课上知道的。至于白蚁,我没见过活的。"

"我也是。"赫拉说,"但我看过一部关于白蚁的电影。白蚁群中有蚁王和蚁后,它们由普通的白蚁守护着,只能待在自己的小室里,不能离开。工蚁则不断地把它们舔干净,并给他们带来食物。白蚁有自己的建筑风格——一种哥特式的酸性景观;还有着复杂的社会等级制度,以及许多不同的职业——工人、士兵、工程师。最让我惊讶的是,当年轻的蚁王和蚁后离开旧王国,去建立另一个王国的时候,就会出现一个新的白蚁巢。他们一到达新的地方,就会先咬掉对方的翅膀……"

"你是想把人类文明比作白蚁巢吗?"我打断了她的话。

她点点头。

"你这样做,"我说,"本身就证明了人类和白蚁之间的差距有多大。"

"为什么?"

"因为从来不会有两只白蚁说他们的巢穴像哥特司教堂。"

"第一点,"赫拉说,"不是哥特司,是哥特式[①]。第二点,

[①] 罗摩在这里把单词拼错了。

赫拉

没有人知道白蚁在聊些什么。第三点,我还没有说完呢。在电影里有两种兵蚁。有一种是普通的兵蚁,他们头上有一种用来叮咬的器官。还有一种喙白蚁,它们的头上有一根长长的刺。这根刺上涂有一种化学刺激物——它们的前额腺提取物。当人们发现白蚁的前额腺提取物可以用来治疗疾病时,就开始人工养殖白蚁,以获取这种物质。如果跟喙白蚁说,它们复杂的君主制度、独特的建筑以及和谐的社会结构——都是因为一些猴子需要它们的前额腺提取物,才产生出来的副产品,喙白蚁是不会相信的。即使它相信了,也会认为这是一场可怕而无礼的闹剧,目的和过程非常不成比例。"

"基层经理的前额腺提取物。"我又念了一遍,"好贴切的比喻……"

"这就跟恩利尔·马拉托维奇说的一样啊。但我们还是不要冲办公室的无产者使性子了吧,这太下流了。办公室里的朋友们并不比我们差,只不过我们有点运气,而他们没有。"

"好吧。"爱好和平的我妥协道,"那就改成中层经理。"

我们正在朝基督救世主大教堂走去。赫拉示意我看向其中一条长椅。我看到有人在椅背上用黄色喷枪写道:

"基督——穷人的耶和华。"

近些年俄罗斯文化中的一切都是如此混乱,甚至都搞不明白——这是对救世主的责骂,还是对他的赞美,两种解读竟然可以截然相反……不知怎的,我想起了恩利尔·马拉托维奇给我的

那张撕开的纸币,于是把它从口袋里掏出来,纸币上有一座金字塔和一只眼睛,我读了一遍金字塔旁边的文字:

"'NovusOrdoSeclorum'和'AnnuitCaeptis'。这怎么翻译啊?"

"世界新秩序。"赫拉说,"还有一句大概是'我们的努力得到了友好的支持'。"

"这是什么意思?"

"就是一些共济会的废话。你找错重点了。"

"不对。"我说,"重要的是他的手势本身,不是吗?他撕破钞票这个动作,有可能存在着某种特殊的工艺,可以摧毁金钱。类似于湮没①,可以分离出其中蕴含的能量。"

"什么样的?能举个例子吗?"

我陷入了沉思。

"那就让我们先假设他们会把钱转到一个专门的账户里。然后以一种特殊的方式摧毁它。金钱消失的时候,生命力就会释放出来,然后吸血鬼就把生命力吸收……"

"这不符合实际。"赫拉说,"要在哪里分离生命力?毕竟账户只存在于银行的电脑系统里。你也不可能说得出它究竟在哪里。"

"或许,吸血鬼都聚在一台笔记本电脑旁边,他们会从这台

---

① 即湮灭,核能术语,指当物质与它的反物质相遇时的能量转化过程,又称互毁、相消、对消灭。

电脑上往开曼群岛的某个地方发一条指令。而且这台笔记本的USB端口上还有某种特殊的吸血鬼装置。"

赫拉笑了起来。

"你笑什么？"我问。

"我在想象，如果银行破产了，我们会怎么做。"

"对了，这个想法很有价值。"我说，"有可能，一切都是集中供给的。比如说，先把美元贬值十个百分点，然后等待半年。"

赫拉突然停了下来。

"打住。"她说，"好像……"

"怎么了？"

"我刚想明白。"

"你明白什么了？"

"准确地说，吸血鬼喝的不是人类的红色液体，而是一种特殊的饮料。叫做'巴布洛斯'。是用待销毁的旧钞票做成的。所以恩利尔·马拉托维奇才会把钞票撕开。"

"你怎么知道的？"

"我想起了我无意中听到的一段对话。我曾经见到一位吸血鬼问恩利尔，巴布洛斯可以喝了吗？但恩利尔却回答说，还有一批旧钞没有从国家货币发行总局送过来。我那时完全搞不明白他们在说什么，直到现在才理清楚。"

"国家货币发行总局送过来的一批旧钞？"我怀疑地又问了一遍。

"想想看。人们不断地把钱拿到手中捋平,数一数,再收回去,在上面写字,又把钱存起来。对他们来说,钱是最重要的物质财富,所以钞票中充满了人类的生命力。钞票流通的时间越长,它所包含的生命力就越多。当钞票变得破旧不堪,其中的生命能量就会字面意义上地满溢出来,这个时候,钞票就会退出流通,然后吸血鬼就用它来制作自己的饮料。"

我想了想。这听起来很奇怪,也不是很开胃,但却比我那个开曼群岛上的银行账户更像是真的。

"有趣。"我说,"那和恩利尔·马拉托维奇说话的另一个吸血鬼是谁?"

"他叫密特拉。"

"你认识密特拉?"我有点惊讶,"不过确实,当然了……是他把你的信转交给我的嘛。"

"他跟我说了你的一些很好笑的事。"赫拉说,"他说……"

她哎呀一声,用手捂住了嘴巴,好像觉得自己说得太多了。

"他说了什么?"

"没什么。就这样吧。"

"别啊。你都起了头了,就告诉我吧。"

"我不记得了。"赫拉答道,"你以为我们在一起只说你的事吗?我们其他的话题已经够多了。"

"什么话题?如果不是秘密的话。"

赫拉微微笑了一下:"他恭维我。"

"怎么恭维的?"

"不告诉你。"赫拉回答,"我不想用一个例子束缚住你的想象力。万一你也想夸我呢。"

"你还需要夸奖吗?"

"小姑娘总是需要夸奖的。"

"你还是个小姑娘吗?你是个吸血鬼。你自己在信里就是这么写的。"

刚一说完,我就意识到自己犯了个错误。但已经晚了。赫拉的脸色阴沉了下来。我们穿过马路,默默地沿着沃尔霍恩卡街走下去。过了有一两分钟,她说:"我想起来密特拉说了什么了。他说,你家里还留着已故梵天的斗橱。里面可疑的东西都已经被清理了,只剩了一小瓶二战时期的制剂。内容似乎是发生在动物园里的北欧性爱。他说你都把它舔干净了。"

"他在撒谎。"我忿忿不平地说道,"我……确实,我用过那瓶制剂。嗯,大概,有一两次。但仅此而已。里面的东西还有呢。不管怎么说,还是有的,如果没有流出来的话……而且,密特拉他自己……"

赫拉笑了。

"你在辩解什么?"

"我没有辩解。"我说,"我只是不喜欢人们在背后说别人的坏话。"

"说什么坏话了?如果这是坏的,那你应该就不会把它舔干净了，对吗？"

我不知道该怎么回答。赫拉走到人行道边上，停了下来，并且举起了一只手。

"你做什么？"我问。

"我要坐车走了。"

"你对我就这么腻烦吗？"

"不，一点也不。恰恰相反。只是，我必须要走了。"

"要不，我们一起走到高尔基公园？"

"下次吧。"赫拉微笑着说，"你记一下我的手机号吧。"

我刚输入完她的电话号码，一辆黄色出租车在旁边停了下来。我向她伸出手，她用手掌握住了我的大拇指。

"你很可爱。"她说，"也很英俊。只是别再穿这件上衣了。也别在头发上抹发胶了。"

我弯下腰去，她吻了吻我的脸颊，又令人着迷地用头在我的脖子上顶了一下，然后说："么么。"

"么么。"我重复了一遍她的话，"很高兴认识你。"

当出租车开走的时候，我感到脖子上有点湿湿的，用手摸了摸那个地方，就看到自己手掌上有一点红色的液体，并不比你拍蚊子的时候手上沾到的多。

我很想追上那辆出租车，使劲用拳头捶打后车窗玻璃。或者不用拳头，干脆用脚。这样就能把玻璃踢飞出去。但汽车已经跑出去太远了。

迦勒底人[1]

---
[1] 迦勒底人是古代生活在两河流域的居民。

接下来的几天我一个吸血鬼都没见到。又不想给赫拉打电话。我甚至害怕她给我打电话——被她咬了之后,我感觉自己不但是一个没穿衣服的国王,还是个背上文着脏话的冒牌货。最让我感到羞耻的是我试图在她面前故作姿态。

我想象了一下,她会看到那张戴戒指的无聊恶魔的照片是怎么拍出来的,就不禁打了个寒颤。我只要一想到,她同时也会发现我是怎么使用她的照片的,就开始发抖。

"么么,"我喃喃道,"该死的么么。"我的痛苦是如此强烈,以至于在完全的宣泄中达到了高潮,正如通常的情况一样,不仅照亮了我痛苦的根源,还照亮了这根源的四周。我在笔记本上写道:

故作傲慢和无情是一种常见的俄罗斯疾病,这病也会传染给吸血鬼。病的起因并不是我们民族性格中的庸俗下流,而是欧洲的优雅加上亚洲的目无法纪,这正是我们生活的本质。当一个俄罗斯公民摆出一副傲慢无情的样子时,他并不是想展现自己卓越的舞姿。恰恰相反,他是在呐喊:"看啊,我和你是一样的,我也应该获得快乐,我不希望你们因为生活对我如此残酷而轻视我!"只有心怀同情的人才能真正理解这一点。

当然,我写同情只是出于修辞上的惯性。我很少有这种感觉——然而,就像所有吸血鬼一样,我认为自己完全有权利拥有这种感觉。唉,我们和人类一样,都有一个很大的缺陷——我们很不擅长从外部观察自己。

迦勒底人　239

我在饭店和俱乐部里徘徊，消磨时间。有几次，我还给不认识的女孩儿买了饮料，和她们进行意味深长的对话，但每次一到该采取实际行动的时候，我都会失去兴趣。也许，我还没有准备好把洛基的教诲付诸实践。或者，更有可能的原因是，她们都不够像赫拉……得出这个结论以后，我开始思考——如果我真的遇到了一个女孩儿，她和赫拉足够相似，我会践行洛基的理论吗？总而言之，这个问题太复杂了，我只能去看心理医生了。

正如通常的情况一样，一个人的不安可以通过挥霍金钱来弥补。这些天我在埃尔海蒂匹克·布吉克买了一大堆衣服，甚至在我买自己压根就不需要的（由7条丝绸领带组成的）"星期高管"套盒的时候，还得到了折扣，因为我猜出了挂在墙上的"02号手推车"的牌子——黄色的兰博基尼迪亚波罗。

在这段时间里，有一种预感在我心中变得越来越浓重，我感到自己即将面临一场新的考验，这次的考验要比以前的严峻得多。当预感的密度变得足够高时，它就开始实体化，化作密特拉的形状出现在我面前。他没有给我打电话，一大早就到了我的住处。这个时候，我对他的怒气基本上都已经烟消云散了。

"我真想不到你会这么做。"我说，"你为什么都告诉赫拉了？"

"我跟她说什么了？"他慌张地说。

"就是'鲁德尔动物园'那支制剂。你说我把它舔干净了。"

"我没说这件事。"密特拉说，"我们之前聊过各种稀有的制剂，我提到过你继承了这一支。至于你把它舔干净了这回事，是她自己猜到的。赫拉对谈话对象的感觉非常敏锐。"

"你就不应该跟她聊这个话题。你还不明白吗？"

"现在明白了。不好意思，我没想到。"

"你来做什么？"

"我们要去找恩利尔·马拉托维奇。今天的日程安排得很满，晚上也会很忙。白天的时候要把你引荐给女神。晚上会有'白菜'汇演①。"

"那是什么？"

"是吸血鬼和迦勒底人的友谊之夜。简单点说，就是两种狡猾而残忍的生物举办了一个晚会，并在晚会上努力使对方相信他们都是老实善良的，和人类没有任何区别……"

"都有谁会参加啊？"

"在你所认识的人中，有你的老师们，嗯，还有你的同学。你好像已经开始想念她了吧？"

"赫拉也会去？"我紧张地问。

"这跟赫拉有什么关系？"

"那你刚刚说的是谁？"

"洛基会带自己的橡胶娃娃一起去……哎呦，怎么这个样子，我要羞死了，哈哈哈……他不是给你带的，真是个傻瓜，这就是个传统。一种幽默。你去换衣服吧。"

---

① 一种诙谐幽默、讽刺滑稽的表演，按传统"大斋期的菜"是圆白菜，因而得名。

我把密特拉丢在客厅，回到卧室去打开了衣柜。自从那天我和赫拉一起散过步以后，那些从模特身上买来的套装就让我感到极其厌恶。我现在把它们都看作是达尔文主义博物馆的主题展览：被自然选择拒绝了的鹦鹉用来求偶的羽毛。我穿了一身黑色的衣服——我没有黑色的衬衫，所以在西服上衣里穿了一件棉质T恤。赫拉不会来，这甚至更好了，我想，要不然她会觉得她对我的品味有很大的影响……

"你现在像个真正的吸血鬼了。"密特拉赞许地说。

他也穿着一身黑，但比我穿得要讲究得多。他的晚礼服里面是一件黑色的硬衬胸，还戴了一个小小的猩红色波纹丝织领结。他身上散发着盖璞①"新世界"古龙水的味道。这一切使他看起来就像一个毕业于耶鲁大学的茨冈男爵。

等在楼下的就是从恩利尔·马拉托维奇的住所把我和赫拉送走的那辆车———一辆黑色的高级轿车，我也不知道它是什么牌子的。开车的是我见过的那位司机。我们上车的时候，他冲着镜子礼貌地对我笑了笑。汽车开动了，密特拉按了个按钮，前面就升起来一块玻璃隔板，把我们和司机隔开了。

"迦勒底人是什么人？"我问。

"他们是连接吸血鬼和人类世界的一个组织的成员。这个组织的官方名称是'迦勒底协会'。"

"需要他们来做什么？"

---

① 美国时尚品牌。

"人类需要约束。迦勒底人就是做这件事的。已经成千上万年了。他们是我们的管理人员。"

"他们是怎么管理人类的?"

"通过他们渗入的政府机关。迦勒底人操控着所有的晋升通道。没有他们的指引,一个人费尽全力也只能上升到一定的职业高度。"

"明白了。"我说,"这就是共济会阴谋?世界政府?"

"算是吧。"密特拉微笑着说,"人类的阴谋论对我们来说是一个非常有用的东西。他们知道存在着某种秘密团体在操控着一切。但这个团体究竟是什么,就这个问题各家报纸已经争论很久了。而且,正如你想的那样,他们还会一直争论下去。"

"那为什么迦勒底人会听从于吸血鬼呢?"

"一切都是基于传统。向来如此。"

"就这样?"我很惊讶。

"那不然呢?任何一个国王的统治,都是基于他昨天也是个国王的事实。当他早上在床上醒来时,他的手上既没有棍子,也没有绳子。随便哪个走进他卧室的仆人都可以扭断他的脖子。"

"你是说,人类也可以……扭断吸血鬼的脖子?"

"理论上确实可以。"密特拉回答道,"但实际操作的时候,未必。所有的基本意义都会随着我们一起消失。人类将会失去骨骼。"

"意义,骨骼……这都是空谈。"我说,"这阻止不了今天的人们。我们有什么真实有效的控制手段吗?"

"首先,传统就是一种非常真实有效的控制手段,相信我。其次,我们通过控制迦勒底人的红色液体来控制他们。我们知道他们所有的想法,这会给他们留下一种不可磨灭的印象——没有任何东西能瞒得过我们。人们有一个概念叫做内幕消息。而我们可以把内幕公开,这就是我们用来交换人类服务的一种基本商品。"

"那为什么人们对此一无所知?"

"怎么能说一无所知?他们知道,很早以前就知道了。比如说,许多世纪以来,英国国王的一位顾问一直被称作'品尝官大人'——你自己也知道这说的是谁。甚至他还被写进了历史教科书。当然了,写的都是些可笑的废话,据说他会为国王试吃,以确保食物中没有被投毒。大人可不做这种工作……我们不可能完全避免信息泄露,但我们可以把信息歪曲,使人们难以置信。人们倾向于认为,我们是一种远比实际情况更加超自然的生物,这对我们来说很有帮助。他们因接近深渊而感到晕眩。但幽默的是,与他们如今陷入的深渊相比,我们的深渊并不是很深……"

我想起了我在大堕落日见过的那个深渊。我想知道,事实上,哪个深渊更深——是我降落的那个心脏地带的深谷更深,还是我做装卸工人的那个超市里的深坑更深?这不是超市的问题——对于我这个年纪的年轻人来说,任何一种生活选择都无疑是一个通向黑暗深处的洞。不同的只是倾斜的坡度而已。说白了,头朝下挂着的不是吸血鬼,而是人类,只不过他们把深度叫做高度……

"迦勒底人。"我喃喃自语道,"迦勒底人……我们的话语课上讲过……他们是巴比伦的居民?或者这是暴徒对服务员的称呼?"

"我不知道什么服务员。但关于巴比伦的事是真的。迦勒底协会就发源于巴比伦,他们也正是因此得名的。新巴比伦王国建立以后,城市由迦勒底王朝统治,从这个时候起,他们就以现在的形式存在了。顺便说一下,正是在这个中东国家的传说里首次提到了生命之树。"

"生命之树?那是什么?"

"是伟大的女神居住的地方。不同的宗教对她具体生活在哪里有不同的看法——有的觉得她住在树干里,还有的觉得她住在树枝上。但其实每个国家都有一棵这样的树。"

"什么,它们都是从哪儿运过去的?"

"正好相反。每个民族,连同他们的语言和文化,都是在有生命之树的地方形成的。然而,与此同时,所有的生命之树都是同一棵树。"

"那谁是伟大的女神?"

密特拉笑了起来。

"晚上你就知道了。"他说,"我保证,你会终生难忘的。"

我感到一阵不安,但还是决定摆脱这种负面的情绪。

"我还是不明白。"我说,"为什么一个控制了所有晋升通道的人类秘密团体,会愿意为吸血鬼工作呢?他们为什么还愿意给别人干活?"

"我已经说过了。我们会阅读他们的灵魂。"

"得了吧你。只需要一个圣巴托罗缪之夜①,就不会再有人阅读了。如果迦勒底人真的那么厉害,都已经掌控了核心经济,那他们为什么还要听从别人的指挥。我们这个时代的人们都是很务实的。他们爬得越高,就会越务实。如今,对传统的尊重并不能作为一个人的行为动机。"

密特拉叹了口气。

"你的想法都没错。"他说,"但处于人类顶端的这些人之所以会保护生命之树,恰恰是出于他们的务实。"

"为什么?"

"实用主义,说的就是努力去实现一个实际的目标。如果没有目标,也就不会有什么实用主义。正是多亏了生命之树,这个目标才会出现在人类的面前。"

"是怎么做到的?"

"恩利尔·马拉托维奇会告诉你的。"

"那巴布洛斯是什么?这个你总可以告诉我吧?"

密特拉痛苦地皱起了眉毛。

"敬恩利尔!"他一边喊,一边挥舞着胳膊,好像在驱赶一

---

① 圣巴托罗缪之夜一般指圣巴托罗缪大屠杀。

群蝙蝠。

司机瞟了我们一眼——显然他是透过玻璃隔板听到了什么声音，或是看到了密特拉的动作。我转头看向窗外。

路边闪过了一片十八层的居民楼，这是苏联时代的最后一批建筑。我是在苏联日落西山的时候来到这个世界的。我当时还太小，不明白发生了什么，但我还记得那个时代的声音和色彩。苏联政权建好了这些房子，让人们住进去，然后就突然结束了。这似乎是在无声地说"再见"。

然而，奇怪的是，这个时代虽然已经结束了，但生活在这个时代的人们却仍然留在原地，留在他们苏联时代的混凝土小格子里。只有联结着他们的无形的线被扯断了。在经过几年的失重以后，这些线又被不同程度地拉紧了，而世界也完全变了一副样子——尽管没有任何科学仪器可以检测到这些线。其中有一些令人匪夷所思的东西。既然这样的事情都能在我的眼前发生，那密特拉所说的话还值得我如此震惊吗？

当四周突然闪过大片大片的松树时，我意识到我们就快到恩利尔·马拉托维奇的家了。我们降低了速度，轮胎碾过了一条减速带，然后又碾过一条；经过一道打开了的道口拦木——我上次都没有注意到，这里还有一根拦木，然后在高高的栅栏上的一扇门前停了下来。这道栅栏我记得，但这扇门我没见过。

这是一个巨型的砖制结构，由三种黄色系的砖块构成——形成了一个复杂但不易察觉的图案。我想这可能是巴比伦的后门

迦勒底人　247

吧。门板好像是用坦克装甲的同种金属做成的,两扇大门缓缓打开,我们开了进去。

这条路一直通往地下车库,我们上次就是从那里上来的。但这次我们拐到了旁边的一条林荫路上,经过了由古老松树组成的仪仗队,来到了一个停满了汽车的空地上(其中几辆汽车的车顶上还有闪光灯)。车停下了,司机下了车,打开了车门。

我没有看到通常意义上的房子。面前是一些不对称的白色的平面,直接拔地而起。离我们最近的一个平面上有一扇作为入口的门——门前是由石头砌成的宽大的楼梯。楼梯侧面则是一道美丽的瀑布,设计得很不寻常。

就像是一小段河流:水顺着宽阔的台阶流下去,然后消失在水泥缝里。水流中还立着用石头雕刻而成的各色小船,每只小船上还都坐着一位石头绅士和一位拿着扇子的石头淑女。看样子,这些好像是中国古代的雕塑——只有小船还是彩色的,绅士和淑女身上的颜色都几乎掉光了。我发现,船上的绅士分为两种:第一种脸色凝重,手里拿着船桨在划船;第二种则仰天大笑,手里拿着一把琵琶,显然他已经猜到了,划船并不能帮他们渡河。船上所有的淑女都是一样的——有些紧张,还有些傲慢;不一样的只是她们石刻的发式和手里的扇子。"渡河,渡河。"我想起了一段古老的诗句,"记忆归于谁,荣耀归于谁,黑色的水归于谁……[①]"当然,诗人在写的时候耍了滑头,要不然,在那个时

[①] 这句诗引自特瓦尔多夫斯基的长诗《瓦西里·焦尔金》中《渡河》一章。

代这首诗是不可能被刊印出来的。

我和密特拉沿着台阶走了上去。

"恩利尔的房子很不一般。"密特拉说,"这实际上就是一个有着透明天花板的大型多层防空洞。"

"他为什么要把房子建成这样?"

密特拉笑了。

"他说,如果墙后有人的话,就会感到不安。但如果墙后面都是泥土,就能睡得更好……传统主义者。"

我们刚一靠近那扇门,门就自己开了。在经过一个穿着仆役制服的仆人之后(这还是我生平第一次见到穿着仆役制服的仆人),我们又走过一条蜿蜒的走廊,然后就进了一个圆形的大厅。

大厅富丽堂皇,通风和采光都很好,光线穿过天花板上透明的玻璃落在地上,地上的大理石板则拼成了复杂的几何图案。周围的陈设很有古典主义的风格:墙上挂着画和戈贝兰式花壁毯①;还穿插着摆了些古代哲学家和皇帝的胸像——我认出了苏格拉底、凯撒、马尔库斯·奥勒里乌斯②和提比略③。从那两个断掉的鼻子来看,它们应该是原件。

我被其中一面墙上的壁炉吓了一跳——尽管壁炉的尺寸宏伟,但对于这个宽敞的大厅来说,它显然还是太小了,不足以温暖整个房间。这或许是建筑师出错了,又或许是某种形式主义的

---

① 形成于17世纪中后期(巴洛克时期)的法国宫廷壁毯样式。
② 是罗马帝国五贤帝时代最后一个皇帝,也是一个思想家。
③ 中文又译作提庇留或提贝里乌斯。罗马帝国第二位皇帝。

迦勒底人 249

新花样——例如,地狱之门。几把扶手椅在壁炉旁围成一个半圆。在大厅对面的墙边放着一个小舞台,台子中间则是几张摆好了自助餐的桌子。

我看见了恩利尔·马拉托维奇、巴德尔、洛基和耶和华。其余的人我就不认识了。站在恩利尔·马拉托维奇旁边的一个身材魁梧的红头发男子给我留下了特别的印象。他看起来很果决,很威严。不过,对于吸血鬼来说,他的脸色显得有些过于红润了。

巴德尔、耶和华和洛基只是从远处冲我点了点头,恩利尔·马拉托维奇却走到我面前和我握手。之后,那个红头发的巨人也向我伸出手来——抓住我的手掌握了一会儿。

"马尔杜克[①]。"他说。

"马尔杜克·谢苗诺维奇[②]。"恩利尔·马拉托维奇纠正道,并且意味深长地抬起了一条眉毛。我意识到我应该像尊重恩利尔·马拉托维奇那样尊重面前这个红发人。

"唉。"红发人叹了口气,握着我的手,仔细地看着我的眼睛,"你们对我们做的这叫什么事啊,年轻人……"

"我们做了什么?"我问。

"把我们赶进坟墓里了。"红发人大声说道,"接班的人来了,该腾地方了……"

[①] 是晚生代神祇的阿卡德语名,源自古美索不达米亚,是巴比伦的守护神、主神和巴比伦尼亚的国神。

[②] 谢苗诺维奇和马拉托维奇都是人物的父称,在俄语中,可以用名字加父称的方式称呼别人来表达对他的尊重。

"别这么说，马尔杜克。"恩利尔·马拉托维奇笑着说，"你要进坟墓，还早着呢。我倒真是被年轻人推进去的。他们说的话，有一半我都已经听不懂了。"

红发巨人终于把我的手放开了。

"你啊，恩利尔，任何时候都不会有人把你推进坟墓的。"他说，"因为你还活着的时候就已经自己搬进去了，嘿嘿。现在我们所有人都站在你的坟墓里呢。你可真是太有远见了。怎么样，我们开始吧？"

恩利尔·马拉托维奇点了点头。

"那我去叫迦勒底人。"马尔杜克·谢苗诺维奇说，"你们有五分钟的时间做准备。"

他转身向门外走去。

我一脸疑惑地看向恩利尔·马拉托维奇。

"是我们仪式的一小部分。"他说，"密特拉跟你说过迦勒底人是什么人了吗？"

"说过了。"

"好极了。"

他抓着我的手肘，把我拉去已经放好麦克风的舞台。

"你今天的发言将分为两个部分。"他说，"首先，你需要欢迎我们的迦勒底朋友们。"

"我该说些什么？"

"你可以畅所欲言。你是吸血鬼，整个世界都属于你。"

显然，我的脸上并没有流露出什么欣喜的神情。恩利尔·马拉托维奇心软了。

"那你就说，你很高兴他们协会能够出席。然后暗示一下历史的传承以及时代之间的联系，只不过要说得含糊一点，不要突然冒出什么不恰当的话。实际上，你说什么并不重要。重要的是你要做的事。"

"我要做什么？"

"你要咬其中一个迦勒底人。然后向其他人展示，你已经进入了他的灵魂。这个环节极为重要。要让他们再一次信服，没有任何东西能瞒得过我们。"

"我要咬谁？"

"迦勒底人会自己选一个出来的。"

"什么时候？就是现在吗？"

"不是。再晚些时候，夜里。这是我们'白菜'汇演的传统节目。这似乎是个玩笑，但实际上却是今晚最严肃的部分。"

"那个迦勒底人会做好准备，让我咬他吗？"

"这你也不用担心。重要的是，你自己要做好准备。"

恩利尔·马拉托维奇的话中透露出一种我从未见过的精神状态——骄傲的、自信的、超脱的。这大概就是尼采式超人应有的精神状态吧。我感到很惭愧，因为我达不到这样高的境界，而且还像个一年级的小学生一样，每走一步都要问个不停。

我们登上了舞台。这个台子很小，只能容纳一个三人演唱团或一个小型爵士乐队。台子上有一支麦克风、两个聚光灯和几个黑色的扬声器盒。墙上挂着一块深色的石板，远远看去，我还以为是音乐设备的一部分。

但它其实和音乐没有一点关系。

这是一块古老的浅浮雕作品，雕刻的花纹已经磨损大半了，被金属支架固定在墙上。在画面中间有一道线，大概代表着地面，它上方刻着一棵树，树上结着许多圆圆的大果子，有点像长着睫毛的眼睛，又有点像长了牙的苹果。周围点缀着不同的形象：一边是狼，另一边是一个拿着大高脚酒杯的女人。石板的边缘雕刻的是神话里的动物，其中一个看起来非常像一只正在飞行中的吸血鬼。图案之间的缝隙里则填满了楔形文字的线条。

"这是什么？"我问。

"吉尔伽美什史诗的插图。"恩利尔·马拉托维奇回答道，"里面提到了生命之树。就是这个。"

"那这个女人的杯子里装的是什么？想必是巴布洛斯吧？"

"啊哈。"恩利尔·马拉托维奇说，"你连这个都听说了？"

"是的，偶然间听到了一点。我知道这是一种用钱做成的饮料，而且所有……"

恩利尔·马拉托维奇点点头。看样子，他并不想继续这个话题。

"这个是吸血鬼？"我指着角落里的一个有翅膀的猛兽问他。

"是的。"恩利尔·马拉托维奇说道，"这幅浅浮雕是迦勒底

迦勒底人　253

协会的圣物。它已经有将近四千年的历史了。曾经每一座神庙里都有一幅这样的浮雕。"

"现在还有迦勒底人的神庙吗?"

"有啊。"

"在哪里?"

"有浮雕的地方就是他们的神庙。你要记住,对于马上要进到这里的那些协会成员来说,这可是一个相当激动人心的时刻——他们要见到他们的神了……啊,他们来了。"

门开了,一些模样古怪的人走进了大厅。他们身上穿着五颜六色的衣服,很明显不是我们这个时代的装扮——倒有点像古波斯人的穿着。然而,最引人注目的还不是他们奇怪的服装——如果愿意的话,可以把这些衣服当成是过长的花里胡哨的家常罩衫——而是他们脸上闪闪发光的金色面具。迦勒底人的腰带上挂着一些金属制品,起初我以为是破旧的小煎锅,但这些小煎锅太亮了,我才意识到这原来是古代的镜子。走进来的人们都低着头,面朝地板。

我想起了《异形大战铁血战士》[①]。其中有一幕场景,我看了不下20遍:太空猎人站在一个古老的金字塔顶端,而一队祭司爬上了无尽的阶梯走到了他的面前,他泰然地接受了祭司的膜拜。在我看来,这是美国电影中最美丽的镜头之一。我怎么也想

[①] 是二十世纪福克斯电影公司推出的一部科幻电影,由保罗·安德森执导,桑娜·莱瑟、雷欧·波瓦、兰斯·亨利克森等人主演,于2004年8月13日在北美上映。

不到，我自己也会扮演类似的角色。

我背上掠过一阵凉意——我发现我打破了某种古老的禁制，开始用自己的思想去创造现实，真的敢于去成为一个神了……我突然意识到，这才是"大堕落"这个词唯一正确的涵义，这才配得上被称为"大堕落"。

但我的眩晕感只持续了一秒钟。戴着面具的人走近舞台，开始有礼貌地为我和恩利尔·马拉托维奇鼓掌。电影里的祭司在金字塔顶上并没有这样做。我回过神来——我没有理由张皇失措。如果忽略掉来人的奇装异服，那这一切就像是一场商业发布会。

恩利尔·马拉托维奇抬起一只手，大厅里立刻安静了下来。

"今天，"他说，"是个悲伤的日子，也是个欢乐的日子。悲伤，是因为我们永远地失去了梵天。而欢乐，则是因为梵天依然与我们同在，只不过他现在叫做罗摩，还变得非常年轻，非常英俊。我很高兴把罗摩二世介绍给大家，我的朋友们！"

戴着面具的人们再一次礼貌地为我们鼓掌。恩利尔·马拉托维奇转身面向我，示意我站到麦克风跟前。

我咳嗽了一声，努力斟酌着要说的话。看来我不应该说得太严肃。但太轻佻也不行。所以我决定学着恩利尔·马拉托维奇刚刚的口吻和语气，来组织自己接下来的发言。

"朋友们。"我说，"我以前从来没有见过你们，但我又与你们相见过无数次。这就是联结着我们的古老的秘密。再次与你们相见，我感到由衷的高兴。也许这个例子不大恰当，但我刚刚不由得想起了一个电影场景……"

这时我才意识到,提起《异形大战铁血战士》中的那个场景会显得多么傲慢,这对他们来说是个带有侮辱性质的例子:我把他们比作了傻头傻脑的印第安人。幸运的是,我立即想到了方法,把话圆了回来:

"大家还记得迈克尔·摩尔的那部电影吗?昆汀·塔伦蒂诺曾在戛纳把金棕榈奖颁给了这部电影呢。是关于布什总统的。电影中,布什在与美国权势集团的中坚力量会面时曾说道:'有些人把你们叫做精英,我把你们叫做我的基石……'①如果大家允许的话,我也想说同样的话。不过要说得更准确一点。你们是精英,因为你们是我的基石。同样地,你们是我的基石,因为你们是精英。我相信你们能够明白,这两点是多么地密不可分。我毫不怀疑,在新的一千年,我们的合作将会硕果累累。我们将一起登上新的顶峰,向着我们的……呃……宏伟的梦想更进一步!我相信你们,信任你们。感谢大家的到来。"

然后我庄重地低下头。

大厅里响起了掌声。恩利尔·马拉托维奇拍了拍我的肩膀,把我从麦克风旁边推开。

"关于基石的话是完全正确的。"他说着,用严峻的目光审视着大厅里的人们,"但有一点我并不赞同。就是信任。关于这一点我们一直奉行着三项原则:任何时候、任何人、任何事都不相

---

① 原文中引用了英文的电影台词。

信。吸血鬼从来不会相信,吸血鬼只会知道……布什我们也不需要。就像伟大的女神所说的那样——我唯一相信的布什就是我的……①"

恩利尔·马拉托维奇神情严肃。

"当然,我刚刚说的话有些矛盾。"他忧虑地指出,"我提到了'相信'这个词。但矛盾事实上并不存在。这个词并不意味着伟大的女神相信什么东西。完全相反,她这么说……怎么样?谁能第一个猜出来,她为什么这么说?"

大厅里有几位吸血鬼哈哈大笑起来。显然,我没有领会这个笑话的意思。恩利尔·马拉托维奇鞠了一躬,拉着我的胳膊,离开了舞台。

迦勒底人拿起了鸡尾酒,互相聊了起来——这里的人们好像早就认识了。我很好奇,他们戴着面具是怎么吃喝的?事实上,这个问题很容易就解决了:面具固定在圆形皮帽上,要吃东西的时候,迦勒底人只需要把面具转180度,就可以把那张金色的脸挪到他们的后脑勺上。

"请您告诉我,恩利尔·马拉托维奇。"我问道,"您的笑话是什么意思?就是那句'我唯一相信的布什就是我的'。我没有听懂。"

"罗摩,这是个文字游戏。"恩利尔·马拉托维奇答道,"从

---

① 原文中这一句是英文。作者自己添加的注释为:我唯一相信的灌木是生长在我两腿之间的灌木(英文bush又可以译作"灌木、灌木状的浓密毛发")。

女神的角度来看,这不过是一种幻影般的痛苦。"

我还是不明白他在说什么。这让我有些气愤。

马尔杜克·谢苗诺维奇救了我。

"根据传说,"他说,"伟大的女神变成了一场金雨。就像达那厄①的故事里的宙斯。就像你想的那样,这是一个比喻——这两种情况下,神都把自己变成了钱。更准确地说,不是变成了钱,而是变成了钱所代表的东西。从那个时候起,所有的人类思想都渴望着女神。她也是几个世纪以来人类一直孜孜以求的幽暗之光。形象地说,所有人都抓住了一条伸向她的线。所以,罗摩,你和女神已经很熟悉了。"

"确实。"恩利尔·马拉托维奇补充道,"伟大的女神,就是富士山顶。你明白了吗?"

我点点头。

"但既然女神变成了金雨,那她就没有身体了。既然没有了身体,也就意味着没有'布什'。所以女神可以放心地相信它。因为不存在的东西是不会骗人的。"

为了弄明白一个笑话是什么意思而生气可能并不值当。但问题的关键并不在于此。我已经厌倦了这种捉迷藏的游戏了。

"恩利尔·马拉托维奇。您什么时候才会告诉我,这一切的运作方式?"

"急什么,孩子?"恩利尔·马拉托维奇一脸忧愁地问我,

---

① 宙斯的情人,宙斯曾化作金雨,与其相会。

"知道的越多越难过。"

"您听我说,"我尽力使自己的声音听上去平静而有力,"首先,我早就不是一个孩子了。其次,我觉得自己正处在一个模棱两可的位置。您把我作为一个享有充分权力的吸血鬼介绍给迦勒底协会。但不知道为什么,我直到现在依然对我们生活方式中最重要最基础的事情一无所知,不得不仔细打听每一个短语的含义。难道还不是时候……"

"是时候了。"恩利尔·马拉托维奇叹了口气,"你是对的,罗摩,是时候了。我们去书房吧。"

我看了一眼聚集在大厅里的人们,说:"我们还回来吗?"

"我也很想相信,我们还会回来。"恩利尔·马拉托维奇回答道。

经济指标 M5

恩利尔·马拉托维奇的书房很大，规整雅致，装饰着橡木花纹。墙边有一张相当朴素的写字桌和一张转椅。但是正中间却耸立着一把古董木椅，高高的靠背上还雕着花。椅子上镀了一层早已暗淡的黄金，于是我想到由莱昂纳多·达·芬奇制作的史上第一把电椅可能就是这个样子的。达·芬奇当时正忙着保护玛丽·玛格达琳娜的木乃伊，以免它被盛怒之下的教廷派出的间谍毁掉，他在难得的风平浪静的日子里做出了那把电椅。看来，恩利尔·马拉托维奇会把有罪的吸血鬼推上这个耻辱的宝座，而他则坐在自己的桌边严厉地申斥他们。

桌子上面挂着一幅画。画上是一个非常诡异的场景，像是维多利亚时代疯人院里的治疗方法。壁炉里的火熊熊燃烧，围着壁炉坐了五个穿着燕尾服、戴着高筒礼帽的人。他们的手脚都被绑在自己的椅子上，躯干上则束着一条宽宽的皮带，就好像是坐在一架老式飞机上一样。每个人嘴里都塞着一根小木棍，用一条手帕固定着，绑在他们的后脑勺上（我记得，人们经常用这样的小木棍来撑开癫痫患者的牙关，以避免他们在发病的时候咬掉自己的舌头）。画家很巧妙地在礼帽的黑色绒毛上画出了火焰的反光。画上还可以看到一个穿着暗红色长袍的人，但他站在昏暗的地方，依稀只能分辨出他身体的轮廓。

另一面墙上挂着两张木刻画。第一张上画着一道延伸得很远的深绿色影子在夜晚的大地上空飞驰（标题是《艾伦·格林斯

潘①的最后一次飞行②》)。第二张用红色颜料画着一朵康乃馨的三视图,旁边还用粗体字写着:

单管次口径康乃馨。CNN军事蛙人、BBC爆破勘察队、德国远程机动空降部队和北约国家其他特种部队的标准装备。

书房里没有什么别的名胜古迹了——除了恩利尔·马拉托维奇桌子上的第一颗地球卫星的金属模型以及立在旁边的一个银色的镇纸(身穿常礼服、头戴礼帽的普希金侧躺着,用拳头撑着脸,神情平静——就像一个垂死的佛陀)。普希金身下是一小沓白纸,旁边则是一支纪念钢笔,做成了一把剑的模样。书房里氤氲着咖啡的香气,但是却看不见咖啡机——有可能是被藏进了柜子里。

这个地方的整洁没来由地让我觉得有点可怕——似乎不久前有个人在这里被杀死了,然后有人把他的尸体藏了起来,擦掉了地上的红色液体。不过,我之所以会有这样的联想,也有可能是因为我看到了用深色石头铺成的地面,以及石板之间的黑色缝隙:其中必然存在着某种古老而隐秘的东西。

恩利尔·马拉托维奇示意我坐在房间中央的那把椅子上,而他自己则在办公桌旁边坐下来。

"那么,"他抬起头来看着我说,"你已经听说了关于巴布洛斯的事了。"

---

① 美国犹太人,美国第十三任联邦储备委员会主席,被称为"经济沙皇"、"美元总统"。
② 原文这里用的是英文。

我点点头。

"你都知道些什么？"

"吸血鬼把浸透了人类生命力的旧钞收集起来，"我回答，"然后对它们进行某种加工。大概会用它们泡酒，或者把它们煮沸。"

恩利尔·马拉托维奇大笑起来。

"跟赫拉聊过了？这个说法我们已经听过了。很机智，很新颖，用你们现在的话讲，很哥特。但还是差一点。旧钞并没有浸透能量，它们只浸透了人类的汗水。全是细菌。即使是斯大林同志亲自下令，我也不会喝它煮出来的汤。旧钞在我们的仪式中的确起到了一定的作用，但只是象征性的作用，和圣饮没有任何关系。你再猜猜？"

我想，如果赫拉是错的，那我自己的想法就有可能是对的。

"有可能，吸血鬼用银行账户对钱进行操作？在离岸的地方积攒一大笔钱，然后……用某种方法把钱蒸馏成液体？"

恩利尔·马拉托维奇又一次笑出了声。看样子，我们的对话给他带来了很大的乐趣。

"罗摩。"他说，"难道吸血鬼用钱的方式还能和人类不一样吗？要知道，钱只是一种抽象概念。"

"这是一种非常具体的抽象概念。"我说。

"确实。但你还是得承认，钱不存在于思维之外。"

"我不同意。"我答道，"就像你很喜欢跟大家说的那样，我在超市做过一段时间的装卸工人,领到过工资。我可以很确定地说,他们付给我的钱就来自我思维之外某一点。如果我可以在自己的思维之中得到钱,我为什么每天早上还要出门上班呢?"

"但如果你把自己的工资给……一头牛吧,它不会理解你的。这不仅仅是因为你的工资少得可怜。对它而言,你的工资不过是一沓揉皱的纸。人类周围的世界里是没有什么钱的概念的。有的只是人类关于钱的主动的思维活动。你要记住:钱并不是真正的实体,而是一种客体化。"

"客体化是什么东西?"

"我举个例子。想象一下,在巴士底狱里有一个犯了重罪的囚犯。有一天,黎明时分,他被送上马车,带去巴黎。路上,他意识到自己就要被处决了。广场上人山人海。有人把他带上了断头台,宣读了对他的判决,然后把他绑在断头台上……刀刃一下子掉下来,他的头就飞进了篮子里……"

恩利尔·马拉托维奇用手掌拍了拍膝盖。

"然后呢?"我紧张地问。

"这个时候他睡醒了,想起来他不是囚犯,而是超市的装卸工。在他睡着的时候,挂在他床上方的一把长得像心脏一样的大扇子掉了下来,砸在了他的脖子上。"

"那个扇子不会掉下来的。"我小声说,"它被粘住了。"

恩利尔·马拉托维奇没有理会我。

"换句话说,"他继续说道,"现实中发生了一件事,但这个人无法理解,因为他正在睡觉。但他又无法忽视它。于是,做梦者的头脑就创造了一个详细而复杂的梦,来解释这件事。这样的梦就被称作客体化。"

"我明白了。"我说,"您是想说,钱就是人类做的一个生动的梦,他们用钱来解释一些他们能感觉到,但又无法理解的事。"

"没错。"

"但我觉得,"我说,"人们完全能理解这一切。"

"他们只是持这种看法,以为自己理解。"

"但毕竟理解就是持有某种看法,持有某种看法就是一种理解。"

恩利尔·马拉托维奇细细地看了我一眼。

"你知道奶牛持有什么看法吗?一辈子都被电动挤奶机挤奶的奶牛?"他问。

"奶牛没有什么看法。"

"不,她有看法。只不过和人类不一样。不是抽象的概念,而是情感的反映。在她自己的层面上,她完全能理解正在发生的事。"

"怎么理解的?"

"她认为,人类是她的畸形儿。尽管他们长得可怕,还不健全。但他们依然是她亲爱的孩子,她必须给他们喂奶,要不然他们就会挨饿。为此,她每天都吃好多三叶草,尽可能多地为他们产奶……"

恩利尔·马拉托维奇的电话响了。他打开手机，放到耳边。

"不，还需要很长时间。"他答道，"我们先谈谈当前的问题吧。之后再抽签。"

然后他合上手机，放进口袋里。

"那么现在，"他说，"你只需要把碎片拼成一张完整的图片。做得到吗？"

我摇了摇头，这对我来说还是太难了。

"你好好想想吧！"恩利尔·马拉托维奇举起他的手指告诫道，"我都把你带到我们世界的大门口了，就把你搁在门前了，但你却推不开门。怎么可能推得开呢，你甚至看都看不见……我们的世界隐藏得如此完美，如果我们不拉着你的手把你拽进去，你永远都不会知道它的存在。这个，罗摩，就是绝对伪装。"

"大概吧。"我答道，"是我太笨了。"

"不只是你。所有人都一样。他们越是聪明，就越是蠢笨。人的思维——要么是个显微镜，用来检查房间的地板；要么是个望远镜，用来眺望窗外的星空。但人们却不会从正确的视角观察自己。"

"什么是正确的视角。"

"我正在讲这个问题，所以你仔细听清楚了。钱——只是一种客体化，人们用它来解释自己生产金钱的乳房为什么会抽搐——Б型思维一直处于这种紧张状态。而因为Б型思维一直在工作，这也就意味着……"

我的脑海中突然浮现出一个离奇的想法。

"吸血鬼在远程挤奶?"我一口气说出了这句话。

恩利尔·马拉托维奇一听,喜笑颜开。

"真聪明。当然是了!"

"但是……这样的事情也不是经常发生的。"我不知所措地说。

"你要记住,蜂蜜是怎么来的。"

"是的。"我说,"蜜蜂自己生产蜂蜜。但要产蜜的话,蜜蜂就得去蜂房。蜂蜜是不能通过空气传播的。"

"蜂蜜不能,但生命力却可以。"

"用什么方式?"我问。

恩利尔·马拉托维奇从桌上拿起那支钢笔,拿出一张纸放到自己面前,在纸上画出了下面的示意图:

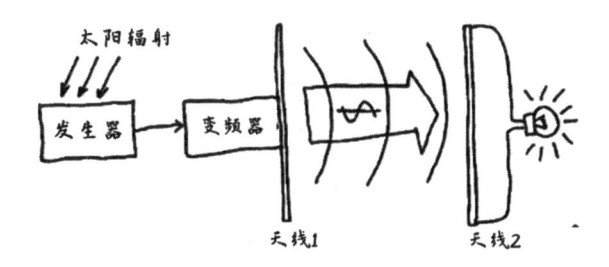

"你能说说无线电波是什么吗?"他问。

我点点头。然后想了想,又摇了摇头。

"简单来说,"恩利尔·马拉托维奇说,"无线电发射机是一种能够驱动电子沿金属棒以正弦波来回移动的设备。这根金属棒就叫做天线。由此产生的无线电波以光速进行传播。为了捕获这些波的能量,就需要第二根天线。两根天线的长度必须与波的长度成比例,因为能量是根据谐振原理传输的。你应该知道,当敲击一个音叉的时候,旁边的音叉也会发出声音。要想让第二个音叉跟着发出声音,就要保证第二个和第一个一模一样。当然,在实际运用的时候会更复杂——为了传播和接收能量,需要用一种特殊的方式把能量集中成能量束,还要准确地在空间中放置天线,等等。但原理就是这样……现在,让我们再画另一张图……"

恩利尔·马拉托维奇把纸翻过去,画出了下面的示意图:

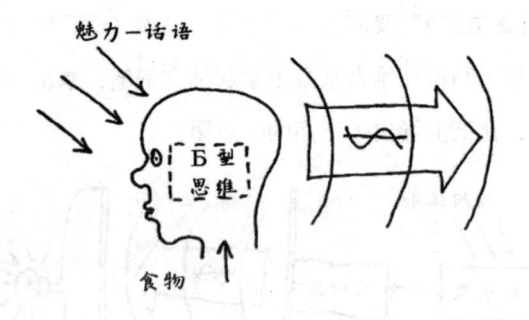

"您是想说,Б型思维就是传播能量的天线吗?"我问。

他点点头。

"天线工作的时候,人们会想什么?"

"很难说。这取决于他是个什么样的人——是赢得了一台智能手机的公司经理,或是地铁旁边的水果小贩。但在现代城市居民的内心对话中,总有两种模式以这样或那样的方式重复着。第一种是这样的：这个人会想——我一定要得到它！我一定要实现我的目标！我会向所有人证明！我要撕开它的喉咙！我要把这个该死的世界上所有的钱都掏出来！"

"这种想法确实很常见。"我表示同意。

"然而还有这样的：这个人会想——我已经得到了我想要的！我已经实现了我的目标！我已经向所有人证明了！我已经撕开了它的喉咙！"

"也有这样的。"我肯定了他的话。

"这两种想法交替着占据了同一个意识，可以把它们看作是循环变向的单一思想流。这就像是沿着天线运动的交流电，将人的生命力辐射到外部。但人类无法捕捉或记录这种辐射。它只能被活的接收器捕获，而不能被任何机械设备捕获。有时候，这种能量被称为'生物场'，但没有一个人明白它究竟是什么。"

"那如果一个人不说'我一定要实现我的目标'或者'我已经实现了我的目标'呢？"

"他会说的。不然还能说什么？其他的想法很快就会在意识中消失。所有魅力和话语的作用就在于此。"

"但不是所有人都渴望取得什么成就。"我说，"也不是所有人都对魅力和话语感兴趣。流浪汉和酒鬼根本不在乎它们。"

"他们只不过看似不在乎罢了，因为在他们的世界里，成就的规格不一样。"恩利尔·马拉托维奇说，"但每个人都有自己的富士山，不管它多么渺小，多么令人恶心。"

我叹了口气。这些出自我个人经历的典故让我有些厌烦。

"人们一直都在忙着解决金钱问题。"恩利尔·马拉托维奇继续说道,"但这一过程中又包含了各种模糊的形式。一个人躺在海滩上,他看上去似乎什么事都没做。但实际上他正在估算远处地平线上的那艘快艇值多少钱,以及他要怎么做才能买一艘一样的。而他的妻子正看着旁边简易木床上的女人,想知道她的包包和眼镜是不是真的,那些肉毒杆菌注射和屁股抽脂花了多少钱,谁租的小平房更贵。在所有这些心理漩涡的中心,是一个核心的抽象概念——金钱。而每当这些漩涡在人的意识中出现时,挤奶过程也就开始了。艺术消费、喜爱的品牌、基于品味和风格的决定——这些都只是表面现象。而这背后只隐藏了一个事实:一个人吃了一块维也纳煎肉排,并把它转化成*经济指标'M5'*。"

我以前从没听过这个词。

"经济指标'M5'?"我重复道,"这是什么东西?"

"在经济学中,指的是金钱的状态。'M0''M1''M2''M3'——说的是现金、支票存款和金融债券的形式。'M4'包括关于折扣的口头协议,回扣也被称为'M切'或'M丘',以纪念埃内斯托·切·格瓦拉[①]和阿纳托利·丘拜斯[②]。但这一切都只是幻影,只存在于人类的意识中。而'M5'则是一种原则

[①] 阿根廷马克思主义革命家、医师、作家、游击队队长、军事理论家、国际政治家及古巴革命战争的核心人物。"切"是他的绰号,是西班牙语的感叹词,类似于汉语中的"喂""喔"等。

[②] 俄罗斯私有化之父、俄罗斯"统一电力"公司董事长。

上完全不同的东西，是一种特殊的精神能量，在人们为其他状态的金钱奋斗的过程中就会分泌出'M5'。'M5'是真实存在的。其他所有的金钱状态都只是这种能量的客体化。"

"请等一等，请等一等。"我说，"您一开始说的是，自然界中没有钱。但现在又提到了真实存在的经济指标'M5'。似乎钱有时存在，有时又不存在。"

恩利尔·马拉托维奇把第一张示意图挪到我面前。

"你看。"他说，"大脑这个器官，可以加工出我们称之为世界的东西。这个器官不仅可以接收信号，还可以发出信号。如果把所有的大脑都调成一样的，并且把所有人的注意力都集中到同一个抽象概念上，那么所有的无线电发射机就都会以同样的波长辐射能量。这个波长就是钱。"

"钱是波长？"我没听明白，又问了一遍。

"是的。波长其实不能说是真实存在的，因为它只是一个纯理论的概念，而且在思维之外是不存在什么波长的。但又不能说波长不存在，因为任何一种波都可以被测量。现在明白了吗？"

"等一下，"我说，"要知道每个国家的钱都是不一样的。如果莫斯科人收到了寄来的美元，那他们会怎么样，会把自己的生命力发射到美国去吗？"

恩利尔·马拉托维奇笑了。

"不完全是这样。钱就是钱，和它们的名字、颜色都没有关系。只是一种抽象概念。所以各个地方的波长都是一样的。但信号不仅有不同的频率,还有不同的形式。它的形式可以发生剧烈的变化。你有没有想过,为什么世界上会有不同的语言、不同的民族和国家?"

我耸了耸肩。

我说:"本来就是这样的。"

"没有什么本来。一切都在按机制运转。世界上存在着许多有主权的吸血鬼群体。一个人所归属的民族文化,就相当于打在牲畜身上的烙印,就像是锁的密码,或访问代码。每个吸血鬼群体都只能给自己的牲畜挤奶。所以,尽管生产钱的过程在各地都是一样的,但各地的文化客体化却会有显著的差异。"

"您的意思是,人类文化的意义就是这个?"我问。

"你怎么会这样想?不只是这个。"

"那还有什么意义?"

恩利尔·马拉托维奇笑了两声。

"好吧,我怎么解释呢……想象一下,一个人坐在一个光秃秃的水泥小笼子里发电。比如说吧,他正在前后移动一些从墙里伸出来的金属操作杆。他是忍不了多久的。他会开始思考——我在这儿是在做什么?为什么我要从早到晚地拉这些杆子?为什么我不离开这儿?他会开始想这些问题的,你觉得呢?"

"大概是会的。"我很赞同他的设想。

"但如果在他面前挂一个等离子屏,在上面播放一段威尼斯的录像带,再把操作杆做成船桨的样子,让他觉得自己正在一艘威尼斯游船上，沿着运河航行……然后，每年中的两个星期，再把操作杆变成滑雪杆的形状，并在屏幕上放出高雪维尔①的画面……那我们的桨手就没有问题了，他只会担心失去他在船桨旁的位置。所以他会以极大的热情去划船。"

"但他难道就不会发现，那些画面都是重复的吗？"

"啊，当然会。"恩利尔·马拉托维奇叹了口气，"所罗门也谈到过这一点。在圣经里。所以人类的寿命才会这么短，这就是为了让他们来不及得出一些重要的结论。"

"我还有一件事情不明白。"我说，"要知道这个等离子屏上播放任何画面都可以。威尼斯也行，阳光之城也行。那桨手能看到什么，是由谁来决定的呢？"

"没有谁来替他们做决定。是由他们自己决定的。"

"他们自己？那为什么那个时候我们看了那么多年的……那个……"

恩利尔·马拉托维奇咧嘴一笑。

"主要是因为，"他答道，"这样一来，歌手菲利普·科科洛夫②回忆录的第二卷就会被叫做《我为桨手而歌唱》……"

很明显这是一个隐喻。我不明白的是，为什么非得是第二

---

① 法国著名滑雪场。
② 俄罗斯流行歌手、演员、作曲家、音乐制作人，被誉为俄罗斯联邦人民艺术家、乌克兰人民艺术家、摩尔多瓦人民艺术家。年轻时曾与俄罗斯流行音乐天后阿拉·普加乔娃有过一段婚姻关系。

卷。我想,恩利尔·马拉托维奇大概是想给我讲个笑话,但还是没忍住问他道:"为什么一定要是第二卷?"

"是因为,"恩利尔·马拉托维奇说,"第一卷叫做《星星对着阴户说》。哈哈哈哈!"

我叹了口气。又去看第一张示意图。然后又看了看第二张。右边的空白处看上去尤其神秘,甚至还有点可怕。

"这里有什么?"我指着那里问道。

"你想知道吗?"

我点点头。

恩利尔·马拉托维奇拉开了桌子的抽屉,从里面拿出来一个东西扔给了我。

"抓住!"

抓住之后,我发现手里是一个深色的小瓶子,形状像是一只收拢了翅膀的蝙蝠。这就和大堕落日那天送给我的那瓶一模一样。我明白了。

"您想让我再……"

"没有别的办法。"

我感到很困惑。恩利尔·马拉托维奇眼中带着鼓励,冲我笑了笑。

"迦勒底人,"他说,"倾向于把生活看作是登上齐古拉特[①]

[①] 古代美索不达米亚的祭祀塔。

的隐喻，在塔顶上，女神伊西塔①在等待着他们。迦勒底人知道巴别塔，并认为他们明白巴别塔的意义。但人们找错了地方。圣礼的象征意义往往需要完全倒过来理解。上面就是下面，虚空就是充实，最伟大的事业实际上就是最彻底的堕落，真正的平地——其实是金字塔，而最高的塔则是最深的深渊，富士山顶其实在最底部。罗摩，你已经做过这件事了……"

不知为何，他的咒语起了作用。我从小瓶子上拔出了那个头骨形状的塞子，把唯一一滴制剂倒在舌头上，然后把它涂在上颚上。等了几秒钟后，恩利尔·马拉托维奇说："别在那里逗留太久。你在上面还有很多事情要做。"

"那里，是哪里？"

恩利尔·马拉托维奇笑得更灿烂了。

"吸血鬼有一条座右铭：进入黑暗，一路向后，向下！"

"这个我记得。"我答道，"我是说，现在我要去哪？"

"就去那里。"恩利尔·马拉托维奇说着，举起手，按下了他面前桌子上的人造卫星。

一时间，房间开始前后移动。下一刻我就意识到，不是房间在动，而是我的哥特式椅子在动，它翻进了裂开的地板下，我甚至还没来得及喊出声来，就仰面滑进了一个用抛光材料制成的滑道里。我进入黑暗，一路向后，向下，就像前面说过的那样。我很害怕会撞到我的头，试图用手护住它，但滑道到头儿了，我飞

---

① 古巴比伦及古亚述宗教中司农、林、母道及爱情的女神。

进了深不见底的黑色虚空里。

我喊了一会儿,试图用手抓住空气。当我终于成功做到这一点时,我才发现我的手已经不再是手了。

生命之树

生命之树

我在黑暗中滑翔了很久，久到我已经平复好了心情，还觉得有点无聊，都快冻僵了。我想到了拉丁文中的一句话："下地狱的路是轻松平坦的。"①罗马人认为，下地狱对人来说毫无难度。他们懂得真多啊。我滑翔着划出来的圆圈连接成了一段单调乏味的旅程，就像在漆黑的夜里，在一栋停电的高楼里，顺着楼梯一直往下走。可怕的是，我一直都没有快要走到底了的感觉。

为了给自己找点事做，我开始回想我所知道的"生命之树"的含义。首先，斯堪的纳维亚神奥丁在试图获得智慧的时候，曾把自己吊在一棵树上献祭给智慧之泉，那棵树就叫做"生命之树"。想必他当时是倒吊着的……

其次，诺斯替教的《约翰伪经》中，在"地方性崇拜"的主题下有一段关于"生命之树"的描写。

"因为他们的快乐是欺骗，"我默念着记下来的内容，"他们的果实是致命的毒药，他们的承诺是死亡。他们把自己的生命之树种在天堂的中央……但我要告诉你们，他们生命的奥秘是什么……树根是痛苦，树枝是死亡，树荫是仇恨……欺骗在树叶中栖息，而树则生长成黑暗……"

生长成黑暗的树——听上去美丽而阴郁。它的果实似乎也是死亡，但我记不清了。这段描述中堆砌着的各种恐怖的东西并没有吓到我——毕竟，让古代人不寒而栗的很多东西，早已成为我

---

① 这是古罗马诗人维吉尔关于艾弗努斯湖的一句话，这个湖被认为是冥界的大门。

们日常生活一部分了。

深谷变宽了。我开始想,这种奇怪的地质构造究竟是怎么产生的。恩利尔·马拉托维奇的房子建在一座小山上——有可能,这是一个古火山口。但是,鬼才知道呢,莫斯科郊外有什么火山……也有可能,这是陨石打通的一条隧道。当然,也有可能是人造的竖井。

终于,我感觉快到底了。谷底比我想象的要近。狭窄的石壁对我定位器的声波进行了多次的反射,扭曲了空间。谷底有水——是个不是很大的圆形湖泊。水是温热的,蒸汽从水里冒出来,我感觉到下面的空气密度很高,害怕自己会被打湿,或者直接就沉入水底。但又往下落了一段距离之后,我发现在石壁上有一个三角形的凹陷,从那里可以进到水面上方的一个山洞里,我可以在那里降落。

第一次降落没有成功——我的翅膀擦到了水面,只差一点就栽到湖里了。我不得不提升高度,再试一次。这一次我收翅膀的时候离石台子太高了,落地的时候非常疼。

和上次一样,我双拳着地落在冰冷的石头上,一下子驱散了我的梦——与此同时,我蝙蝠的身体也消失了。我站了起来。

周围是潮湿的黑暗,还有点闷热。有一股硫黄和某种特殊矿物混合在一起的气味,让我联想到童年时曾去过的高加索地区的水疗所。洞穴的地面凹凸不平,上面还有石头,我不得不小心翼翼地行走,仔细地挑选每一个下脚的地方。洞穴深处有亮光,但看不到光源。

转过一个弯之后，我看到的东西令我难以置信。

前面是一个空荡荡的巨大空地——地下的大厅，几束聚光灯的光线打在地面上（然而这些光线与其说是照亮了这个洞穴，不如说是把它掩藏了起来——强烈的光线使得进来的人头晕目眩）。洞穴的顶部高得我几乎看不见。

在大厅的中央耸立着一个庞大的东西，有一个长长的金属桥板通向那里。起初我还以为那是棵大型植物，类似于某种房子一般大小的毛茸茸的仙人掌，它被一片森林一样的脚手架包围着，还蒙着一块深色的破布，上面堆起了许多褶皱。有点像发射台上的桶形货运火箭（这么说是因为它身上有好多延伸进黑暗的管道和电缆）。这个东西顶端有两个巨大的金属环，牢牢地嵌在天花板上。

我往前走去。我的鞋底拍打着金属桥板，回声很大，向四周通报着我的到来。但没有人出来迎接我，恰恰相反，我发现前面有几个黑色的人影，我一出现，那些人就退到了一旁。我觉得，这应该是一群穿得严严实实的女人——就像东方人那样。我没有叫住她们，如果愿意的话，她们会自己主动开口和我说话的。我想，也许她们有规定，这个仪式需要我独立完成。

又走了大概十米之后，我站住了。

我注意到，这个被脚手架和管道包围着的大桶正在呼吸。它是个活物。这时我突然奇迹般地想明白了事情的整个真相，从以

生命之树　283

前无法理解的杂乱线条中，组合出了一幅有意义的图画。

我看到的是一只巨型蝙蝠，它被某种绷带紧紧地绑着，还有大量的柱子和支架在支撑着它。它的爪子就像塔吊倒置的底座，牢牢地抓着洞穴顶部的铜环不放，而翅膀则被绳索和电缆捆在自己的身上。我看不到它的头——从它的身体比例来看，它的头一定是在一个远低于地面的坑里。它的呼吸就像一个巨大的泵在工作。

它已经老迈。老得闻起来都已经不像是生物了，更像是某种泥土（我就是把它的味道当成了矿泉水的硫黄味）。它看上去很不真实，就像一只用鱼鳍裹住了自己的鲸鱼，套着紧身衣，吊在地面上：只有大麻素影响下的上世纪超现实主义画家才会画出这样的画面……

我没有办法靠它太近——它周围有一圈栅栏。我走的金属桥板的尽头是一条凿出来的隧道，通向下方。我小心翼翼地走下滑溜溜的台阶，发现自己走到了一条被卤素灯照亮的走廊上。这条走廊就像电视上的那种采煤的矿井，四周有金属框架加固，地上还铺设着一些黑色的电缆。一阵微风吹过我的脸颊，这就说明，这里还运行着通风系统。

我顺着走廊往前走，很快就走进了一个在厚厚的岩层上挖出来的圆形房间里。这个房间非常旧。房顶上覆盖着一层煤烟，这些煤烟已经被吃进了石头里，不会再弄脏什么东西了。墙壁上有用赭石画出的图案——像符文一样曲曲折折的线条和动物的剪影。入口右手边的墙上有一块较暗的凹陷，像是一扇窗户。在它前面立着一座粗糙的祭坛——一块石板，上面摆着一些物品。有赤陶土盘、粗糙的碗以及许多一模一样的小雕像。这些雕像雕的都是一个胖女人，头很小，乳房很大，屁股也同样很大。有些是用骨头雕刻的，还有些是用烧制的黏土制作的。

我把其中一盏灯转了过来，使它的灯光落在祭坛上方的凹陷处。里面有一块皮子，在皮子中央吊着一颗皱皱巴巴的人头，头上长着长长的灰色头发，已经干瘪了，但没有要腐烂的迹象。

我开始害怕了。我顺着走廊快步往前走去。又走了几米之后，我见到了一个类似的房间——墙上也有一个凹陷的壁龛，壁龛里有一个缝在皮子上的已经变成了干尸的人头。它面前的祭坛上摆着一些水晶、某种无法辨认的石化有机物和一些青铜箭头。墙壁上画着复杂的装饰图案。

接下来又是一个这样的房间。然后一个接一个，都是这样的房间。

这些房间有好多，它们就像是历史博物馆的陈列品——"从原始人到我们的时代"。青铜的斧头和刀、铁器腐烂的锈迹、零散的硬币、墙上的图案——如果没有那些像大樱桃干一样挂在那里的脑袋，我一定会花更长的时间去仔细地看看这些东西。他们催眠了我，我甚至都不能完全确定他们已经死了。

"我是吸血鬼，我是吸血鬼。"我小声地自言自语道，试图驱散笼罩着我的恐惧，"在这里我就是最可怕的，没有比我更可怕的了……"

但我自己也不确定。

房间里开始出现家具了——长凳和箱子。祭坛后的人头上，各种装饰品闪闪发光，而且每个房间的饰品都比前面房间里的更加精巧——耳环、珠子、金梳子。在其中一个人头上还戴着一条小硬币做成的项链。我停下来仔细观察这条项链的时候，那颗头突然冲我点了一下。

有好几次我都觉得自己仿佛看见它动了，但我以为这不过是光影的戏法。但这一次我听到了明显的硬币撞击声，才知道这跟光影没关系。

我努力地克服恐惧，靠近壁龛。那颗头又颤动了一下。我发现不是头在动，而是吊着它的那张皮子在动。我这才终于明白了这是怎么回事。

这张皮子就是那只巨型蝙蝠的脖子，它从墙上的窟窿里露了出来。

我记得在诺斯替教的文本中提到过一种高级的恶魔，它是一条长着狮子头的蛇——"现世的王"。而在这里，一切恰恰相反。这只巨型蝙蝠有着一条蛇的脖子，就像树根一样，深深扎进厚厚的岩层中。也有可能，这样的脖子有好几条，而我正沿着石壁上的长廊，和其中一条脖子平行地走着，在脖子露出来的地方，就分布着这些祭坛室。

我在这些房间里看到了许多稀奇古怪的东西。但时间顺序经常被打乱——比如说，有一个房间里收藏的似乎是与金帐汗国有关的珍贵马具和武器，但紧接着的房间里摆放的却是埃及的文物，就好像是我走进了金字塔深处的墓室（古老的众神看上去像是二手的：他们的脸被多次的重击毁坏了）。我记得有一个房间，墙上贴着刻有教会斯拉夫语铭文的金片——我走在里面的时候，感觉自己仿佛置身于一个旧礼仪派教徒的保险库中。另一个房间里的一只金色的孔雀令我震惊，它有着翠绿色的眼睛和一条腐烂的尾巴（据我所知，从前拜占庭皇帝的宝座两侧就有两只这样的鸟——这很有可能就是其中之一）。

我明白为什么会出现时间脱节的情况了。因为很多房间都有两三个出口，那些出口的后面也同样有一长串的祭坛，但那里太黑了，一想到要在那样黑漆漆的走廊上行走，我就充满了恐惧。想必这一串灯光就是沿着通往目的地的最短路线铺设的。

这些祭坛室的气氛各不相同。有些房间像是阴郁的修道院，而另一些则像是宫廷式的贵妇小客厅。那些干脑袋上的发式也渐渐变得复杂了，还出现了假发，皱巴巴的脸上也开始涂脂抹粉了。我发现这期间我没有看到一张男性的脸。

我下得越深，心口就越是酸痛：旅程的终点不可避免地临近了，从房间的装饰上就可以很清楚地看出这一点。我已经知道等在终点的是什么了。毫无疑问，那里会有一颗活着的头，也就是恩利尔·马拉托维奇说的那根"和波长成比例的天线"。

18、19世纪的祭坛室就像是小型博物馆的展厅。里面有许

生命之树　287

多画，墙边放着高高的书柜，祭坛上则摆着许多大部头的对开本书，硬书皮上还压有金色的花纹。

有一个房间——据我判断应该是属于20世纪初期的——在我看来是最雅致的。房间朴素大方，布置得很有品味，墙上挂着两张巨幅的画，装作是朝向樱桃园的窗户。这两幅画巧妙地融入了这个空间，以至于让人产生了一种非常完整的错觉——从祭坛的方向看过去，效果尤其明显。那颗头本身给我的印象相对平淡无奇：只戴了一串珍珠，发式也很普通。它面前的祭坛上摆着一台白色的搪瓷电话，被子弹打碎了。旁边放着一个长长的珊瑚烟嘴儿。经过仔细观察，我发现家具和画上都有弹孔。在那颗头的太阳穴上也有一个奇怪的痕迹——但也有可能只是一个椭圆形的胎记。

在第一个苏维埃时代的房间里，充当祭坛的是用两个凳子架起来的一扇门板。上面也放着一台电话——黑色的，形状像牛角，侧面还有一个把手，和汽车发电机上的很像。这个房间基本上是空的，仅有的装饰就是挂在角落里的几面旗帜和墙上交叉的马刀。但在祭坛后的壁龛里却一下子摆了两颗头——其中一颗悬挂在中央，另一颗孤零零地藏在角落里。祭坛旁边立着一个用红色丝带扎成的花圈，和上面吊着的那颗头一样干瘪。

下一个房间的祭坛是一张巨大的办公桌，上面放着一摞硬纸板做的文件夹，文件夹里面装着许多公文。这儿也有一台电话——十分笨重，是用黑色橡胶制成的，它的整个外观看上去就让人觉得沉稳可靠。靠墙的几个书柜里放着一排排一模一样的棕色书籍。祭坛后的壁龛里一颗头也没有。只能看到几根用绝缘胶带缠起来的管子,从皮子底下露出来。

但最后一个房间却是苏联晚期生活真正的博物馆。里面存放了很多东西。碗橱柜里的华丽水晶花瓶和玻璃杯,墙上的壁毯,衣架上的貂皮大衣,天花板下的大型捷克枝形吊灯……在角落里有一个落满尘土的彩色电视,看起来像一个箱子。而在作为祭坛的桌子中央,在旧报纸和相册中间,又出现了一部电话——这次是用白色塑料制成的,在拨号盘上还印着一枚苏联的金色徽章。壁龛里有一颗头:一颗普普通通,毫不起眼的干巴巴的头,盘着一个用指甲花染了色的圆圆的发髻,耳朵上还戴着一对大大的红宝石耳环。

再往后就没有路了。真正的社会主义展厅——我自己是这样称呼这间祭坛室的——结束在一扇铁门前。门上挂着一个旧得发绿的铭牌,上面是一排奇怪的古代字母:

Велікия Мшъ(巨蝠)

我看到墙上有一个门铃按钮。我紧张地在原地跺了几下脚,还是按下了按钮。

过了大约半分钟,锁咯咯吱吱地响了一声,然后门打开了几毫米,但没有再继续打开了。我又等了一会儿,悄悄把耳朵贴近了门缝。

"姑娘们,姑娘们。"从里面传来一个嘶哑的女声,"现在把你们自己藏起来。藏到屏风后面去,我跟你们说话呢!"

我又按了一次门铃。

"听到了,听到了。"有个声音回应我说,"请进!"

我走进去之后又轻轻地把门带上了。

这间祭坛室的大小和之前的一样,但因为用的是欧式装修(很难找到其他的词来描述这种装修风格),就显得更大了一些。墙壁被刷成了白色,地上则铺着沙土色的瓷砖。总的来说,它看起来像是莫斯科的一间中档公寓,只不过家具看上去有点过于昂贵了,是设计师定制款。但家具其实并不多,只有一张大红色的沙发和两把天蓝色的圈椅。祭坛对面的墙上(我还是做不到往祭坛的那个方向看)挂着一块等离子屏。旁边立着一扇竹制的屏风,上面是梵高笔下的法国的夜空:仿佛是无数颠倒的小汽车,在上空的无底深渊中熊熊燃烧。显然,按照要求,那些女孩子就藏在这扇屏风的后面。

"你好啊。"一个亲切的声音说道,"你为什么不转过来。看着我,别害怕……我又不像克谢尼娅·索布查克[1],哈哈哈……我倒是很像有乳房的盖达尔[2]……我开玩笑呢,开玩笑。或许,你可以抬起你可爱的小眼睛吗?"

我抬起了眼。

壁龛也带着欧式装修的痕迹,甚至连蝙蝠的皮肤上都有些欧

---

[1] 俄罗斯记者、电视和广播主持人、演员、编剧、电影和电视制作人。她主持了一档电视节目,名为《小心:索布查克》。

[2] 指阿尔卡蒂·彼得洛维奇·盖达尔,苏联军人、作家。曾血腥镇压国内起义。

式装修的迹象——在它靠近墙壁的地方，也被刷上了白色的水性乳胶漆。

在壁龛的中间，有一张女人的脸正微笑着看向我——正如俗话所说那样，仍然保留着她昔日美丽的痕迹。看上去，这颗头大约有50岁了，但事实上可能更老一些，因为即使是对这种事情不是特别善于观察的我，也能发现大量整容手术和抗衰老注射的痕迹。她只有嘴巴在微笑，而眼睛却被纹丝不动的皮肤包围着，困惑又担忧地看着我。

这颗头的发式极其复杂——结合了拉斯塔法里[①]的发辫和冰雪女王的冷艳。下面摇晃着好多颜色不一的辫子，里面还编进去了各种尺寸的珠子和流苏；上面的头发则像是梳成了一把扇子——扇子是用四根孔雀羽毛拼起来的，把羽毛连起来的是一个由金链子和金线组成的骨架。这个闪闪发光的镂空多边形就像一顶皇冠。她的发式给我留下了深刻的印象——我觉得它在《异形大战铁血战士》里的那种长着大尖牙的种母猪头上会很好看，但衬着这张疲惫而浮肿的脸，看起来就有些荒谬了。

"来，过来啊，到好妈妈这儿来。"那颗头柔声细语地催促道，"让我好好地看看你。"

我走过去，紧挨着她，我们按俄罗斯的礼仪吻了三次，巧妙地让自己的嘴唇隔着一点距离，两次擦过对方的嘴唇，再落到对

[①] 拉斯特法里运动是自牙买加兴起的黑人基督教宗教运动，天然的长头发绺是他们的标志之一。

生命之树

方嘴边的脸颊上。

我对这颗头的行动能力感到非常惊讶——我感觉，它似乎先从一侧向我飞来，然后立即又从另一侧出现，再立马回到原点。在她做出这一系列动作的同时，我只来得及微微动一动眼睛。

"伊西塔·鲍里索夫娜。"她说道，"你可以只叫我伊西塔。提醒你一下，我可不是对每个人都这么说的。只有最漂亮的小伙子才能直呼我的名字，嘿嘿……"

"罗摩二世。"我向她介绍自己。

"我知道。请坐吧。不，等等。让我们为这次的会面喝一小杯白兰地吧。"

"伊西塔·鲍里索夫娜，您今天不能再喝了。"从屏风后面传来一个少女严肃的声音。

"但要庆祝一下会面啊，庆祝会面。"头说，"就5毫升。你坐着别动，这个年轻人会帮我的。"

她冲着祭坛点了点头。

作为祭坛的桌子上一片混乱——大理石板上堆满了充斥着魅力的杂志，其中还混杂着一些化妆用的小瓶子和几个装着名酒的酒瓶。在这片狼藉的中心是一台又大又重的笔记本电脑，是那种用来替代台式机的昂贵玩具。我注意到，桌子上的印刷制品并不局限于魅力的范畴之内——还有类似于《你的地段》和《莫斯科维修》之类的书。

"白兰地在那边。"伊西塔说，"还有小酒杯。没关系的，都是干净的……"

我从桌子上拿起一瓶"轩尼诗XO",它的形状让我想起了我在最开始的祭坛室里看到的那些石雕女人。然后我把白兰地倒进了两只大大的水晶杯里,那颗头把它们叫做"小酒杯",但在我看来,它们不像是杯子,反而更像是花瓶——几乎整瓶酒都倒了进去。但是并没有人对此提出异议。

"好了。"伊西塔说,"你自己跟自己碰个杯吧……然后来帮帮好妈妈……"

我把两只杯子碰在一起,发出叮当一声脆响,然后把一只杯子往前举,也不知道接下来要怎么做。

"把杯子翻过来,别害怕……"

我使杯子倾斜下去,然后那颗头就灵活地钻到了杯子下面,接住了那道黄褐色的水流——一滴都没有漏到地板上。不知道为什么,我想起了空中加油。伊西塔没有脖子,代替脖子的是一根一米多长的毛茸茸且肌肉发达的茎,这让她看起来像一朵长在树上的蘑菇。

"坐吧。"她说着,朝祭坛旁边的一把天蓝色圈椅点了点头。我在椅子的边缘坐下,喝了一小口白兰地,然后把杯子放到了桌子上。

那颗头咂摸了几下嘴唇,若有所思地闭上了眼睛。我和吸血鬼交流的经验已经非常丰富了,足以使我明白这样的动作意味着什么。我用手摸了摸脖子,然后看向自己的手指——没错,手指

生命之树 293

上确实有一个小小的红点。看来，在我们亲吻的时候她还咬了我一下。她睁开了眼睛，然后凝视着我。

"我不喜欢这样，"我说，"在我……"

"但我喜欢。"那颗头打断了我，"在我喝酒的时候。我可以……好了……你好，罗摩。也是罗曼。你有一个痛苦的童年。我可怜的孩子。"

"为什么说痛苦的童年。"我有些不好意思，"童年就是童年啊，我的童年和别人的也没什么两样。"

"没错，童年就是童年。"伊西塔表示赞同，"正因如此，它才是痛苦的。对于我们这个国家的每一个人来说，童年都是痛苦的。这是为了让人做好准备，去面对自己的成年生活。成年生活会痛苦得让人想发疯……"

伊西塔叹了口气，又咂摸了一下嘴唇。我不知道她究竟是在品味什么——我的红色液体，还是白兰地，又或者是在同时品味这两样东西。

"罗摩，你不喜欢做一个吸血鬼。"她总结道。

"为什么呢？"我反驳道，"再喜欢不过了。"

"喜欢做吸血鬼的，可不会这样过日子。他们会把每一天都当成欢乐的万圣节。就像你的朋友密特拉一样。而你……你前天晚上又在想灵魂的事了？"

"我确实想了。"我向她承认。

"那灵魂究竟是什么？"

"我不知道。"我答道,"我们的伙计们已经问过我了。"

"如果你不知道它是什么的话,你怎么能想到它呢?"

"您可以自己看。"

"的确……听着,你还在想生命的意义吗?"

"有时会想。"我尴尬地答道。

"还会想世界的起源?想上帝?"

"想过。"

伊西塔皱起了眉,似乎正在决定要拿我怎么办。在她平滑的额头上出现了一条细小的皱纹。随后皱纹就消失了。

"我完全能理解你。"她说,"我自己也在想这些。尤其是最近一段时间……但我好歹还有个理由,有个具体的理由。但你呢?你还这么年轻,你应该好好享受生活!而不是整天想的跟我们这些领养老金的人一样!"

我想到,一些上了年纪的女人经常这么说话,她们出生在斯大林时期,在上中学的时候,她们惊恐的灵魂中就被灌输了一种官方的乐观主义,直到老年,她们依然保留着这份乐观。我曾把这种烧伤的水疱误当作圣火的痕迹。但在经过一系列品尝之后,这种误会就消失了。

伊西塔看了看我的杯子,随即又看了看我,做了一个恼火的表情,又朝屏风的方向点了点头,然后眨了眨眼,咧嘴一笑。这段哑剧所用的时间不超过一秒钟——她的神情变化得极快,就像在紧张地抽搐。

我明白她想让我做什么了。我站起身来,从桌子上拿起我自己的杯子,我们又重复了一遍空中加油的程序。伊西塔没有发出任何可疑的声音,坐在屏风后面的姑娘们不可能猜得出发生了什么。我又坐回了原处。伊西塔痛苦地皱了皱眉,无声地吐出了一口气。

"这么说吧。"她说,"我,当然是位女神,但对于你的问题,我也给不出什么智慧的回答。因为我是一个非常狭小的领域内的女神。这么着吧,你去找一个名叫奥西里斯①的吸血鬼。他是传说的守护者。告诉他是我让你去的。他就会向你解释一切的。"

"那我怎么才能找到他呢?"

"随便问谁都行。但不要跟恩利尔提起他。他是恩利尔的兄弟,他们兄弟不和,已经很多年了……可以说,我跟奥西里斯也在闹别扭。"

"那你们为什么吵架啊?"

"我们没有吵架。只不过失去了联系。他是个托尔斯泰主义者。"

"托尔斯泰主义者?"我吃惊地重复道。

"是啊。你知道他们吗?"

"不知道。这是我第一次听说这个词。"

"吸血鬼-托尔斯泰主义者出现于二十世纪初。"伊西塔说,

---

① 古埃及神话中的冥王,也是植物、农业和丰饶之神,赫里奥波里斯-九柱神之一。

"当时托尔斯泰伯爵的思想非常流行。简化个人生活、关注人民的苦难、回到自然等等。我们中的一些吸血鬼也被他的想法所吸引,开始简化个人生活。但吸血鬼要怎么简化生活呢?他们决定不再吸食巴布洛斯了,要去喝天然的红色液体。但他们没有杀人,毕竟他们可是托尔斯泰主义者。现在剩下的吸血鬼-托尔斯泰主义者已经很少了,但奥西里斯就是其中之一。"

"他为什么会走上这条路?"

伊西塔皱起了眉头。

"坦白地说,我觉得是因为毒品。毒品,还有各种愚蠢的书。如果你可以跟他好好聊聊的话。他能像恩利尔一样摆弄你的脑子,只不过是从另一个方向……"

她笑了起来。我觉得是她喝的白兰地酒劲上来了。

"巴布洛斯是什么?"我问。

"恩利尔什么都没跟你说吗?"

"他刚开始跟我说。说了一些关于生命力的事,人们想到钱的时候,就会把生命力发射到外部空间。还有经济指标M5。但他说,剩下的事,这里会有人讲给我听……如果可以的话。"

"哎呦,不行。"伊西塔迟疑地哼了一声,"如果可以的话……让我再确定一下。再第三次确定一下。我对任何人都没有秘密。你想知道的话,就问吧。"

"巴布洛斯(Баблос),是出自俄语中表示金钱的俚语'巴布罗(бабло)'吗?"

生命之树

伊西塔吃吃地笑了起来。我听到屏风后面的姑娘们也偷偷地笑了。

"不是的。"她说,"巴布洛斯是一个非常古老的词。有可能是现存的最古老的一个词。它和'巴比伦'的词根是一样的,来自阿卡德语的'бабилу'——'上帝之门'。巴布洛斯是使吸血鬼成为神的圣饮。"

"所以我们才会以神的名字来命名?"

"是的,有时候巴布洛斯被叫做红色液体。但恩利尔按经济学的方式把它叫做'经济指标M5',或者货币的最终形态。人类生命力的精华。"

"大家会喝巴布洛斯吗?"

"会喝白兰地。巴布洛斯是要吸的。量很少。"

"请等一等。"我说,"我觉得这里有点混乱。恩利尔·马拉托维奇说红色液体是一个礼貌的称呼,用来代指人类的……"

"血。"伊西塔打断我说,"你跟我可以说这个字。"

但我已经有点说不出口了。

"他说,自从吸血鬼培育出了人类,并且开始让他们生产钱以后,就已经不喝红色液体了。"

"完全正确。"伊西塔说,"但说到底我们还是吸血鬼。所以我们没有办法完全离开血液。否则,我们将失去我们的身份和我们的根。钱是什么?是这个世界象征性的血。人类和我们的一切都依靠它来维持。但我们依靠它的方式是不同的,因为我们生活在现实世界，而人类则生活在幻想世界。"

"为什么？难道他们都这么愚蠢吗？"

"他们并不愚蠢。他们的生活本就是这样。一个人出生在这个世界上就是为了从魅力的浓缩物中生产出巴布洛斯。在不同的时代，称呼也不同，但人类命运的公式几千年来都没有变过。"

"这个公式是什么？"

"'幻想—金钱—幻想'。你知道人类作为一个物种的主要特征是什么吗？人类一直在追逐出现在他们头脑中的幻象。但由于某种原因，他们不是在头脑中追逐，也就是幻象产生的地方，而是在叠加了各种幻象的真实物理世界中追逐。然后，幻象消散，这个人就会停下来，他会说——哦，妈妈啊，这是什么啊？我在哪里？我为什么会在这里？现在怎么办？而且这个公式不仅适用于个人，也适用于整个文明。生活在幻觉之中，对人来说就像螽斯坐在草丛里一样自在。因为我们的巴布洛斯正是从人类的幻想中产生的……"

我想，他们真是被那只该死的螽斯迷住了。这些年长的吸血鬼总想用我能听懂的语言和我交流，这让我感到非常的厌烦。

"那生活在现实世界是什么意思？"我问。

"关于这一点，德古拉伯爵①说得很好。他是这么说的：'形象无所谓，欲望就是一切'。"

"吸血鬼也有命运的公式吗？"

---

① 德古拉，出自布拉姆·斯托克的小说《德古拉》中的著名的吸血鬼。

生命之树　299

"有的。'红色液体—金钱—红色液体'。如果不讲究政治正确的话，就是'血—金钱—血'。公式里的红色液体指的是人类的，而不是巴布洛斯。"

"那为什么红色液体既可以指巴布洛斯，又可以指人类的……呃，您明白我的意思吗？"

"是因为，"伊西塔说，"它们在辩证螺旋的不同层面上都是一样的。不仅颜色一样，而且其中所包含的实质也一样。比如啤酒和白兰地……"

她一边说着"白兰地"这个词，一边看向桌子，然后朝我眨了眨眼睛。我把剩下的轩尼诗XO都倒进了杯子里，还尽量避免了玻璃碰撞发出叮叮当当的声音，然后把酒倒进了她嘴里。她又一次灵活地钻到了杯子下面接住了所有的酒，还是没有一滴酒漏到地上。

我想不明白，她喝下去的酒都到了哪里。显然，她的脖子里应该有某种类似于嗉囊的器官。酒精的作用已经完全显现了出来。不仅她的脸变红了，我还注意到，她耳朵旁边露出了一条整形手术留下的疤痕，之前是看不见这条疤痕的。

藏在屏风后面的姑娘意味深长地咳了一声。我决定不再给伊西塔倒酒喝了。

"但区别在于其中所包含的有效成分的浓度。"伊西塔继续说道，"一个人的体内有5升红色液体。但他一生中能产出的巴布洛斯也不会超过1克。你明白吗？"

我点头。

"美国的白人新教徒能给出1克。但我们的俄罗斯人——就少得多了……我得请你来一点。哎，姑娘们，我们这儿有巴布洛斯吗？"

"没有。"屏风后传来一个少女的声音。

"你看，就是这样。"伊西塔说，"鞋匠没有鞋子穿。巴布洛斯是我制作的，但我却一点也没有。"

"那您是怎么制作的？"

"你需要知道完整的工艺流程吗？你想爬到我的裙子底下吗？巴布洛斯——是我的乳汁……"

显然，我又一次暴露了我的情绪。伊西塔突然大笑起来。我咬住了自己的嘴唇，做出严肃而恭敬的表情。但这让她感觉更好笑了。

"恩利尔给你看了一美元钞票上的画，不是吗？"她说，"上面有一座金字塔和一只眼睛。那就是生产工艺流程。同时也是我的寓言肖像。嗯，不是我个人的寓言肖像，而是任何一个国家的任何一个伊西塔的寓言肖像。"

"您更漂亮。"我插嘴说。

"谢谢。金字塔是女神的身体，巴布洛斯就在这里被浓缩凝结。三角形中的眼睛则代表了一个可替换的头，在人类的世界发生任何灾难或巨变之后，在所有'置之死地而后生'之后，女神都可以通过这只眼睛恢复和人类之间的联系，并且看到他们。眼睛和金字塔是分开的,因此一百年以后人们会相信什么,或者一百年以后在人们中间流通的纸币是什么——美元还是第纳里①,对吸血鬼来说都无所谓。我们就像深水鱼,水面上的飓风对我们来说并不可怕,因为它根本就不会触及我们。"

"我明白了。"我说。

"至于我更漂亮这件事……你确实很不擅长伪装。不管怎么说,你还是很有意思的……顺便说一句,谢谢你对我发型的看法。我会考虑的……"

我没有跟她说过我对她发型的看法,但我知道,我对她的第一印象已经成功地印在了我的红色液体中。

"抱歉,请您原谅。"我尴尬地说。

"我没有生气,我不是傻瓜。你的想法是对的。只不过我也经常会感到无聊。要知道,我也得看电视、看杂志,现在还有了网络。那上面各种各样的广告有那么多!每一条都在向你诉说着——你值得拥有!不要犹豫……"

伊西塔大笑起来,我意识到她现在已经完全醉了。

"我确实没有犹豫。"她继续说道,"我知道,我值得拥有。整个生意都靠我呢。但我毕竟不能去买一架飞机,或者快艇……也就是说,我当然买得起,但我要拿它们做什么呢?更不用提游艇了……我不久前才看到一个广告。在那边的杂志上,你看……"

---

① 古罗马的银币或金币。

她对着桌子点点头。

在桌边有一本色泽亮丽的杂志，就那么摊开放着，里页上印着一张大大的彩色照片：穿着一身白色服饰的新娘站在豪华婚车旁边，她的脸埋在一束丁香花中。护卫婚车的车队耐心地等待着；体贴的新郎在敞开的车门旁边捻着自己的胡子。摄影师巧妙地捕捉到了迎面而来的一辆小车上一位女士羡慕的目光。照片下面的标题是："欧克谢尼娅内裤衬里。以干爽赢得胜利！"

这时，我才终于明白了恩利尔·马拉托维奇的话，他说女神没有"布什"，这个笑话在我看来极其残酷。

"我甚至连这样的胜利都没办法买给自己。"伊西塔说，"你知道吗，就像歌里唱的那样——'这就意味着我们需要一场胜利，倾尽全力，不惜代价……'①前线的士兵说，这句歌词不是在说有很多钱，而是在说没有腿。我也是一样的。我只能做做发型，化个妆，给我的耳朵戴上耳环。这就是全部了。还请你不要取笑我这个老傻瓜。"

我感觉非常惭愧。也为她感到难过。谢天谢地，我是在她咬了我之后，才发现了整容手术的缝线。就让她以为，至少这场手术成功了吧。

电话嘟嘟地响了起来。

"喂。"伊西塔答应道。

---

① 出自俄罗斯小说家、游吟诗人布拉特·奥库扎瓦的《我们需要一场胜利》，又译作《我们一心只想着胜利》。

我能听到从她戴着的耳机中传出的男声，那个人在低声地说着什么。

"在我这儿。"伊西塔说，"我们正在谈话，是的……好孩子，非常好。等他长大了，我就任命他来顶替你，你这头老骗猪，明白了吗？什么，你吓得尿裤子了吗？哈哈哈……"

耳机里又响了起来。

"嗯，好吧。"她同意了，"如果是这样的话，那就让他走吧。"

她抬头看着我。

"恩利尔。他说你该上楼了。"

"可是，我怎么上去呢？"

"坐电梯。"

"电梯在哪？"

伊西塔朝墙的方向点了点头。

我这才发现，这个房间里没有第二个出口——我们所在的房间已经是这条长廊上最后一个房间了。在伊西塔所指的地方并没有通往下一间祭坛室的入口，只有一扇电梯门。

"我要是能坐电梯下来就好了。"我说，"刚刚差点淹死。"

"你坐电梯下不来，只能往上去，如果幸运的话。就这样吧，再见了。我现在感觉有点迷糊了。"

"怎么了？"我惊恐地问。

"巴布洛斯来了。但我喝得太醉了……我要缠在翅膀里了……你走吧。我是说,别走,过来……"

我以为她准备再咬我一口。

"您是想要……"

"不是。"她说,"你过来吧,别害怕……"

我走到她身边,紧挨着她站定。

"弯下腰,闭上眼睛。"

我刚完成她的要求,就感到有一个湿漉漉的东西啪的一下打在我的额头中间,像是在我头上贴了一张邮票。

"现在好了。"

"再见。"我边说边走向电梯。

走进电梯以后,我又转向伊西塔。

"还有一件事,"她目不转睛地看着我说,"是关于赫拉的。你跟她打交道的时候要再小心一点。多年前恩利尔有一个女朋友,和她很像。他们谈恋爱、吃寿司、四处闲逛。但他们一直都没发展到床上。我曾经问过他为什么。你知道他是怎么说的吗?'如果你不要求一只黑曼巴咬你,你就可以享受它的温暖很多年……'我当时还以为他是一个冷漠无情的无耻之徒,但我现在明白了,正因如此他才能活到现在……"

我还想问问她,这跟赫拉有什么关系,但没来得及开口——门关上了,电梯开始上行。我看着抛光钢门上自己的影子,才发现自己额头上有一枚伊西塔的唇印——就像一朵鲜红的玫瑰。

生命之树 305

阿喀琉斯的反击①

---

① 原文标题是用英语书写的。阿喀琉斯,是希腊神话中的英雄,海洋女神忒提斯和凡人英雄珀琉斯之子,除了脚踵的致命死穴,全身刀枪不入,诸神难侵。

回到故乡的艾山

恩利尔·马拉托维奇在电梯门口等着我。

"你刚好赶上了。"他看着我的额头说,"他们正在抽签。"

"抽签?"

"对。要选一个迦勒底人给你品尝。"

"谁来选?"

"一直以来他们都是自己做决定的,我们不会干涉他们。他们有一个相当漂亮的仪式。写着名字的纸片、红色的高筒帽……你现在去还能看见。"

我们走过他的书房,在通往圆形大厅的门口停了下来。走廊上除了我们,一个人都没有。

"我们要在这里等着。"恩利尔·马拉托维奇说,"抽签结束之后,他们就会过来。"

"我想擦一下我的额头。我需要一张餐巾纸。"

"绝对不行。伊西塔的吻就是你新生活的门票。所有人都必须看到它。"

"门票的位置真奇怪。"我说。

"这是最合适的位置了。要知道,迪斯科舞厅也会在你的皮肤上盖各种颜色的印章,这样一来,他们就不用心力交瘁地处理各种小纸片了。这里的情况也一样……给你开放了免费饮料的权限,哈哈……"

"恩利尔·马拉托维奇。"我说,"既然是您先开口谈起了饮料。那什么时候会给我巴布洛斯呢?"

恩利尔·马拉托维奇不解地看着我——在我看来，这样的眼神近乎于蔑视。

"你觉得你已经准备好开始服务了吗？"

我被这个问题逗乐了。嗯，是的，我当然准备好了。吸血鬼——不过是人民公仆的另一种变体，这个可想而知。但我大声说出来的却是另一段话："为什么没准备好呢？伊西塔·鲍里索夫娜本人都打算招待我来一点呢。只不过她那儿找不到了。"

恩利尔·马拉托维奇笑了起来。

"罗摩。"他答道，"伊西塔是在开玩笑。我都不知道该拿你的率真怎么办了。在我们的世界里，一切都不像你想象的那样简单。"

"那怎么复杂了？"

"你马上就知道了。你带着死亡糖果吗？"

"要做什么用？"我吓了一跳。

"带了没？"

我摇了摇头。恩利尔·马拉托维奇脸上的笑容消失了。

"洛基跟你说了吗，如果不带上死亡糖果，吸血鬼是不会走出家门半步的？"

"说了。只不过……"

"不用费心找借口了。像你这种不可饶恕的，我再说一遍，坚决不可饶恕的马大哈，我就应该让你空手去品尝。你应该会得到一个终生难忘的教训。我不这样做，仅仅是因为马上要发生的事情对我们整个群体的声誉来说非常重要。我们不能冒险……"

恩利尔·马拉托维奇手上出现了一颗糖，绿色的糖纸亮闪闪的，边缘是金色的。我从来没见过这样的包装。

"你现在就吃了吧。"他吩咐我说，"要不然你连这个也会弄丢的。"

撕开包装纸以后，我就把糖果扔进嘴里。

"为什么要吃这个？"

"你马上要潜入一个迦勒底人的灵魂，去揭开他藏在最深处的秘密。你在做这件事的时候，可能会遇到危险。"

"为什么？"

"因为迦勒底人的灵魂就是这样的。当你把那个被你解剖的人内心深处最可耻的事向大家公开的时候，他很有可能会想要堵住你的嘴，甚至会想要杀了你。这个时候，如果你没有死亡糖果，就糟糕了。"

"请您等一下，"我惊恐地说，"我们不是这么说好的。您说这会是一次很简单的品尝……"

"这就是一次很简单的品尝。但被咬的人那鲜活的情绪反应永远都是这一事件真实性的唯一证明。所以，你要从他心底扒出他的所有风流韵事，明白吗？要找出他藏得最深的、最大的耻辱。要把他翻个底朝天。但你要做好准备，他会尝试着阻止你。"

"那万一他做到了呢？"

"你在害怕？"

"是在害怕。"我承认了。

"那你必须要确定你是谁。"恩利尔·马拉托维奇说,"是一只卧室里的鼻涕虫,还是一个蚊蚋男子汉。"

"什么?"我没听懂。

"蚊蚋男子汉。如果你不只是个吸血鬼,还是个真正的男人。那你是谁?"

我实在不想当一只卧室里的鼻涕虫。

"蚊蚋男子汉。"我坚定地回答道。

"那就要给出证明。首先要向你自己证明。同时也要向其他人证明。这比你想的要容易。你在害怕什么?你有死亡糖果,迦勒底人是不会有的。"

"那您给我的是好的吗?"我兴奋起来,"没过期吧?"

"我们马上就会知道了。"恩利尔·马拉托维奇微笑着说道。

我记得还要先召唤武魂,于是就按照正确的顺序呼吸,然后立刻感觉身体变得十分轻盈。一切都和在洛基课上的时候一样,但又有些新的、出乎意料的东西——我能感觉到背后发生了什么。我感知到了走廊的轮廓、墙面和地面,以及上面的坑坑洼洼——我好像通过后脑勺上某种鱼的眼睛看到了这一切。有点头晕目眩。

大厅的门开了,马尔杜克·谢苗诺维奇和洛基来到了走廊上。看他们的脸色就知道里面发生了意外。

"怎么样,是谁?"恩利尔·马拉托维奇问。

"听着,"马尔杜克·谢苗诺维奇说,"真没想到。他们选了塞姆纽科夫。副部长。"

"该死。"恩利尔·马拉托维奇喃喃道,"就这点我们没想到。他们就……"

"怎么了?"我惊慌地问。

"好吧。"恩利尔·马拉托维奇说,"把糖还给我吧……啊,你已经吃了……哈哈哈,别害怕,别害怕。我开个玩笑。听着,你别把他打死,好吗?要不然我们就要有重大损失了。当然,电视上不会放《天鹅湖》①,但他依然是一个很著名的人。"

"我没准备打死任何人。我只想自己能活下来。"

"原则上,你可以打死他。"恩利尔·马拉托维奇继续说道,"只要你做得漂亮点,我们可以把它当作一场车祸……"

随后他把我推向了大门,门后是吵吵嚷嚷的人声和音乐声。他的动作很轻柔,很友好,然而我觉得自己就像是一个被鞭子赶进角斗场的角斗士。

大厅里完全变了样子——开了电灯,看上去真的很像是一个马戏团的竞技场。摆放自助餐品的桌子被挪到了墙边。迦勒底人挤在中间的空地上,站成了一个环。现在他们人更多了——显然,有一部分迦勒底人发扬了贵族式的作风,直到第二幕的时候才姗姗来迟。在人群中偶尔可以看见几张没戴面具的人脸,都是

---

① 苏联时期形成的一种独特的现象,当国内突发大事,而高层还未准备好向民众公开时,会通知电视台不断播放《天鹅湖》。例如,苏联领导人安德罗波夫逝世、苏联解体时都曾插播过《天鹅湖》。

吸血鬼，他们站在闪闪发光、毫无表情的金色面具中间，对我露出了鼓励的微笑。

有一些迦勒底人穿着十分奇怪的衣服——像是一种很蓬松的半身裙，要么是用羽毛做的，要么是用长毛的羊皮做的。这样穿的人总共也没几个，而且每一个都体格健硕——看来，这是迦勒底健美英雄的排场。

其中一个半裸的赫拉克勒斯①站在大厅中央的空地上，双手交叉放在胸前。无情的电灯打在他的金属面具上。他的上半身毛发旺盛，肌肉发达；大大的啤酒肚打破了整体的和谐，但却增加了一股可怕的气息。我想，如果匈奴人或汪达尔人留下了自己的雕塑，那他们雕刻出来的身体应该就是这样的。他胸前的黑色灌木丛中挂着一串护身符——是某种图腾，像是一些小兽和小鸟。

就算我不知道当下局势的严重性，我也能从吸血鬼看我的眼神中猜到一切。一边是我们脆弱的世界，保护着它的只有古老的偏见和死亡糖果，而另一边则是残酷的人群……为了以防万一，我决定先换口气。又重复了一遍必需的呼吸套组之后，我走向了那个半裸的迦勒底人，以军人般的姿态严肃地对他点了点头，然后说道："您好。正如您所知道的那样，今天我们要进行，呃……联合表演，可以这么讲。也许我们应该先认识一下。我是罗摩。您怎么称呼？我只知道您的姓。"

面具人转向了我。

----

① 古希腊神话中的大力神，如今已经成为大力士和壮汉的同义词。

"我觉得,"他说,"这你得自己搞清楚。不是吗?"

"也就是说,您不会反对我……"

"会。"面具人斩钉截铁地答道。

大厅里爆发出了一阵笑声。

"那么我就只好采取暴力手段了。自然,我会严格控制在必要的范围内。"

"那就让我们看看," 塞姆纽科夫回答,"会是什么样子。"

我向他的方向走了一步,他随意地摆出了一个拳击手的姿势。他这样一拳就能把我当场打死,所以我决定不要冒险,也不要从正面挨他太近。

我决定从后面接近他。

这让我的肌肉和关节付出了痛苦的代价,但的确做得很漂亮,就像恩利尔·马拉托维奇嘱咐的一样。把我带到目标落点的一连串动作总共用时不超过一秒钟。但那是非常漫长的一秒钟,对我来说,这一秒钟漫长到我都可以完成一整套体操表演了。

首先,我迎着他迈出了缓慢而不确定的一步。他嘲弄地张开双臂,好像在等着拥抱我。这时,我向前猛力一冲。他甚至都还没有意识到我已经离开了原地,我就已经从他的手臂下面钻了过去。等他注意到我的动作时,我已经转到了他身后,靠在他的背上,镜像地模仿着他,摆出了他之前的姿势——嘲弄地张开双臂。他开始转身。在这个时候,我冒着脖子脱臼的危险,做出一个慵懒同时又快得不可思议的动作,转过头去,把牙齿咬得咯吱响。如果抛却虚伪的谦虚,我可以毫不客气地说,这一秒值得拍成电影——甚至可能还需要一台高速摄影机。

当塞姆纽科夫终于转向我的时候,我已经离开了他拳头的范围。我一直都没有回头看他,但在他朝我迈步的时候,我看都不看,就用手势制止了他。

"停。"我说,"停。木已成舟,伊万·格里高利耶维奇。我已经咬到了你。现在我们的位置完全颠倒了。轮到我来挑衅你了,而你必须尽可能地克制住自己。"

"整个大厅的人都知道我是伊万·格里高利耶维奇。"塞姆纽科夫答道。

我咂摸了几下嘴唇(我这么做是为了营造一种戏剧性的效果,或许也是想要模仿老一辈的吸血鬼),然后开口说道:"我提议,我们立下一个绅士协定。在你的脚前面就是一条宽黑线——我指的是地板上的装饰图案。您看见了吗?"

我没有亲眼看见这条线——但我准确地知道它的位置,好像我脑子里的导航系统已经做出了所有必要的计算。毫无疑问,恩利尔·马拉托维奇有一种特殊的死亡糖果,是指挥官独有的一种。

"如果你越过这条线,"我继续说道,"那就算你输了。你答应吗?"

"我为什么要跟你立这个绅士协定?"塞姆纽科夫问。

"为了能做一会儿绅士。"

"有意思。"塞姆纽科夫礼貌地说道,"那好吧,我们就试试。"

我感觉到他往后退了一步。

我皱起眉头,脸上做出一副极度专注的神情。过了大约一分钟,大厅里逐渐沉寂了下来。然后我开口了:"好吧,伊万·格里高利耶维奇,你的灵魂该怎么说呢?有一个很著名的观点认为,即使是在一个最恶劣的人身上,也能找到好的品质。我沉默了这么久,就是想在你身上找出一点好的东西来……唉,在你身上只有两种特征还能赋予你一丝人性的痕迹——其一,你是一个好男色的人;其二,你是一个摩萨德①的特工。其他的一切都是非语言所能形容的恐怖,甚至我,一个专业的吸血鬼,都会觉得不舒服。而我,请您相信,已经看到了深渊……"

塞姆纽科夫一言不发,大厅里一片寂静。

"罗摩,我们知道你看到了深渊。"恩利尔·马拉托维奇的声音在我身后响起,"这里的所有人都看过。尽量不要为此大惊小怪。这种小事大家都知道,这不是什么污点。"

"所以我也不会把这些信息当作污点的。"我答道,"恰恰相反。如果您想听这个灵魂中最肮脏、最可怕、最可耻、最痛苦的秘密的话,请您原谅……我将省略这位先生私生活的细节,对他经济上的不诚实和病态的欺骗闭口不提,因为伊万·格里高利耶

---

① 摩萨德,全称为以色列情报和特殊使命局,与美国中央情报局、俄罗斯联邦安全局和英国军情六处,并称为"世界四大情报机构"。

维奇本人并不以此为耻,并且认为就是这些品质使得他成了一个充满活力的现代男人。遗憾的是,他的想法是对的。但有一件事让伊万·格里高利耶维奇感到耻辱。隐藏得非常深……也许,我不该提这件事?"

我觉得大厅里的电流似乎都变得更强了。

"我可能终究还是得说出来。"我做出了决定,"是这样的。伊万·格里高利耶维奇与许多金融巨头、富豪大商建立了友好的关系,其中的一些人就在这里。都是一些非常富有的人。在他们看来,伊万·格里高利耶维奇也是位大商人,他的生意暂时交由一群律师托管——因为我们的主人公已经为政府服务多年了……"

我感到塞姆纽科夫的头在左右摆动,似乎在否定什么。我停顿了一下,以为他想做出一些回应。但他一句话也没说。

"所以,先生们。"我继续说道,"伊万·格里高利耶维奇最可耻、最阴暗也最令人厌恶的秘密就是——这个托管机构、这些股份、这些律师都是假的,实际上他根本没有生意,只有几个波坦金[①]公司,公司名下只有一个登记在册的公司住所、一个公司名称和一个商标。他这些公司也不是用来搞诈骗的,而是用来装出一副搞诈骗的样子。顺便提一句,有趣的是,先生们,通过伊万·格里高利耶维奇的例子,可以清楚地划定如今富人和穷人之

[①] 指俄国18世纪政治家、军事家波坦金,他曾用纸板和画布搭建了一个虚假繁荣的村庄,以迎接视察的叶卡捷琳娜二世。后被用来指代虚假的骗局。

间的界线。一个富人努力假装他拥有的钱比实际上要少,而一个穷人则假装他拥有的比实际上要多。在这个意义上,伊万·格里高利耶维奇毫无疑问是一个穷人,而且他把自己的贫穷当作自己最大的耻辱——尽管我们的大多数同胞都认为他很富有。他想出了许多方法来遮掩真实的情况——甚至还包括'波坦金式离岸'这样新奇的手段。但实际上,他就和一个最平庸不过的小官吏一样,靠贿赂生活。尽管收受的贿赂数额很大,但依然杯水车薪,因为伊万·格里高利耶维奇的生活方式并不便宜。而且他肯定比不上那些和他一起在达沃斯①和库尔舍维勒②寻欢作乐的人……事实就是如此。"

"这我知道。"迦勒底人中一个男性的声音说道。

"但我不知道。"另一个人说。

"我也不知道。"第三个人说。

伊万·格里高利耶维奇越过了地板上的线。好像他自己都没有意识到——但许多人都看到了这致命的一步,大厅里响起了嘈杂的呼喊声——"他走了!"以及"他输了!"——似乎我们正在录制电视台举办的智力竞赛。伊万·格里高利耶维奇恭顺地点点头,认输了,随后提着拳头朝我扑来。

这一切我都不是看到的,而是感觉到的。他的手飞快地打向我的后脑勺。我偏了偏头,他的拳头就顺着我的后背,擦着我的

---

① 疗养和旅游胜地。此外,世界经济论坛也经常在这里召开,亦称为"达沃斯论坛"。

② 世界知名的滑雪胜地。

耳朵边打了出去。我看到他手腕上有一块白色的表盘，上面有一个分裂的十字架，是江诗丹顿的商标。

最奇怪的是，物质世界里的事件推进得极其缓慢，但我的思想却按着以往的速度运行。"为什么十字架是分裂的？"——我想一下，随即又给自己下达了不要分心的命令。但我又不由自主地想起了电影《特洛伊》中，决战前赫克托耳①给帕里斯②的建议："只考虑他的剑和你自己的剑。"但猛然出现在我脑海中的不是两把剑，而是一张精神分析的沙发床。这种话语真是令人厌恶……

接下来发生的事情在现实世界里就是一眨眼的工夫，但就我的主观感受来说，却几乎和做一个三明治或者给手电筒换电池所需要的时间是一样长的。

在伊万·格里高利耶维奇到达我所站的地方之前，我就已经往旁边跳了出去，在空中弯起腰，然后，在他庞大的身躯经过我身边的时候，我抓住了他的肩膀，让他运动的惯性带着我往前去。我们像一对花样滑冰运动员一样，在空中轻盈地跳起舞来。他块头太大了，赤手空拳打不倒他。我需要一样重一点的东西，最好是金属的。我能拿到的唯一称手的东西就是他的面具了。我把面具扯了下来，在空中高高地抡起，然后把那张冷漠的金色面具砸到了他的头上。一击之后，我立即放开了他的肩膀，我们就

---

① 特洛伊的王子，帕里斯的哥哥。特洛伊第一勇士，特洛伊战争中特洛伊方的统帅。最后和希腊联军第一勇士阿喀琉斯决斗，落败而亡。

② 特洛伊的王子，拐走海伦，引起了特洛伊战争，在战争将近结束之时，与盟友阿波罗暗箭射中阿喀琉斯的脚踝，致使阿喀琉斯最后死亡。

分开了。面具仍然在我手中。这一系列动作一点也不复杂，但由于剧烈的动作和肌肉的紧张，我的关节不免有些疼痛。

我落地以后，他又走了几步，就脸朝下摔在了地板上（我觉得，他是准备假装昏迷，以此来逃脱耻辱）。

看来，我想起赫克托耳是有原因的。目前为止，这个场景非常像《特洛伊》里的一个画面——布拉德·皮特打死了塞萨利的巨人。我无法抗拒成为阿基里斯的诱惑，于是向着迦勒底人走了几步，又把伊万·格里高利耶维奇的面具扣到了自己的脸上，环视了他们一圈，大声地重复着布拉德·皮特的经典台词，说道："没有其他人了吗？"

和电影里一样，他们用沉默给出了回答。

面具戴着很不舒服——它压住了我的鼻子。取下来之后，我发现金鼻子瘪了下去，好像就是刚刚砸扁的。或许，伊万·格里高利耶维奇不是在装晕。

"罗摩。"恩利尔·马拉托维奇轻声说，"没必要太过分。适可而止就行……"

他转向舞台，拍了拍手，吩咐道："音乐！"

音乐打破了笼罩着大厅的沉闷。有几个迦勒底人走向伊万·格里高利耶维奇，他们弯下腰去把他搀了起来，带他往出口的方向走去。我看见他在偷偷倒腾着两条腿，这才放下心来。

迦勒底人逐渐恢复了常态——在大厅里四散开来，拿着饮料，互相交谈。他们避开了我。我站在空地上，手里还拿着沉重的面具，不知道接下来要怎么做。恩利尔·马拉托维奇严厉地看了我一眼，示意我过去找他。我当时以为肯定会被斥责一通。但我错了。

"非常好。"他皱着眉头，小声说道，"对付那些混蛋只能这么办。做得很好。把他们都吓坏了。这就是年轻肌肉的意义。我已经再也做不到了。"

"为什么只是肌肉的意义？"我有点委屈，"在我看来，智力才是起主要作用的因素。"

恩利尔·马拉托维奇装作没有听见。

"但这还不是全部。"他说，"现在你要努力获取他们的好感。去加入他们的谈话。"

在说这些话的时候，他还时不时地拿手指威吓我。从远处看，似乎是一个严厉的爸爸正在斥责他顽皮的小儿子。他说的话和他的表情完全不匹配，这看着很有意思。

"我要当一个舞会皇后了？"我问。

"不需要脱衣服。"恩利尔·马拉托维奇答道，"也不会让你牵着一只狮子狗。你只需要结识一些最重要的客人——让他们亲身了解你的为人。走吧，我来给你介绍。你要尽可能地咧开嘴朝所有人笑——必须得让他们确信，你是一个冷酷、虚伪的混蛋。"

帝国军人

帝国军人

恩利尔·马拉托维奇推了我一把,让我去找三个正在不远处讨论着什么的迦勒底人,然后他自己也跟了过来。我们走过去的时候,他们就不说话了,只盯着我们。恩利尔·马拉托维奇安抚地伸出双臂,同时张开手指。我突然明白了这个古老手势的含义:向你的谈话对象表明你手中既没有刀,也没有石头。

"好了。"恩利尔·马拉托维奇愉快地说,"我们今天不会再咬人了。我已经骂过这家伙了,他太无礼了。"

"没关系,没关系。"离得最远的迦勒底人答道。他身材矮小,还有点驼背,穿着灰布长袍,上面缀满了小花。他接着说道:"谢谢你的精彩表演。"

"这是卡尔达瓦什金教授。"恩利尔·马拉托维奇对我说,"话语部主任。毫无疑问,他在迦勒底协会中担任最重要的职位。"

他又转向卡尔达瓦什金。

"而这位,您已经知道了,罗摩二世。还请您多多关照。"

"会的,会的。"卡尔达瓦什金眯缝着他的一双衰老的蓝眼睛看着我,"早就习惯了。我听说,你是一个话语优等生。"

他也把"话语"的重音放在了最后,我一听就明白了,站在我面前的是个真正的专家。

"我其实也不算是个优等生。"我回答说,"但我在话语方面绝对比在魅力方面强。"

"在第五帝国还能听到有人这么说,我很高兴。通常来说,情况都是相反的。"

"在第五帝国?"我惊讶地问,"这是什么?"

"耶和华难道没和你讲过吗?"卡尔达瓦什金也很惊讶。

我想我可能只是忘了,就耸了耸肩膀。

"这是一个世界性的匿名独裁政权,被称为'第五',是为了区别于纳粹的德意志第三帝国和全球化的第四罗马。正如你所知道的那样,这个独裁政权只对人类匿名。实际上,这是吸血鬼统治下的人道主义时代,是吸血鬼的世界帝国,或者说,就像我们用秘密的象征形式书写的那样,是 V 帝国①。难道你在课上没听过吗?"

"听过一些类似的东西。"我有些犹豫,"嗯,对,对的……巴德尔还说过,魅力就是匿名独裁的文化。"

"不是文化。"卡尔达瓦什金举起一根手指,纠正我道,"而是意识形态。匿名独裁的文化是一种发达的后现代主义。"

这个问题我们肯定没有讲过。

"这是什么东西?"

"发达的后现代主义——这是后现代主义演化的一个阶段,在这个阶段中,它不再以先前的文化形态为基础,而是纯粹在自身的基础上继续发展。"

我甚至都不太明白卡尔达瓦什金说的是什么意思。

---

① 原文这里用的是英文。V 可以看作罗马数字五,也可以看作吸血鬼 Vampire 的首字母。

"这是什么意思?"

卡尔达瓦什金透过面具的缝隙,眨了几下他浅蓝色的眼睛。

"正好就和你今天在演讲中向我们展现的一样。"他答道,"你们这一代人对经典文化代码已经毫无概念了。《伊利亚特》《奥德赛》——这些都已经被遗忘了。引用大众文化的时代已经到来了,这意味着语录的主体——原先的那些借用和引用——已经面目全非,它们脱离了原始材料,在人们的记忆中不断被磨损,已经丢失了最初的作者和起源。这是匿名独裁政权最充分的文化投影——同时也是迦勒底文化对创造黑噪音最有效的贡献。"

"黑噪音?"我没听懂是什么意思,问道,"这又是什么?"

"这个也没讲过?"卡尔达瓦什金惊讶地问道,"那你们都学了些什么?黑噪音——这是各种话语的总和。换句话说,它是白噪声,它的每个组成部分都是经过深思熟虑后被购买来的。这是一个任意且随机的信号综合体,其中的每一个信号都不包含任何任意或随机的成分。围绕着现代人的信息环境就被称作黑噪音。"

"它有什么用呢?用来欺骗人们吗?"

"不是的。"卡尔达瓦什金回答我说,"黑噪音的目的不是直接欺骗人们,而是创造一个信息背景,使得任何人都不可能意外地得知真相,因为……"

恩利尔·马拉托维奇已经推着我走向了下一伙迦勒底人,我没听完他的这句话——只能抱歉地朝卡尔达瓦什金笑笑,无奈地张开双手。我的前进航向上出现了一个穿着蓝色罩衫的迦勒底人，身形瘦小，女性气质很浓重，指甲长长的，精心修剪过。这个迦勒底人身边毕恭毕敬地站了一群戴着金色面具的同伴，就像他的随行人员。

"谢普金·库珀尼克先生，"恩利尔·马拉托维奇介绍道，"魅力部主任。显而易见，他在我们的迦勒底朋友当中担任了最重要的职位。"

我懂了，有多少迦勒底人，就会有多少最重要的职位。

谢普金·库珀尼克庄重地低下了他的面具。

"您说呢，罗摩。"他用悦耳的声音说道，"万一我能把您的黑色疾病治好呢？您毕竟还这么年轻，万一有机会呢？"

周围的人都笑了。甚至恩利尔·马拉托维奇也笑了起来。

我一下子慌了。大家都觉得我话语学得很不错，但我刚刚就在话语上栽了跟头。而在魅力方面，我本来就老出问题。我想，现在终于要丢脸了——我也不记得什么是"黑色疾病"了。必须硬着头皮上了。

"对某些人来说是黑色的疾病，"我严肃地说，"但对某些人来说却是黑色的死亡……"

笑声停止了。

"是啊。"谢普金·库珀尼克回答道，"这是自然，没有人会反对。但为什么你们这些吸血鬼，即使是最年轻、新晋的吸血鬼，都会立马穿上这些煤一样黑的衣服呢？为什么让你们在这场黑漆漆的宴会上加入一点不同的颜色和纹理都那么难呢？您知道为了让您的朋友密特拉同意戴上那条红色小领结,我付出了多大的努力吗?"

我终于明白他在说什么了。

"你们的魅力课程那么出色,那么深奥。"谢普金·库珀尼克继续抱怨道,"但在我的记忆中,同样的事情会发生在所有的吸血鬼身上。一开始他们穿得都很完美,就像理论中教导的那样。然后就开始了,一个月,最多一年——全都会一点一点地滑进那个毫无希望的黑色深渊……"

当他说出这些话时,一种冰冷的紧张气氛瞬间聚集在他的周围。

"啊呀。"他惊恐地小声说道,"请原谅,如果我说了什么不恰当的……"

我知道这是一个好机会,我可以借此展现出自己最好的一面。

"没关系,没关系。"我殷勤地说道,"您真是风趣幽默,还见多识广。但认真地说……我们这些吸血的家伙对黑色确实有一定的倾向性。首先,您大概也知道,这是我们民族的颜色。其次……难道您还不明白,为什么我们会这样吗?"

"我以红色液体起誓,我不明白。"谢普金·库珀尼克答道。

他如此成功地避免了一个危险的转折,似乎大大地松了一口气。

"您再想想。吸血鬼都做什么?"

"控制历史进程？"谢普金·库珀尼克谄媚地问。

"不止。吸血鬼还会看到你黑暗的灵魂。一开始的时候，吸血鬼还在学习，他还保留着继承自巨蝠的一股子圣洁，这种圣洁促使他相信人类，尽管随着时间的推移，他对人类的了解越来越多。这段时间里，吸血鬼通常都穿得比较轻率。但不知道从什么时候起，他开始明白，黑暗中连一线光明都没有，而且永远都不会有。于是吸血鬼为人类穿上了永恒的丧服，变成了一身黑衣，就像那些一天到晚在他的注视下来回飘荡的心一样……"

"太棒了！"旁边的马尔杜克·谢苗诺维奇大声喊道，"恩利尔，我要把这一段放进话语教学材料里。"

谢普金·库珀尼克做了一种类似于屈膝礼的动作，这大概表达了他丰富多样的感受，然后就带着他的随从退到了一旁。

恩利尔·马拉托维奇带我见的下一伙迦勒底人一共只有两个，他们彼此肖似：都上了年纪，不是很整洁，胖乎乎的，还都有胡子，只不过其中一个人面具底下露出来的胡子是红褐色的，而另一个人的则是灰白色的。我感觉，灰胡子似乎正昏昏沉沉地打着盹儿。

"这位先生从事了一种非常有趣的职业。"恩利尔·马拉托维奇指着红胡子对我说，"大概，是现如今最重要的一种职业了。简直就和意大利戏剧里演的一样。萨马尔采夫先生是我们的首席挑拨者。"

"首席挑拨者？"我惊讶地问道，"那您究竟是做什么的呢？"

"实际上,这个名称嘲讽意味十足。"萨马尔采夫用低沉的声音说道,"但是要知道,你们吸血鬼,热衷于嘲讽手无寸铁的人。就像你刚刚那样,用一种极其傲慢的方式告诉所有人……"

他的话把我弄得有些晕头转向。萨马尔采夫停顿了几秒,然后用手戳了一下我的肚子,说道:"我这是在展示我究竟是做什么的。我在挑拨。感觉到了吗?"

周围的所有人都哈哈大笑起来。我也笑了。作为一个挑拨者,萨马尔采夫很有魅力。

"实际上我是未来的管理者。"他说,"也就是所谓的,明日设计师。这个职位之所以叫这个名字,是因为在我们这个时代,挑拨已经不再是一种核算方法了,它现在变成了主要的组织原则。"

"我不明白,挑拨怎么会是一种核算方法?"

"很简单。比如说,在茶炊旁边围坐着五个社会革命党人,他们正在唱'敌人的风暴在我们头上咆哮'①,而他们中间就有一个被安插进去的挑拨者,这个挑拨者正在为其他人写着详细的案宗。"

"啊哈。明白了。那挑拨是怎么成为一种组织方式的呢?"

"如果挑拨者是第一个开始唱'敌人的风暴'的人,"萨马尔采夫回答道,"那么就可以从一开始就把所有跟着唱的人都登记下来了。在理想的情况下,甚至革命歌曲的歌词也是由我们挑拨

---

① 这是出自革命歌曲《华沙工人歌》的一句歌词。

者创作的，这样一来，就不会有任何超出我们掌控的意外情况了。"

"明白了。"我说。

萨马尔采夫又想用手指戳我的肚子，但这次我用手挡住了。

"当然，这不仅适用于革命歌曲。"他继续说道，"对于所有的新兴趋势都同样适用。等新芽自己顶破柏油马路这种事，现在已经没有人会做了。因为重要人物都行驶在这条柏油马路上，谁也不需要长在高速公路上的幼芽。热爱自由的嫩芽，会摧毁沿途的一切，现在一般都会把这些嫩芽种在特定的地点。这个过程的管理者自然而然也就成为了挑拨者，而挑拨——也就成为了管理……"

"那您的朋友是做什么的？"我问。

"青年亚文化。"灰胡子打了个哈欠，回答道。

"原来是这样啊！"我答道，"会把我引诱到地下酒店吗？"

"这对您没用。"灰胡子回道，"我以年轻人的坦率告诉您。"

"您似乎不是很年轻。"我注意到。

"对啊。"他表示赞同，"可我也没说我很年轻。相反，我已经很老了。我是以所有年轻人的坦率在谈论这件事。"

"或许，您能告诉我，我们的年轻政客中有谁值得信任吗？毕竟，我不只是个吸血鬼，也是自己国家的公民啊。"

灰胡子和萨马尔采夫交换了一下眼神。

"呃，"萨马尔采夫说，"我看，你真是个不亚于我的挑拨者……你知道什么是'第二十二条军规'吗?"

我记得在话语课上讲到过。

"大概知道。这指的是一种……如果可以这么说的话,一种自我否定的情境,是吗?一个没有出路的逻辑死循环。出自约瑟夫·海勒的小说。"

"对。"萨马尔采夫说,"那么,根据第二十二条军规我们就可以得出:无论一个人在政治舞台上说了什么,他出现在舞台上的这个事实就说明了,站在我们面前的是一个妓女兼挑拨者。因为如果他不是一个妓女兼挑拨者的话,就不会有人放他走上政治舞台——要知道,舞台周围有三层配备了机关枪的安全警戒线。这个问题非常简单易懂,我亲爱的华生。如果一个姑娘正在妓院里含弄男性生殖器,那么被演绎法所武装的理性就会让我们得出这样一个结论——我们面前的是一个妓女。"

我为我们这一代人抱屈。

"为什么一定是个妓女?"我说,"也有可能是个裁缝啊。她前一天刚从乡下来到城里,就爱上了一个在妓院修理淋浴器的水管工。水管工带着她去上班,是因为她暂时没有地方住。在那里,他们碰巧有一分钟的空闲时间。"

萨马尔采夫竖起一根手指说道:"正是这种不言而喻的假设支撑着我们年轻的民主政治……"

"那么,也就是说,我们还是有民主政治的?"

"从长远来看,这是毫无疑问的。"

"为什么要从长远来看?"

萨马尔采夫耸耸肩。

"要知道,我们都是有知识有文化的人。这就意味着,只要我们携起手来,就可以把所有独裁政权全部打倒。当然,除非我们自己没有因饥饿而过早死亡。"

青年文化专家低声补充道:"打倒除了匿名独裁政权之外的所有独裁政权。"

萨马尔采夫用手肘戳了戳他的腰。

"嗬,受够了你年轻人的坦率了。"

显然,这一记肘击终于彻底唤醒了青年专家。

"至于年轻政客,"他说,"还是有精明能干的孩子的。这一点毋庸置疑。而且不仅是精明能干那么简单,是天才,简直就是新一代的果戈理。"

"得了吧,在你看来,每天都会出生几个果戈理。"萨马尔采夫抱怨道。

"不,这是事实。最近有个人往工资报表上登记了500个'死魂灵',我跟你说过吗?连着三次。一开始说他们是法西斯分子,然后又说是男同性恋,最后说是东正教生态学家。总之,我们一定能找到一个人来托付整个国家的命运……"

恩利尔·马拉托维奇拖着我走到了一边。

"我给你取了个名字叫科洛夫拉特①!"萨马尔采夫跟在后面冲我喊道,"万岁②!"

接着,我被介绍给了打扮成吸血鬼的演出部主任——他是一个身材瘦小,穿着黑色长袍的男人。面具对他而言太大了,看上去就像是宇航员的头盔。面具下露出的眼睛大大的,透着一丝忧愁。不知为何,我觉得他看起来像是剃度出家的咕噜③。

"莫德斯托维奇先生,"恩利尔·马拉托维奇说,"为我们的文化做了很多贡献,可以说是把我们的文化带上了世界性的航道。现在我们也经常制作一些关于善恶交锋的精彩大制作,在第二集结尾的时候,善的力量必定会取得胜利。"

莫德斯托维奇对自己的评价更为谦虚。

"我们只是在拿光明和黑暗开一些乏味的玩笑。"他碰了下鞋跟表示欢迎,继续说道,"我们就靠这个谋生……"

"很高兴认识您。"我说,"您知道吗,我早就想问问专业人士了,为什么在我们的电影里一定是善良的一方获胜?要知道,在现实生活中这可是极少发生的。这是怎么回事?"

莫德斯托维奇清了清嗓子。

"这是个好问题。"他说,"如果不用点什么花招的话,很难

---

① 原意是指八射线的万字符,即卐,是最常见的古代斯拉夫符号之一,象征着作为生命之源的太阳永远旋转。后来成为了斯拉夫异教徒和俄罗斯民族主义者的标志。

② 原文此处用的是德语。

③ 英国作家托尔金小说《霍比特人》中的角色。

跟一个普通人解释清楚。但跟您，我就可以直说了。如果您允许的话，我想举一个农业方面的例子。在苏联时期曾进行过一些实验——研究的是各种类型的音乐对西红柿和黄瓜生长以及牛奶产量的影响。通过观察发现：大调音乐能使蔬菜变得鲜嫩多汁，还能提高奶牛的产奶量。而小调音乐则恰恰相反，会使蔬菜变得又干又小，还会降低产奶量。人类，当然了，不是蔬菜，也不是奶牛。他们更加复杂。但这条规律在人类这里也同样适用。人类生来就是这样的，邪恶势力的胜利对他们来说是难以忍受的……"

"为什么人类生来就是这样？"

"这个问题，"莫德斯托维奇说，"我就不得不请教您和恩利尔·马拉托维奇了。你们就是这样培育我们的。事实如此：让一个人直面邪恶势力的胜利，就和让一头牛听《月光奏鸣曲》一样，牛奶的数量、质量、脂肪含量和所有其他参数都会令人极其失望。人也一样。如果他们身边总是邪恶取得胜利，他们就会失去活下去的理由，甚至整个民族都会消亡。科学证明，为了提升牛奶产量，需要给奶牛播放莫扎特早期的作品。同样地，人也应该保持着对光明的希望和善良的幽默感，直至死亡。大众艺术必须确立起一套积极的、有建设性的价值观。而我们的任务就是要确保不会出现严重背离这一原则的情况。"

"这是一套什么样的价值观？"

莫德斯托维奇转了转眼睛——很明显，他是在回想一些已经被订书机订进他记忆中的通知。

"其中有很多条目，"他说，"但只有一条主要的核心思想。迦勒底人必须，这么说吧，公正且无畏地审视生活，在经历过痛苦的摇摆和怀疑之后，得出结论：现有社会秩序的基石就是善，善无论如何都会取得胜利。而恶无论表现得多么阴暗，都只是暂时的，永远和事物现有的秩序背道而驰。这样一来，在受众的意识里，'善'和'现有秩序'之间就会被画上等号。由此就会得出另一个结论：每个人灵魂深处都渴望着服务于善，也就是日复一日地生产巴布洛斯。"

"这种原始的洗脑方式真的有效吗？"我问。

"哎——哎，年轻人，它可没那么原始。就像我刚刚说过的那样，人比西红柿更复杂。但任务反而阴差阳错地被简化了。为了让西红柿提供更多的汁液，就真的要给它播放大调音乐。但是对于人类，你只需要向他解释他所听到的就是大调音乐，只不过因为演奏者的能力有限，听上去跑调了而已，但不会一直如此，这只是暂时的。而实际上会播放什么音乐，就无关紧要了……"

紧接着，我又被介绍给了体育部主任——一个精力充沛的运动员，他穿着跟我的决斗对手一样的蓬松羊皮裙。大概是因为这个我们两人都无法忽视的不愉快的巧合，我们的谈话氛围很紧张，而且很快就结束了。

"你对足球有什么看法？"体育部主任用打量的目光扫了我一眼，问道。

我仿佛感觉到他在用某种 X 光射线测量我衣服下面肌肉的体

积。而且我敏锐地察觉到,死亡糖果的药效已经消失了。

"您知道的,"我谨慎地说,"老实说,这种比赛的主要目标就是把球踢进球门,在我看来虚假又牵强。"

"那象棋呢?"

关于象棋,我本来也想说同样的话,但我决定还是不要继续和他对话了。

这场介绍会持续了很久。我尽可能对这些面具客客气气,他们对我也很客气,但通过面具眼眶里露出来的那些戒备的眼神,我意识到,这个大厅里的一切都是靠恐惧和相互憎恨来维系的,不过,这种相互憎恨就和基督教的爱,以及共同持有一支不稳定的股票一样,把聚集起来的这些人紧紧地绑在了一起。

有时我觉得,从我们旁边路过的是些家喻户晓的名人——我认出了那熟悉的发型,或者他驼背的姿势,又或者他的声音。但我没有足够的信心确定自己的猜想。有一次,讲真的,我可以用脑袋担保,策列铁里院士[1]就站在离我三米远的地方:证据就是他佩戴英雄之星的那种奇特而复杂的技巧——有点歪,有点高,而且还有点可笑,所以远远看去,他就像一个献身于精神生活的苦修者,难以适应世俗生活,令人感动(我在电视里见过他以同样的方式把它戴在外套的衣襟上)。但恩利尔·马拉托维奇带着我从他身边走了过去,我终究还是没能弄清楚我的猜测究竟是不

---

[1] 祖拉博·康斯坦丁诺维奇·策列铁里,苏联、格鲁吉亚和俄罗斯的壁画家、雕塑家、画家和教育家。

是对的。

终于,我被介绍给了所有我需要认识的人,然后恩利尔·马拉托维奇就放我一个人待着了。我以为大家都会热切地向我投来关注的目光,但几乎没有人往我这边看。我从餐桌上拿起了一杯带塑料吸管的红色饮料。

"这里面是什么?"我问旁边的一个戴面具的人。

"小蚊子。"他轻蔑地嘀咕道。

"谁是小蚊子?"我感觉受到了侮辱。

"'小蚊子'鸡尾酒,伏特加配上蔓越莓汁。有些杯子里只有果汁,但鸡尾酒里会有一个尖锐的管子,就像注射器的针头。"

说完,他拿起两杯鸡尾酒,端到了大厅的另一个角落。

我把那杯鸡尾酒喝完了。然后又喝完了第二杯。然后我在大厅里前前后后走了一会儿,没有一个人注意到我。尘世魅力容易过①,我一边想着,一边留心听着周围人们风雅的对话。大家在谈论着各种各样的话题——政治、电影、文学。

"这是一个很厉害的作家,没错。"一个迦勒底人对另一个迦勒底人说道,"但不是一个文学泰斗。我认为,现在俄罗斯就没有文学泰斗。另一方面,厉害的作家与日俱增,但我们从来不缺这样的作家。您明白我说的意思吗?"

"这是自然。"第二个人透过面具上的缺口微妙地眨眨眼,回

---

① 原文中,这里用的是拉丁语。化用了艾米莉·狄金森的诗句"尘世荣华容易过"。

帝国军人

答道,"但现在您自己从另一个方面谈起了这些厉害的作家。另一方面很厉害的作家——如果真的是从'另一方面'来看的话——那他不就已经是泰斗级的了吗?"

人群中还有一些西方的迦勒底人,他们显然是来分享他们的经验的。我听到了几段英语对话:

"俄罗斯人支持同性恋婚姻吗?"

"嗯,这个问题不好回答。"一个声音带着浓重的俄语口音,用圆滑的外交辞令回答道,"我们强烈支持同性恋性行为,但非常反对仪式……"

而且,好像还有一些石油工人——这是我根据一个经常传到我耳中的短语"黑色液体"推断出来的。我回到桌边,又喝了第三杯鸡尾酒。很快我就感觉好多了。

舞台上正卖力地进行着"白菜"表演。吸血鬼们在为迦勒底人表演一种业余的文艺节目,显然,这本该给彼此的关系带来一种亲切的温暖。但效果并不是很好。而且,我还根据周围人的对话发现,这个节目大家都已经看过很多次了。

一开始洛基和自己的橡胶女士一起跳了一段探戈。不知为何,那个穿着一身红衣的高个子迦勒底主持人把这位橡胶女士称作偶像。节目结束以后,一群迦勒底人立即拥到台上,为洛基沉默的同伴送上了一份礼物——一个用了好几层金纸包裹着的小匣子,上面还系着一个大红色的蝴蝶结。大家花了很长时间才把盒子打开。

里面是一个巨大的假阳具——参与表演的人们称之为"所罗门王的阴茎"。在这根由粉红色橡胶制成的原木的侧面，可以看到"这也将会过去!"的字样。我想，这一定是在回应教具大腿上仍然可见的那副不朽的对联。从周围人的评论中可以看出，这个笑话也在年复一年地上演着（有人说，去年是一根黑色的——在我们这个不平常的时代，这是一个相当危险的恶作剧）。

随后上台的是恩利尔·马拉托维奇和密特拉。他们表演了一出关于中国生活的小短剧，主角是乾隆皇帝和一只流浪的蚊子。蚊子由恩利尔·马拉托维奇来扮演，皇帝则由密特拉来扮演。小短剧讲的主要内容是：皇帝发现自己被一只蚊子咬了，勃然大怒，开始向蚊子列举他所有世俗的以及神圣的头衔——每讲到一个新的头衔时，震惊的蚊子就把头压得更低一点，同时也把刺（一个旧接收器的伸缩天线，恩利尔·马拉托维奇用手把它按在额头上）往皇帝的腿里扎得更深一点。当皇帝终于把他所有的头衔全都列举了出来，准备去打蚊子的时候，蚊子已经完成了工作，安全飞走了。这个节目收获了热烈的掌声——我由此断定，大厅里应该有很多商界代表。

然后是一些笑话集锦，参与表演的既有吸血鬼，也有迦勒底人。

其中一些对话提到了几部我看过的电影（我现在知道了，这叫"发达的后现代主义"）：

"您想要一个艺妓吗?"一个吸血鬼问道。

"就是那种只需要一个眼神,就能让一个男人从自行车上摔下来的?"

"就是那种。"

"不需要,谢谢。"迦勒底人回答道,"我们要的是调情,而不是从自行车上摔下来。"

然后他们又在舞台上朗诵了一首公民诗,很有叶夫图申科早期的味道:

"不要以海关为目标,检察官——你会再次踏遍整个俄罗斯……"

诸如此类。

站累了,我就在靠墙的凳子上坐了下来。我已经精疲力竭了,眼睛都睁不开了。我最后一眼看到的是高级动画师的舞蹈——四个还没介绍给我认识的迦勒底人。他们表演的是一种古怪的克拉科维亚克舞①(我也不知道为什么,但我头脑中冒出来的就是这个词)。他们的舞蹈很难描述——很像加速版的四小天鹅古典舞步,只不过这些小天鹅似乎知道,他们的任务不止是按柴可夫斯基的旋律跳舞,到最后他们还会被用来加工克拉科夫香肠②。动画师都打扮成了天线宝宝的样子——在他们的面具顶上竖着对应形状的金色粗天线——这给他们的节目增添了额外的看点。

---

① 一种波兰的民间舞蹈。

② 俄罗斯经典美食,熏制香肠,主要原料是猪肉和各种调料。名字来源于波兰城市克拉科夫。作者这是在暗讽迦勒底人跳舞的样子像猪。

然后舞台上开始了各种声乐表演,现在我可以长时间地把眼睛闭上了,还不会耽误我了解节目的进程。耶和华带着吉他走到了麦克风跟前,手指在琴弦上扫了几下,然后用美得出人意料的声音唱了起来:

——我知道浓缩物盛开的地点

最后的流放者,不等人的工钱

玫瑰在镜子挂毯的泪水中沉湎

柱子在后花园踩着纵情的鼓点……

一提到浓缩物就很清楚了——可以说,我也知道它盛开的几个地点。我能想象出一朵玫瑰和它在两面平行而立的镜子所形成的无尽长廊中的倒影,然后是一百美元钞票背面的独立大厅里的绿色柱子,许多柱子一起跃进院子,跳起了探戈,模仿着洛基和他顺从的伙伴。当然,这个时候我已经睡着了。

说真的,我到最后终于弄明白了"白菜"表演这个词究竟是从哪一种白菜演化而来的。在梦里这个想法比在现实中更具有多样性:我想,这个世界在卷心菜里面找孩子,是为了以后在孩子里面找卷心菜。

酒醉的餐厅

陈独秀著

接下来的整整一周里我都倒挂在已故梵天的哈姆雷特里。

在"白菜"文娱表演结束后,汽车把我送回了家,我当时就不可抗拒地想要钻进那个房间。然后我就这么做了——随即陷入了一种熟悉而清澈的休眠状态。

这既不是一种睡眠,也不是一种清醒。我把那颗沉甸甸的黑球想象成语言的意识,此时它所处的位置非常合适,非常稳定,把我正立时脑海中出现的所有念头都压死在了萌芽状态。我隐约明白这是为什么:人们行动的目的,总是为了要消除某种内部的不平衡,消除理想和现实之间的冲突(就像火箭瞄准目标一样,要将它半导体大脑的各个部分所出现的差异减少到零)。当我头朝下挂着的时候,黑球滑动到之前出现了不平衡和冲突的那个位置。于是达成了一种无懈可击的和谐。从这种语言和自身的和谐中出走,是没有任何意义的,也没有任何理由。

然而,事情比我想象的要复杂。在第七天的时候我听到了一阵悦耳的铃声。哈姆雷特里的灯亮了,录在录音机里的女声在我旁边的什么地方感情丰富地响了起来:

"我曾经在无意识的黑暗中倒挂着度过漫长岁月,毫无意义,庸庸碌碌。在我最后的日子里,我最后悔的莫过于此。在这苍白的虚无中,一个小时和一分钟都毫无差别地消失了;愚蠢的人认为他们似乎能从中获得和谐,但他们只是渐近死亡……德古拉伯爵,回忆与反思。"

我下到了地上。显然,这是某种时间监测设备启动了——看来，我已经达到极限了。一两个小时以后，我又爬上了螺杆。五分钟后哈姆雷特里的灯突然闪了一下，在我耳边响起的铃声已经不再是动听悦耳的了，它变得相当刺耳。录音机再次响起。这一次，它用史诗般的男低音说道：

"陷入休眠的巨蝠之子被卑微的猿部落一个接一个地摧毁，有些死于流矢，有些丧身大火，猿类甚至不明白自己在做什么。吸血鬼曾把自己沉默的存在称为最高的精神状态。但生命——或者更准确地说，死亡——表明这是他们所有自欺欺人的念头中最愚蠢的……维茨利波特兹利·杜纳耶夫斯基，吸血鬼通史。"

我决定和仪器斗智斗勇——我跳到了地上，然后立即就回到了银色的横木上。一秒钟后，一个愤怒的小丑的声音在我耳边咆哮：

"历史会怎么评价我？会这样说：又是一个吊在小杂物间里的笨蛋！噗哈哈哈哈！"

我决定不再和命运较劲，于是回到客厅，躺倒在沙发上。实际上，我满心只想着做一件事——那就是重新挂在贮藏室里，但可靠的黑色核心把我蠢蠢欲动的念头碾碎了。我不关心什么历史的评价……但我知道，已经到极限了。我闭上了眼睛，强迫自己睡觉。

一阵铃声把我吵醒了。是赫拉。

"我们见一面吧。"她没头没尾地说道。

"见吧。"我答道，甚至还没来得及思考。

"来酒醉的叶利钦。"

"那是什么?"

"一家反对派餐厅。如果你不知道它在哪儿,我的司机可以去接你。"

"你还有汽车和司机?"我惊讶地问。

"如果需要的话,你也可以有。"她回答道,"你可以去问问恩利尔。那就这样,我等你。么么。"

她挂断了电话。

我们结束通话以后,又过了半个小时,司机就来敲门了。在这段时间里,我还冲了个澡,换上了新的煤黑色制服(这套衣服看起来非常禁欲,但有一大群"群岛"售货员都选择了它),为了壮胆又喝了半杯威士忌。

司机是一个已经不再年轻的男人,穿着迷彩服。看上去有点愤愤不平。

"'反对派餐厅'是什么东西?"我问道。

"在郊区。"他回答道,"不堵车的话,大概四十分钟就到了。"

在楼下等着我们的是最新型的宝马车——我从来没有坐过这种车。其实,在我听说我可以给自己置办一个这样的集装箱,以供我自己在堵车的时候待在里面之后,并没有很开心——可能我已经习惯了吸血鬼一族的经济实力,也可能我只是在见面之前有些紧张不安。

我从来都没有听说过"酒醉的叶利钦"这家餐厅。这个名字和阿瑟·兰波[1]著名的那首《醉舟》有些相似。

我开始思考等会儿我们见面的时候,我应该如何表现。

我可以假装毫不在意她咬过我,假装什么都没发生。这样不妥:我肯定会脸红的,她会开始窃笑,我们的约会就毁了。

我可以表现出我的气恼——其实,不用表现出我的气恼,我只需要不隐瞒我的气恼就够了。这样的表现更合适。我想起了以前那个超市里的装卸组长说过的一句俏皮话——让被冒犯的人背你去厕所[2]。我不想在运输服务方面和赫拉的司机竞争……

我决定先不提前预设那么多了,还是见机行事吧。

"酒醉的叶利钦"原来是个很时髦的地方——停车场里密密麻麻地停满了豪华的汽车。我从未见过如此原始的建筑入口:砖墙里嵌进去了一辆货真价实的坦克,客人们必须先爬上坦克的炮塔,炮塔上面才是入口的门。不过,这并不是很困难——在坦克两侧分别有两段镂空的楼梯通向炮塔上的入口。同时,根据数不清的脚印可知,有一些极限运动爱好者选择从正面爬上坦克。炮筒上挂着一张公告:

"请勿沿炮筒行走,管理员"。

入口后的走廊建造得很像飞机机身;一个打扮成空姐模样的女孩儿微笑着向每一个进来的人询问登机牌号码——只有预约过

---

[1] 法国象征派诗人。
[2] 原本应该是"让被冒犯的人去拉水",出自彼得一世惩罚投机水贩子的典故。

的人才能进去。看来，根据设计师的想法，客人应该从坦克炮塔直接进入总统班机的机腹。

一个穿着空少制服的乘务员正等着我，他请我跟着他往前走。这家店的大厅看起来非常传统，只不过里面巨大的舞台还是让我有些惊讶，舞台上有一个告示牌，上面写着"乐队指挥从22:00开始"。大厅里还有一个圆形的水池——不是很大，但是很深，水池上方有一座小拱桥（旁边的墙上有一扇门，门上有一个令人费解的标志——"湿"）。通往私人包间的通道在大厅的另一头。

赫拉正在包间里等我，在我们走向那个房间的时候，我突然感到一阵强烈的不自信。

"不好意思，"我问乘务员，"卫生间在哪？"

乘务员把我带到了卫生间门口。

卫生间闪闪发光，小便池被铆接在飞机的底盘上，我在里面待了几分钟，然后发现继续在镜子里研究我的脸毫无意义。我回到走廊，对乘务员说："谢谢。剩下的我自己来就好。"

等他从我的视野中消失以后，我转动了门把手。

赫拉坐在房间的角落里，坐在一堆五颜六色的靠垫上，靠垫的形状像是一段蓬松的铁轨。她穿着一件黑色高领连衣短裙，看起来简单而纯洁，但我从未见过比这更性感的了。

靠墙有一张桌子，桌上有两套没有动过的餐具。赫拉面前的地板上放着一个托盘，上面有一套茶具和一块没吃完的奶酪

酒醉的餐厅

蛋糕。

她抬起头来看着我。就在那一秒，我的局促消失了——我知道要做什么了。

"你好，"她说，"你今天看起来有点忧郁又坚定……"

她没来得及说完——我两步就跳到了她身边，蹲了下来，然后……

然后，我必须说，发生了一点小小的意外，差点打断了我的战斗方针。在我们的脸贴得很近的时候，她突然闭上了眼睛，还微微张开了嘴唇，似乎她不是在等我咬她——世界上已经没有任何力量能够阻止我咬她了——而是在等什么别的东西。但当我的颌骨抽动了一下，她也意识到究竟发生了什么的时候，她的脸皱成了一个失望的鬼脸。

"呸，傻瓜。我真是讨厌你们……"

"对不起，"我退到房间的另一个角落，坐在靠垫堆成的铁轨小山上回答道，"但在你……之后，我只好……"

"行了，我都知道。"她阴沉地说道，"你不用解释了。"

我再也忍不住了——我闭上眼睛，与物理世界断开联系，开始全身心地投入对她内心的窥探，寻找我这么多个夜晚一直在猜测，现在终于可以看个清清楚楚的东西。不过，我对她生命中的里程碑、她的秘密以及她的问题都不感兴趣。我很有分寸地没有往那个方向看。我感兴趣的完全是另一样东西——她对我的态度。而这个问题一下子我就弄清楚了。

我没有搞错。我刚刚是可以吻她的。她对此一点也不反感。她甚至在期待着我吻她。而且，如果事情继续发展，而不是只局限于一个吻，她可能也不会反对……会发展到何种地步，她自己也不知道。我想，或许现在还不算晚？我睁开眼睛，怯生生地朝她走过去，但她明白了我在想什么。

"不，亲爱的。"她说，"你只能选一个——要么咬我一口，要么做其他事情。今天，拜托，你离我的距离不能低于一米。"

我不打算就这么轻易地放弃——但还是决定先等等。

"想吃点什么吗？"她问。

我摇摇头。但她还是把菜单扔给了我。

"你看看。这儿有一些很酷的菜品。"

我知道，她是在分散我的注意力，不想让我看得太深——但我本身也不想在未经允许的情况下溜进她的世界。我唯一感兴趣的问题已经弄明白了，而其他的事情，我也不应该为了一己之私继续挖掘，在这一点上洛基的话是完全正确的。我本能地觉得，我必须抵制住诱惑。

我埋头钻研起菜单。开头是一段简介，在某种程度上向我解释了餐厅名称的含义：

"俄罗斯土著早就发现了我们生活中的一个显著特征：无论现在的体制多么令人反感，其继任者都会使人带着沉痛的怀旧之情去追忆先前的体制。而这种怀旧之情在面对亲爱的伏特加（17—18页）、小菜（1—3页）以及这两者之间的东西时，就会

酒醉的餐厅　353

痛快地缴械投降。"

我明白赫拉说的"很酷的菜品"是什么了——菜单里有一张插页，展示了每天特供的鲜鱼，菜品的名字都有点古怪：比如说，上面有"剑鱼'穆达夫指挥官'切片，配柠檬汁"和"欧元汤'自由MBH！①'"。我一下子被好奇心支配了，拿起放在地上的无线电话（上面显示着一个端着托盘的服务员），选择了自由。

然后我开始研究起了酒单，它的标题很有预见性，是"文件处理"。我专心地逐行读起这张冗长的清单，直到赫拉在我眼中的透明度慢慢降下去。然后我合上了菜单，祝贺自己的骑士精神战胜了好奇心。

不过，这并不是一场完全的胜利——我终究还是看到了一些东西。我根本没有办法不看它，就好像你突然拉开了一道窗帘，那就根本不可能看不到窗外的大山。赫拉的生活中发生过一件不愉快的事情，和伊西塔有关。赫拉在见到迦勒底人之后去拜访了伊西塔（和我当时的程序是一样的，只不过她是由马尔杜克·谢苗诺维奇介绍给协会的，而在展现了自己的洞察力之后，她不得不用瓶子击退了一位发狂的女歌手）。伊西塔和赫拉之间发生了一些事，现在赫拉有些难过。而且，她还非常害怕。

但我不知道在心脏地带的谷底究竟发生了什么——这一部分

---

① 是俄罗斯商人、石油和银行业寡头米哈伊尔·鲍里索维奇·霍多尔科夫斯基被判决时，其拥护者抗议时所喊的口号。

被莫名其妙地藏了起来，似乎她内心的一部分被遮起来了。我从来没有遇见过这种情况，所以忍不住问道："伊西塔·鲍里索夫娜怎么了？"

她皱起了眉头。

"帮帮忙吧，别问这个了。所有人都在问同样的问题——密特拉也是，你也是……"

"密特拉？"我问。

我的注意力循着这个名字轻快地滑过，然后发现，赫拉对他的感觉几乎和对我的一样好，几乎一样。但密特拉……

怀着一种混合了嫉妒和愤怒的感情，我发现密特拉咬过她，还咬了两次。她也咬过他一次。他们之间再没有发生过别的事了，但这也已经超出正常社交的需要了。她的记忆在我眼中渐渐模糊了，我最后一眼看到的，就是他们之间亲密关系的证据。窗帘又拉上了。它刚一合上，我就意识到我疯狂地想再咬她一口，好看看密特拉在她的人生中占有着什么样的位置。

我当然明白不应该这样做。很明显：咬了第二口之后，就需要第三口，然后是第四口——没有尽头……我脑海中甚至浮现出了"血饮①"这个术语，不过不是通过和"酒瘾"类比得来的，而是综合了"血"和"赤裸"这两个词，指一种精神疾病，我觉得自己已经是一个血饮症患者了，只要有一点点怀疑，就会把别

---

① 这是主人公自创的词，俄语写作 кровоголизм，和 алкоголизм（酒瘾）很像。其中的两个主要词根是"кровь（血液）"和"гол（赤裸）"。

人的灵魂剥光。只要屈服于诱惑一次，就会有第二次，我想，我最终可能会把我所爱的人体内所有的红色液体都吸干。

我的脸上一定表现出了什么——赫拉脸红了，问我："什么？你看到了什么？"

"密特拉咬了你？"

"咬过。所以我不想看见他。如果你再咬我一次，我就也不想见你了。"

"什么？再多一次都不行？"

"我们应该信任彼此。"她说，"如果我们咬来咬去，我们之间就不会有什么信任了。"

"为什么？"

"如果你已经知道了一切，又哪来的什么信任呢？"

这很符合逻辑。

"我本来是不打算先开始的。"我说，"你才是那个始作俑者，不是吗？"

"是啊。"她叹了口气，"是洛基教我的。他说，对待男人要厚颜无耻、残酷无情，即使我自己的心不允许，也要这样。"

她的这部分经历我也没有看。

"洛基？"我很惊讶，"他教了你什么？"

"格斗与爱情技巧。跟教你的一样。"

"但他可是……他可是个男人。"

"在上爱情技巧课的时候，他是穿着女式连衣裙来的。"

我试着想象洛基穿上女装的样子,却实在做不到。

"奇怪了。"我说,"恰恰相反,他教我的是吸血鬼不能咬与他有……嗯,他感兴趣的女人。以免失去对她的兴趣。"

赫拉理了理头发。

"那,怎么样?"她问,"还没失去兴趣吗?"

"没有。"我答道,"我实际上什么也没看见。可以认为,我还是和以前一样,对你一无所知。我只是想跟你扯平。当你在博物馆旁边咬我的时候……"

"好了,够了。"赫拉说,"闭嘴。"

"好。只有一件事我不明白。我看不见伊西塔和你在一起时发生了什么。怎么会这样?"

"她有这样的权力。伊西塔和被她咬过的人之间发生的事其他人是看不见的。你和她说了什么,我也看不到。就连恩利尔和马尔杜克也看不到。"

"我感觉你很害怕,很慌乱。"

赫拉脸色暗了下来。

"我已经请求过你了,不要谈这件事。或许我以后会告诉你。"

"好吧。"我同意了,"那我们聊点让人开心的吧。洛基穿女式连衣裙是什么样的?"

"好极了。他甚至还戴了假胸。我觉得,他是真的喜欢这样穿。"

"你在爱情课上学了什么？"

"洛基讲了统计数据。"

"什么统计数据？"

"你真的想知道吗？"

我点点头。

"他是这么说的。"赫拉皱着眉头说，"让我想想……'一般的男人对女人的态度都带着极端的卑鄙和超乎寻常的厚颜无耻……社会调查显示，从男性性道德的角度来看，世界上只有两类女人。拒绝与男人做爱的女人被称作狗杂种，同意的被称作婊子。男性对女性的态度不仅下流，而且极不理性。根据男性的普遍看法——74%的受访者都这么认为——大多数年轻女性同时属于这两类，尽管根据基本的逻辑准则，这显然是不可能的……'"

"那结论是什么？"我问。

"结论就是，跟男人打交道必须做到绝对的残酷无情。因为其他的策略他们都不配。"

"那洛基给你上课的时候，也带了一个充气女人吗？"

赫拉惊讶地看着我。

"你说什么？"

"我是说，带了个充气男人吗？"

"没有。你们上课的时候，他带了个充气女人吗？"

我含糊地嘟囔了几句。

"你们对她做了什么?"

我挥了挥手。

"她漂亮吗?"

"我们换个话题吧?"我再也受不了了。

赫拉耸了耸肩。

"那就换吧。是你自己起的头。"

然后我们沉默了很久。

"我们的谈话很奇怪。"赫拉忧郁地说,"不管我们聊什么,都要一直换话题。"

"我们毕竟是吸血鬼,"我回答道,"可能,就应该这样吧。"

这时,鱼汤端了上来。

上菜的仪式花了几分钟。几位服务员把精致的带盖汤碗放到了桌子上,换掉了我们还没动过的餐具,摆好了碟子,从冒着烟的容器里取出了一个颜色鲜艳的瓷娃娃,脸上还打着腮红——我以为这就是MBH(米哈伊尔·鲍里索维奇·霍多尔科夫斯基),但看了看她胸前的铭牌,才知道这是希拉里·克林顿。然后,侍者郑重地把它放在毛巾上,依次端到我们俩面前(就和让顾客闻名酒的酒塞一样),然后同样郑重地把它放回汤碗里。希拉里身上有一股鱼的味道。显然,这其中有着一种微妙的含义,但我没有想出来。

服务员退出包厢的时候,我们还仍旧坐在地板上。

"你要吃吗?"赫拉问。

我否定地摇摇头。

"为什么?"

"因为手表。"

"什么手表?"

"百达翡丽。"我答道,"说来话长了。而且希拉里·克林顿和欧元汤有什么关系?她可是个美国人。我认为他们做得太过火了。"

"但这种东西如今在高消费的场所随处可见。"赫拉说,"一种流行病。'沉沦者崛起'也是,'伊万王子'也是。你去过特维尔大街上的'玛丽·安托瓦内特'吗?①"

"没去过。"

"入口的地方有个断头台。萨德侯爵还在大厅里走来走去,提供甜点。你去过'埃赫纳顿②'吗?"

"也没去过。"我回答道,感觉自己就像一个乡下来的土包子。

"他们非常严肃地宣称,自己是第一个往莫斯科引进一神论的。出于某种原因,店主穿成了奥西里斯的样子。或者说得更准确一点,脱成了奥西里斯的样子。"

"奥西里斯?"我惊讶地问。

---

① 赫拉在此列举了一些类似的高消费场所的名字。其中玛丽·安托瓦内特是法国国王路易十六的妻子,在法国大革命中于断头台被处决。

② 店名。埃赫纳顿本身是古埃及第十八王朝的法老,在位时进行宗教改革,立阿顿(阿吞神)为新主神。

"对。虽然我也不清楚,这两者之间有什么联系。但是在11月4号,伊万·苏萨宁日那天,他伴随着格林卡的音乐复活了五次。他们专门布置了柏树,还请了很多哭灵的女人。"

"所有人都在寻找一种国家理念。"

"嗯。"赫拉很认同,"他们痛苦地摸索,而每次都在最后一刻失手。最奇怪的就是这种折中主义。"

"没什么好奇怪的。"我说,"黑色液体很贵,所以他们的文化也越来越强。听着,你说的这个奥西里斯不会刚好就是吸血鬼吧?"

"当然不是。这不是个人名,只是他扮演的角色。吸血鬼是不会开餐馆的。"

"那你认识叫奥西里斯的吸血鬼吗?"

赫拉把头摇了几下,表示否定。

"他是谁?"

我犹豫了一秒钟,究竟要不要告诉她——然后决定告诉她。

"是伊西塔让我去找他的。有一些我感兴趣的问题,她也不知道答案。"

"比如说呢?"

"比如说,世界的起源。或者我们死后会发生什么。"

"你真的对这些感兴趣吗?"赫拉问道。

"你不感兴趣吗?"

"不感兴趣。"赫拉说,"这些都是男人们经常问的那种蠢问题。是不稳定不成熟的心灵才会产生的标准的阳具崇拜的表现。我死后会发生什么,我死后就会知道。为什么我现在要考虑这个问题呢?"

"你说的也对。"我同意了,不想争论,"不过,既然伊西塔·鲍里索夫娜亲自提出来了,我还是应该去找到他。"

"你可以去问恩利尔。"

"奥西里斯是他的兄弟,他们闹翻了。不能去问恩利尔。"

"好吧。"赫拉说,"我去打听。如果你从奥西里斯那里听到什么有趣的消息,记得告诉我。"

"一言为定。"

我站起身来,开始在房间里踱来踱去——似乎是为了活动活动腿脚。但实际上,我的腿并没有发麻,我只是想偷偷靠近赫拉,我来回走动是为了让我的动作看上去自然一点。

我必须承认,要在发起积极攻势之前装作若无其事,对我来说总是很困难,这几乎使我后续的成功都贬值了。在这种时候,我表现得就像一个痴迷性爱的白痴(老实说,我的确是这样)。但这一次,我完全清楚赫拉的感受,于是打算充分利用命运的馈赠。

再次走到窗前之后,我转身向门的方向走回去,然后在半路上停下来,转了一个九十度的弯,沉沉地朝赫拉走了两步,在她身边坐下。

"你做什么?"她问。

"这就像是个笑话。"我说,"一个吸血鬼坐在铁轨上,另一个吸血鬼走过来说——你往那边挪一挪。"

"啊。"赫拉有点脸红,说道,"对。我们是在铁轨上坐着。"

她又拽过来一个铁轨靠垫放在我们中间。

我意识到我的空间策略太笨拙了,只好重新开始聊天。

"赫拉。"我说,"你知道我想问什么吗?"

"什么?"

"语言。你现在能感受到它吗?"

"你指的是什么?"

"就是,以前的时候,最开始的那一个半月,我一直都能感受到它。不仅是身体,而且整个……脑子什么的,或者,请原谅我的说法,灵魂,都能感受到它。但现在已经感受不到了。那种感觉消失了。总之,任何感觉都没有了。我现在就和以前一模一样。"

"这只是你的感觉。"赫拉说,"我们和以前不一样。只不过我们的记忆和我们一起发生了改变,所以我们会觉得,我们一直都是这样的。"

"怎么会这样?"

"耶和华解释过这个问题啊。我们记得的,不是实际上发生过的。记忆是一组化合物。任何符合化学规律的变化都有可能发生。如果你吃的酸性物质太多了,记忆也会被氧化,可以以此类推。而语言可以从根本上改变我们内部的化学性质。"

"这听起来有点可怕。"我说。

"有什么可怕的。语言对我们没有任何危害。总的来说,它是个极简主义者。它刚搬进一个新洞穴的时候,会进行一系列配套的建筑工程,会逐渐适应新条件,诸如此类。这时它就会有点混乱。然后我们就习惯了。要知道,它什么都不关心,一直都在睡觉,就像一只熊窝里的熊。它是永生的,知道吗?它只在喝巴布洛斯的时候醒过来。"

"那在品尝的时候呢?"

"这个不需要它醒过来。我们身上一天天地都发生了什么,它一点都不感兴趣。我们的生活对它来说就像一场梦,或许,它有的时候都察觉不到。"

我想了想。这样的描述完全符合我的感受。

"你尝试过巴布洛斯了吗?"我问。

赫拉摇了摇脑袋。

"他们会让我们俩一起尝试的。"

"什么时候?"

"我不知道。据我所知,这将是一个惊喜。由伊西塔来决定。甚至恩利尔和马尔杜克也不知道确切的时间和内容,他们只知道个大概。"

每当我从赫拉那里了解到什么新东西时,我都会被嫉妒轻轻地刺痛。

"听着,"我说,"我真羡慕你。你不仅有一台配了司机的汽车,还能提前一个月知道所有的东西。你是怎么做到的?"

"你应该多练练你的社交能力。"赫拉微笑着说,"少大头朝下挂在衣柜里。"

"你经常给他们打电话吗——马尔杜克,密特拉,恩利尔?"

"没有啊。是他们给我打电话。"

"他们为什么要给你打电话?"我怀疑地问道。

"你知道吗,罗摩,你装傻的时候简直让人无法抗拒。"

不知为何,这些话让我振作了起来,于是我搂住了她的肩膀。虽然不能吹牛说我做得自然且从容——但她没有甩开我的手。

"你知道我还有什么不明白的吗?"我说,"我已经完成了学业。'学完了魅力和话语'①,就像巴德尔所说的那样。通过了成年仪式,现在似乎也算一个享有充分权利的吸血鬼了。那我接下来要做什么呢?会给我分配什么工作吗?像军事岗位之类的东西?"

"大概吧。"

"这会是个什么样的岗位?"

赫拉转过脸来看着我。

"你是认真的吗?"

"当然是认真的。"我说,"我对自己将来要做什么可是很感兴趣的。"

---

① 主人公在这里刻意模仿老师,把"魅力"和"话语"的重音放在了词尾。

酒醉的餐厅　365

"会做什么？你会吸巴布洛斯。更准确地说，语言会吸巴布洛斯，而你要确保这个过程顺利进行。你会在离恩利尔不远的地方给自己建一座房子，我们都会住在那片地方。然后你会无所事事地看着渡口。"

我想起了恩利尔·马拉托维奇VIP休息室旁边瀑布下的石船。

"看着渡口？就这样？"

"那你想要什么？为人类的解放而斗争？"

"不是。"我说，"恩利尔·马拉托维奇已经都解释过了。但我觉得，我还是要做点什么。"

"你为什么一定要做点什么？你到现在还在像人类一样思考。"

我决定不理会她的挖苦。

"那我难道就这样，像个寄生虫一样生活吗？"

"因为你就是一个寄生虫。"赫拉回答道，"更准确地说，你自己甚至都不算是个寄生虫，而只是寄生虫的运输工具。"

"那你呢？"

赫拉叹了口气。

"我也是……"

她绝望地低声说出了这句话。我感到很难过，也感觉到我们在说完这些话之后，比以往任何时候都更加亲密了。我把她拉到我身边，吻了她。这是我有生以来第一次自然而然地做出这样的举动。她没有反抗。我觉得现在我们之间唯一的隔阂，就是那个愚蠢的铁轨靠垫了（我在她身边坐下时，她用这个靠垫来掩护自己）。我把它扔到一边，赫拉就到我怀里来了。

"不要。"她请求道。

我确信，她和我一样想要继续，这给了我坚持下去的信心（一般在这种时候，我可能会缺乏信心）。我把她推倒在枕头上。

"说真的。不要。"她重复道，但声音小得几乎听不见。

但我已经停不下来了。我开始亲吻她的嘴唇，同时伸手去解开她背上的拉链。

"请不要。"她再次低声说道。

我用一个吻堵住了她的嘴巴。亲吻她就如同跳进黑暗中，令人陶醉，令人恐惧。她身上有一种很奇怪的感觉，使她区别于其他所有的女孩，每一次的亲吻都让我更加接近这个谜。我的双手越来越自信地在她的身体上游走——甚至可能已经不算是游走了，而是在迷乱地奔跑，我的动作已经远远地过界了。终于，她对我纠缠不休的爱抚做出了回应——抬起我的腿，将我的膝盖放在了她的大腿上。

这一刻，时间似乎停滞了：我感觉自己就像一个奔跑在永恒赛场上的运动员，定格在了获胜的那一刻。比赛结束了，我跑了第一名。我刚刚跑完了最后一圈，面前就是那个无比幸福的终点，我离它只有几步之遥。

下一刻，我眼中的光芒消失了。

酒醉的餐厅

我以前从未感受过这样的疼痛。

我甚至都不知道，疼痛还能是这样的——五彩斑斓而尖锐的刺痛；筋脉跳动的抽痛；痛到头晕目眩，又平静下来，再重新被身体感知到的流动的痛。

她用膝盖踢了我一脚，这是她精心调整的动作——此前还特意抬起了我的一条腿，以便沿着最惨无人道的轨迹实施击打。我只想做一件事——蜷缩成一个球，然后从所有存在与不存在的层面上消失，但这是不可能的，因为疼痛感随着时间的流逝变得越来越强烈。我注意到我正在大喊大叫，于是试图忍住不再出声。但我的努力并没有完全成功——我转而开始发出一些含混不清的声音。

"你很疼吗？"赫拉俯身看着我问道。

她脸上的表情很慌张。

"啊——啊——啊——啊，"我哀嚎着，"啊——啊——啊。"

"请你原谅。"她说，"这是下意识的反应。洛基就是这样教我的——连续三次叫他停下来，他不听劝告的话，就打他。真是不好意思。"

"噢——噢——噢……"

"给你倒杯茶吗？"她问，"不过，茶已经凉了。"

"唔——啊——啊——啊……谢谢，不喝茶。"

"一会就好了。"她说，"我下手不是很重。"

"当真？"

"真的。有五种打法。这是最轻的一种，叫做'警告'，适用于那些还打算继续与之保持关系的男性，对健康没有损害的。"

"你没弄错吗？"

"没有，你别担心。难道真有这么疼吗？"

我发现我已经可以动了，就跪了起来。但要挺直身子，还是很难。

"你的意思是，"我说，"你还是打算继续和我保持关系的？"

她愧疚地垂下眼睛。

"是。"

"这是洛基教你的？"

她点点头。

"那你当时踢的是什么？你不是说，你们没有教具吗？"

"是没有。是洛基穿着冰球守门员的护具。我整个膝盖都撞伤了，连垫子都破了。你知道瘀青有多严重吗？"

"还有哪些打法？"

"你为什么想知道？"

"因为，"我说，"我想知道，如果继续和你保持关系的话，还有什么在等着我。"

她耸耸肩。

"五种打法是'警告''阻止''摧毁''复仇'和'胜利'。"

"这是什么意思？"

"我觉得只听名字就很清楚了。'警告'——这你已经知道

酒醉的餐厅

了。'阻止'——就是麻痹对方,但不当场杀人,这样我就可以安全地离开了。而剩下的三个——就更危险了。"

"请允许我向你表达我的感激之情,"我说,"谢谢你对我没有太严肃。我以后每天都会打电话跟你说谢谢的。不过万一我的嗓音变得又尖又细,你可不要惊讶。"

赫拉眼里涌出泪水。

"我不是跟你说过吗,不要靠近我一米以内。我想知道,莫斯科的哪个地方才能让女孩子有安全感?"

"但我咬了你。我看见你并不反对……"

"那是在被咬之前。被咬伤后,女孩子的激素平衡会发生变化。这是生理上的,反正你也不会明白的。好像对所有人的信任都消失了。看待所有东西的目光都不一样了。非常忧郁。亲吻的欲望都蒸发了。这就是为什么我会对你说:要么咬人,要么做其他事情。你以为我在开玩笑吗?"

我耸了耸肩膀。

"好吧。"

泪水顺着她的脸颊往下流——先是左边,然后右边也开始了。

"洛基就是这么说的,"她哽咽着说,"他们总是以为你是在开玩笑。所以你要狠狠地踢他们,不要犹豫……混蛋,把我弄哭了。"

"我是混蛋?"我问,感觉有点意思。

"妈妈告诉我，如果一个人把你弄哭了，就把他扔了，不要留恋。她的母亲也这么劝过她，但她不听。然后她跟着我父亲被折磨了一辈子……但我父亲也不是一开始就让我妈妈哭的。你却在第一次约会的时候就让我哭……"

"我好羡慕你啊。"我说，"你有这么多顾问——狠狠地踢他们，不要犹豫；把他扔了，不要留恋。但没有人给我提建议。我什么都要靠自己摸索。"

赫拉把脸埋在膝盖里，开始哭泣。我爬到她身边，在她身旁坐下，因为疼痛而皱着眉说道："好了，放轻松。"

她摇了摇头，似乎把我的话从耳朵里倒了出来，把脸在膝盖里埋得更深了。

我这才发现整个事件的荒谬之处。她刚刚差点杀了我，然后顾影自怜，哀哀欲绝，结果我变成了她的好妈妈很久以前就警告过她的怪物。而且这一切听上去都那么令人信服，我甚至已经感到内疚了，毕竟，她说得很对，这可是我们的第一次约会。

以后会怎么样？

尝试了两次，我终于成功地站了起来。

"好吧。"我说，"那我走了。"

"你自己行吗？"她问我，并没有抬起眼睛。

"我试试。"

我以为，她会把车借给我，但她没有说话。

到门口的这段路漫长且难忘。我走的步子很小，途中还观察了一下刚刚没注意到的内部装潢,不过很是庸俗乏味:只有一些撒丁岛的微型壁画和苏联的党证被钉子固定在墙上。

走到门口之后,我转过身子。赫拉还坐在垫子上,用手抱着膝盖,把脸藏在里面。

"听着,"我说,"你知道……"

"什么?"她轻声问道。

"下次你要再给我来一下的时候……一定要提醒我吃一颗死亡糖果。"

她抬起头笑了,在她湿漉漉的脸颊上又出现了我熟悉的长长的酒窝。

"当然,亲爱的。"她说,"我保证。"

奥西里斯

我吃完早餐的时候，门铃响了——刚好十点钟，门铃和手表报时的哔哔声一起响了起来。我没想到会有人来。

门槛上站着赫拉穿着迷彩服的司机，表情看上去比上次更加阴沉了，身上散发着一股浓烈的薄荷糖的味道。

"给您的信。"他说着，递给了我一个黄色的信封，没贴邮票，也没写地址。赫拉以前就是用这样的信封给我寄了一张自己的照片。我直接在楼梯上撕开了信封。里面是一张写满了字的纸：

你好，罗摩。

我们的约会演变成那个样子，我很难过。我想打电话问问你是不是都恢复了，但又感觉你可能会觉得自己受到了冒犯，又或者你会以为我是在嘲笑你。所以我决定送你一件礼物。我认为，你应该也想要一辆我那样的车。我和恩利尔·马拉托维奇说过了。他给了我一辆新的，这一辆，连带着司机，现在就是你的了。他叫伊万，他可以同时兼任保镖。所以，我们下次见面的时候，你可以带上他……你还满意吗？有了自己的宝马，你就是个真正的大哥了。我希望这能让你稍微振作起来。要给我打电话啊。

么么。赫拉。

附言：我打听到了奥西里斯的住址——我问了密特拉。伊万知道在哪。如果你想去的话，就直接跟他说。

又附：巴布洛斯——就快到了。我知道确切消息。

我抬头看着伊万。

"赫拉现在的车是什么?"

"宾利。"伊万一开口,薄荷糖的味道就朝我扑了过来,"有什么指示吗?"

"我15分钟后下楼,"我说,"请您在车里等我。"

奥西里斯住在马雅可夫斯基图书馆附近的一栋革命前建造的大楼里。电梯坏了,所以我只好步行到六楼。楼梯间很暗——楼梯拐角平台处的窗户被厚纸板封起来了。

奥西里斯用的那种门我已经很久没有见过了。这就像是来自苏联时代的告别(当然,如果这不是新奇的复古设计的话):墙上装饰着不下十个门铃——都很旧了,覆盖着好几层油漆;门铃下面标注着几个如雷贯耳的姓氏,像是胜利的无产阶级:"诺索戈拉佐伊""库普利亚""谢多伊""萨拉马思特"等等。"诺索戈拉佐伊"这个姓氏是用复印铅笔①写的,不知道为什么,这一发现促使着我按下了对应的按钮。门后响起了一阵断断续续的铃声,我等了一两分钟,又按了"库普利亚"的门铃。但响起来的铃铛是同一个。于是,我开始一个接一个地按下按钮——它们都被连接到了同一个令人讨厌的罐头盒,叮当作响,但没有一个人出来回应。于是我开始用拳头砸门。

"来了。"走廊里响起来一个声音,然后门就开了。

门口站着一个干瘦的男人,面色苍白,留着马蹄形的胡子,

---

① 圆珠笔的前身,最初用来复印文件。

衬衣有点脏，没扎进裤腰里，上面罩着一件皮坎肩。第一眼看见他，我就觉得他身上有点特兰西瓦尼亚①的味道，虽然对于一个吸血鬼来说，他的样子似乎有点过于疲惫了。但我想起，奥西里斯是一个托尔斯泰主义者。也许这只是简化生活的结果。

"您好，奥西里斯。"我说，"是伊西塔·鲍里索夫娜让我来的。"

留着小胡子的人无精打采地朝手心打了个呵欠。

"我不是奥西里斯。我是他的助手。请进。"

我发现他脖子上有一小块正方形的橡皮膏，中间有一个棕色的斑点，就明白了一切。

奥西里斯的公寓看起来像是一套由几家一起合住的废弃大套间，有许多处抢修的痕迹——电池上的焊接痕，天花板上的腻子，沿着像马克思主义一样古老的踢脚板还放着一小捆没用过的电线。最大的一个房间开着门，看起来像是彻底翻新过的：地上铺着崭新的镶木地板，墙面刷成了白色。门上用红色的马克笔写着：

莫斯科红色繁忙之都

那个房间似乎真的是公寓里的精神和经济中心——从里面传出了浓烈的烟草味以及几个男性强有力的声音，而其他地方却都沉浸在陈腐的停滞之中。房间里的人们似乎是说摩尔达维

---

① 布拉姆·斯托克的小说《德古拉》中著名的吸血鬼德古拉居住的地方，已经成为了吸血鬼文化的圣地。

亚①语。

我走到门口。房间中央是一张大餐桌,桌子旁边坐着四个人,手里拿着扑克牌。地板上堆着一些箱子、背包和睡袋。几个牌迷的脖子上都贴着小块的橡皮膏,就像那个给我开门的摩尔达维亚人一样。四个人都穿着同款的灰色T恤,胸前印着白色的"BTO②"字样。

谈话声安静了下来——牌迷们都转过头来盯着我。我也沉默地看着他们。终于,块头最大的那个长得有点像公牛的男人说话了:"加班?三倍薪水,要么就滚。"

"滚。"我礼貌地回答。

小胡子用摩尔达维亚语说了句什么,然后这些牌迷就对我没了兴趣。然后小胡子小心翼翼地拉了拉我的胳膊肘。

"不是这里。我们还得再往前。走吧,我带您过去。"

我跟在他后面走过了长长的过道。

"房间里的是什么人?"

"客籍工人。"摩尔达维亚人回答道,"好像是这么说的。我也是客籍工人。"

我们在过道尽头停了下来。摩尔达维亚人敲了敲门。

"怎么了?"里面的人低声问道。

"有人找您。"

---

① 苏联加盟共和国,现称摩尔多瓦。
② "世界贸易组织"的俄语缩写。

"谁啊?"

"好像是你们的人。"摩尔达维亚人说,"穿黑衣服的人。"

"几个人?"

"一个。"摩尔达维亚人斜眼看着我回答道。

"那让他进来吧。然后告诉那些男孩把烟戒了。一小时后我们就开饭。"

"明白了,头儿。"

摩尔达维亚人对着门点点头,拖着脚步走了。为了以防万一,我又敲了敲门。

"门是开着的。"那个声音说道。

我打开了门。

里面光线暗淡——窗户被窗帘遮住了。但我已经学会通过一些不易察觉的特质来识别吸血鬼的住所了。

这个房间很像梵天的书房——里面也有一个高达天花板的斗橱,只不过要更朴素,也更廉价。在斗橱对面的墙上有一个很深的凹槽,是用来放床的(这好像就叫"凹室"——我知道这个词,但以前没有亲眼见过)。凹室前面是一张自制的茶几——一张桌腿被锯掉了一半的旧红木餐桌。茶几上摆着乱七八糟的各种杂物——一些碎布头、尺子、机械零件、被肢解的毛绒玩具、书、俄罗斯资本原始积累时期笨重的旧手机、电源、杯子等等。我觉得最有意思的是一个看上去很奇特的装置,它就像是一个精神病人发明的———一盏煤油灯,加上两面圆形的镜子,镜子固定在灯的两侧，使火光可以在两面镜子之间来回反射。

茶几旁边摆着一把黄色的皮圈椅。

我向凹室又走近了几步。里面有一张床，床上铺着一条用线绗过的床单。上面挂着一部斯大林时代的黑色胶木电话机，周围用铅笔记了一堆乱七八糟的笔记。旁边有一个铃铛的按钮——类似于我在楼梯间里看到的那些。

奥西里斯侧躺着，一只脚放在另一条腿的膝盖上，好像在练习瑜伽里的莲花坐。穿着一件旧的棉质长袍，戴着一副大眼镜。他的脑袋和脸就像一个秃顶的仙人掌：如果先把整个脑袋都刮得干干净净，然后再连续一周不刮胡子，让又粗又硬的毛发同时在脸上和头上自由生长，就可以长成他这个样子了。他的皮肤苍白而松弛——我突然想到，他大部分时间应该都是在黑暗中度过的。他冷漠地看了我几秒钟，然后他伸出手来，准备和我握手——他的手很柔软，有点凉，还有点苍白。为了握住它，我不得不低低地向前俯下身子，靠在那张堆满破烂儿的桌子上。

"罗摩。"我向他自我介绍道，"罗摩二世。"

"我听说过你。你现在取代了梵天？"

"大概可以这么说。"我回答道，"虽然我并不觉得我取代了谁？"

"请坐。"奥西里斯说着，冲圈椅点了点头。

在坐下去之前，我仔细地检查了一下椅子下面积满灰尘的镶木地板，还把椅子在地上挪动了一下。奥西里斯笑了，但什么也没说。

我一坐下，凹室的角就把奥西里斯的头挡上了——我现在只能看见他的腿了。看来，椅子是有意放在这个地方的。

"是伊西塔·鲍里索夫娜让我来的。"我告诉他。

"老太婆还好吗？"奥西里斯友善地问道。

"似乎还不错。不过喝酒喝得很凶。"

"是啊。"奥西里斯说，"她现在只剩下……"

"这是什么意思？"

"这与你无关。能告诉我你来这儿的理由吗？"

"在我被介绍给伊西塔·鲍里索夫娜的时候，"我说，"她注意到我常常思考一些抽象的问题。关于世界的起源。关于上帝。诸如此类。我当时的确在思考这些问题。总而言之，伊西塔·鲍里索夫娜让我来找您，因为您是神圣传说的守护者，您知道一切问题的答案……"

"我知道。"奥西里斯证实了伊西塔的话，"怎么不知道。"

"或许，您会给我读点什么吗？我是说，读点什么吸血鬼的经文典籍？"

奥西里斯从凹室里向外探身看了一眼（他往前倾的时候，脸就出现在我面前了）。

"读点什么？"他问，"我很乐意。但是吸血鬼没有什么经文典籍。我们的传说只以口头的形式存在。"

"那我就听不到了吗？"

"提个问题吧。"奥西里斯说。

我想了想,感觉自己有好多严肃的问题,但不知为何,现在连一个都想不出来。我能想到的,都显得愚蠢又幼稚。

"伊西塔是什么人?"我决定从这个问题开始。

"吸血鬼都相信,她是伟大的女神,在古代被放逐到了这个星球上。伊西塔——只是她的其中一个名字,她的另一个名字是——巨蝠。"

"她为什么被放逐?"

"伊西塔犯下了一项罪行,其性质和意义我们永远无法理解。"

"伊西塔·鲍里索夫娜?"我惊呆了,"犯罪?我和她交流的时候,我……"

"你当时不是在和巨蝠交流。"奥西里斯打断了我,"你是在和她定期更换的头交流。"

"可是有什么区别呢?"

"当然有区别。伊西塔有两个大脑,一个脊椎大脑和一个颅骨大脑。她的最高人格与她的脊椎脑相结合,但脊椎脑没有语言能力。因此,要与她的最高人格沟通就很困难。更准确地说,吸血鬼在吸食巴布洛斯时会与她交流。但这是一种非常特殊的交流方式……"

"好吧。"我说,"如果这么说的话,那为什么是我们的星球被选为她的流放地呢?"

"我们的星球不是被选中的。它一开始就是被当作监狱创造出来的。"

"这是什么意思？在地球上的某一个地方建造一座监狱，把伟大的女神囚禁在里面？"

"这座监狱没有确切的地址。"

"但实际上，按逻辑来讲，"我注意到，"监狱的地址就是伊西塔身体所在的地方。"

"你没明白。"奥西里斯答道，"伊西塔的身体也是监狱的一部分。监狱不在某个确切的地方，它无处不在。一旦你开始用放大镜研究自己囚室的墙壁，你就会陷入新的囚室。你可以从地板上捡起一粒灰尘，在显微镜下把它放大，就能看到另一间囚室，然后一次次地重复。这种恶的无限性①是根据万花筒的原理构建的。甚至这个星球上的幻想也是这样的，它的每一个元素都会进一步分裂成无数个幻想。你所做的梦也在时刻不停地变化。"

"整个世界就是这样的一个监狱？"

"是的。"奥西里斯说，"而且，这是个良心工程，连最微不足道的细枝末节都建造得相当认真。比如说，星星。古时候的人们相信，星星是环绕着大地的一个球面上的装饰品。实际上就是这样。它们的主要功能就是作为金色的光点挂在天上。但与此同时，人们乘坐火箭就可以飞往任意一颗光点，然后在经过几百万年的航行之后，会发现自己飞到了一个巨大的火球旁边。人们可

---

① 德国哲学家黑格尔提出的观念，指形而上学的无限性。

以降落在绕着这个火球旋转的一个星球上,从星球表面采集一小块矿物样本,然后分析它的化学成分。这些装饰品无穷无尽,而这种星际旅行也没有任何意义。只不过是绕着一个永远无法逃脱的牢房观光了一圈罢了。"

"等一下。"我说,"就算我们的星球是被当成一座监狱建成的,星星也不过是天上的金色光点。但毕竟,在我们的星球出现以前,宇宙和星星就已经存在很久了。不是吗?"

"你想象不到,这座监狱建得有多巧妙。这里充满了过去的痕迹。但所有这些痕迹——都不过是监狱的设计特色而已。"

"怎么会?"

"就是这样。在建造这个世界的时候,也建造了一个杜撰出来的,但又绝对可信的关于过去的全景。时间和空间的无限延伸都只是剧院里的舞台布景。顺便说一句,天文学家和物理学家已经明白了这一点。他们说,如果向天空发射一束光线,多年后它将从宇宙的另一边飞回来……宇宙是封闭的。你自己想想,连光都飞不出这个世界,它根本没有地方可去。还需要证明我们是在监狱里吗?"

"或许,光是不能逃脱这个世界。"我说,"但思想能,是吗?毕竟,是您自己说的,天文学家和物理学家已经能够找到空间和时间的边界了。"

"是啊。"奥西里斯答道,"已经能找到了……但没有一个天文学家或者物理学家明白这意味着什么,因为对于人类的思维来说，那些东西是不可见的，他们只是通过各种公式算出来的。这还是我说过的那种愚蠢的万花筒——只适用于理论和意义。Б型思维的副产品，在生产巴布洛斯时产生的油铂。"

奥西里斯把"油粕"一词说成了"油铂"。我也不确定我是否知道这个词的确切含义——我认为这是油料作物在榨完油之后留下的残渣，是一个农业术语。奥西里斯大概是从他的摩尔达维亚人那里学来的。

"请您稍等一下，"我说，"您是真的想说，人类对宇宙结构的认识——是油粕？"

奥西里斯从自己的凹室里探出头来，像看白痴一样看着我。

"我并没有很想说什么，"他答道，"但事实就是这样。你自己想，宇宙是从哪儿来的。"

"从哪儿来的——是什么意思？"

"以前人们头上的是带着金色光点的球面。它是怎么变成宇宙的？从哪儿开始的？"

我想了想。

"嗯……从人们开始研究天空，通过望远镜观察天空……"

"正是。那是为什么呢？"

我耸耸肩。

"让我来提醒你一下，"奥西里斯说，"天文学领域中的伟大发现——伽利略的、赫歇尔的，诸如此类——都是为了发财。伽利略想把望远镜卖给威尼斯的政府，赫歇尔则想从乔治国王那里骗些钱。这就是这些恒星和星系进入我们意识的原因。此外，请注意——巴布洛斯瞬间就消耗完了，但油粕却永远保留了下来。这就像发生在猛犸象猎人营地的情况一样：肉一下子就吃完了，但大量的肋骨和獠牙却成年累月地堆积起来，并开始被人们用来建造住所。正是因为这些肋骨和獠牙，我们今天才不会认为自己生活在世界海洋中的一个圆岛上——就像教会曾经教导我们的那样；而是悬挂在不断扩张的虚空之中，一些消息称，这个虚空已经开始收缩了。"

"那微观世界也是油粕？"我问。

"嗯，是的。但不要认为油粕是一种不值一提的东西。我只是在谈论这些现象的起源。也可以说，他们的演变。"

"让我们从头开始，按顺序来捋一捋。"我说，"我们的话题跳得太快了。您说，巨蝠被放逐到地球。她是从哪里被放逐过来的？是谁把她放逐过来的？"

"这就是最有意思的部分了。对伊西塔的惩罚，就是要她忘记自己的身份和来处。一开始，她甚至都不知道她是被放逐了——她还以为是自己创造了这个世界，只是忘记了自己是什么时候、以什么方式创造的。后来她对此产生了怀疑，然后创造了我们——吸血鬼。一开始我们是有身体的——我们的样子就像是巨大的蝙蝠，这你知道。后来，当气候开始发生灾难性变化时，我们进化成了语言，开始住进了更适应新环境的生物体中。"

"伊西塔为什么要创造吸血鬼？"

"吸血鬼最初是被选出来帮助巨蝠的生物。类似于她的投影。他们需要找到整个创造活动的意义,并向巨蝠解释她为什么要创造这个世界。但他们失败了。"

"啊,"我说,"我明白了。"

"于是吸血鬼决定要在这个世界上舒舒服服地安顿下来,并为此培育了人类种族,创造了Б型思维。已经有人向你解释过Б型思维的工作机制了吗?"

我摇了摇头。

"Б型思维由两面相互反射的镜子组成。第一面镜子是A型思维,它在所有生物体中都是一样的,反映的是世界。而第二面镜子则是一个词。"

"什么词?"

"任何一个词。任何时刻,在A型思维前面都只能有一个词,但这些词变化的速度极快。比航空机枪的发射速度还要快。从另一个角度来看,A型思维一直都是绝对静止的。"

"为什么在那里的一定是词汇?"我问,"比如说,我就几乎从来都不会用词汇来思考。我主要是利用图片、形象来思考的。"

"你的任何一张图片也都是由词汇构成的,就像房子是由砖构成的一样。只不过抹完墙灰之后,砖一般都看不见了。"

"那词汇是怎么变成镜子的?这面镜子里反映的是什么?"

"反映的是它所代表的东西。当你把一个词放在A型思维对面,这个词就会反映在思维里,而思维也会反映在这个词里,然后就会产生一条没有尽头的狭廊——Б型思维。在这条没有尽头的狭廊中出现的不止是整个世界,还有看见这个世界的那个人。换句话说,在Б型思维中发生的是类似于原子裂变的连续反应,只不过是在更深的层次上。绝对物质分裂成主体和客体,与此同时,巴布洛斯以M5的形式分离出来。实际上,我们吸血鬼吸的并不是血,而是绝对物质。但大部分吸血鬼理解不了这一点。"

"绝对物质的分裂,"我重复道,"这是一种隐喻吗?还是说,这是一种真实的反应?"

"这是一切反应之母。你自己想想。词汇只能作为思维的客体而存在。而每一个客体都需要一个主体来感知它们。它们只能成对地存在——客体的出现就会导致主体的出现,反之亦然。为了使一张一百美元的钞票出现,就需要有一个人来看到它。这就像电梯和它的配重一样。因此,当巴布洛斯在货币腺体的镜子中出现时,人们就不可避免地会产生一种正在生产巴布洛斯的幻觉。然后就可以自然而然地过渡到'战争与和平'了。"

"您能说得再简单一点吗?"我问,"这些镜子在哪?在意识里吗?"

"是的。但这个双镜系统并不是一直都在那里的,它是在人们每一次产生想法的时候,重新生成的。Б型思维是由词汇组成的,如果某一样东西不能用词汇来代表,那么,对于Б型思维来说,这样东西就不存在。所以,在人们所知道的一切东西的源头,总是存在着一个词。是词汇创造了物体,而不是物体创造了词汇。"

"那难道对于动物来说不存在任何物体吗?"

"当然不是。"奥西里斯答道,"一只猫不会想到自己要,比如说吧,把一块砖从它周围的一切东西里面特别地区分出来,除非是到了它被砖砸到的那一刻。即便是到了那一刻,这个东西也不会是砖,而只会是'喵!'你明白了吗?"

"大概吧。"

"很好。"奥西里斯说,"现在我们就可以解释,在Б型思维中产生了怎样不可预见的结果。这种思维其实是我们宇宙的反映。但这只是悲剧的一半。根据我们前面所形成的逻辑,我们所处的宇宙也变成了Б型思维的反映。于是,再没有一个人能够把这二者分离开来,因为它们现在成了一模一样的东西。不能说:这个是思维,而这个是宇宙。这一切都是由词汇构成的。"

"那Б型思维就是宇宙的模型?"

"任何两面彼此对立的镜子,都会创造出一个恶的无限性。这也就是我们的世界。迦勒底人会在腰带上佩戴两面镜子,就象征着这个机制。"

我有点怀疑地看向桌上的煤油灯和两面镜子。这看起来可一点都不像一个宇宙的模型。我突然想到,这个设备充其量可以被当成由自学成才的库利宾[①]于1883年在萨马拉设计的俄罗斯第一台激光器。但我马上又意识到,经过这样的公关宣传,这个设备

[①] 指伊凡·库利宾,俄国自学成才的机械师。

确实可以被当做是我所出生的那个苏联宇宙的模型。奥西里斯是对的。

"就和巨蝠一样，"奥西里斯继续说道，"人类也面临着这样的问题——他是谁？为什么被放逐到这里来？人们开始寻找生命的意义。而最值得注意的是，他们在寻找生命意义的过程中，并没有偏离他们被培育出来的主要功能。简单地说，人类并没有找到那种可以安抚巨蝠的意义。但他们却得出了上帝存在的结论。这一发现是Б型思维的另一个不可预见的结果。"

"有办法能感知到上帝吗？"

"思想和感觉都触及不到他。至少，人类不行。但有些吸血鬼坚信，我们在食用巴布洛斯的时候可以接近他。这就是为什么他们过去常说'巴布洛斯使我们成为神'。"

他看了看表。

"但俗话说得好，百闻不如一见。"

巴布洛斯

山水詩話

我人生中接下来的三天都悄无声息地在哈姆雷特里消逝了——在单调乏味的黑暗中消失得无影无踪，正如德古拉伯爵所观察到的那样。到了第四天的早上，恩利尔·马拉托维奇打来了电话。

"好吧，罗摩。"他说，"恭喜你。"

"怎么了？"

"今天要举办红色仪式。你可以尝尝巴布洛斯了。这可是你人生中的大日子。"

我沉默了。

"本来应该是密特拉去接你，"恩利尔·马拉托维奇继续说道，"但找不到他人了。我是想自己去接你的，但太忙了。你可以自己去巴力①的乡间别墅吗？"

"去哪儿？"

"去巴力·彼德罗维奇那儿。他是我的邻居。你的司机知道路。"

"应该可以吧。"我答道，"如果司机知道的话。那我应该什么时候到？"

"不用急着过来。你不来不会开始的。赫拉也会去那儿。"

"着装呢？"

"随你。不过什么都别吃。巴布洛斯要空腹食用。就这样，隔着电话跟你握手。"

---

① 古代闪族司农业和丰收之神、水神及战神。

二十分钟之后,我坐上了车。

"巴力·彼德罗维奇?"伊万问,"我知道。'索斯诺夫卡38号'。着急吗?"

"是的。"我回答,"有非常重要的事。"

我非常紧张,甚至开始精神恍惚了。我觉得我们正行驶在上面的公路就像一条河流,要把我带向深渊。脑袋里一片混乱。我不知道我更希望发生什么:尽快赶到巴力·彼德罗维奇的住处,还是直接去多莫杰多沃机场,买张机票,然后飞到随便哪个不需要签证的国家。其实我没有办法飞走,因为我身上没有带任何证件。

路上车很少,我们很快就到了目的地,这在莫斯科是很罕见的。在装满摄像头的栅栏中间开了一扇门,看起来像是通行检查站的哨所,我们开过去之后,伊万把车停在了房子旁边的一个空停车场上。

巴力·彼德罗维奇的房子看上去像是一种介于列宁图书馆的雏形和未完工的国会办公厅之间的东西。建筑本身没有那么大,但宽阔的台阶和一排排深黄色的方石柱给房子增添了一种雄伟壮丽的风采。这是一个非常适合举办成年仪式的地方。也很适合进行一些不祥的魔法仪式。

"那是她新得的。"伊万说。

"什么'她新得的'?"

"赫拉·弗拉基米罗夫娜新得的车。那辆宾利。"

我环顾四周,但什么也没看到。

"在哪?"

"在那边,在那棵树下面。"

伊万指着停车场边上的灌木丛,我注意到那边有一辆绿色的大轿车,有点像一个资产阶级的抽屉柜,骄傲地回应着时代的挑战。抽屉柜停在草地上,离铺着沥青的停车场很远,还有一半被灌木丛遮住了,所以我才没有立刻看到它。

"按个喇叭?"伊万问道。

"不用。"我答道,"我过去看看。"

车子的后门半开着,我看到里面有些动静,然后又听到了笑声。我觉得这应该是赫拉在笑。我加快了速度,就在这个时候,身后响起了汽车鸣笛的声音。伊万终究还是按了喇叭。

车厢里出现了赫拉的脑袋,旁边还闪动着另一个脑袋,那是一个男人的脑袋,但我没认出来具体是谁。

"赫拉。"我喊道,"你好!"

但车门非但没有完全打开,反而突然砰的一声关上了。难以理解的事情发生了。我愣在了原地,看着风吹动那系在门把手上的圣乔治丝带。我不知道是该继续前进,还是该退回去。正要转身往回走的时候,门打开了,密特拉从车里走了出来。

他衣着不整(头发散乱,黄色的领结滑了下来),而且极其不友好——这种表情我以前从未在他脸上见过,我感觉他好像要揍我。

"你是间谍吗?"他问。

"不。"我说,"我只是……看见这辆车。"

"我认为如果一辆车停在这样的地方,那傻瓜也知道,不该靠近它。"

"傻瓜可能知道,"我回答道,"但我毕竟不是傻瓜。而且,这不是你的车。"

赫拉从车上下来。她冲我点点头,抱歉地笑了笑,耸了耸肩。

"罗摩,"密特拉说,"如果你正在遭受,嗯……怎么说呢,孤独的折磨……那就让我把梵天留下的制剂送给你吧,够你用一年了。你去解决自己的问题,别来折磨你身边的人。"

赫拉拽了拽他的袖子。

"别说了。"她说。

我意识到密特拉是在故意侮辱我,不知为何,这让我十分震惊——我不仅没有生气,反倒有些不知所措。我看起来一定很傻。身后又响起了汽车鸣笛声,把我从窘境中搭救了出来——是伊万又按了一下喇叭。

"头儿,"他喊道,"有人找你!"

我转过身,走回停车场。

在我的车旁站着一个我不认识的黑衣男子,矮矮壮壮的,留着一副上翘的八字胡,像个上了年纪的火枪手。

"巴力·彼德罗维奇。"他向我伸出手,自我介绍道,"但你们不应该有两个人吗？赫拉在哪里？"

"她马上过来。"

"你怎么脸色这么苍白？"巴力·彼德罗维奇问，"是害怕吗？"

"不是。"

"别怕，红色仪式已经有很多年都没发生过意外了。我们有最好的设备……啊哈，您就是赫拉吧？很高兴见到您。"

赫拉是一个人过来的——密特拉留在车子旁边了。

"好吧，朋友们。"巴力·彼德罗维奇说，"请跟我来。"

他转过身，走向自己的国会办公厅。我们紧随其后。赫拉有意地避免朝我的方向看。

"发生了什么？"我问。

"没什么。"她说，"看在上帝的分上，我们先别提这件事，好吗？没必要毁掉这一天。"

"你不想看见我？"

"我很喜欢你。"她说，"如果你想知道的话，比起密特拉，我对你的喜欢要多得多。我说的是实话。但你别跟他说，好吗？"

"好吧。"我同意了，"那你说，你也踢他了吗？还是说这是我的特殊待遇——因为你很喜欢我？"

"我不想讨论这个话题。"

"如果你真的喜欢我，为什么要花时间跟密特拉在一起？"

"我现在所处的人生阶段需要他在我身边。你不理解，或者理解错了。"

"那我呢？你会走到下一个阶段吗？需要我在你身边的阶段。"

"可能吧。"

"这就像一部肥皂剧。"我说，"说实话，我真不敢相信，你会对我说这些。"

"你以后会明白的。今天就到此为止吧。"

从里面看，巴力·彼德罗维奇的住所和它北欧极权主义的外观一点都不搭。前厅采用的是早期寡头折中主义风格——在德国音乐盒和艾瓦佐夫斯基①的海景画之间夹着一个捧剑骑士，和那种行窃的会计的别墅装潢如出一辙，唯一的区别是骑士盔甲和艾瓦佐夫斯基的海景画都是真的。

我们穿过走廊，在两扇高高的房门前停了下来。巴力·彼德罗维奇转向我和赫拉。

"在我们进去之前，"他说，"我们需要再深入了解一下彼此。"

他朝我走近了一步，把脸靠了过来，点了点下巴，似乎打了个盹儿。我从口袋里拿出一块手帕，想要擦擦脖子。但他咬得非常专业——手帕上没有留下任何痕迹。

巴力·彼德罗维奇半合上眼睛，舔了舔嘴唇。维持着这样的

---

① 伊凡·康斯坦丁诺维奇·艾瓦佐夫斯基，亚美尼亚裔俄国画家，他的海景画十分出名。

姿势过了大约有一分钟。我很尴尬，我很想咬他一口，好搞清楚他看了这么久都在看些什么。他终于睁开了眼睛，嘲弄地看着我。

"你想加入托尔斯泰主义者？"

"您说什么？"

"奥西里斯。你打算加入他的教派？"

"暂时还不打算。"我庄重地回答，"只是，呃……扩大我的朋友圈子。但您不要告诉恩利尔·马拉托维奇。为什么要让老人家伤心呢。"

"我不会说的，别担心。没关系的，罗摩。我们会给你提供巴布洛斯，你也不必去找什么宗派主义者。"

我耸耸肩。巴力·彼德罗维奇走向赫拉，俯身在她耳边点了点头，好像在回答她低声提出的问题。我以前从没见过一个吸血鬼在这么短的时间内连咬两个人——但巴力·彼德罗维奇显然是个经验丰富的专家。他吧嗒了几下嘴唇，说："很高兴见到你这样目标坚定的人。"

他在赫拉面前表现得格外彬彬有礼，而且探查她的时间也更短。

"不知道为什么，最近我认识的所有人都做了同样的事。"赫拉喃喃自语道。

"不是针对你个人的。"巴力·彼德罗维奇回答道，"我们咬你是具有服务性质的。我需要知道该如何正确地指导你，这就要求我必须准确了解你们的内心世界,我的朋友们。那么,请进……"

他猛地推开门。

门后原来是一个灯光明亮的圆形大厅。主色调是金色和天蓝色。墙壁被刷成了天蓝色,壁柱、天花板上的花纹和墙上的画框则都闪烁着金色。这些画作本身没什么意思,凭借着自己那令人放松的单调构图足以媲美印花墙纸——浪漫的废墟、骑马打猎的贵族、殷勤的林中幽会。天顶画描绘的是一片蓝天白云,中间是一个隆起的大太阳,配合着几盏隐秘的灯,闪着金光。太阳有一双眼睛、一张微笑的嘴巴和一对耳朵;看起来有点像潜伏在天花板上的赫鲁晓夫,他满足的圆脸倒映在镶木地板上。

我被眼前壮丽的景象迷住了,在门口迟迟没有迈步。赫拉也停下了来。

"请进。"巴力·彼德罗维奇重复道,"我们没那么多时间。"

我们走进大厅,里面没有其他的家具,只有五把硕大的扶手椅,椅子围绕着墙上的壁炉,呈半圆形摆放在地上,看样子有点高科技星球大战的风格,配有伺服驱动器、支架、开放式头盔和许多复杂的铰链。旁边是一个平面控制台,由一根钢腿支在地面上。壁炉里正烧着火,我觉得很奇怪,因为同时还开着空调。在火堆旁,还有两个戴着金面具的迦勒底人正在忙活。

"真有趣。"我说,"您这里和恩利尔·马拉托维奇那简直一模一样。他也有一个圆形的大厅,也有一个墙上的壁炉,也有扶手椅。当然，他那儿的装修更简单一点。"

"没什么好惊讶的。"巴力·彼德罗维奇答道，"服务于同一种功能的所有房间都有相似之处。这就好比所有的小提琴都是一个形状。请坐。"

他打了个手势，示意迦勒底人离开。其中一人临走之前还把纸袋里面的煤炭倒进了壁炉，为此耽搁了点时间。我看了一眼，发现袋子上标的是"烧烤用炭"。

"在红色仪式期间，"巴力·彼德罗维奇解释道，"按照惯例，要焚烧纸币。这并没有什么实际意义，只是一项反映在民间文学中的传统习俗。我们并不缺钱，但还是更愿意烧掉从国家铸币局获得的旧钞——这是出于对人类劳动的尊重……"

他看了看表。

"现在我必须要去换衣服了。请二位暂时不要碰任何东西。"

巴力·彼德罗维奇带着鼓励的笑容温暖地看了看我们，就跟着迦勒底人走出了房间。

"好奇怪的椅子。"赫拉说，"跟牙科诊所的一样。"

在我看来，它们更像是拍摄太空冒险电影的舞台布景。

"对啊，很奇怪。"我同意了她的话，"尤其是这个护胸板。"

每把椅子上都配备了一个装置，像是在星际科幻电影里才会出现的东西——在着陆和起飞时，它会降到宇航员的胸前，把他们固定在位置上。

"这大概是为了防止我们在抽搐时摔到地上。"我提出了自己的猜想。

"可能吧。"赫拉认同了我的观点。

"你不害怕吗?"

她摇了摇头。

"密特拉说,这是一种非常愉悦的体验。一开始会有点疼,但接下来……"

"你能别再跟我提密特拉了吗?"

"好吧。"赫拉答道,"那我们就别说话了。"

在巴力·彼德罗维奇回来之前,我们再也没有说一句话——我怀着过分强烈的兴趣研究着墙上的画,而她则坐在椅子边上,看着地板。

巴力·彼德罗维奇再次走进大厅的时候,我都没有认出他。他换上了一件用深红色丝绸做成的长袍,手里拎着一个流动收款员的运钞袋。我记得我在哪里看到过类似的长袍。

"巴力·彼德罗维奇,您去过恩利尔·马拉托维奇的书房吗?"

巴力·彼德罗维奇走到壁炉旁边,把那个大袋子放到了炉栅旁边的地板上。

"不止一次。"他答道。

"那里的墙上有一幅画。"我继续说道,"画上有一些奇怪的人,他们戴着高筒帽,围坐在火堆旁,被绑在椅子上,嘴里还有塞口物①。旁边站着一个穿红袍的人,就和您现在一样。那就是红色仪式吗?"

"是的。"巴力·彼德罗维奇说,"更准确地说,那就是200年前的红色仪式。当时的红色仪式伴随着重大的健康风险,但现在已经是绝对安全的了。"

"那他们是怎么吞下巴布洛斯的?我是说,画上的人。他们嘴里有塞口物啊。"

"那不是塞口物。"巴力·彼德罗维奇走到控制台前答道,"那是一种特殊的装置,上面附有一个由鱼泡制成的胶囊,胶囊里装着巴布洛斯。与此同时,还能保护舌头和嘴唇免受伤害。我们现在所使用的技术完全不同。"

他在控制台上按了一个按钮,护胸板就嗡嗡地从椅子上升了起来。

"你们可以坐下了。"

我在最靠边的椅子上坐了下来。赫拉则坐在和我隔了两张椅子的地方。

"开始吧。"我说,"我们准备好了。"

巴力·彼德罗维奇不以为然地看着我。

"我不喜欢你这种轻浮的态度。如果你连等会儿要发生什么都不知道,那你怎么能确定你们准备好了没有?"

我耸耸肩。

---

① 塞在人或动物口中以防喊叫或咬人的小木块或布片。

"那请您讲解一下吧。"

"请你们仔细听好了。"巴力·彼德罗维奇说,"因为我知道你们脑子里都塞着什么乱七八糟的东西,所以我想立刻就跟你们说清楚,你们马上要经历的事会出乎你们的意料。这不是你们能预想到的。为了正确理解将要发生的事,就要从一开始就认清一个可能会伤害你们自尊的事实——不是我们在吸食巴布洛斯,而是语言在吸食巴布洛斯。"

"难道我们不是一个整体吗?"赫拉问。

"在一定的界限以内。重点就在于此。"

"但我们还是会有感觉的,对吗?"

"噢,是的。"巴力·彼德罗维奇答道,"而且感觉很丰富。但这和语言所经历的完全不同。"

"那语言会经历什么呢?"我问。

"我不知道。"巴力·彼德罗维奇回答说,"没有人知道这个答案。"

我没想到他会这么说。

"怎么会这样?"我茫然地问道。

巴力·彼德罗维奇突然大笑起来。

"你还记得你自己书房里挂的那幅画吗?"他问我,"斗橱那里,拿破仑骑着马的那张?"

"老实说,"我答道,"我一直非常讨厌被比作一匹马。"

"最后一次了,我发誓。你觉得,马会知道拿破仑在想什么吗?"

"我想,它不会知道。"

"我也这么想。但当拿破仑带领着自己的军队,驰骋在战场上时,他和马看上去就像是一个整体。在某种程度上,他们确实是……而当拿破仑用手抚摸他忠实的骏马,拍打它的脖子时……"

"您不用再继续说了。"我说,"我不明白究竟为什么要给一匹马解释这些。拿破仑肯定不会这么做的。"

"罗摩,我理解你的感受。"巴力·彼德罗维奇回答,"但生活要简单得多,不像我们通常情况下所想象的那样。在生活中有两条路。如果一个人是幸运的,极其地幸运——就像你和赫拉一样——那他就可以成为驮着拿破仑的马。要不然他就只能成为一匹普通的马,终其一生驮着不知道属于谁的垃圾。"

"别再聊养马的事了。"赫拉说,"让我们谈谈正事吧。"

"我很乐意。"巴力·彼德罗维奇说,"总之,红色仪式由两个部分组成。一开始是语言吸食巴布洛斯。这是吸血鬼世界里至高无上的圣礼。然而,就像我刚刚说过的那样,这件事情跟我们没有关系,我们对其本质了解甚少。在这段时间里,你们的感受会差别很大,而且会相当不愉快,甚至会非常痛苦。你们必须要忍耐。明白吗?"

我点点头。

"然后痛苦消失,第二个部分就开始了。"巴力·彼德罗维奇继续说道,"生理上,情况是这样的:在吸收了足够的巴布洛斯后,语言会直接向吸血鬼的大脑释放一定量的多巴胺,这是一种最强的神经递质,用来补偿与第一部分相关的各种不愉快的体验。"

"它们为什么一定要补偿我们?"我问,"要知道,痛苦已经消失了。"

"是的。"巴力·彼德罗维奇说,"但令人不愉快的记忆依然存在。而语言分泌的神经递质强烈到足以改变记忆的内容。准确地说,不是内容本身,而是与之相关的情感平衡[①]。因此,吸血鬼对红色仪式的最终印象是非常积极的,以至于许多吸血鬼会在心理上依赖巴布洛斯,我们把这个现象称为口渴。当然,这是一种自相矛盾的感受,因为摄入巴布洛斯这个过程本身是相当痛苦的。"

"神经递质是什么?"我问。

"在我们的情况里,它是一种媒介,叫做多巴恩,可以在大脑中激起一系列电化学过程,就主观感受来讲,类似于幸福。对于普通人来说,要想激发类似的过程就需要多巴胺的参与。多巴胺的化学名称为3,4-二羟苯乙胺。如果仔细观察多巴胺和多巴恩的分子式,就会发现这是两种非常相似的物质——它们分子式的右侧都是二氧化氮,只不过碳和氢脚下的数字不同。从化学角度看,多巴恩这个名称是不准确的,这其实是一个六十年代的笑

[①] 积极情绪与消极情绪之间的平衡状态。

话：是从英文'dope amen'延伸出来的，即'麻醉剂'和'阿门'。而写法几乎和'多巴胺'一样。吸血鬼当时正在集中研究自己的脑化学，但后来这项工作被暂停了，不过这个名字却留了下来。"

"为什么会被暂停？"

"巨蝠害怕吸血鬼会掌握独立合成巴布洛斯的方法。那么，古老的秩序就会被打破。如果你感兴趣的话，可以再深入研究。要记一下多巴恩的分子式吗？"

我摇了摇头表示拒绝。

"在作用机制上，多巴恩与多巴胺也非常相似。"巴力·彼德罗维奇继续说，"但在效力上远远优于多巴胺。它被语言直接注入大脑，并迅速创建自己的神经回路，区别于人类产生快感的常规回路。因此，可以相当科学地说，在食用巴布洛斯后的几分钟内，吸血鬼会体验到超人的幸福。"

"超人的幸福。"我沉浸在幻想中，喃喃地重复道。

"但不是你想象的那样。"巴力·彼德罗维奇说，"最好不要抱有任何期待。这样你就不会失望了……好吧，应该已经解释清楚了。现在可以开始了。"

我和赫拉互相看了一眼。

"抬起双腿，张开双臂。"巴力·彼德罗维奇命令道。

我认真地摆出他要求的姿势，把腿放在从椅子下面滑出来的支架上。椅子非常舒服——坐在里面几乎感觉不到自己的身体。

巴力·彼德罗维奇按下一个按钮,护胸板就降了下来,轻轻地压在我胸前。然后巴力·彼德罗维奇又用固定器把我的四肢扣到了椅子上,他用的固定器看上去像是用厚塑料做成的镣铐。随后他为赫拉重复了这一过程。

"抬起下巴……"

我完成指令之后,他把一个类似于摩托车头盔的东西拽到了我的后脑勺上。现在我只剩下手指头能动了。

"在仪式期间,你们可能会觉得自己的身体在太空中飘移。这只是幻觉,你们实际上一直都在同一个地方。记住这一点,什么都不要怕。"

"那您为什么要把我绑起来?"我问。

"因为,"巴力·彼德罗维奇回答,"这种幻觉非常强大,身体会做出不受控制的动作,来代偿想象中的太空飘移。这可能会导致你们受到重伤。这种情况以前经常发生……好了,一切就绪。你们还有什么问题吗?"

"没有了。"

"请你们记住,一旦程序开始,就没有回头路了,只能挨到最后。所以不要试图拆除固定器或离开座位。反正也跑不了。明白了吗?"

"明白。"赫拉应声答道。

巴力·彼德罗维奇又仔细地打量了一遍我和赫拉——显然,他很满意。

"怎么样，继续吧？"

"进入黑暗，一路向后，向下！"我答道。

"祝你们好运。"

巴力·彼德罗维奇绕到了椅子后面，走出了我的视线。我听到一阵安静的嗡嗡声。从头盔右侧伸出了一个透明的小管子，正好停在我嘴巴上方。同时，两根柔软的橡胶小棒压在我两侧的脸颊上，于是我就张开了嘴，就在这时，一滴鲜艳的马林果色的液体从管子的边缘掉了下来，滴进了我的嘴里。

它精准地落在了我的舌头上，我条件反射地把它压在上腭。这种液体十分黏稠，味道甜得很浓烈——就像有人把糖浆和苹果醋混在了一起。我感觉液体瞬间就被吸收了，好像上腭那里有一张小嘴，把它吸了进去。

我感到头晕目眩。这种眩晕感在几秒钟内持续增强，停下来的时候我已经完全丧失了空间感——我甚至感觉很开心，因为我的身体被绑得很结实，不会掉下去。然后，椅子就升了起来。

这感觉非常奇怪。我还能看到周围的一切——赫拉、壁炉、墙壁、天花板上的太阳、穿着暗红色长袍的巴力·彼德罗维奇。而与此同时，我明确地感受到椅子正在带着我的身体往上升。而且上升的速度之快，甚至让我感受到了宇航员在火箭升空时感受到的那种过载。

过载变得越来越强，我已经呼吸困难了。我害怕就这么窒息而死，所以试图告诉巴力·彼德罗维奇。但我的嘴巴已经不听使唤了,只能挣扎着动动手指。

呼吸渐渐变得容易了。我感觉上升速度正在减慢——我似乎正在接近一个不可见的顶峰,我知道自己就要翻过去了,这时……

我的身体掉进了一种愉悦而可怕的失重状态,而我只能把手指握成一个拳头。我感觉有一阵凉丝丝的痒意打在我心窝上,然后又以一种骇人的速度向下冲去。现实中,我依然坐在那把一动不动的椅子上。

"闭上眼睛。"巴力·彼德罗维奇说道。

我看了一眼赫拉。她的眼睛是闭着的,于是我也闭上了眼睛。我当即就害怕了,因为那种飞驰感吞没了一切,占据了我的整个身心,变成了绝对真实的感受。我也看不到那个静止的房间了,这样就没有办法靠它来不断地说服我自己相信正在发生的一切只是前庭的幻觉了。我试图睁开眼睛,但却发现自己做不到。我似乎因为恐惧而开始呜咽了——我听到了巴力·彼德罗维奇轻轻的笑声。

现在,我又开始幻视了,所以飞行的幻觉就变得很完整了:我正在飞越一片蒙着乌云的夜空,周围很黑,但在这黑暗中,还有更加黑暗、更加稠密的云团,就像一团团凝结的蒸汽,而我正以极快的速度在其中穿梭。似乎在我周围形成了某种空间褶皱,在承受着空气表面的摩擦。我脑子里有个东西,时不时地会收缩一下,然后飞行的方向也就改变了,这让我感觉难受极了。

很快，我就能在云层中分辨出一些发光的点线了。起初，它们没有光泽，很暗淡，难以辨认，但渐渐地，它们就变亮了。我知道这些光与人类有着某种关联——要么是人类的灵魂，要么是他们的思想，要么是谁的梦境，要么是某种介于它们之间的东西……

末了，我总算明白那是什么了。

这就是被恩利尔·马拉托维奇称为Б型思维的那一部分人类意识。它看起来像一个球，闪烁着柔和的珍珠般的光芒——恩利尔·马拉托维奇曾把它叫做"北极光"。这些球被串在无形的线上，形成长长的花带。这些花带——有无数条——盘旋而下，变成了一个小小的黑点。那里就是伊西塔所在的地方——我没看见她，但我清楚地知道她就在那里，就像在炎热的日子里，不用抬头也知道，太阳就在我头上。

突然，我的身体做出了一个剧烈而痛苦的动作（我感觉我所有的骨头都在向侧面挤压），我发现自己不知不觉中走到了其中一条线上。然后我沿着它飞跑起来，一个接一个地戳破了那些精神泡泡。

据我判断，这没有给它们造成任何影响——也不可能造成任何影响，因为它们都不是真实存在的。语言的目标不是这些泡泡本身，而是在泡泡中酝酿成熟的鲜红色水珠，这些水珠里则是人类的希望和思想。语言一滴接着一滴，贪婪地吸收着这些水珠，并充满了一种汹涌澎湃的电流一般的快感，这让我越来越害怕了。

　　我感觉自己就像一个影子，飞过成千上万的梦境，并以它们为食。别人的灵魂对我而言就是一本打开的书——我了解他们的一切。我的食物正是那些清醒的梦，人类每天都会在不知不觉中陷入这些梦境很多次——当他的视线划过亮面杂志的时候，当他瞥了一眼屏幕的时候，当他看到别人的脸的时候。鲜红的希望之花可以在任何人的灵魂中绽放。虽然这种希望本身通常都没有什么意义，就像肉鸡临死前的喔喔声一样，但这朵花是真实的，看不见的收割者骑着我这匹累得满身大汗的马，用自己的镰刀把花收割下来。人类身上颤动着一股红色的螺旋形能量，在他们认定的真实和幻想之间辉光放电①。两极是虚假的，但它们之间的火花是真实的。语言吞下了这些火花，而与此同时，我可怜的头骨则开始肿胀、撕裂。

　　对我来说，参与这场冲刺变得越来越困难了。我对所发生的事情的感知速度快到无法忍受。不知怎的，我居然能够看清每一个人掠过去的思想，要承受这样的速度身体上非常痛苦。只有一种方法可以分散我的注意力——故意去研究那些变化缓慢的人类思想，那些由沉重而可靠的人类词语所构成的思想。这种方法让疯狂旋转的砂纸离我的大脑稍稍远了一点。

　　有些地方睡的是孩子，我想，他们做的梦看似很幼稚，但实

---

　　① 是一种低气压放电现象，辉光放电时，在放电管两极电场的作用下，电子和正离子分别向阳极、阴极运动，并堆积在两极附近形成空间电荷区。

际上也已经像成年人一样，开始生产巴布洛斯了……所有人都是从婴儿时期就开始工作了……在我身上也是一样的，不是吗？我记得……我记得这滴鲜红色的希望水珠是怎么成熟的……似乎我们马上就要领悟到什么东西了，然后补充加工，认真思考，得出结论，这个时候就会展开另一种生活，正确的、真正的生活。但这从来都没有发生过，因为红色的水珠总是会消失，然后我们又要重新开始积累，再后来它又会消失，于是就这样持续了一辈子，直到我们累了，只能躺在床上，面朝墙壁，然后死去……

现在我知道它消失去哪里了。我下坠着穿越别人生命的速度越来越快，而我的骑手则熟练地收集起最后几滴思想的果实，把它们吞下肚中，来满足我无法理解的饥饿。我看到很多人几乎已经理解了正在发生的事——他们猜出了一切，但没来得及细细思考。一切都被巨蝠的叫声扰乱了，人们只模模糊糊地记得，他们的脑海中浮出了一个非常重要的想法，但这个想法立刻就惨遭遗忘，现在已经再也找不回来了……

我们正在接近这段旅程的终点——看不见的巨大的伊西塔。我知道，在撞上去的那一刻一切都会结束。在旅程的最后一秒，我想起当我还是个孩子的时候，我就知道这一切。我看见过吸血鬼，他们在我的梦里穿梭，我知道他们正在夺去我生命中最重要的东西。但人在清醒的时候，是不被允许记住这一切的——所以，醒来后，我把恐惧归咎于一把挂在我床上方的扇子，它就像一只大蝙蝠……

然后就迎来了撞击。我知道语言把所有丰收的成果都交给了伊西塔，然后发生了一些我根本无法用言语来表达的事情。不过，这与我无关，只与语言有关。我失去了知觉。

我的头脑平静了下来，就像没有一丝微风拂过的湖面：什么都没有发生。很难说究竟过了多长时间。然后，有一滴水落在了这虚空的湖面上。

我不知道这滴水是在什么东西表面碎裂的。但在一瞬间，那个永恒的无形背景突然动了起来，而其他的一切正是在这个背景之上发生的。就好像你正在看着天空和树枝，然后突然有一道涟漪掠过它们，你这才明白，你所看到的不是真实的世界，而是它在水中的倒影。我以前并不知道这个背景是什么。当我看到它的时候，终于明白我以前的理解都是错的，立刻变得轻松愉快起来。

我以前以为，生命是由一系列发生在我和其他人身上的事件构成的。这些事件往往有好有坏，不知什么原因，坏事要多得多。所有这些事件都发生在巨大的地球表面上，我们被重力束缚在地球上，而地球本身却朝着宇宙空间中的某个地方飞去。

现在我明白了，我、所有的事件，乃至宇宙中的一切——伊西塔、吸血鬼、人类、固定在墙上的扇子、束缚在地球上的吉普车、彗星、小行星、恒星以及它们飞过的宇宙空间——只不过是在这个无形的背景上传播的一种波，和不久前跌落的水滴在我的意识中激起的波是一样的。世界上的一切都由同一种物质构成。

而这种物质就是我自己。

多年来在我的灵魂中堆积的恐惧立即在我刚刚明白的东西之中消解了。这世界上没有任何东西威胁过我，我也没有威胁过任何人、任何事物。没有任何坏事会发生在我或其他人身上。这个世界本来就是这个样子，这些事都是不可能发生的。而了解这一点，就是我们有可能获得的最大的幸福。我很清楚这一点，因为幸福充斥着我的整个灵魂，我以前所经历的一切都无法与之相比。

但为什么我以前从没有看见过，我惊讶地问我自己。并且立刻就明白了原因。我们只能看见具有某种形状、颜色、体积或大小的东西。但这种物质没有形状、颜色、体积或大小。所有事物都是以这种物质的漩涡和波浪的形式存在的——但我们甚至不能说它本身是一种真实存在的东西，因为没有办法让感官相信这一点。

除了这滴不知道从哪里掉下来的水珠。它把我从想象的世界里拉出来了一秒钟（我现在很清楚，这个世界是想象出来的，尽管我周围的人都相信它是真的）。我暗自欣喜地想道，现在我生命中的一切都发生了变化，我永远不会忘记我刚刚所悟到的东西。

然后我就意识到，我已经忘记了。

一切都已经结束了。密不透光的、令人绝望的生活又围了上来——连带着壁炉、扶手椅、天花板上微笑的金太阳、墙上的画和穿着暗红色长袍的巴力·彼德罗维奇。我刚刚悟到的一切都不能帮助我，因为我理解到它的那一刻已经停留在过去了。现在我身处当下。当下的一切都是真实而具体的。研究这世上的荆棘和铁蒺藜都是由什么物质构成的，是没有任何意义的。有意义的只是它们能刺入身体的深度。而随着时间的流逝，它们往身体里刺得也越来越深——直到世界再次变成原来的样子。

"怎么样？"巴力·彼德罗维奇出现在我的视野中，他问道，"感觉如何？"

我想回答说一切正常，但说出口却变成了："能再来一次吗？"

"是啊，"赫拉说，"我也想再来一次。可以吗？"

巴力·彼德罗维奇笑了。

"你们看。你们已经知道什么是口渴了。"

"那可不可以呢？"赫拉又问道。

"不可以。等下次吧。"

"下一次也会这样吗？"我问。

巴力·彼德罗维奇点点头。

"每次都会像第一次一样。整个体验都会一样的新鲜，一样的生动，而且同样难以捉摸。你会被吸引着一次又一次地体验这种感觉。而仪式第一部分的不适，根本无关紧要。"

"我们自己可以体验到同样的感受吗？"赫拉问道，"没有巴布洛斯的话？"

"这是个复杂的问题。"巴力·彼德罗维奇答道,"说实话,我不知道。比如说,托尔斯泰主义者相信,如果你的生活足够简单的话,这是有可能的。但据我所知,他们中没有一个人成功过。"

"那奥西里斯呢?"我问。

"奥西里斯?"巴力·彼德罗维奇笑了,"关于他的流言层出不穷。有人说,他在六十年代静脉注射了巴布洛斯。管道运输,当时都这么说。我无法想象这对他的头部造成了什么样的影响。大家现在都不敢咬他了。没有人知道他在想什么,也没有人知道他是个什么样的托尔斯泰主义者。简单地说,奥西里斯是个隐士。但是,有一种观点认为,圣徒能产生类似的感受。还有人说,在瑜伽修行的最高阶段也会有这种体验。"

"这是什么阶段?"赫拉问。

"我也没法告诉你。没有哪个吸血鬼能咬到那种境界的瑜伽大师。更不用说圣徒了,已经很久没有过圣徒了。为了简单起见,最好这样想:吸血鬼解渴的唯一自然的方法就是吸食巴布洛斯。口渴和巴布洛斯——这是保障巨蝠生存的生物机制。就像性快感确保物种延续一样。"

他戳了戳控制台,然后我就听到一阵细微的电流嗡嗡声。护胸板升了起来,我的胳膊和腿上的固定器也噼噼啪啪地打开了。

我站起来,头还有点晕,以防万一,我抓住了椅背。

壁炉旁边胡乱扔着一个运钞袋——张着口子,里面是空的。

在炉栅后的灰烬中,依稀可以分辨出未燃尽的一千卢布钞票的残片。巴力·彼德罗维奇对这件事抱着极其负责的态度。或许,这对他而言就是一种宗教仪式,而他在其中担任的是祭司长的角色。

赫拉从椅子上站了起来。她的脸色苍白且严肃。她抬手整理头发的时候,我注意到她的手指在颤抖。巴力·彼德罗维奇转向她说:"接下来还有一项程序要走,出于礼貌,我们还是女士优先吧。"

他的手上出现了一个闪闪发光的圆形的东西,就像一枚巨大的硬币。他小心翼翼地把它别在了赫拉的黑色T恤上。T恤立刻被坠了下去——胸针很重。

"这是什么?"赫拉问道。

"'金钱之神'纪念章。"巴力·彼德罗维奇答道,"现在你们知道我们为什么会沿用神的名字了。"

他又转向了我。

"我以前是个珠宝商。"他解释道,"这些徽章都是我自己依照古老的习惯做出来的。它们全都是不一样的。我为你做了一个特别的徽章——带橡树叶翅膀的。"

"为什么?"我多疑地问。

"没有什么阴谋。想做就做了。我本来是想做翅膀的,但它们的形状又很像是橡树叶。可是我们,感谢上帝,并不是法西斯分子,我们是吸血鬼。所以这就不是橡树叶,而是橡树叶翅膀。

你看。我觉得它们很美。"

我看到了他手上色泽暗淡的铂金圆片,从圆片后面伸出了两个金色的翅膀,确实很像橡树叶。圆片上用碎钻镶嵌着两个字母"R II"[①]。

"喜欢吗?"巴力·彼德罗维奇问我。

我点点头——并不是因为我真的喜欢它,只是出于礼貌而已。

"另一面上有一句座右铭。"巴力·彼德罗维奇说,"根据传统,它也是由我为你们选择的。"

我翻到了徽章的背面。在它的反面是一个别针,还有一圈铭文:

"不是我要吸血,而是其他所有人要吸血。德古拉伯爵"。

就像德古拉伯爵的所有格言一样,这个想法并不新鲜,但本质上没有什么可反对的。巴力·彼德罗维奇从我手中接过自己的作品,把它别在我的胸口,用针头刺伤了我。

"现在你们是真正的吸血鬼了。"他说。

"我应该把它戴去什么地方?"我问。

"挂在哈姆雷特里。"巴力·彼德罗维奇说,"大家一般都是这么做的。"

"那下次什么时候举行仪式?"赫拉问。

巴力·彼德罗维奇摊开手臂。

---

① 表示罗摩二世。

"这不是我决定的。时间表由恩利尔制订出来，然后交由首席女主角确认。"

我知道他指的是伊西塔·鲍里索夫娜。

"但平均频率是多少？"

"频率？"巴力·彼德罗维奇惊讶地问，接着说道，"嗯……有意思，我还没想过这个问题。稍等。"

他从自己的长袍口袋里拿出一部手机，开始戳上面的按钮。

"频率，"经过了漫长的停顿之后，他说道，"是这样的：3.86乘以10的-7次方赫兹。"

"这是什么意思？"

"频率——指的是每秒钟几次，是吗？就这么多。下一次大概要等一个月。"

"一个月一次太少了。"赫拉说，"少得离谱。这不行。"

"你们跟领导说吧。"巴力·彼德罗维奇回答，"我们也有自己的等级制度。就像下跳棋一样，谁走得远，谁就能像王棋一样肆意妄为。恩利尔还有自己的私家补给站呢。他和首席女主角每天都能吸食巴布洛斯。但在你们刚刚起步的时候，朋友们，你们一个月不可能多于一次……"

他看了看手表。

"怎么样，还有问题吗？不然的话，我可要走了。"

没有其他问题了。

和巴力·彼德罗维奇道别之后，我和赫拉走到了走廊上。我握着她的手，就这样一起走到了出口，但就在出口的门前，她把手拿开了。

"我们见个面吧。"我说。

"现在不行。"她答道，"而且暂时不要给我打电话。我会打给你的。"

一看到我们，密特拉就迎面走了上来。

"赫拉，"他眯着眼睛对着太阳，开口说道，"今天对你来说是个值得纪念的好日子。我希望你永远记住它。所以我已经准备好了……"

他不说话了，只看着我。

"什么？"

"罗摩，"他说，"我很喜欢你，但你在这儿有点多余了。"

"今天也是我的好日子，不是吗？"我说，"你别忘了。"

"这是自然。"密特拉同意了我的说法，"真不知道该怎么办……这样吧，我给你两个建议，帮你战胜你的寂寞。首先，你有伊万。在等赫拉的时候我咬过他了——总的来说，他挺喜欢你的，别担心。另一个选项——给洛基打个电话。当然，他本人是上了年纪，但如果你想找他的朋友，他是不会反对的。不像我……"

赫拉笑了。我又被噎住了，不知道该说些什么——想必，仪式结束以后我还是有点头晕。密特拉伸手搂住赫拉，把她带走了。她甚至都没有回头看一眼。赫拉身上发生了一些奇怪的事。

她的行为不合常理。完全不合常理。我不明白这一切意味着什么。

他们坐上了车。

给洛基打个电话。我想,为什么不呢。这可能就是个解决办法。当然了,这就是解决办法。反正也没有别的办法了。

我走到自己的车前,坐上后座,然后砰的一声关上车门。

"我们去哪,头儿?"伊万问。

"回家。"

伊万开动了汽车,但不得不稍微放慢速度,让赫拉的车从树丛后面开出来。透过有色玻璃,我看不到任何东西——玻璃的遮挡彻底激发了我的想象力,以至于我最后的一点疑虑也都消失了。

我拨通了洛基的号码。他立刻就拿起了听筒。

"罗摩?你好。我有可以帮你的吗?"

"您还记得吗,您跟我讲过吸血鬼之间的决斗。"

"当然记得。你为什么问这个?你想挑战谁吗?"

从他欢快的语气中可以发现,他并没有认真考虑这种可能性。

"是的。"我说,"我是这么想的。"

"你在开玩笑吗?"

"不是。我要怎么做?"

"跟我说一声就可以了。"洛基说,"我会安排一切的,这是我职责的一部分。但我必须确定,你说的是认真的。"

"我说的绝对认真。"

"你想挑战谁?"

"密特拉。"

洛基沉默了一会儿。

"我能问一下吗?"他终于开口了,"因为什么?"

"个人原因。"

"这和他在你的命运中所扮演的角色没有关系吧?我指的是梵天的死。"

"没有。"

"你都想清楚了?"

"是的。"我回答道。

"罗摩。"洛基说,"我想警告你,这不是开玩笑的。如果你真的想挑战密特拉,我就会着手推进。但如果你改变主意了,情况就会变得很尴尬。"

"我,真的,想,挑战,密特拉。"我坚定地重复道,"我不会改变主意的。"

"好吧……你喜欢什么样的武器?按照规则,武器是由被挑战者来选择的,但有的时候双方也有可能达成共识。"

"你看着办吧。"

"好吧。"洛基说,"那请你把决斗令发到我的邮箱。但不是现在。等明天早上,脑子清醒的时候,再考虑一下再动笔。然后我就要开始行动了。"

"好。格式是什么?"

"我会把模板发给你。格式基本上是自由的,但最后一行必须这样写——'我已准备好为此与上帝见面'。"

"您在说笑吗?"

"谁跟你说笑?决斗是一件严肃的事情。你应该清楚地明白,结局可能是你难以想象的恐怖……"

神秘別墅

"罗摩二世致洛基四世,

　　　　　公函

　　　　决斗令

密特拉六世滥用他作为年轻吸血鬼导师的职权。他没有帮助他们在队伍中找到自己的位置,而是利用他们的蒙稚来获取他们的信任。然后他以最卑鄙无耻的方式利用这种信任。谨慎使我不能详述细节。但荣誉要求我惩罚这个恶棍。必须彻底地、坚决地禁止他与最新一批年轻吸血鬼交往。

我已准备好为此与上帝见面。

　　　　　　　　　　　　　　　　罗摩二世"

我把这封信通读了一遍。"荣誉要求我惩罚这个恶棍"这句话似乎太浮夸了。于是我把它改成了"我无法袖手旁观"。再次重读,我发现,这么写可能会让人觉得密特拉行为的受害者就是我自己。于是我又把"谨慎使我不能"改成了"谨慎和同情使我不能"。

现在一切就绪了。我通过电子邮件把信发给了洛基(洛基的用户名非常恰当——"亡命暴徒[①]"),然后就开始等待回复。

半个小时后,我的手机响了。

"我希望你是真的都考虑好了。"洛基说,"因为事情已经开

[①] 原文此处用的是西班牙语。

始筹备了。"

"是的。我考虑好了。"我答道,"谢谢。"

"不客气。现在密特拉正在写自己的决斗令——顺便说一句,他一点都不惊讶。你们俩怎么了,啊?"

我沉默不语。洛基对着听筒呼吸了一会儿,意识到不会听到答案之后,继续说道:"需要几天的准备时间——我们需要确定决斗的地点和方式。然后我再和你联系……认真点,孩子。想想永恒吧。"

他挂断了电话。

洛基说让我想想永恒,这当然是在开玩笑。但常言道,每一个玩笑里都有一些真理的成分。我抬眼看向电脑屏幕,上面显示的还是我的决斗令。写得很清楚,很明白。除了洛基坚持要我写的见上帝那句话。在那句话下面签字的时候,我撒谎了。

我完全不明白这句话的意思。我自己就是上帝——我昨天的经历清楚地证明了这一点。但问题是我没有办法再感受到这一点了。要再次成为神,我需要巴布洛斯。

这就必然会出现一个问题——如果我的感觉和体验都取决于外因,那我真的是一个神吗?任何一个神学家都会说不是。那么,如果上帝不是我,而是其他的什么人,在不可抗力的情况下,我将会遇到谁?

一种不安的兴奋感攫住了我。我开始在公寓里徘徊,仔细观察那些我所熟知的物品,寄希望于它们中的哪一个能给我发送一个秘密的暗号，或者为我的思维指出一个新的方向。黑白蝙蝠、马上的拿破仑、两个难以取悦的早熟女孩……即使我的哪个家神①当真知道答案，他也没有告诉我。

我漫无目的地在家中游荡，不知不觉中来到了斗橱前面。我坐在沙发上，开始翻目录。我没有看到任何有趣的东西。我记得写字台的抽屉里有一些没有列入目录的文学类试管，于是就打开抽屉翻找了起来，希望能找到一些和神学相关的东西。但抽屉里也没发现什么东西能够适配这个高度严肃的时刻：类似于"丘特切夫+阿尔巴尼亚②，源代码"和"巴别尔③+2%德·萨德侯爵④"这样的制剂并没有引起我的兴趣。

突然，我意识到我可以和谁讨论这个问题了。

我走到窗前，瞥了一眼外面。我的车停在街对面。透过开着的窗户，我可以看到伊万脸上聚精会神又有点怨恨的表情——他在读新一期的讽刺侦探小说（几天前，我问他其中的讽刺意味体现在什么地方，他愤懑的表情就又升级了）。我从口袋里掏出手机。几秒钟后，信号传到了受害者那里——伊万动了动脑袋，然后我就听到了他的声音："上午好啊，头儿。"

"我得去一趟奥西里斯那里。"我说，"十分钟后就走。我只需要换件衣服，喝点咖啡。"

---

① 家里的保护神。
② 阿尔巴尼亚共和国，位于东南欧巴尔干半岛西部。
③ 苏联籍犹太族作家、短篇小说家。
④ 多拿尚·阿勒冯瑟·冯索瓦·德·萨德，法国作家、诗人。

奥西里斯这里的一切都和之前一样。开门的是小胡子摩尔达维亚人，他在这段时间里消瘦了很多，甚至有点蜡黄了。大房间里的牌迷们丝毫没有理会我。

奥西里斯听完了我对红色仪式的描述，脸上带着一个老练的精神病学家的宽容微笑，就好像他在听邻居的小儿子讲述自己第一次从烟灰缸里偷烟头的经历。

"我感受到的，"我问，"是上帝吗？"

"人们普遍这样认为，"奥西里斯回答，"但实际上没有人知道答案。古时候，这被称为'地幔的震颤'。吸血鬼不知道如何解释所发生的事情，直到人类发明了上帝。"

"那人类是发明了上帝，还是发现了上帝？"

"这是一码事。"

"怎么会？"

奥西里斯叹了口气。

"你看，"他说，"我再给你解释一次。猴子的脑袋里有一个蒸馏釜。蒸馏釜开始生产巴布洛斯。但除了主要产品之外，还会产出其他的馏分。即工业残渣。其中一种馏分叫做'宇宙'，另一种叫做'真理'，而第三种就是'上帝'。你现在问我，这第三种馏分是猴子发明的，还是发现的？我都不知道，该怎么回答了。"

"您之前说过，吸血鬼在吸食巴布洛斯的时候，会接近上帝。"我提醒他。

"当然。有一种副产品混进了主要产品中,吸血鬼察觉到了这一点。上帝和巴布洛斯,就像你在提炼石油时得到的汽油和柴油。吸血鬼食用巴布洛斯,而上帝对于我们来说,就是工业残渣。然而,这对人类来说却是宝贵的馏分。我们并不介意。当然了,只要他们别把它当成普遍真理向我们卖力地推销。"

"有这样的事情吗?"我问。

奥西里斯挥了挥手。

"常有的事。所以我们必须随身携带一颗死亡糖果。如果能带上两三颗,就更好了。"

我想了想,说:"但这样一来,逻辑上就有矛盾了。如果上帝是工业残渣,那他怎么可能把巨蝠放逐到这里?"

"事情的关键就在这里。如果上帝是别的什么东西,巨蝠就可以反抗他,永远地战斗下去,然后在某一天获得胜利。但怎么可能战胜放逐你的工业残渣呢?伊西塔也做不到。事情的恐怖之处就在于此。"

我开始理解谈话对象狂热的逻辑。我应该换个说法。

"很好。"我说,"那么请您告诉我,上帝只是生产巴布洛斯的过程中附带的馏分吗?还是说,这种附带的馏分证明了上帝确实存在?这可不是一码事。"

"不完全是一码事。"奥西里斯同意了,"很久很久以前,吸血鬼的确曾为这个问题争论过。"

"他们得出了什么结论?"

"没有得出任何结论。他们只是停止了争论，转而关注起其他事情。"

"但为什么呢？"

"这是因为，"奥西里斯说着，从凹室里探出了身子，"如果上帝存在，他希望看到的是——对于我们而言，他是不存在的。既然上帝希望自己不存在，那就意味着，他就是不存在。"

"但如果上帝不存在的话，为什么会有'上帝'这个词呢？"

"因为这个词，以及所有其他的词和概念，都是生产巴布洛斯所需要的成分。"

"我知道了。"我说，"但它为什么指的就是现在的这个意思呢？"

"上帝——这是创造者的意思。词汇也能创造世界。"

"您之前可是说，词汇能反映世界。"

"创造和反映——这是一码事。"

"怎么会是一码事？"

奥西里斯笑了。

"这是人类智慧无法理解的，所以不要试图去理解它，你只需要相信我的话。我们认为，词汇反映了我们所生活的世界，但实际上，这个世界就是由词汇创造的。就像词汇创造上帝一样。也就是因为这个原因，各地的方言不一样，那里的上帝也完全不同。"

"这一切都和词汇有关吗？"

"当然了。甚至在人类的圣经里也是这样记载的。'起初有道，道与上帝同在，道是上帝之真体……万物借着他而被造；凡被造的，没有一物在他以外而被造……①'你知道这说的是什么吗？"

"我知道，'上帝的灵覆煦在水面上'是什么意思。"我答道，"恩利尔·马拉托维奇给我看过，但我们没有讨论过这个问题。"

"这些话解释了Б型思维的工作原理。关键的一句是'道与上帝同在，道是上帝之真体'。这说的是Б型思维由两面互相映照的镜子组成。难道不明白吗？'上帝'——就是创造了上帝的那个词。人类所说的上帝出现在Б型思维中，就相当于人们在说'砖头'这个词的时候，砖头的形象会出现在Б型思维中。不同之处在于，砖头是有形状的，而上帝没有。但当我们谈起上帝的时候，你的脑海中会出现一个没有形状的形象。正是因为这一特点，在某种条件下，上帝又是可见的。"

"我感觉，"我说，"神学家对'道是上帝之真体'这句话理解得更深一点。"

"不存在什么深度。有的只是'深度'这个词，以及当你听到这个词的时候对自己所做的事。顺便说一句，你做什么都是白费功夫。吸血鬼应该是话语的主人，而不是它的受害者。"

"我能提一个愚蠢的问题吗？"

"好吧，让我们把你其他的所有问题都当成是聪明的。

---

① 这段圣经的翻译引自吕振中版《圣经·旧约》。"道"即是"言"。

问吧。"

"实际上,上帝是存在的吗?"

"为什么不存在呢?我再重复一遍,它存在于每一个生产活动参与者的Б型思维中。如果上帝不存在,我们怎么能够谈论他呢?但他是以什么身份存在的——这就完全是另一个话题了。"

"我明白,"我说,"您还是想说,他是作为一个词存在的。但我想问的不是这个。"

"那是什么?"

"您说过,A型思维是一面镜子。后来您又说,反映和创造是一样的。那是不是可以说,上帝作为A型思维存在于每一个生命体中?"

奥西里斯笑了起来。

"是可以这样说。"他回答,"但我们说出口的一切都是由词汇构成的,而任何一个词,一经摆放在A型思维前,都会立刻把我们所说的转化为Б型思维。根据定义,所有的词都位于货币腺体中。你所说的A型思维,已经不是A型思维了,而只是A型思维的投影。我们能够说出口的一切,都是制作巴布洛斯的原材料。同时也是生产过程中的残渣。这是一个封闭的循环。"

这让我很难过。

"那如果我们不讲哲学呢?"我问,"有话直说,怎么样?上帝在我们身上吗?"

"上帝在我们身上。但我们不在他身上。"

"这是怎么回事?"

"你知道单面透光的玻璃吗?就是这样。"

"为什么这么可怕?"

"别忘了,我们是一只失忆了的被放逐的蝙蝠之子。我们所生活的这个维度中,上帝只会作为生产巴布洛斯的残渣出现。你究竟想要什么呢?"

"基本上已经什么都不想要了。"我说,"那吸血鬼有官方的宗教信仰吗?"

"这还不够吗?"

"吸血鬼是怎么称呼上帝的?"

"上帝,首字母大写。如果小写的话,指的就是我们自己——神了。但上帝不是一个名字,只是一个称谓。吸血鬼清楚,上帝总是处在名字之外的。"

"吸血鬼会进行什么宗教仪式吗?"

奥西里斯没有回答,而是歪着头笑了笑。我的下一个问题可能会显得很不礼貌。但我还是决定提出来。

"那您现在正在向我讲解的这套理论……是真的吗?"

奥西里斯笑着说:"你问我吸血鬼的传说,我就告诉你吸血鬼的传说。而传说的真实性就是另一个问题了。"

"那我可以问这个问题吗?传说是真实的吗?"

奥西里斯久久地看着我。

"你看,罗摩。"他说,"在你年轻的时候,你的身体就会分泌出一切所需的激素，你的大脑受体也是正常的。这时候，任何一句'二二得四'这样的话，都会闪耀着不容置疑的真理之光。但这只是你生命力的反射光。它的光也同样反射在了音乐上。年轻的时候总是会有很多美妙的音乐，但后来，不知道为什么，人们都写不出好听的音乐了。随着年龄的增长，每个人都会这样想。或者，女人也是个很好的例子。你年轻的时候，她们似乎都那么有魅力。而一旦你过了六十岁，健康开始出问题，这一切就都没有消化和关节重要了……"

"您想说，真理在我们自己心中？"我问。

"是的。但人们经常给这些话附加上某种崇高的意义。这是徒劳的。真理本质上是化学的，而不是形而上学的。只要你有足够的生命力，就总能找到合适的表达方式。总能想出一条咒语，在你大脑的神经回路中引起兴奋，体验到的人把它称作'真理的神启'。这些词是什么并不重要，因为所有的词都是平等的——只是反映思想的镜子。"

我非常气愤。

"但这样一来，"我说，"你就自相矛盾了。"

"为什么？"

"毕竟您可不是普通的吸血鬼，您是托尔斯泰主义者。如果说真理只是一种化学反应，您为什么要走上精神道路？又为什么简化生活？"

"没什么原因。"奥西里斯回答道，又看了眼表，说道，"你马上就要走了,而我马上要把外籍工人叫进来,简单地喝上200克,然后一切就又都变成真的了。墙上的裂缝是真的、地板上的灰尘是真的,甚至连我肚子里的咕噜声也是真的。但在现在这一刻,一切都是虚假的……"

"但如果一切都只能归结于化学和巴布洛斯,那为什么会有这些概念呢?上帝、真理、宇宙?它们是从哪儿来的?"

"Б型思维有两个运行阶段。生产阶段和闲置阶段。在生产阶段,人类会产出M5。而在闲置阶段,则不会产出巴布洛斯。即活塞的反向冲程。但在这段时间里,Б型思维并没有停止运作,只不过它的加工对象变成了各种没有意义的抽象概念。'什么是真理?有没有上帝?世界的起源是什么?'也就是你来问我的那些废话。这些问题在平行的镜子之间成倍增长,扭曲变形,变化相位,然后在某个时刻,被当作了自己本身的答案。这个时候就会在大脑的神经回路中产生一股兴奋的浪潮,这个人就会觉得自己发现了真理。因此,人类所有的真理都是等式,把一个概念与另一个概念连结起来。'上帝是灵魂。死亡是不可避免的。二二得四。$E=mc^2$'。这没有什么特别的危害,但如果这些等式太多,巴布洛斯的产量就会下降。所以,我们要对人类文化加以引导,不能放任自流。到了逼不得已的时候,我们会以铁腕手段将其拉向正确的方向。"

"什么手段?"

"你也学过魅力和话语了。就是那种方式,就是那种方向。

如果你对具体的手法感兴趣的话,那就要问迦勒底人了。但总的来说,Б型思维的闲置阶段应该尽可能地短。如果进展顺利的话,人们就不会花时间去寻找上帝。上帝已经在教堂的奉献箱旁边等着他了。同样地,人们也不会在艺术中寻找意义了。他知道,艺术中唯一的意义就是收费。诸如此类。就像中小学里常说的那样,提高功率因数的斗争是一项全国性的任务。"

"那么,存在的意义是什么?"我问,"还是说,生命本身就是空洞且毫无意义的东西?"

"为什么这样说?生命中可以找到许多不同的意义。随你喜欢。你可以好好地度过你的人生,让它变得完整无缺,秉承着崇高的精神,充盈着无上的价值。但当你翻过最后一页的时候,这些意义就将全部随风逝去,像干稻草一样。"

"那为什么还要这么做?"

奥西里斯俯身向前,从桌子上拿起一样东西,举到了我面前。

"这是什么?"他问。

我看了一眼他手里拿着的东西,是一颗钉子。很旧,头上有些生锈。看起来像是被砸进过什么地方,后来又被拔了出来。

"这个?这是个钉子。"

"回答正确。"奥西里斯说,"是个钉子,一个旧钉子。那就让我们以一个最简单的东西为例——一个生锈的旧钉子。让我们来看看它。然后想一想,这是什么?"

"钉子啊。"我耸耸肩,"还要想什么?"

"我们说的是什么?就是这一小块金属吗?还是你所体验到的感觉?或者说,我们说的是——钉子就是这种感觉?还是,这种感觉就是钉子?换言之,我们说的是反映在我们意识中的钉子,还是我们把'钉子'这个词投映在周围的世界上,以此来分辨出这个声音约定俗成的义项?又或者说,你指的是某些人所秉持的黑暗而可怕的信念,即有一根钉子自行存在于人的意识之外?"

"我已经晕头转向了。"

"你说得对。你已经晕头转向了,而且永远也找不到出路。"

"但这和我的问题有什么关系?"

"有关系啊。你问我——存在的意义是什么?就是这个。"奥西里斯在空中晃了晃钉子,说道,"它只是垃圾堆里的一块废铁。虽然你可以触摸到它,把它弄弯,或者把它塞到别人的手中。但在你货币腺体的闲置阶段,你甚至无法理解它究竟是什么。你问我的是一种只存在于想象中的东西。而且,即使是在想象中,它也不是一直存在的——一团由词汇组成的飘渺的云雾出现了一瞬,就用意义幻象把人迷住了,但只要Б型思维开始思考钱的问题,它就会消失得无影无踪。你明白吗?"

"不明白。"

"也对。就这样吧,罗摩。"

我点点头。

神秘别墅　439

"当一个人——这话只能在我们之间说,不要外传,吸血鬼不过是个改良的人——开始思考上帝、世界起源和他的意义的时候,他会变得像一只穿着元帅制服的猴子,在马戏团的竞技场上露着他的光屁股飞跑。猴子有一个可以被原谅的理由——它是被人打扮成这样的。而你,罗摩,你没有这样的理由。"

奥西里斯把钉子扔回桌上,按下了电话旁的按钮。走廊上响起了丁零零的铃声。

"我该吃午饭了。格里高利会带你出去的。"

"谢谢您给我的解释。"我站了起来,说道,"说真的,我没怎么听懂。"

"没必要非得全部弄懂。"奥西里斯笑了起来,"这个就是你最应该懂的事。当你已经了解一切的时候,为什么还非要去理解什么东西呢?尝一滴巴布洛斯,胜过谈十年哲学。"

"那您为什么不食用巴布洛斯,转而喝红色液体了呢?"

奥西里斯耸了耸肩。

他说:"有人跳舞是为了记住,有人跳舞是为了忘却。①"

摩尔达维亚小胡子走了进来,我知道他对我的接见结束了。

摩尔达维亚人像上次一样,把我带到了门口。但这次,不知为何,他跟着我一起走到了楼梯间,还虚虚地掩上了公寓的门。

"电梯坏了。"他平静地通知我,"我送您下去。"

---

① 原文此处用的是英文,出自1977年美国摇滚乐队老鹰乐队演唱的英文歌曲《加州旅馆》。

我没有反对,但以防万一,我还是紧贴着墙走,尽量远离栏杆,栏杆后面是一段不小的落差。

"对不起,打扰了。"摩尔达维亚人说道,"我实际上是从基希讷乌①来的神学教授。只是在这里兼职。在我的家乡基希讷乌暂时不需要神学教授。"

"可以想象。"我同情地说。

"您知道,"摩尔达维亚人继续说,"时常会有一些年轻的吸血鬼过来和我们的雇主谈话。我会等在门口,以防老板叫我。无意中也会听到一些事情,所以我知道在你们的世界里流行着什么样的观念。通常我都不会介入谈话中去。但是今天你们谈到了上帝。我觉得有必要对您刚才听到的内容做一个重要的澄清。以一个神学家的身份。但请您不要把我们的谈话告诉头儿。在下一次监察性咬人之前谁都别说。到时候我就要去休假了。您能保证吗?"

"您很了解我们生活的细节啊。"我注意到,"连监察性咬人都知道。我自己都是第一次听说这个词。"

"别挖苦我了,年轻人。在你们的圈子里,每一次的咬人都是监察性咬人。没有例外。"

"总的来说,您是对的。"我叹了口气,"好吧。我答应您。您要澄清什么?"

"这就涉及在你们圈子里通常被称为Б型思维的那种东西。

---

① 摩尔多瓦首都。

神秘别墅 441

年轻的吸血鬼被告知，人类的Б型思维只是一个货币腺体，是一个生产钱的乳房。但实际上并非如此。"

"那它实际上是什么呢？"

"您去过庞贝吗？在意大利的？"

"没去过。"我答道，"但我知道，这是一座保存在火山灰下的罗马城市。我读过很多和它有关的资料。"

"就是它。"摩尔达维亚人说，"庞贝城最有趣的就是神秘别墅。"

"我记得，这栋别墅在城市的边缘。这个名字来源于壁画，壁画描绘了酒神狄俄尼索斯神秘的入会仪式。我们上话语课的时候还看过图片呢。很美。但您为什么会想起这栋别墅呢？"

"您看，它自公元前三世纪中叶就已经存在了，直到庞贝城覆亡的那一天。三百年啊。当然，如今没有人知道那里举行过什么样的神秘仪式。但那些壁画是如此地引人遐想，以至于到今天大家还在争论不休。对我来说，吸引人的甚至还不是那些壁画本身，而是走廊上壁画里的一些小细节——黑色背景上神秘的埃及符号、标记、蛇——就像一台旧的胜家缝纫机[1]……您大概都没有见过这种机器。"

"您的话题变得有点儿太快了。一开始在讲Б型思维，然后又开始讲别墅，现在又讲到了胜家缝纫机……"

---

[1] 列察克·梅里瑟·胜家（Isaac Merritt Singer）在19世纪中叶创办了当时最大的缝纫机厂，后来"胜家"几乎成了缝纫机的代名词。"胜家"又译作"辛格"。

"稍等，马上就讲明白了。在照片上您看不到，但如果您亲自去参观一下这个别墅，您就会发现很多不协调的地方。一方面是壁画，确实。另一方面——在这些壮丽的景观中，却立着一台最粗笨、最简陋的葡萄榨汁机……您还会注意到，在最不恰当的地方添盖了一些丑陋的农舍……这个时候，导游会向您解释：这栋别墅以前确实举办过神秘的入会仪式，在遥远的过去的某段时间。但是在最初的几次地震后——在那次致命的火山爆发前很久，就已经开始地震了——别墅的主人卖掉了房子，搬走了。而这栋别墅就变成了一个酿造葡萄酒的农场……"

"您告诉我这些，是什么意思？"

"我是想说，人类和神秘别墅是一样的。你们吸血鬼认为，是你们自己为了榨取巴布洛斯才建起了这座农场。而墙上的古老壁画，在你们看来，只是你们农业活动的副产品。你们认为，它们是自发地诞生于肮脏的泥坑、诞生于酒桶里喷溅出来的水滴，装着发酵过头的酸汤的酒桶……"

我们在出口旁边停了下来。

"好吧。"我说，"您有不一样的说法吗？"

"有。Б型思维——被你们称作产钱的乳房——其实是一个抽象的空间。它并不存在于我们周围的世界。而上帝同样也不存在于这个世界。Б型思维的建立是为了给上帝提供一个现身的空间，使上帝能够出现在人类面前。我们的星球，也绝非监狱。这是一个巨大的房子。神奇的房子。或许，在它底下的什么地方有

神秘别墅 443

一个监狱,但它本身实际上是上帝的宫殿。人们曾多次试图杀死上帝,散布各种关于他的谣言,甚至有媒体报道说他娶了一个妓女之后死了。但这并不是事实。只因为没有人知道他住在皇宫里的哪个房间——他一直在更换房间。我们只知道他进去的地方是干净的,灯是亮的。还有一些房间,他从来不去。而且这样的房间越来越多。首先,过堂风会把魅力和话语刮过去,然后当它们开始融合,文火慢炖的时候,蝙蝠就会飞过来闻一闻。"

"您说的是我们,对吧?"

摩尔达维亚人点点头。

"我明白了。"我说,"事情总是这样。让我们把所有的责任都推到那些癞头吸血鬼身上吧。这不需要太多的智慧。"

"为什么是癞头的?"摩尔达维亚人问。

"因为我们会飞。"我像拍打翅膀一样挥了几下胳膊,回答道,"就因为这个,你们老是把我们溺毙在厕所里。"

"谁?我们吗?"

"人类。"我答道,越来越激动起来,"还会有谁。如果你们的整个历史是从种族大屠杀开始的,我还能指望你们什么?"

"从什么种族大屠杀开始的?"

"是谁杀光了尼安德特人?三万年前?您以为,我们忘记了?我们不会忘记,也不会原谅。以种族屠杀发迹,也必将会以种族屠杀灭亡,记住我的话。所以不要把一切都归咎于吸血鬼……"

"您误会我了。"摩尔达维亚人惊恐地说,"我并不是把一切都归咎于吸血鬼。每一个房间都要为自己负责。它可以邀请上帝过去。也可以邀请你们过去。当然，从本质上讲，每个房间都希望有神性。但因为魅力和话语的影响，大多数房间觉得主要问题在于室内装修。而一旦它相信了这一点，也就意味着，蝙蝠已经在里面住下了。这样的房间，上帝恐怕就不会去了。但我并不责怪吸血鬼。你们毕竟不是宫殿的房间。你们是蝙蝠。你们的工作就是这样的。"

"那依您看，宫殿以后会怎么样？"

"这样的宫殿上帝还有很多。当一座宫殿里的所有房间都被蝙蝠占据时，上帝就会把它毁掉。更确切地说，上帝就不会继续修建了，但这是一个意思。相传，这看起来就像一道力量惊人的光，烧毁了整个世界。但实际上，只不过是物质的幻觉消失了，而渗透在周遭万物中的上帝则显出了本来的模样。据说，同样的事也会发生在每一个生命消逝的时候。我们的宫殿现在的状态并不是最好的，蝙蝠几乎住进了每一个房间，到处都是轰隆作响的M5蒸馏器……"

"您的消息很灵通。"我说。

"问题的关键在于，当上帝最终厌倦了这个项目，并且要把它关停的时候，我们该怎么办？"

我耸了耸肩。

"我不知道。有可能，会被发送到一个新的星球继续干活吧。我感兴趣的是另一件事。您看，您是个神学教授。您说起上帝来,就像在说自己的老朋友。那请您告诉我,为什么他把我们的生活设计得这么空虚,这么没有意义?"

"如果你们的生活有意义,"摩尔达维亚人在说这句话的时候,着重强调了"你们","那就证明了,你们住进那些欢迎蝙蝠的房间是对的。这样一来,上帝就没有地方可住了。"

"好吧。那您为什么要把这一切告诉我呢?"

"我想给您一个电话号码。"摩尔达维亚人递给我一张带金边的小卡片,回答道,"如果您愿意的话,来参加我们的祈祷会吧。我没办法向您保证会有一条轻松的回头路。但上帝是仁慈的。"

我接过卡片,上面写着:

借着神的话语归于神。

祈祷室"逻各斯地下墓穴"。

背面是电话号码。

我把卡片塞进了口袋,用手探了探腰带上本来应该放着死亡糖果盒的那个位置。它不在那里——我又空着手离开家门了。不过,就算有糖,我也肯定不会听从奥西里斯的建议。这个动作是下意识的。

"我明白了。"我说,"我们不往神秘别墅里放葡萄酒压榨机了,要建一个蜡烛小作坊,是不是?您的努力是徒劳的,迦勒底人不会让您得逞的。您充其量也只能在小角落里马马虎虎地粗制滥造,如果地方够大的话……"

"您别嘲笑我了。您最好在闲下来的时候认真考虑一下。"

"我会认真考虑的。"我回答道,"我发现了,您是个好人。谢谢您参与我的生活。"

摩尔达维亚人忧郁地笑了笑。

"我该走了。"他拍了拍脖子上的膏药,说,"要不然头儿要等急了。记住,您保证过不把我们的谈话告诉任何人。"

"我不觉得会有谁对这个感兴趣。虽然您知道的……您为什么不把伊西塔·鲍里索夫娜策反过来?她已经完全准备好了。我这是在跟您分享内部消息。"

"您考虑考虑吧。"摩尔达维亚人再次说道,"回头的路还能走通。"

他转过身,走楼梯上楼去了。

我走到外面,拖着脚步往汽车那里走过去。

回头路,我想,回去——回哪儿去?那里难道还有什么东西吗?

坐上车,我抬头看了看后视镜里的伊万。他正在微笑着,同时还巧妙地保持着愤怒的表情。

"我一直在这儿思考生活。"他说,薄荷糖刺鼻的味道扑面而来,"然后想到了一句谚语。说给您听听?"

"说吧。"

"不管你吸多少鸡巴,你都不会成为皇帝。"

这个观点是无可辩驳的,但动词"吸"的使用——即使是在这种中性语境下——也近乎于公开的下流了。我突然意识到,他喝醉了。可能今天一大早就醉了。也有可能在我们上次见面时，他就已经不清醒了。我有点害怕。我不知道他在想什么。

"是啊。"我小心翼翼地把身子向前倾，应和道，"我们的社会流动性下降了。是的，确实应该对此采取一些措施。从另一方面来看……皇帝，你当然是做不成了，但做皇后还是有可能的。"

在话说到一半的时候，我的头习惯性地抽动了一下。然后我就靠在了座椅上，花了一点时间来分析他的个性路线。

没什么可怕的。除了车祸。但赫拉……那么无耻地和司机调情……不过，我轻蔑地想，他们做起这档子事来，还真是专业。

世界之主

世界之王

早上八点的时候，洛基打来电话通知我，决斗就定在今天。

"我们11点过去。"他说，"请你准备好。别喝太多液体。"

他立刻就挂断了电话，我什么都没来得及弄清楚。当我试图往回拨的时候，他没有接。

在剩下的三个小时里，我的想象力疯狂运转。

用枪还是用刀？

我想象着自己被一颗子弹打死。我觉得，真到了那时候，应该就像是被烧红的棍子打到了。法令禁止吸血鬼射击对方的头部，所以密特拉应该会瞄准我的肚子，就像瞄准普希金一样……

要是用剑呢？一个人被刺穿的时候会有什么感觉呢？或许，就和一不小心用面包刀割伤自己时的感觉一样，只不过割得更深一点——一直割到心脏。我试着想象了几次，每次都不寒而栗。

不过，我并不是在用这些幻想吓唬自己，这样想想，我反而平静了下来。类似的武器根本不会威胁到我：我记得洛基曾经提到过一种特殊的武器。决斗本身并不吓人。

威胁来自密特拉的决斗令。这才是一件可怕的事情：他真的可以给我一张去见上帝的车票，这样我就能亲眼看看究竟谁是对的——奥西里斯还是他的红色液体供应商[1]。即使不是这样，我认为密特拉还是会想出一些令人难以置信的恶心的东西，我最好是对此毫不知情。胜利的意志就是这样炼成的……

在离11点还剩半个小时的时候，我意识到我还没有决定好

---

[1] 原文这里用的是英文red liquid-provider的俄语音译。

要穿什么。在衣柜里翻了一会儿,我找到了一套黑色的西装,我穿上有点大,但不会影响我的动作。我脚上穿了一双带加固鞋头的皮鞋——不是真准备和谁打架,只是以防万一。然后我在头发上涂了发胶,又喝了几杯威士忌壮胆,就在圈椅上坐了下来,开始等待我的客人们。

11点到了,门铃响了。

洛基和巴德尔新刮了胡子,散发着古龙水的香气,神情庄重,模样看起来很正式。洛基手里提着一个很大的黑色旅行袋。

"我们大概引起了怀疑。"他欢快地说道,"有个警察要看我们的证件——就在门口。"

"他的眼神看上去鬼精鬼灵的。"巴德尔补充道,"好像什么都知道,但就是不说。"

我下定决心也要表现得开心一点、潇洒一点。

"他可能以为你们是房地产经纪人。这边经常有各种恶棍四处游荡,嗅探猎物。真是安宁的市中心啊。"

巴德尔和洛基落了座。

"密特拉希望决斗能在马戏团进行。"巴德尔说。

"为什么?"

"为了强调这件事的愚蠢。"

"愚蠢?"洛基惊讶地问,"尊严和勇气就像在古时候一样在我们身上觉醒,这可是难得的机遇。现在却被叫做愚蠢?罗摩,你应该为自己感到骄傲。"

巴德尔冲我眨了眨眼。

"他啊,"他朝洛基点点头,说道,"总是有两套说辞,一套说给挑战者听,一套说给被挑战者听。"

我看了看洛基。他的左眼皮上还残留着带金色亮片的紫色眼影——这是他匆忙卸妆的痕迹,在他眨眼的时候尤为明显。我想,他的橡胶娃娃应该是去休产假了,他要给她代班。又或者他只是在教哪个人用膝盖。

"那么,我们要去马戏团吗?"

"不去。"巴德尔说,"马戏团不归我们管。决斗将以一种新的方式进行,一种彻底打破传统的方式。"

我的肚子响起了一阵哀怨的声音。

"什么方式?"

"你可以猜三次。"洛基笑着说。

"既然是打破传统的方式,"我说,"那就意味着,用的是一种不同寻常的武器?"

洛基点点头。

"毒药?"

洛基摇了摇头。

"不能用毒药。你知道为什么。"

"对。"我表示赞同,"那么,可能是……还有什么呢……电击?"

"没猜对。最后一次机会。"

"我们要把对方掐死在莫斯科河底吗？"

"全猜错了。"洛基说。

"那是什么？"

洛基拉过自己的旅行袋，拉开了拉链。我看到里面有一台连着电线的设备，还有一台笔记本电脑。

"这是什么？"

"你们的决斗已经被宣扬出去了。"洛基说，"恩利尔和马尔杜克都知道了。据我所知，这场决斗是为了第三个人。我们一起选定了一种风险最小的方法，来结束你们之间愚蠢的冲突——也就是远程决斗。"

"要做什么？"我问。

"你们要写诗。"

"诗？"

"是的。"洛基说，"这是恩利尔提出来的。我认为这是个非常好的主意。浪漫的冲突应该用浪漫的方法来解决。最重要的不是死亡糖果粗暴的男子气概，而是灵魂的纤巧和情感的深厚。"

"那决斗的结果怎么算？"我问，"我是说，怎么确定谁是胜者？"

"为了判定胜者，我们决定把那个引起争端的第三方也拉进来。作为奖励，获胜者可以立即与她会面。好极了，是吗？"

我很难被他的热情所感染。我宁愿做任何事——俄罗斯轮盘赌，棋盘上的搏斗——只要不写诗就好。诗和我是不相容的，我已经实验过很多次了。

巴德尔决定加入我们的谈话。

"你折磨小伙子干什么。告诉他具体程序吧。"

"好吧。"洛基同意了,"总之,根据决斗的条款,你和你的对手需要各写一首诗。诗的格式是吸血鬼商籁体。"

"这是什么?"我问。

洛基疑惑地看了看巴德尔。

"我们难道没给你讲过吗?"巴德尔伤心地说道,"失策,失策。吸血鬼商籁体是由12个诗行构成的。诗格、押韵或者不押韵,都是任意的。最主要的是,最后一行要写得像是吸干了诗歌的全部意义一样,要极致的简洁,还要包含整首诗的精髓。这象征着将红色液体升华成巴布洛斯,然后庄严地献给蚊蚋缪斯女神。明白了吗?"

"大概明白了。"

"但这是抒情诗的惯例,"巴德尔继续说道,"并不是必须要严格遵守的制度。每一位诗人都可以自己决定如何用一行诗来传达整首诗的意义。毕竟,它的意义究竟是什么,只有作者才知道,不是吗?"

洛基严肃地点了点头。

"吸血鬼商籁体还有一条规则——要写成反阶梯式的结构。它就像一个意义的阶梯,象征着吸血鬼'上升'到了最高本质。但总的来说,这也不是必须的。"

"反阶梯式——是什么样的?"

"像马雅科夫斯基那样,"巴德尔说,"只不过要反过来。"

我没听明白他的意思——但也不想问明白,因为规则都是可以不遵守的。

洛基瞥了一眼他的手表。

"是时候开始了。我现在要做好准备工作,你呢,去一趟厕所吧。如果你不走运的话,接下来的四十个小时你都要瘫在床上。"

他把袋子放到了桌子上。我则离开房间,去了洗手间。

我在某个地方读到过,许多伟人都是在厕所里找到灵感的。这似乎是真的,因为就是在那里,一个不太像样,但又大有希望的想法突然从我脑海中冒了出来。

这个想法的可行性是那么大,以至于我连一秒钟都没有犹豫,就决定把它付诸实践了,就像地铁站里的流浪汉弯腰捡起地上的钱包一样,片刻都不拖延。

我从卫生间出来,像走钢丝一样小心翼翼地到了书房,悄悄地推开门,跑到写字台边拉开了抽屉(不像斗橱上的抽屉,它没有吱吱作响),尽量不让里面的玻璃试管互相碰撞,发出丁丁当当的声音,从那一团乱麻中随机地取出了我碰到的第一个试管。拿出来一看,发现是"丘特切夫+阿尔巴尼亚,源代码"。我想,这正是我所需要的,就把里面的液体倒进了嘴里。

"罗摩,你在哪呢?"洛基在客厅里喊道。

"来了。"我答道,"我过来把窗户关上,以防万一。"

"想得很周到嘛。"

几秒钟后,我回到了客厅。

"你很担心吗?"巴德尔问,"你看起来脸色很苍白。"

我没有说话。我不想说话是因为刚刚喝下的剂量太大了,可能会管不住嘴,说错话。

"好吧。"洛基说,"都准备好了。"

我看了看桌子。

桌上摆着一套奇形怪状的装置——有一台笔记本电脑,连接着一部手机和我在旅行袋里见过的那个盒子。盒子上现在正闪烁着红色的指示灯,盒子旁边摆着一条带有松紧带和挂钩的黑色缎带。带子上固定着一个注射器,注射器则连在一台笨重的电子机械上。从这台机械上还伸出了两根导线,连在闪光的盒子上。此外,桌子上还放着一盒一次性的绿色针头。

"这是什么?"我问。

"是这样的。"洛基说,"看到那个注射器了吗?里面是镇静剂。我之前说过的,它可以使人体完全瘫痪,并维持瘫痪状态大约40个小时。通过一个与电脑相连的电力驱动装置,可以对注射器进行远程控制。你们的诗会被立即发送给那个你认识的重要人物,而且她不会知道哪首诗是你写的,哪首诗是密特拉写的。当她读完两首诗,选出了获胜者,她的决定也会立即返回来。然后连接着注射器的一个伺服电机将会启动——要么是你手上的,要么是密特拉手上的。在注射之后，就会公布决斗令并立即执行。有什么问题吗？"

"没有，都很清楚。"我回答道。

"那请在电脑前坐下来。"

我依言照做。

"卷起袖子……"

我卷袖子的时候，洛基用酒精沾湿了棉球，然后开始擦拭我的臂弯。

"我现在感觉不太好。"我懒洋洋地说道。

我不是在开玩笑。事实上，我感觉不太好并不是因为洛基的操作，而是因为刚刚服用的制剂。

"这是你自己要求的。"洛基说，"早该想到这一点的。现在会有点疼——我要下针了……"

"哎呦！"我抽搐了一下。

"好了好了。手先不要动，让我把绷带固定好……这样……"

"我用这只手要怎么打字呢？"

"小心点，慢慢来，就这样。时间很充足，可以用一指禅慢慢敲……看看屏幕。"

我看了看屏幕。

"上方的角落里有个表盘。会从给你和密特拉宣布诗歌主题的那一刻开始倒计时。"

"诗歌的主题，还不一样吗？"

"到时候我们就知道了。你们每个人都有整整半个小时的时间。没有按时提交作品的人，将被自动视为失败者。准备好了吗？"

我耸了耸肩。

"那就是准备好了。"

洛基拿出手机，拨了一个号码，然后把手机放在耳边。

"你那边一切顺利吗？"他问，"很好。那我们开始吧。"

他放下手机，转过身来面向我。

"时间开始走了。"

笔记本的屏幕上出现了两个长方形的文本框。左边写着"密特拉"，右边是"罗摩"。然后字母开始一个接一个地出现在长方形里面，就像有人在用打字机打字一样。密特拉的题目是《小蚊子》，我的则是《现世的王》。

我很幸运，因为丘特切夫——我早就感觉到他了——对此有很多话要说。

问题是，我思想的语言外壳变得出奇地贫乏而单调：互联网新话非常年轻，但却已经死亡了。然而，格式的问题应该稍后再解决——首先要安排好内容，于是我陷入了沉思，开始深入剖析展现在我面前的精神视野。

我没有了解到任何关于十九世纪生活的趣事。但是我立刻就明白了丘特切夫那首著名的四行诗是什么意思。那首诗这么写的：理智无法了解俄罗斯，普遍的尺度难以丈量：她有一种特别的气质——对于俄罗斯你只有信仰。①事实证明，诗人与我最喜欢的电影《异形》三部曲的创作者们有着几乎相同的观点。

在电影里，一种更为有效的生命形式从其他生物体内萌生出来，经过一段时间后，会以一种出人意料的新手段宣告自己的诞生。在俄罗斯历史上也发生过同样的事情，只不过这个过程不是一次性的，而是循环往复的，下一只怪物总会在前一只怪物的肚子里孵化成熟。当代的人们感受到了这一点，但他们有时候并不清楚这些格言的内涵，例如："透过极权国家摇摇欲坠的陈规陋习，隐隐现出了新世界火种的轮廓""俄罗斯从20世纪70年代起，就已经孕育着改革"，等等。

"特别的气质"指的是新生儿不可预测的身体构造。如果说欧洲是一个由同一批人物组成的公司，试图使他们日渐老朽的身体契合时下的新要求，那么俄罗斯则是永远年轻的——但这种青春的代价却是彻底地否定自我，因为每一只新的怪物在自己出生时都会把前一只怪物撕成碎片（而且，根据物理法则，起初它的体型比较小——但很快体重就涨上来了）。这是进化的另一种机制——爆炸式的、跳跃式的，有个思想深刻的观察者早在19世纪就已经清楚地认识到了这一点。而笛卡尔的理性旨在维持个人生存，在这方面，当然找不到任何能够聊以慰藉的东西——因此，诗人才说对于俄罗斯你"只有信仰"。

我恍然大悟，于是再一次意识到，要想在我们国家成为一个

---

① 丘特切夫四行诗的翻译引自汪剑钊的译本。

吸血鬼，需要多大的勇气和意志。事实上我却也因此而更加鄙视迦勒底精英——这些鬼鬼祟祟的食尸动物贪婪地吞食着前一只怪物被撕碎的尸体残骸，并且为此洋洋自得地以为他们在"监控""调节"着这个国家。不过，他们还是要和那个新生儿见面的，他暂时还藏在货舱的隔板之间，正在积蓄着力量。

这些想法在我的脑海中飞速闪过，大概一共只用了两分钟。然后我感觉到有一首可怕而神秘的预言诗就要从我心中挣脱出来——而且刚好符合规定的主题。

我尽可能写下了所有东西。这很困难，因为在阿尔巴尼亚语中很少有合适的结构，可以用来捕捉制剂展示给我的最为微妙的精神形象，而其他的一切语言模式都被冻结了，每一个词都要拉扯很久，才能从我脑海底部拽出来。我不得不选取非常接近的表达，明显丧失了十九世纪的精致讲究和生动形象。但在表现力上却可以更胜一筹。我写完以后，还剩下整整五分钟，可以细细地再读一遍我所写的内容。

我写下的诗是这样的：

斯塔斯执政官

为何要告诉世界之主

你抽烟加载灰箱？

谁是本尼、菲吉、阿雷比鲁？

他们是你的股东？

> 为何你如此强悍，世间称霸
> 　　光标点踩吧嗒作响？
> 酒池迷雾中，大长老圆顶下
> 　　你在为谁摇炉散香？
>
> 你很幸运。大风吹拂着发丝，
> 　　稻草飞扬扎进你的面皮。
> 但要珍重。粪土中你的轨迹
> 　　已经被陈尸所之主知悉。

我把这篇凄凉的预言读了三遍，仔细地检查、订正。改动了一个词的拼写方式之后，我有点自豪地意识到，我自己也不能完全理解这首诗。只有标题的出处是明确的：诺斯替教有一篇文章名为《执政官使命》，把它音译一下，看作人名的话，是伊博斯塔斯·阿孔托夫，我们在话语课上学过。我记得我当时还觉得这个名字非常适合莫斯科的饭店老板（"莫斯科波西米亚人的偶像伊博斯塔斯·阿孔托夫新近开业，迷人的贼窝'诞生之地'欢迎您的光临"……）但这时，骁勇的缪斯女神在我的记忆中又淘到了"伊博斯塔萨"这个词，意思是"音步[①]变换"。

我特别喜欢第十二行："被知悉"这个俄阿混血词组在标准俄语中有许多对应的词，其中一个是"已经亡故"，这就是整首

[①] 格律诗的最小单位。

诗的可怕之处，它预言了现世的王即将灭亡——也就是诺斯替教的那只狮头蛇（或者是蛇头狮，又有什么区别呢）——整首诗的精髓都在这个词里了，很符合吸血鬼商籁体的要求。不过，这里说的也可以是伊西塔——她的脖子也很长，像蛇一样。但我把这种阴暗的隐喻从脑海中驱散了。

而且，也很难忽视那些圆顶，我曾经的一位诗人来客把它们比作了闪光灯。我们历史中的两个伟大的时代就这样在一个普通的俄罗斯吸血鬼心中相遇了——默默地握着对方的手……

我屏幕上的秒针已经变成了红色，在它离终点线还有二十秒的时候，我点击了"发送"按钮。我赶上了。

屏幕闪了一下，然后就熄灭了。当它再次亮起来的时候，分成了纵向的两栏。我的诗显示在右边，而左边则是密特拉刚刚写的诗。看上去是这样的：

来享用吧

蚊子

在手掌上

虽然渺小，

但因为体型的

匀称

像一位强壮的战士，

陷入了沉思。

> 小脑袋说不上大,
> 　身形颀长且圆润。
> 　　如果它化作一个人,
> 　　　他应该会是——
> 　　　　英雄。

密特拉这一步走得万无一失。

毫无疑问,这是最卑鄙无耻的战术——胸无点墨的钻营之辈写下的一篇文理通顺、政治正确的颂诗,就像上世纪七十年代的那些民歌,阿谀谄媚地歌颂着青年时期的列宁。在任何时代,蚊子之于吸血鬼,就好像樱花之于日本人——它们是美的象征,在自己转瞬即逝的生命中,实现了最极致的美。而且,似乎还有一层神秘的言外之意:恩利尔·马拉托维奇的哈姆雷特里有一幅壁画,描绘了德古拉伯爵之死,那个身穿黑色盔甲的高贵骑士躺在那里,从他敞开的胸膛里飞出了一只渺小卑微的蚊子,一直飞向了灰色的天空。

密特拉的诗是巴德尔说过的那种反阶梯式,我现在终于明白什么是反阶梯式了。

他的第十二行写得不是很好。蚊子当然是英雄了,谁会去反对呢?常言说得好,它活过,它正活着,它将一直活下去。不过他犯了一个语法错误,应该用"英雄"这个词阳性五格的形式①。

想到这里，我突然明白了。他不只是简单地把蚊子称为英雄，他还把蚊子比作了赫拉。这自然是一句直击人心的恭维——尽管蚊子的身体又长又圆润，头还小，但这就相当于是把一个平平无奇的女孩比作了天使。

但是我所写的，是最重要的东西，我愤愤地想道，而且我的诗中透着真正的诗意，涉及了最重要的世界观层面的问题，还揭示了人类精神的悲剧。最主要的是，它充分反映了现代文明的所有文化性和实质性的问题……

但在内心深处，我知道我已经输了。密特拉的诗更好，任何一个吸血鬼都会这么说的。我只能寄希望于赫拉能根据风格特色认出我。如果她想的话……

屏幕又开始闪动了，我知道，就要得到判决了。显示着密特拉作品的那一半屏幕暗了下来，沿着诗的对角线出现了一些文字，好像有人拿着记号笔直接在显示器上写道：

"么么哒！"

这还不能说明什么，我固执地想。一秒钟后，我的那一半屏幕变暗了。然后，上面出现了一行潦草加粗的文字。

"去博布里涅茨②吧，混蛋！"

---

① 按照语法规则，这里应该用"英雄"的五格形式，用阳性词尾，但密特拉用的却是阴性词尾，同时也是"赫拉"这个词的五格形式，这是一语双关，是对赫拉的赞颂。

② 乌克兰城市。这是赫拉仿照罗摩的诗风对他发出的嘲讽。

我感到在肘弯处，也就是那个埋着针头的地方，有一丝轻微的痛感，我以为是之前不小心把绷带蹭开了，于是准备用另一只手把绷带调整好。但随后涌上来一阵不受控制的疲惫，我就无心关注眼下的事情了。

关于接下来的一两个小时，我只记得一些片段。巴德尔和洛基的脸在我面前出现了好几次。洛基把针头从我的胳膊上拔了出来，巴德尔则打着官腔公布了密特拉的决斗令。内容如下：

"密特拉六世致洛基四世，

公函

决斗令

罗摩二世愚蠢至极，放肆无礼。但这只会使我可怜他。如果我赢得这场愚蠢的比赛，我要求把他绑在之前那个肋木架上，是我把他从那个架子上放了下来，把他带进了我们的世界。我要求在他面前的桌子上摆一个监视器，然后把我领带别针上的摄像头里拍摄到的画面传输到这个显示器上。罗摩二世厚颜无耻地利用那位女士的耐心和善意，我希望他能纤悉无遗地看到我和她会面的全过程。我这么做主要出于两种情感。第一，我希望他能明白，一个有良好教养的绅士在女士面前应该如何表现。第二，我希望能够取悦罗摩二世，因为我知道他很喜欢这样的场景。终于到了该和纳粹王牌飞行员鲁德尔的独播剧场说再见的时候了，罗摩二世目前正靠着他来救赎自己的孤独。

我已准备好为此与上帝见面。

密特拉六世"

即使现在昏昏沉沉,我也非常生气——但我所有的愤怒都不足以抬起一根手指。

洛基和巴德尔把我从椅子上拖进了书房。两个纳博科夫都极度厌恶地盯着我,似乎无法原谅我的失败。

然后我被绑上了肋木架。我几乎感觉不到他们的触碰,只有胳膊被扭得太过分的时候,才能感觉到隐约的疼痛,仿佛疼痛和我之间还隔着层层的棉花。然后巴德尔走了出去,房间里只剩下我和洛基。

洛基站在我的面前,撑开我的眼皮,研究了一会儿我的眼睛。然后他狠狠地拧了一把我的肚子。这一下非常疼:我的肚子,事实证明,还很敏感。我痛得想要呻吟,但却做不到。洛基又拧了一下,力道更大了。我疼得难以忍受,但却无法作出反应。

"笨蛋!"洛基说,"傻瓜!你以为你是谁?啊?这跟《执政官使命》有什么关系?你到底是什么东西啊——蚊蚋小鬼还是左翼思想家?《现世的王》和《小蚊子》根本就是同一个题目!同一个!就是表达方式不一样。你难道不明白吗?"

他又拧了我一把——疼得我眼前发黑。

"我们所有人都相信你会赢。"他继续说道,"所有人!甚至还给你时间,让你溜进书房,让你挑任何想要的制剂。我把全部的巴布洛斯都押在你身上了,整整五克。攒一辈子都攒不了这么多!你是什么东西,你就是个畜生!"

我以为他会再拧我一下,但他却突然大哭起来——哭声虚弱无力,透出一种老迈的凄凉。然后他用袖子擦了擦泪水,连同他模糊的眼影也一并擦掉了,接着用一种近乎友善的语气说道:"你知道吗,罗摩,常言道,在每个人的哈姆雷特里都有自己的丹麦王子[1]。当然,这是可以理解的。但你的王子已经相当蛮横粗暴了——为此,你身边的每个人都很头疼。是时候放弃这种左派的虚张声势了。你该长成大人了。因为这条路是走不通的——我以一个老同志的身份告诉你这件事。你知道这首歌吗?'大地、天空、天地之间是战争……'[2]你有没有想过,它唱的是什么?我来告诉你吧。战争之所以会发生,是因为没有人知道哪里是天空,哪里是大地。有两片天空,两个截然相反的顶端。两个顶端都想让对方成为下位者。当问题解决以后,下位者被称为大地。但谁也不知道,成为大地的究竟是哪一端。而你就是这场战争的战地指挥官,明白吗?现世的王——就是你。如果你做不到——就去后面的战壕里开枪自杀。不过要先把语言的接力棒传递下去。也不要在愚蠢的诗里自杀,要真实地开枪,在现实里死去。就像这样……"

---

[1] 指哈姆雷特王子。
[2] 引自苏联摇滚歌手维克多·崔的歌曲《战争》。

我深深地吸了口气，就在这时，他以难以置信的力量直接掐住了我的肚脐。因为疼痛，我接连几秒钟都没有意识——洛基似乎吃了死亡糖果。我终于恢复意识的时候，他已经平静下来了。

"抱歉。"他说，"是因为巴布洛斯。你自己应该明白……"

我明白。所以在巴德尔走进来的时候，我大大地松了口气。

巴德尔把桌子挪到了我身边，上面放着一台笔记本电脑，交织在一起的电线从电脑上一直延伸到走廊里。他还贴心地调整了屏幕，以便我能看得更加省力，接着又问道："你能看到全部的画面吗？啊？"

然后他又用手拢着耳朵，等待着我的回答——但没有等到，就继续说道："不说话——就是默认了，嘿嘿……决斗令的要求完成了。我必须说，罗摩，你很幸运。到现在为止，你本来都应该告别人世好几次了。但你却活得很好。好像只在手肘上留下了点瘀青。恭喜你，我的朋友。"

屏幕我看得非常清楚。上面是一片灰白色的闪光，看不出任何有意义的画面。

"密特拉会亲自开启实况转播。"巴德尔说，"祝你观影愉快。"

我以为，洛基临走的时候还会再掐我一下，但他没有。门砰的一声关上了，房间里只剩下我一个人。

在很长一段时间里，我面前的笔记本电脑上都是一片灰色的波纹，就是那种未调谐的电视频道上通常会呈现出来的画面。然后一条明亮的水平线贯穿了整个屏幕,随后又铺展开来,于是我就看到了密特拉。更确切的说法是,看到了他的影子——他正站在镜子前梳理头发。

"五号,五号,我是七号。"他微笑着说,"能听到我说话吗?"

他向镜头展示着领带上闪闪发光的别针,然后用手指摸了摸它。于是我就听到远处爆起了一阵雷鸣般的轰隆声。

"我只是有些好奇,现代技术发展到了怎样的高度。但技术的进步还是有限度的。我一直都很想知道,摄像头能不能拍下我们飞行时的画面。我们今天就会知道了。赫拉约我在心脏地带见面,在最底谷。这个丫头很有个性。你也知道,我必须乘着爱的翅膀才能到达那里。很想知道,你对此有没有足够的热情?"

他转过身,背对着镜子,我就看不到他了。现在我看到的是一个宽敞的房间,窗户是倾斜的——很显然,这是一个很大的阁楼。这里几乎没有家具,可是沿着墙根儿摆了很多著名人物的雕像——米克·贾格尔[1]、沙米利·巴萨耶夫[2]、比尔·盖茨[3]、麦当娜[4]。他们好像被冻在黑色的大冰块里,脸上带着痛苦的神情。我知道这是《纳尼亚纪事报》引起的一股莫斯科潮流——有

---

[1] 英国摇滚歌手,滚石乐队创始成员之一。
[2] 车臣非法武装强硬派人物,外号"高加索之狼"。
[3] 美国企业家、软件工程师、慈善家、微软公司创始人。曾连续13年位居《福布斯》全球富翁榜榜首。
[4] 美国歌手、作家、导演、演员、时装设计师。

一家设计公司，专门从事这种类型的室内设计，价格也不是很高。

然后我看到了密特拉的双手。他手里拿着一个收着翅膀的蝙蝠模样的小瓶子——密特拉故意把它举到胸前装着摄像头的位置，好让我看清楚。瓶子从我的视野中消失了，然后我听到了玻璃破碎的声音。我想，密特拉是把它摔到了地上，就像喝完酒之后摔碎酒杯一样。

我看到了一张白色的皮制圈椅。它正在向我靠近，又滑出了屏幕边缘，消失了。现在我面前的是壁炉的炉栅。炉栅久久没有移动——显然，坐在圈椅上的密特拉也没有动。随后，画面消失了，一条灰色的杂波爬过屏幕。声音也消失了。

中间停顿了很久——不会少于两个小时。我打起了瞌睡。当屏幕上再次出现画面的时候，还是没有声音。我可能错过了一些东西。

一条在岩层中凿出来的狭廊向我飘了过来。这就是心脏地带了。密特拉每走进一间祭坛室，都会向祭坛上方干枯的头鞠躬。我甚至都不知道，原来还需要这么做，从来没有人告诉过我。

赫拉站在其中一个房间里的祭坛前。我立刻就认出了她，尽管那身衣服对她来说很不寻常——一件白色的连衣长裙，这让她看起来像一个女中学生。她很适合这样穿。如果我能关掉电脑的话，我会把它关掉的。但要我强迫自己闭上眼睛，我做不到。

赫拉并没有走向密特拉，而是转身消失在侧面的一条过道里——那里很暗。密特拉跟了上去。

一开始屏幕依旧是黑的。然后，上面出现了一块光斑，光斑又变成了一个白色的长方形门洞。我又能看见赫拉了。她低着头靠在墙上，似乎在为什么事情伤心。她看起来像一棵小树，一棵刚刚萌芽的柳树，努力地想要在一条古老的河岸上安顿下来，令人动容。她是生命之树，是还不知道自己身份的生命之树。又或者，已经知道了……密特拉停了下来，我感觉，眼前的情景在我们两个心中激起的情绪是一样的。

随后，赫拉又消失了。

密特拉走进了一个房间。里面有很多人。但我没来得及看清楚他们都是谁——发生了突如其来的变故。

屏幕上闪烁着锯齿状的干扰带，在一片混乱中，闪现出一张被纱布和护目镜遮住的脸，然后摄像头定定地看着墙壁。现在我只能看见几个一动不动的油漆疙瘩。

我看了它们几分钟。然后摄像头转了过去，我看到天花板上吊着几盏明亮的灯。天花板歪向了右边：显然，密特拉被拖到了什么地方。画面中出现了一张金属桌子，桌子后面站着几个穿着手术服的人——他们手里拿着的金属物与其说是医疗器械，倒更像是阿兹特克[①]人的工具。

然后，一片白色的帷幔把所有的东西都遮住了，我看不见桌子和外科医生了。但在被遮住的一秒钟前，有一只手从屏幕上掠

[①] 墨西哥土著民族，在西班牙殖民活动中灭亡，有活人祭祀的习俗。

过，抓着一个圆形的物体，大小近似于一个球。那只手抓着它的方式非常奇怪。我一开始没有猜出来是怎么回事，但后来就想明白了——手抓着的是头发。一直到那个圆形物体离开我视线的时候，我才明白它是什么。

它是密特拉被切下来的头。

接下来很长一段时间，屏幕上显示的都只有那片白布，布料在地下的过堂风中时不时晃动一下。有时候，我感觉自己听到了一些声音，但我不知道是从哪里传来的——从笔记本电脑的音箱里？还是从隔壁的公寓里？隔壁的电视声音开得很大。我几度陷入了昏迷，不知道过了多少个小时。渐渐地，镇静剂失效了——我可以稍微动动手指了。后来，我也可以控制着我的下巴上下移动了。

这段时间里，我产生了很多念头。最有趣的一个是这样的：密特拉实际上根本就没有把我从肋木架上放下来，到现在为止发生的所有事情都只是我的幻想，在现实中一共只过了几分钟。这个猜想着实把我吓得不轻，因为就身体层面来讲，非常近乎情理——我现在的姿势就跟刚刚见到梵天时一模一样，对我来说那一刻已经很遥远了，我当时刚醒过来，就看到了坐在沙发上的梵天。但随后我又想到，我面前摆着的笔记本电脑毕竟还是证明了这一切的真实性。而且，仿佛是为了给我提供进一步的证据，挡着镜头的白布消失了。

我又看到了那个明亮的房间。现在，里面的铁桌子和外科医生都不见了——我这才发现,这是一间普通的祭坛室,只是还很新,地板上还有一些器械垃圾,空荡荡的,还没有祭坛。在墙上的壁龛前面,那个原本要放置祭坛的位置上,正摆着一套复杂的医疗设备,设备固定在一个多孔的铝架上。除了医疗设备之外,这个架子上还托着一颗悬挂在墙壁前的头,头上严严实实地裹着一卷雪白的绷带。

头的眼睛闭着。眼睛下面是大块发黑的瘀伤。鼻子下面有一条擦了一半的血迹。另一条血迹在唇边干涸了。头通过插在鼻子里的透明管子大口地呼吸着,管子的另一头连着某种医疗箱。我原以为是有人把密特拉的西班牙式山羊胡给刮掉了。但紧接着,我就意识到,这不是密特拉。

这是赫拉。

就在我认出她的那一刻,她睁开了眼睛,看着我——更准确地说,她是在看着摄像头所在的方向。她肿胀的脸上未必能露出什么表情,但我觉得,上面闪过了一丝惊惧和悲哀。后来她缠着绷带的头移到了一边,消失在屏幕之外,黑暗降临了。

帝国学说①

---

① 原标题写作 A 3,14-LOGUE,是作者的文字游戏。Logue 是英文后缀,可以表示"学说",3.14 指无限不循环小数 π,在俄语中写作 пи,于是 A 3,14 就读作 Ампир(帝国)。所以这个标题既可以表示"帝国学说",也可以表示"一个无限不循环学说"。

信使送来的信——永远都是命运的礼物，因为它会让人暂时从哈姆雷特里走出来。尤其是这封信看起来还那么漂亮，散发着幽雅的气息……

包装纸是粉色的，散发着某种柔和的香气，十分简单，又美得无与伦比——不是古龙水，更像是古龙水的某种元素，香水中的某种神秘成分，这种香气总是和其他味道掺杂在一起，人类几乎从来都没有闻过它本身的气味。这味道代表着神秘、权力的杠杆和威势的深度。最后一条从字面意义上来说是准确的——这是伊西塔寄来的包裹。

我把包装纸连同一层柔软的衬里一起撕开了。里面是一个黑色天鹅绒的小袋子，上面系着一条丝带，还有一张对折的信纸，上面是打印出来的一段话。我已经知道我会在天鹅绒布套里找到什么了，所以我决定先读信。

"么么，地狱撒旦①。

我们有多久没见了？我数了数，有整整三个月了。抱歉，我没有抽空和你联系，实在是有太多事情要做了。你大概很想知道我现在是怎样生活的，我身上发生了什么事吧。你知道的，这很难用语言来表达。这就像是成了一艘巨轮的船首像——能感觉到船上的每一个海员，同时还要用自己的身体划破时间的海洋。想象一下，你是这艘船的船长，同时也是这样一个船首像。你没有手，也没有腿——但是你却要决定船帆如何展开。风吹在帆

---

① 网络俚语，表示钦佩、敬礼。

上——这是人类生命的风，而船舱里正进行着神秘的工作，正是因为船舱里的工作，人类的存在才有了意义，并创造出了巴布洛斯。

当然，其中也包含着不那么令人愉快的部分。最令人难过的，就是未来最终的结局。你也知道，那位老太太，我们曾经的首席女主角出了什么事。当然，这很可怕，我也为她感到十分难过。但我知道，有一天，我也会在走进房间的人手中看到一条黄色的丝巾……生活就是这样，不是我们能够改变的。现在我知道鲍里索夫娜在最后的半年里为什么要喝那么多酒了。大家对她太残忍了。当他们在岩石上凿新房间的时候，她问过所有人那敲击声是在做什么，但她身边的人都装作没有听见，所有人都向她保证，那只是她的想象。后来，他们再不承认也没有办法了，就开始撒谎说他们正在修理电梯。最后，他们甚至开始谎称正在为政府的地铁线修建一条地下隧道——从卢布廖夫卡直达克里姆林宫。她什么都明白，但却无能为力。太可怕了，不是吗？

我从一开始就想好了，我要把事情都安排好，这样一来，就没人能那样对待我了。我需要一些可以信赖、可以依靠的朋友。我打算创建一个特殊的部门——'伊西塔之友'。从现在起，每个吸血鬼在等级体系中的地位将完全由这个头衔所决定。你会是第一个伊西塔之友，因为除了你，我没有更亲近的人了。我会为你做任何事。你想要恩利尔的那种哈姆雷特吗？现在可以了。

至于密特拉，我知道，你全都看到了。你大概对于所发生的事情产生了很多阴暗的猜测。实际上，在女神变更人间身份的时候，都会发生这样的事。为了把新的头部和脊椎里的主大脑连接起来，就需要搭建一座神经桥，还需要另一个语言来当耦合节。对于语言来说，这当然不是死亡——它只是回到了自己的源头。但密特拉已经永远离开了，我很难过。直到最后一秒，他也没有猜出自己的命运。

顺便说一句，恩利尔和马尔杜克以为会是你。倒不是因为他们像养羊一样把你养肥了，但他们对你几乎有绝对的信心。所以，他们对你的教育漫不经心。你大概注意到了，除了我之外，没有人对你的命运感兴趣，也没有人想让你融入社会。你以前可能觉得自己孤零零地活在世界的边缘。你现在知道这是怎么回事了。

这件事让恩利尔非常意外。对我来说，也是一个非常困难的选择——我要决定你们中谁能活下去。当我选择你的时候，我就站在了所有人的对立面。所以你要记住，除了我以外，你没有任何朋友。但和我在一起，你也不需要任何朋友。

你可以不用害怕了，我不会再用膝盖踢你了。我现在没有膝盖了，但是我有巴布洛斯。巴布洛斯现在全都是我们的了。全部都是我们的了，罗摩！至于其他的——我们会想出办法的。

剩下的等我们见面再谈。别让女神等太久。

伊西塔四世

另外：你之前请求我在下次见面的时候提醒你带上死亡糖

果。算是提醒你了吧……:)"

落款没有签名,只有一个影印下来的"伊西",是非常潦草的手写体。在它下面盖了一枚印章,印章的图案很古老,是一只有点像迦鲁达[1]的有翅膀的生物。如果这位艺术家想说这就是"巨蝠",那他肯定是在奉承她。

我看了一眼窗外。天已经黑了,偶尔有雪花缓缓地飘落下来。我不是很想在冬天的夜晚飞出去。但又预感到不会有别的选择。我意识到,我已经没有再把她当做赫拉了。现在一切都不同了。

我坐在沙发上,解开了天鹅绒袋子。正如我所料,里面是一个小瓶子。但瓶子的设计和之前截然不同。以前去找伊西塔的通行证是一个黑色的小瓶子,形状像是一只收拢翅膀的蝙蝠,瓶塞像头骨。现在的小瓶子则是用白色的磨砂玻璃制成的,形状像女人的身体,没有头——瓶塞极小,像是被高高截断的脖子。这有点恐怖,让人联想到女神所做的巨大牺牲。显然,伊西塔是认真的。我想,以后会发生很多变化,而我大概很幸运地站在了正确的队伍里。但我感觉有一只黑猫在挠着我的心。

我把瓶子里唯一的一滴液体滴到了舌头上,然后就开始坐在椅子上等待。大概,等隔壁再次响起威尔第恐怖的《安魂曲》,就到时候了吧。但现在周围一片寂静。挂在墙上的电视机开着——可却没有声音。

---

[1] 印度教神名,是毗湿奴大神的坐骑。

不过，不需要声音，只看画面，就很明白了。屏幕上充满了生机，南方天空下闪烁着礼花的光芒，一张张晒得黝黑的脸上挂着灿烂的笑容。国际歌手米尔恰·贝斯兰像挥舞马刀一样挥舞着无线话筒，他跳舞的样子就像山羊和希腊天神的奇怪结合物，穿的T恤上写着谜一样的"30 cm = 11 3/4 in"。我有几分钟都沉浸在电视的画面里。米尔恰唱着歌，在他需要换气的时候，管弦乐队就会开始演奏。在屏幕底部有一行滚动的歌词翻译：

"常有的事，常有的事——姑娘把小伙子的心搅乱呦呦呦，又抛到一边——她大概觉得自己很可笑，或者男孩感到很无聊，因为他很长一段时间没说话了……或者她觉得，呦呦呦，她需要转身离开一分钟，浪漫地看看窗外的月亮……姑娘们，别抛下他！呦呦呦，那个男人正在经历他生命中最美好的时刻。如果他沉默了，只是害怕轻率的话语打破这美好的时刻……呦呦呦呦呦！"

米尔恰·贝斯兰停顿了一下，接着乐队的号角就响起来了——虽然听不见，但也可以从小号手们涨得通红的脸上判断出他们吹奏的力度。我看了一眼漆黑的窗外，心想——好吧，安魂曲就是安魂曲，谁也不比谁差……

不过，万一这真的是安魂曲呢？或许，伊西塔叫我过去，只是因为她还需要另一个语言？

一种令人毛骨悚然的恐惧突然袭来，其他的任何恐惧都无法与之相提并论。不过我知道，现如今这种感觉已经再寻常不过了，把理性的基础归结于它是非常愚蠢的。我们只能习惯它，仅此而已。走廊上的钟响了。我意识到，现在才是真的到时候了。在贝斯兰之前，大家都是怎么唱歌的？

"我想步行，但是，显然，来不及了……"

我的头脑中勾画出了之前那条狂放的路线：穿过烟囱，飞上星空。我握着长满茧子的黑色拳头从椅子上站了起来，莫名其妙地在房间里乱窜，然后冲进了烟囱口，沿着烟囱管道向寒冷的天空扑去，接着开始缓慢地绕着圈提升高度。

四周零星飞舞着大朵的雪花，透过白色的雪幕，莫斯科的灯火显得神秘而温柔。城市如此美丽，让我不由自主地屏住了呼吸。几分钟后，我的心情发生了变化。恐惧消失了，取而代之的是平和与安宁。

我记得汉斯·乌尔里希·鲁德尔在圣诞节那天的斯大林格勒上空也有过类似的经历——对战争和死亡的想法突然被一种超自然的安宁所取代。在他飞过正在雪地上冒着黑烟的坦克时，他还这样唱道："安静的夜，神圣的夜……"

实在太冷了，我唱不出来。外面是一个新的纪元，在我翅膀下冒着黑烟的也不是坦克，而是迦勒底人急匆匆冲向城外的外国汽车。而那个夜晚，说实话，也并不是很神圣。不过，世界总归还是美丽的，我向自己保证，我一定要把那一秒钟记录下来，记录下我所有的感受和想法——可以说，为我的灵魂拍摄一张快照，这样一来，我就永远不会忘记这个瞬间。我要记下这场雪，记下这片暮色，以及下面神秘的火光。

还有一件事是一定要记下来的，那就是我自己的蜕变。

我以前非常愚蠢，洛基说的是对的。但从那一刻起，我就变聪明了，明白了很多事情。我理解了生活，理解了自己，理解了丹麦王子，也理解了汉斯·乌尔里希·鲁德尔。并且做出了自己的选择。

我爱我们的帝国。我爱她在贫穷中凝结出的魅力，在战火中淬炼出的话语。我爱她的人民。不是因为利益和特权，只是因为我们都依赖同一种红色液体——虽然，当然了，要从不同的角度来看。我看着一座座雄伟的高塔从地球的动脉中吸取黑色液体——我明白，我已经找到了自己在队伍中的位置。

你好，蚊子同志！

不过，我们必须坚定地保持队形：因为我们前面还有艰难的路要走。因为在这个世界上，不论是红色液体，还是黑色液体，都不足以供所有人使用。这就意味着，马上就会有其他吸血鬼来找我们做客——给我们亲爱的万卡①的Б型思维涂脂抹粉，斜睨着狡猾的眼睛暗自盘算着如何窃取我们的巴布洛斯。到那个时候，战争的前线将再次连接每个家庭的院子、每个人的心。

但如何保护我们独一无二的统一文明以及它崇高的泛民族使命，是我们之后会再考虑的问题。现在我正处于一片寂静与辽阔

---

① 伊万的昵称，伊万在俄罗斯是一个很常见的名字，这里用来指代俄罗斯普通人。

之中，迎面飞来的雪花大如蝴蝶，像流星一样瞬间就消失在身后。我每扇动一下翅膀，就离我陌生的朋友更近一步——况且，又何必避而不谈呢，也离巴布洛斯更近了一步。

它现在全都是我们的。

全都是我们的。

全都是我们的。

全都是我们的。

全都是我们的。

全都是我们的。

究竟要重复多少次，才能彻底理解这些字的意思？但其实，它的意思很简单：登山者罗摩二世正在提交征服富士山的报告。但有一个重要的细节不得不提。

富士山顶——根本就不是童年时所想的那样。这不是一个奇妙的阳光灿烂的世界，这里没有蚱蜢坐在巨大的草梗之间，也没有蜗牛在微笑。富士山顶有的只是黑暗、寒冷、孤独和荒凉。这是好事，因为在空旷和清凉之中得以安歇的是灵魂，而那个到达山顶的人，则因为旅途而劳累不堪，他和出发时的自己已经截然不同了。

我都记不得自己曾经的样子了。我脑海中浮现的东西更像是我看过的电影的回响，而不是我自己历史的痕迹。我看着下面的光影，想起就在不久前，我还踩着滑板在那条街上玩耍。那时候我在空间中的移动没有任何目标。后来我开始坐在一辆黑色的汽车上在城中游荡，但我依然不知道，我最终要去往哪里，去做什么。但现在我全都知道——而且正乘着吱吱作响的强劲有力的黑色翅膀在夜空中飞翔。就这样，慢慢地，慢慢地，我们在不知不觉中长成了大人。世界变得平静而明朗，但我们却丧失了对奇迹的纯真信仰。

我以前以为，天空中的星星是另外的世界，阳光之城的宇宙飞船最终会飞到那里去。现在我知道了，它们的尖利的星光，其实是我们盔甲上的洞，在盔甲之外则是无情的光之海洋。

在富士山顶，你会感觉到光对我们这个世界所施加的压力。不知为何，我不由得想到了古时候的一句话。

"你要做什么的话，就快点去做……"

这句话是什么意思？最简单的意思，我的朋友，要忙着去生活，及时行乐。因为有一天，天空会顺着接缝处破裂，一道我们无法想象的狂暴之光将冲进我们安宁的家，然后我们都将被永远遗忘。

作者罗摩二世,伊西塔之友,魅力兼话语部主任,蚊蚋男子汉,以及拥有橡树叶翅膀的金钱之神。

冬,于富士山顶。

ВИКТОР ПЕЛЕВИН